사기 열전 2

史記列傳

세계문학전집 408

사기 열전 2

史記列傳

사마천

김원중 옮김

민음사

일러두기

1 이 책은 베이징 중화서국中華書局에서 간행한 사마천의 『사기』 전 10권, 2013 수정판 중에서 권61 「백이 열전」부터 권130 「태사공 자서」에 이르는 열전 70편을 완역한 것으로 총 4권으로 나누었다.

2 번역의 원칙은 원문에 충실한 직역을 위주로 했다. 역자가 독자의 이해를 돕기 위해 부가한 말과 원문과 역어가 다른 말은 〔 〕안에 넣었다.

3 각 편의 소제목과 해제는 독자의 이해를 돕기 위해 역자가 붙인 것이다.

4 맞춤법과 띄어쓰기는 한글 맞춤법과 외래어 표기법을 따르되 널리 통용되는 용어는 일부 예외를 두었다.

차례

19. 범저 채택 열전 13

군주가 의심하면 잠시 떠나 때를 기다려야 한다 15
제후의 인재는 천하에서 찾는다 19
열매가 너무 많으면 가지가 부러진다 31
머리카락을 뽑아 속죄해도 부족하다 34
군주가 어진 것은 하늘이 내린 복이다 43
달도 차면 기운다 49

20. 악의 열전 59

충신이 반역자가 되는 것은 하루아침이다 61
군주와 신하의 의는 무엇인가 65
능력을 인정받지 못하면 떠나라 70

21. 염파 인상여 열전 75

용기와 지혜로 화씨벽을 돌려보내다 77
피를 뿌려서라도 군주의 위엄을 지킨다 84
나라의 위급함을 먼저 생각한다 86
세금이 공명하면 나라가 부유해진다 88
쥐구멍 안의 싸움에서는 용감한 쥐가 이긴다 89
조괄 어머니가 조괄을 추천하지 않은 이유 92
권세를 가진 자에게 사람이 몰린다 95
죽음을 알면 용기가 솟는다 97

22. 전단 열전 101

수레바퀴 축의 쇠가 목숨을 구한다 105
기묘한 계책으로 적의 허를 찔러라 106
충신은 두 임금을 섬기지 않는다 111

23. 노중련 추양 열전 113

천하에서 선비가 귀하게 여겨지는 까닭 115
지혜로운 자와 용감한 자 123
여러 사람 입은 무쇠도 녹인다 129

24. 굴원 가생 열전 141

진흙 속에서도 더러워지지 않는다 143
우물물이 맑아도 마시지 않으니 슬프다 146
사람들이 다 취했는데 나만 홀로 깨어 있다 150
모자를 신발 삼아 신어서야 되겠는가 156
들새가 들어오고 주인이 나간다 160

25. 여불위 열전 169

진귀한 재물은 사 둘 만하다 171
한 글자도 더하거나 뺄 수 없다 175
거짓으로 얻은 명성은 물거품 같다 177

26. 자객 열전 181

비수를 쥐고 잃었던 땅을 되찾다 185
내 몸은 바로 당신 몸이오 187
충신은 지조를 위해 죽는다 190

선비는 자신을 알아주는 이를 위해 죽는다 194

인물은 범상치 않은 행보를 보인다 199

굶주린 호랑이가 다니는 길목에 고기를 던져 놓는다 201

비밀이 새어 나가지 않아야 성공한다 204

자객은 한번 떠나면 돌아오지 않는다 211

27. 이사 열전 219

사람이 잘나고 못남은 자기 위치에 달려 있다 223

등용했으면 내치지 말라 226

없애야 할 책과 두어야 할 책 232

이사가 몽염보다 못한 다섯 가지 235

제 몸조차 이롭게 못하면서 어찌 천하를 다스리랴 246

사슴을 말이라고 하다 262

28. 몽염 열전 267

충신은 대신들과 다투지 않는다 269

죽음을 피하지 못한 몽염과 몽의 형제의 수난 271

29. 장이 진여 열전 279

목이 달아나도 변치 않을 교분 281

명분이 있어야 도울 수 있다 283

이익 앞에서는 친구도 원수가 된다 294

지조 있는 신하가 왕을 구한다 301

30. 위표 팽월 열전 307

인생은 흰 망아지가 문틈으로 지나가는 것처럼 짧다 309

용 두 마리가 싸우면 기다려라 312

31. 경포 열전　319

형벌을 받은 뒤에 왕이 된다　321
팔짱만 끼고 앉아 어느 쪽이 이기는지 보면 안 된다　325
천하를 다스리는 데 어찌 썩은 선비를 쓰랴　330
왜 낮은 계책을 쓸까　333

32. 회음후 열전　339

가랑이 사이로 기어 나가다　343
소하가 달아난 한신을 쫓아간 까닭　345
항우보다 못한 몇 가지　348
싸움에 진 장수는 무용을 말하지 않는다　351
과욕은 화를 부른다　361
전략가 괴통의 조언을 내팽개치다　365
높이 나는 새가 모두 없어지면 훌륭한 활을 치운다　373
아녀자에게 속은 것도 운명이다　376

33. 한신 노관 열전　383

한나라 조정에 반기를 든 한신　385
배반과 투항을 일삼은 노관과 그의 족속들　392
빈객이 지나치게 많은 것은 변란의 조짐이다　397

34. 전담 열전　403

왕의 피를 물려받은 이가 왕이 되어야 한다　405
독사에게 물린 손은 잘라야 한다　406
원망하는 마음은 반란의 불씨가 된다　408
평민에서 일어나 번갈아 왕이 된 세 형제　410
치욕스러운 삶을 사느니 차라리 죽음을 택한다　412

35. 번 역 등 관 열 전 417

용맹스럽고 기개가 넘치는 번쾌 419

죽음도 사양하지 않는데 어찌 술 한잔을 사양하리 421

반역으로 몰려 위기에 처한 번쾌 424

노략질을 일삼던 역상 429

위증죄에 연루되어 옥살이한 하후영 432

비단을 팔던 관영 437

36. 장 승 상 열 전 445

관리는 회계 관리에 뛰어나야 한다 447

직언을 두려워하지 않는 주창 449

정상에 오른 자에게는 내리막길만이 있을 뿐이다 455

총애하는 신하이니 풀어 주시오 457

절차보다 행동이 앞서야 할 때가 있다 460

한 대 승상 차천추, 위현, 위상, 병길, 황패, 위현성, 광형 462

1권   역자 서문

1. 백이 열전
2. 관 안 열전
3. 노자 한비 열전
4. 사마양저 열전
5. 손자 오기 열전
6. 오자서 열전
7. 중니 제자 열전
8. 상군 열전
9. 소진 열전
10. 장의 열전
11. 저리자 감무 열전
12. 양후 열전
13. 백기 왕전 열전
14. 맹자 순경 열전
15. 맹상군 열전
16. 평원군 우경 열전
17. 위 공자 열전
18. 춘신군 열전

3권   37. 역생 육가 열전
38. 부 근 괴성 열전
39. 유경 숙손통 열전
40. 계포 난포 열전
41. 원앙 조조 열전
42. 장석지 풍당 열전
43. 만석 장숙 열전
44. 전숙 열전
45. 편작 창공 열전

46. 오왕 비 열전

47. 위기 무안후 열전

48. 한장유 열전

49. 이 장군 열전

50. 흉노 열전

51. 위 장군 표기 열전

52. 평진후 주보 열전

53. 남월 열전

54. 동월 열전

55. 조선 열전

56. 서남이 열전

4권   57. 사마상여 열전

58. 회남 형산 열전

59. 순리 열전

60. 급 정 열전

61. 유림 열전

62. 혹리 열전

63. 대원 열전

64. 유협 열전

65. 영행 열전

66. 골계 열전

67. 일지 열전

68. 귀책 열전

69. 화식 열전

70. 태사공 자서

작품 해설

작가 연보

참고 문헌

19

◎

범저 채택 열전
范雎蔡澤列傳

범저는 위(魏)나라 사람이고 채택은 연나라 사람이다. 이들은 고향에서는 인정받지 못하고 불우하게 살다가 서쪽 진나라로 들어가 재상이 되어 공을 세우고 이름을 떨쳤다.

전국 시대 말기에 범저는 진나라 소왕을 도와 멀리 있는 나라와 우호 관계를 맺어 가까이 있는 나라를 공격하는 계책을 세웠다. 진나라가 천하를 통일하는 데 장애가 되던 강국 조나라를 장평 싸움에서 무너뜨리고, 또한 주변의 한나라와 위나라와 초나라를 멸망시키고 나서 북쪽의 연나라와 진(晉)나라를 도모하는 데 공을 세웠다. 채택은 동주 낙양 서쪽 지역을 빼앗았다. 사실 진나라가 제후들의 우두머리가 될 수 있었던 것은 이 두 사람을 비롯한 인재들 덕분이다.

사마천은 범저와 채택을 긍정적으로 평가한다. 그들은 어려움을 겪으면서도 자신들의 뜻을 잃지 않았고 공을 이룬 뒤에는 물러나 어진 사람을 따랐기 때문에 특별히 이들에 관한 열전을 만든 것이다.

이 편은 주로 대화체여서 읽다 보면 마치 범저와 채택의 목소리가 귓가에 들려오는 듯하다. 특히 부드러우면서도 허를 찌르는 화술로 채택이 응후를 설득하는 장면이 백미이다.

假祿
張廷
使辱
魏

신분을 숨기고 수고를 속여 치욕을 되갚은 범저.

군주가 의심하면 잠시 떠나 때를 기다려야 한다

범저(范雎)[1]는 위(魏)나라 사람으로 자는 숙(叔)이다. 그는 제후들에게 유세하여 위나라 왕을 섬기려고 했다. 그러나 가난하여 스스로는 자금을 마련할 수 없어 우선 위나라 중대부(中大夫) 수고(須賈)를 섬겼다.

수고가 위나라 소왕(昭王)의 사자로 제나라에 갈 때 범저도 따라갔다. (그러나) 몇 달 동안 머물러 있어도 (등용한다는) 통

---

1) 원문에는 '수(睢)'로 되어 있으나 '저(雎)'로 바로잡았다. 청 대 학자 왕선신(王先愼)의 『한비자집해(韓非子集解)』에도 범저(范雎)로 표기되어 있다.

보를 받지 못했다. 제나라 양왕(襄王)은 범저가 변론에 뛰어나다는 말을 듣고 사람을 시켜 금 열 근과 쇠고기와 술을 보냈다. [하지만] 범저는 거절하고 함부로 받지 않았다. 수고는 이 사실을 알고 무척 화를 내며 범저가 위나라의 비밀을 제나라에 알려 주었기 때문에 이런 선물을 받게 된 것으로 생각했다. 그는 범저에게 쇠고기와 술만 받고 금은 돌려주도록 했다. 이윽고 [위나라로] 돌아온 뒤 [수고는] 마음속으로 노여움을 품고 범저가 제나라로부터 선물 받은 일을 위나라 재상에게 말했다.

위나라 재상은 위나라의 여러 공자 가운데 한 사람으로 위제(魏齊)라 했다. 위제는 매우 화를 내면서 사인을 시켜 범저를 매질하게 하여 [범저는] 갈비뼈가 나가고 이가 부러졌다. 범저가 죽은 척하자 대자리에 둘둘 말아서 변소에 내버려 두었다. 빈객들이 술을 마시다 취하여 번갈아 가며 그의 몸에 오줌을 누었다. 이는 일부러 그를 모욕하여 나중에 함부로 말하는 자가 없도록 경계하려고 한 것이다. 범저가 대자리에 싸인 채 [자신을] 지키고 있는 자에게 이렇게 말했다.

"당신이 나를 여기서 나갈 수 있게 해 주면 내 반드시 후하게 사례하겠소."

[범저를] 지키던 자가 대자리 속의 시체를 버리겠다고 하자 위제는 술에 취하여 그렇게 하라고 했다. [이렇게 하여] 범저는 빠져나올 수 있었다. 나중에 위제는 이를 후회하고 다시 범저를 찾게 했다. 위나라 사람 정안평(鄭安平)이 이 소문을 듣고 범저를 데리고 달아나 숨어 살았다. [범저는] 성과 이름을 바

꿔 장록(張祿)이라고 했다.

이 무렵 진나라 소왕이 알자(謁者)왕의 공문이나 명령을 전하던 관리 왕계(王稽)를 위나라에 사신으로 보냈다. 정안평은 신분을 속이고 병졸이 되어 왕계를 모셨다. 왕계가 물었다.

"위나라에는 나와 함께 서쪽 진나라로 유세하러 갈 만한 어진 사람이 있소?"

정안평이 대답했다.

"저희 마을에 장록 선생이라는 분이 계신데 당신을 뵙고 천하의 대사를 말씀드리고자 합니다. 그러나 그분에게는 원수가 있기 때문에 낮에는 함부로 눈에 띌 수 없습니다."

왕계가 말했다.

"밤에 함께 오시오."

정안평은 밤에 장록과 함께 왕계를 만났다. 이야기가 다 끝나기도 전에 왕계는 범저가 현명하다는 것을 알고 말했다.

"선생은 삼정(三亭) 남쪽에서 나를 기다려 주십시오."

[왕계는 범저와] 은밀히 약속하고 헤어졌다.

왕계가 위나라에서 물러나와 떠날 때, 삼정 남쪽에서 범저를 수레에 태우고 진나라로 들어갔다. 그들이 호관(湖關)에 이르렀을 때 수레와 기마가 서쪽에서 다가오는 것이 보였다. 범저가 물었다.

"저기 오는 사람은 누구입니까?"

왕계가 대답했다.

"진나라 재상 양후(穰侯)위염가 동쪽의 현읍을 살펴보는 것입니다."

범저가 말했다.

"저는 양후가 진나라의 정권을 제 마음대로 휘두르며 제후의 식객들이 나라 안으로 들어오는 것을 싫어한다고 들었습니다. 저를 욕보일까 두려우니 잠시 수레 안에 숨는 게 좋겠습니다."

조금 뒤 정말 양후는 다가와 수레를 세우게 하고는 왕계의 수고를 위로하며 말했다.

"관동(關東)함곡관 동쪽으로 진나라 외의 여러 나라를 가리킴에 무슨 조짐이라도 있습니까?"

〔왕계가〕 대답했다.

"없습니다."

〔양후가〕 또 왕계에게 물었다.

"당신은 제후의 식객 따위는 데려오지 않았을 테지요. 〔그런 자들은〕 쓸모도 없으며 남의 나라를 어지럽힐 뿐이오."

왕계가 대답했다.

"감히 그러지 못합니다."

〔양후는〕 그대로 헤어져 떠나갔다. 범저가 말했다.

"저는 양후가 지혜로운 선비라고 들었는데, 일처리는 더디군요. 방금 수레 안에 사람이 숨어 있지 않나 의심하면서도 뒤져 보는 것을 잊고 가더군요."

그리하여 범저는 수레에서 내려 달아나며 말했다.

"이 사람은 반드시 후회할 것입니다."

10리 남짓 갔을 때 정말로 양후는 기마병을 보내와 수레를 뒤지게 했으나 아무도 없으므로 그냥 돌아갔다. 왕계는 드디어 범저와 함께 함양으로 들어갔다. 왕계는 사자로서 갔다 온 일들을 보고하고 기회를 보아 말했다.

"위나라에 장록 선생이라는 인물이 있는데 천하의 유세가입니다. 그가 '진나라 왕의 나라는 달걀을 쌓아 놓은 것처럼 위태롭지만 내 의견을 들으면 무사할 수 있는데 내 의견을 글로 전할 수는 없다.'라고 말하기에 신이 일부러 그를 수레에 태워 데리고 왔습니다."

〔그러나〕 진나라 왕은 이를 믿지 않았다. 숙소를 내주기는 했지만 맛없는 음식으로 대접했다. 〔범저가 진나라 왕의〕 분부만을 기다린 지 1년 남짓 세월이 지나갔다.

당시는 소왕이 자리에 오른 지 36년이 된 때였다. 〔그동안〕 남쪽으로 초나라의 언과 영을 빼앗았고, 초나라 회왕이 진나라에 억류된 채로 죽었다. 〔또〕 진나라는 동쪽으로 제나라를 깨뜨렸다. 〔제나라〕 민왕은 한때 제(帝)라고 불렸으나 〔점령당한 뒤로는〕 이 칭호를 쓰지 않았다. 〔진나라는〕 삼진에게 여러 차례 시달린 일이 있어서 천하의 유세가들을 싫어하고 믿지 않았다.

제후의 인재는 천하에서 찾는다

양후는 화양군(華陽君)으로 소왕의 어머니인 선 태후(宣太后)의 동생이며, 경양군(涇陽君)과 고릉군(高陵君)은 모두 〔선

태후의 아들로) 소왕의 동생이다. 양후는 재상이 되고, 〔다른〕
세 사람은 번갈아 장군이 되어 모두 봉읍을 받았으며 태후와
의 관계로 인해 그들의 개인 재산은 왕실을 능가할 정도였다.

이 무렵 양후는 진나라 장군이 되어 장차 한나라와 위나라
를 넘어 제나라 강읍(綱邑)과 수읍(壽邑)을 쳐서 도읍(陶邑)을
넓히려고 했다. 하여 범저가 글을 올려 말했다.

신이 듣건대 "현명한 군주가 나라를 다스리면 공이 있는 자
는 반드시 상을 받고, 능력이 있는 자는 반드시 관직을 받을 수
있다. 공로가 큰 자는 그 봉록이 후하고, 공이 많은 자는 그 작
위가 높으며, 백성을 잘 다스릴 수 있는 자는 그 관직이 높다.
그러므로 능력이 없는 자는 감히 관직을 감당하지 못하고, 능
력이 있는 자 또한 〔스스로〕 재능을 감출 수 없다."라고 합니다.
만약 신의 말이 옳다고 생각되시면 원컨대 이렇게 실행하십시
오. 그러면 왕의 다스림에 이로움이 더해질 것입니다. 〔그러나〕
신의 말이 옳지 않다고 생각하신다면 신을 이곳에 오래 머무르
게 해도 소용없는 일입니다. 옛말에도 "평범한 군주는 사랑하
는 자에게 상을 내리고 미워하는 자에게 벌을 주지만, 현명한
군주는 그렇지 않아 상은 반드시 공 있는 자에게 주고 형벌은
반드시 죄 있는 자에게 내린다."라고 했습니다. 지금 신의 가슴
은 형틀을 감당하기에 부족하며 허리는 큰 도끼를 맞을 만하지
도 못한 몸입니다만, 어찌 감히 자신 없는 일을 가지고 왕을 시
험하려 하겠습니까? 〔왕께서〕 신을 천한 놈이라고 하찮게 여기
고 모욕할지라도 신을 믿고 추천한 왕계가 왕을 저버릴 인물이

아니라는 것만은 믿고 계실 것입니다.

신이 들으니 "주나라에는 지액(砥砨)이 있고, 송나라에는 결록(結綠)이 있으며, 양나라에는 현려(縣藜)가 있고, 초나라에는 화박(和朴)이 있다. 이 네 가지 보옥은 흙 속에서 나온 것으로 뛰어난 장인들도 그 가치를 놓쳤지만 결국은 천하에서 이름난 기물이 되었다."라고 합니다. 그렇다면 선왕께서 버린 사람이라고 해서 어찌 나라에 이익을 줄 힘이 부족하다고 할 수 있겠습니까?

또 신은 "대부의 집을 번창시킬 인재는 나라 안에서 찾고, 제후의 나라를 번창시킬 인재는 천하에서 찾는다."라고 들었습니다. 천하에 현명한 군주가 있으면 다른 제후들이 마음대로 인재를 얻을 수 없는 것은 무슨 까닭이겠습니까? 현명한 군주가 그러한 인재를 빼앗아 오기 때문입니다. 훌륭한 의사는 환자가 죽고 사는 것을 알고, 훌륭한 군주는 일의 성공과 실패에 밝습니다. 이로우면 행하고 해로우면 버리고 의심스러우면 좀 더 시험해 봅니다. (이러한 점은) 순임금이나 우임금이 다시 태어나더라도 고칠 수 없는 일입니다. 이보다 더 긴요한 문제[2]는 신이 감히 글로 적을 수 없고, 또 하찮은 말은 들려 드릴 만한 가치가 없습니다. 왕께서 지금까지 신을 내버려 둔 것은 신이 어리석어 왕의 마음에 들지 않았기 때문입니까? 아니면 신을 추천한 자의 지위가 낮아 신의 말을 들어 볼 필요조차 없다고 생각하셨습니까? 만일 그렇지 않다면 신은 원하건대 유람할 틈을

---

2) 선 태후, 양후, 화양군 등이 정치를 마음대로 휘두르는 일을 암시한다.

조금만 내어 왕을 뵐 수 있는 영광을 주시기 바랍니다. 〔그때 나라에〕 도움이 안 된다면 죽음의 형벌도 달게 받겠습니다.

이에 진나라 소왕은 매우 기뻐하여 왕계에게 사과하고 수레를 보내 범저를 불러오게 하였다. 이리하여 범저는 이궁(離宮)왕이 임시로 머무는 궁실에서 왕을 만나게 되었다. 그때 그는 길을 모르는 척하고 〔후궁들이 드나드는〕 영항(永巷)으로 들어갔다. 〔때마침〕 왕이 오자 환관은 화를 내고 범저를 내쫓으며 소리쳤다.

"왕께서 납신다."

범저는 짐짓 환관에게 이렇게 말했다.

"진나라에 어찌 왕이 있단 말이오? 진나라에는 태후와 양후가 있을 뿐이오."

〔범저는 일부러〕 소왕을 노엽게 만들 생각이었다. 소왕이 다가와 범저가 환관과 말다툼하는 것을 듣고 〔범저를〕 궁중으로 맞아들여 사과하며 말했다.

"과인이 마땅히 선생을 만나 가르침을 받아야 했지만 때마침 의거(義渠)의 일이 화급하여 과인은 아침저녁으로 스스로 태후에게 요청했던 것이오. 지금은 의거의 일도 마무리됐으니 과인은 〔선생의〕 가르침을 받을 수 있소. 과인은 자신의 어리석음을 탓하고 있소. 이제 삼가 주인과 손님의 관계로 예우하며 가르침을 받들겠소."

범저는 사양했다. 이날 범저가 소왕을 만나는 광경을 본 신하들은 모두 숙연하게 낯빛을 바꾸고 자세를 바로 하지 않는 자가 없었다.

진나라 왕은 좌우의 신하들을 물리쳐 궁중에 아무도 없게 하였다. 진나라 왕이 무릎을 꿇고 청했다.

"선생께서는 무엇을 과인에게 가르쳐 주겠소?"

범저가 말했다.

"네, 네."

얼마 뒤 진나라 왕이 다시 무릎을 꿇고 청했다.

"선생께서는 무엇을 과인에게 가르쳐 주겠소?"

범저는 〔또〕 말했다.

"네, 네."

이렇게 세 차례 되풀이하자, 진나라 왕은 무릎을 꿇은 채 말했다.

"선생께서는 끝내 과인에게 가르침을 주지 않으려는 것이오?"

범저가 말했다.

"감히 그럴 리 있겠습니까? 신은 예전에 이런 말을 들었습니다. 여상(呂尙)[3]이 문왕을 만났을 때는 어부로서 위수(渭水) 근처에서 낚시질을 하고 있었습니다. 여기 우리처럼 사이가 멀

---

3) 은나라 말부터 주나라 초기 사람으로 본래 성은 강(姜)인데, 그 선친이 여(呂)에 봉해졌기 때문에 여(呂)를 성으로 삼았다. 강상(姜尙)이라고도 하며 호는 태공망(太公望)이다. 주나라 문왕이 위수 가에서 곧은 낚시로 고기를 낚고 있는 그를 만나 스승으로 삼았으며, 뒤에 태공망은 무왕을 도와 은나라 주왕을 쳐서 멸망시켜 주나라를 세우고 그 공으로 제나라의 제후가 되었다. 그는 낚시를 매우 즐겼으므로 오늘날 낚시를 즐기는 사람을 흔히 강태공이라 한다. 「제 태공 세가」에 자세한 이야기가 나온다.

었지요. 〔그러나〕 문왕이 여상의 말에 설복되어 그를 태사(太師)로 삼아 같이 수레를 타고 돌아온 것은 여상의 말에 깊이가 있었기 때문입니다. 그러므로 문왕은 여상의 힘으로 마침내 천하의 왕이 되었습니다. 만일 처음에 문왕이 여상을 멀리하여 깊이 있는 말을 하지 않았더라면 주나라는 천자로서 덕을 펼 수 없고, 문왕과 무왕 모두 그 왕업을 이루지 못했을 것입니다. 신은 지금 다른 나라에서 온 나그네로 왕과 사이가 가깝지 않습니다. 그러나 왕께 말씀드리고자 하는 것은 모두 군주를 바로잡고자 하는 일이며, 왕의 가까운 혈육에 관한 이야기이기도 합니다. 원컨대 어리석게나마 충성을 다하고 싶지만 아직 왕의 마음을 잘 모르겠습니다. 이것이 왕께서 세 차례나 물으셔도 〔신이〕 감히 대답하지 못한 까닭입니다.

두려워서 말씀드리지 못하는 것이 아닙니다. 신은 오늘 왕 앞에서 말씀드리고 내일 뒤에서 죽게 되더라도 굳이 피하지 않겠습니다. 대왕께서 진실로 신의 말을 받아들여 실행한다면 죽더라도 걱정하지 않으며, 떠도는 신세가 되어도 근심하지 않으며, 몸에 옻칠을 하여 문둥병 환자처럼 되고 머리를 풀어헤쳐 미치광이처럼 된다 해도 신은 부끄럽게 여기지 않을 것입니다. 하물며 오제 같은 성인도 죽고, 삼왕 같은 어진 사람도 죽었으며, 오백 같은 현인도 죽고, 오획(烏獲)이나 임비(任鄙) 같은 힘센 장사도 죽고, 성형(成荊)과 맹분(孟賁)과 왕경기(王慶忌)와 하육(夏育) 같은 용사도 죽었습니다. 죽음이란 인간이 반드시 피할 수 없는 것입니다. 언젠가 한 번은 반드시 죽을 몸, 죽음으로써 조금이라도 진나라에 보탬이 될 수 있다면 이것이 신의 가장 큰 바람인데 또 무엇을 걱정하겠습니까?

오자서는 〔초나라를 탈출할 때〕 자루 속에 숨어 소관(昭關)을 빠져나와 밤에 길을 가고 낮에는 숨어 지내며 능수(陵水)에 이르렀습니다. 그는 입에 풀칠도 못하게 되자 무릎으로 기어다니고 머리를 조아리고 옷을 벗은 채 배를 두드리며 피리를 불면서 오나라 시장에서 구걸했습니다. 〔그렇지만 그는〕 마침내 오나라를 일으켜 합려를 천하의 우두머리로 만들었습니다. 신에게 오자서처럼 계책을 다할 수 있도록 해 주신다면 평생 옥에 갇혀 왕을 뵐 수 없게 되더라도 신의 말이 실행될 터인데 신이 또한 무엇을 걱정하겠습니까? 기자(箕子)⁴⁾와 접여(接輿)⁵⁾는 몸에 옻칠을 하여 문둥병자로 꾸미고 머리를 풀어헤쳐 미치광이처럼 보이게 했지만 〔자기〕 군주에게 도움을 주지는 못했습니다. 만약 신이 기자와 똑같은 행동을 하게 되더

---

4) 은나라 주왕의 숙부로 이름은 서여(敍余) 또는 수유(須臾)이다. 기국(箕國)에 봉해져 기자로 불렸다. 기자는 자기 나라가 멸망한 뒤 조선에 와서 예의, 전잠(田蠶), 직작(織作), 팔조지교(八條之敎)를 가르치고 기자 조선의 시조가 되었다고 하는데 일부에서는 부정하기도 한다. 은나라 주왕이 음란한 행위를 그치지 않자 기자는 힘껏 간언하였다. 그러나 주왕은 받아들이지 않고 오히려 그를 붙들어 노예로 삼았다. 주나라 무왕이 은나라를 멸망시킨 후에 기자는 자유로운 몸이 되었다. 공자는 일찍이 은나라에 어진 이가 셋 있다고 했는데 이는 기자, 미자(微子), 비간(比干)을 가리킨다. 비간도 주왕의 바르지 못한 행실을 간언했다가, 성인의 심장에는 일곱 구멍이 있다는 말을 들었다는 주왕에 의해 살해되어 심장이 꺼내졌다.
5) 초나라의 전원에 숨어 살던 선비로 성은 육陸이고 이름은 통(通)이다. 그는 초나라 소왕(昭王) 때 정치가 혼란스러워지자 머리를 풀어헤치고 거짓으로 미친 척하며 벼슬을 하지 않았다. 그때 사람들은 그를 초광(楚狂)이라고 불렀다.

라도 현명한 군주에게 도움이 될 수 있다면 신으로서는 큰 영광인데 신이 무엇을 부끄러워하겠습니까? 신이 두려워하는 바는 단지 신이 죽은 뒤, 천하의 인사들이 신이 충성을 다하고도 죽는 것을 보고 입을 다물고 말하지 않으며 진나라로 가기를 달갑지 않게 여길까 하는 점입니다.

당신께서 위로는 태후의 위엄을 두려워하고 아래로는 간사한 신하의 아첨에 빠져 깊은 궁궐 안에 계시어 시종들의 손아귀에서 벗어나지 못하고 평생 미혹되어 현명한 신하와 간악한 신하를 분명하게 가려내지 못한다면 크게는 종묘가 망하고, 작게는 자신이 고립되어 위태로워질 것입니다. 이것이 신이 두려워하는 점입니다. 만약 〔신 자신이〕 곤궁해지고 욕을 보거나 죽거나 망명하는 근심거리를 겪는다 해도 신은 결코 두렵지 않습니다. 신이 죽어 진나라가 잘 다스려진다면 신의 죽음은 사는 것보다 오히려 낫습니다.”

진나라 왕은 무릎을 꿇은 채 말했다.

“선생은 무슨 말을 하시는 겁니까? 진나라는 멀리 구석진 곳에 있으며, 과인은 어리석고 어질지 못합니다. 그런데 다행히 선생께서 이곳으로 욕되게 오셨습니다. 이는 하늘이 과인에게 선생의 힘을 입어 선왕의 종묘를 보존하도록 한 것입니다. 과인이 선생의 가르침을 받을 수 있는 것은 하늘이 선왕을 아껴 그의 고아인 과인을 버리지 않아서입니다. 그런데 선생은 어째서 그런 말을 하십니까? 일이 크든 작든 가리지 말고 위로는 태후에서 아래로는 대신에 관한 일까지 빠짐없이 가르쳐 주시고, 과인을 의심하지 말아 주십시오.”

범저가 절하자 진나라 왕도 절했다. 범저가 말했다.

"대왕의 나라는 사방이 요새로서 튼튼합니다. 북쪽에는 감천산(甘泉山)과 곡구(谷口)가 있고, 남쪽에는 경수(涇水)와 위수(渭水)가 있으며, 오른쪽으로는 농(隴)과 촉(蜀)이 있고, 왼쪽으로는 함곡관과 상판(商阪)이 있습니다. 용감하게 진격하는 군사가 100만 명이고 전차는 1000대나 있어 이로우면 나가서 싸우고 불리하면 물러나 지키면 됩니다. 이곳은 왕업을 이룰 만한 땅입니다. 백성은 사사로운 싸움에는 겁을 내나 나라를 위한 싸움에는 용감합니다. 이들은 왕업을 이룰 만한 백성입니다. 왕께서는 이 두 가지를 모두 가지고 있습니다. 진나라 병사의 용맹함과 많은 전차와 기마를 이용하면 제후들을 다스릴 수 있습니다. 이것은 마치 한로(韓盧)전국 시대에 한(韓)에서 생산되던 털이 검은 개 같은 명견을 몰아 절름발이 토끼를 잡는 것처럼 쉬운 일입니다. 이렇게 하면 천하의 우두머리가 되는 사업을 이룰 수 있습니다. 그런데 왕의 신하들은 자신들이 맡은 일을 감당하지 못하고, 지금까지 15년 동안이나 함곡관을 닫아 두고 감히 군대를 내보내 산동을 엿보지 못하고 있습니다. 이것은 양후가 진나라를 위하여 충실하게 계획하지 못하고, 대왕의 계책에 잘못된 점이 있기 때문입니다."

진나라 왕은 무릎을 꿇고 말했다.

"과인은 부디 잘못된 계책에 대해 듣고 싶소."

그러나 좌우에 몰래 숨어 듣는 자가 많은 눈치여서 범저는 두려워하며 나라 안의 문제는 말하지 않고 나라 밖의 문제를 말하여 진나라 왕의 태도를 살피려고 했다. (범저는) 다가가 말했다.

"양후가 한나라와 위나라를 넘어서 제나라의 강읍과 수읍을 치려 하는 계책은 좋지 않습니다. 적은 군대를 출동시키면 제나라를 해치기에 부족하고 많은 군대를 내보내면 진나라에 해롭습니다. 신이 왕의 계책을 생각하건대 왕께서는 진나라에서 병력을 적게 보내고 모자라는 병력을 한나라와 위나라 군사를 동원하여 채우려 하시는데, 그것은 의롭지 못합니다. 지금 동맹국인 제나라와 사이가 좋지 않다고 해서 남의 나라를 넘어서까지 치는 것이 옳은 일입니까? 아무래도 이러한 계책에는 부족한 점이 있습니다.

옛날 제나라 민왕은 남쪽의 초나라를 쳐서 군사를 깨뜨리고 장군을 죽이고 다시 사방 1000리나 되는 땅을 개척하려고 했습니다. 그러나 제나라는 한 자 한 치의 땅도 얻지 못했습니다. 그것이 어찌 땅을 얻기 싫어서였겠습니까? 형세가 땅을 차지할 수 없었기 때문입니다. 제후들은 제나라가 피폐해 있고 군주와 신하 사이가 원만하지 않은 것을 보자 병사를 일으켜 제나라를 쳐서 크게 깨뜨렸습니다. 〔제나라〕군대는 치욕을 당하고 군사는 꺾이고 말았습니다. 〔제나라에서는〕 모두 왕에게 그 책임을 물어 '누가 이런 계책을 세웠습니까?'라고 했고, 왕은 '문자(文子)맹상군가 그렇게 한 것이다.'라고 대답했습니다. 그러자 대신들이 반란을 일으켜 문자는 달아나고 말았습니다. 그러므로 제나라가 싸움에서 크게 진 까닭은 초나라를 쳐서 한나라와 위나라를 살찌운 데 있습니다. 이것은 바로 도적에게 무기를 빌려주고 식량을 주는 꼴입니다. 왕께서는 멀리 떨어져 있는 나라와 교류하고 가까운 나라를 치는 것이 제일 좋습니다. 그렇게 하면 한 치의 땅을 얻어도 왕의 것이 되고 한 자의 땅을 얻더라도 왕의 것이 됩니다. 지금 이런 계책을 버리고 멀리 있는 나라를 친다는 것은 역시 잘못된 일이 아니겠습니까?

또 옛날 중산국(中山國)은 영토가 사방 500리였는데, 〔중산과 가장 가까이 있는〕 조나라가 혼자서 차지했습니다. 〔조나라가〕 공을 이루고 이름을 드날리며 이익을 얻었지만 천하의 그 누구도 이것을 방해할 수 없었습니다. 지금 한나라와 위나라는 중원 지역에 위치하여 천하의 중추가 되어 있습니다. 왕께서 천하의 우두머리가 되기를 원한다면 반드시 중원 지역의 나라들과 가까워져서 천하의 중추가 되어 초나라와 조나라를 위협해야 합니다. 초나라가 강하면 조나라를 〔진나라에〕 아부하게 하고, 조나라가 강하면 초나라를 귀의해 오게 만드십시오. 초나라와 조나라가 모두 귀의해 오게 되면 제나라가 반드시 두려워할 것입니다. 제나라가 두려워하면 반드시 말을 겸손하게 하고 많은 예물로 진나라를 섬길 것입니다. 제나라가 우리 편이 되면 한나라와 위나라도 손에 넣을 수 있습니다."

소왕이 물었다.

"나는 오래전부터 위나라와 가깝게 지내려고 했소. 그러나 위나라는 아주 변화무쌍한 나라여서 과인이 가까이할 수가 없었소. 위나라와 친하려면 어떻게 하면 되겠소?"

〔범저가〕 대답했다.

"왕께서는 말을 겸손하게 하고 많은 예물로 위나라를 섬기십시오. [이렇게 해서] 안 되면 땅을 떼어서 뇌물로 주고 그래도 안 되면 병사를 일으켜 치십시오."

소왕이 말했다.

"과인은 삼가 가르침에 따르겠소."

[소왕은] 범저를 객경에 임명하고 군사에 관한 일을 상의했다. 드디어 범저의 계책에 따라 오대부 관(綰)에게 위나라를 치도록 하여 회(懷) 땅을 빼앗고, 2년 뒤에 형구(邢丘)를 함락했다.

객경 범저는 다시 소왕을 설득하여 말했다.

"진나라와 한나라의 지형은 수를 놓은 것처럼 얽혀 있습니다. 진나라에게 한나라가 있다는 것은 나무에 좀벌레가 있고 사람의 배 속에 병이 있는 것과 같습니다. 천하에 아무런 일도 없으면 다행입니다만, 만약 변고가 생기면 진나라의 걱정거리로는 한나라보다 더한 나라가 없습니다. 왕께서는 한나라를 [우리 편으로] 끌어들이는 것이 좋습니다."

소왕이 말했다.

"나는 본래부터 한나라를 [우리 편으로] 끌어들이려 했지만 한나라가 말을 듣지 않으니 어떻게 하면 좋겠소?"

[범저가] 대답했다.

"한나라가 어찌 말을 듣지 않겠습니까? 왕께서 병사를 내려 보내 형양을 치면 공읍과 성고로 가는 길이 막히고, 북쪽으로 태항산으로 가는 길을 끊어 버리면 상당의 군사는 내려오지 못할 것입니다. 왕께서 한 번 군사를 일으켜 형양을 치면 한나라는 끊어져 셋이 됩니다. 그러면 한나라는 결국 망하는 것을 보게 될 텐데 어찌 말을 듣지 않을 수 있겠습니까? 만일 한나라가 말을 들으면 패업을 이루기 위한 계책을 세워 볼 만합니다."

소왕이 말했다.

"좋소."

그러고는 〔소왕은〕 바로 한나라에 사신을 보내려고 했다.

열매가 너무 많으면 가지가 부러진다

범저는 날이 갈수록 〔소왕과〕 더욱 가까워졌다. 〔소왕에게〕 자신의 생각을 말하면서 지낸 지 몇 해가 지나자 〔범저는〕 기회를 보아 설득해 말했다.

"신은 산동에 있을 때, 제나라에는 전문(田文)이 있다는 말만 들었을 뿐 제나라 왕에 대해서는 듣지 못했습니다. 〔또〕 진나라에는 태후와 양후, 화양군, 고릉군, 경양군이 있다는 말을 들었을 뿐 왕에 대해서는 듣지 못했습니다. 대체로 나랏일을 마음대로 처리하는 자를 왕이라 하고, 사람에게 이익과 해를 줄 수 있는 권력을 가진 자를 왕이라 하며, 사람을 살리고 죽이는 위력을 가진 자를 왕이라 합니다. 〔그런데〕 지금 태후는 나랏일을 마음대로 처리하고 〔왕을〕 돌아보지 않으며, 양후는 다른 나라로 사신을 보내면서도 왕께 보고하지 않으며, 화양군과 경양군은 멋대로 사람을 죽이고도 〔왕을〕 꺼리지 않고,

고릉군은 사람을 마음대로 나아가고 물러나게 하면서도 〔왕의 허락을〕 청하지도 않습니다. 이런 네 부류의 존귀한 사람이 있는데도 나라가 위태롭지 않은 적은 없었습니다. 사람들이 이 네 부류의 존귀한 사람 밑에 있게 되면 왕은 없는 거나 다름없습니다. 이렇게 되면 〔왕의〕 권력이 어찌 기울지 않겠습니까? 어떻게 명령이 왕에게서 나올 수 있겠습니까?

신은 '나라를 잘 다스리는 자는 안으로는 그 권위를 굳히고 밖으로는 그 권세를 무겁게 한다.'라고 들었습니다. 〔그런데〕 양후는 왕의 중요한 권력을 장악하여 마음대로 사신을 보내 제후들을 다루고, 천하의 땅을 나누어 사람을 봉하며, 적을 정벌하고 다른 나라를 공격하여 〔진나라의 국정에〕 관여하지 않는 것이 없습니다. 싸워서 이기고 쳐서 빼앗으면 이익은 도읍(陶邑)양후의 봉토으로 돌리고 〔나라의〕 피폐함은 제후에게 씌웁니다. 싸움에 지면 백성을 원망하고 화근을 나라 탓으로 돌립니다. 『시』에도 '나무 열매가 너무 많으면 그 가지를 부러뜨리고, 그 가지를 부러뜨리면 나무 기둥을 해친다.'라고 했습니다. 수도가 지나치게 크면 그 나라를 위태롭게 하고, 신하를 높이면 그 군주를 하찮게 합니다.

최저(崔杼)와 요치(淖齒)는 제나라 국정을 맡았는데 〔최저는 장공의〕 넓적다리를 쏘았고, 〔요치는 민왕의〕 힘줄을 뽑아 종묘의 대들보에 매달아 오래지 않아 죽게 했습니다. 이태(李兌)는 조나라 국정을 맡았는데 주보(主父)무령왕를 사구(沙丘)에 가두어 100일 만에 굶어 죽게 했습니다. 지금 신이 듣기로 진나라에서는 태후와 양후가 국정을 쥐고 있고, 고릉군과 화양군과 경양군이 그를 돕고 있어서 결국 진나라 왕이 없는 것이니, 이들도 요치와 이태 무리와 다를 바 없습니다.

삼대가 차례로 망한 까닭도 군주가 〔신하에게〕 정권을 오로지 맡긴 채 술에 빠지거나 말을 달려 사냥에 몰두하며 정사를 돌보지 않은 탓입니다. 정권을 맡은 신하가 현명하고 능력 있는 자를 시기하여 아랫사람을 누르고 윗사람을 가리며 사사로운 욕심만 채워 군주를 위한 계책을 꾀하지 않건만 군주가 〔그것을〕 깨닫지 못하므로 나라를 잃게 되는 것입니다. 지금 〔진나라에는〕 모든 고급 벼슬아치부터 왕의 좌우에 있는 신하에 이르기까지 상국의 사람이 아닌 이가 없습니다. 왕께서는 조정에서 완전히 고립되어 있습니다. 신이 가만히 왕을 위해 염려하는 바는 만대 뒤에 진나라를 다스릴 사람이 왕의 자손이 아닐 것 같다는 점입니다."

소왕은 이 말을 듣자 매우 두려워하며 말했다.

"옳은 말이오."

그래서 〔소왕은〕 태후를 폐하고 양후, 고릉군, 화양군, 경양군을 함곡관 밖으로 내쫓았다. 진나라 왕은 즉시 범저를 재상으로 삼고, 양후의 인수를 거두어 도읍으로 돌아가게 했다. 이때 현의 관리에게 짐을 실을 수레와 소를 내주도록 했는데 수레는 1000대가 넘었다. 함곡관에 이르러 관문을 지키는 관리가 그 귀중품을 조사하니 보물과 진기한 물품이 왕실보다 많았다.

진나라는 범저를 응읍(應邑)에 봉하여 응후(應侯)라고 불렀다. 이때가 진나라 소왕 41년이다.

머리카락을 뽑아 속죄해도 부족하다

범저가 이미 진나라 재상이 되었지만 진나라에서 그를 장록이라고 불렀기 때문에 위나라에서는 이를 모르고 범저가 오래전에 죽은 줄로 생각했다.

위나라는 진나라가 곧 동쪽으로 한나라와 위나라를 치려한다는 말을 듣고 수고를 진나라에 사신으로 보냈다. 범저는 이 소식을 듣고 자기 신분을 숨기고 다 떨어진 옷을 입고 남몰래 숙소로 가서 수고를 만났다. 수고는 범저를 보자 놀라며 말했다.

"범숙(范叔)은 그동안 변고가 없었소?"

범저가 말했다.

"그렇습니다."

수고가 웃으면서 말했다.

"범숙은 진나라에서 유세를 하고 있소?"

"아닙니다. 저는 전날 위나라 재상에게 죄를 짓고 도망쳐 왔는데 어찌 감히 유세를 할 수 있겠습니까?"

수고가 말했다.

"지금 범숙은 무슨 일을 하고 있소?"

범저가 말했다.

"신은 남의 집에서 날품을 팔고 있습니다."

수고는 마음속으로 불쌍히 여겨 범저를 자리에 앉혀 함께 음식을 나눠 먹으면서 말했다.

"범숙이 결국 이렇게 딱한 신세가 되었단 말이오."

그러고는 자기의 두꺼운 명주 솜옷 한 벌을 내주고 다시 물었다.

"진나라의 재상은 장 군(張君)이라고 하던데 당신도 알고 있소? 나는 [장 군이] 왕의 총애를 받고 있어서 천하의 모든 일이 재상의 손에서 결정된다고 들었소. 지금 나의 일의 성패는 장 군에게 달려 있습니다. 당신이 어찌 식객 중에서 재상과 친한 사람을 모르겠습니까?"

범저가 말했다.

"제 주인이 그를 잘 압니다. 그래서 저도 [한 번] 뵌 적이 있습니다. 당신을 위하여 제가 장 군을 만나도록 해 드리겠습니다."

수고가 말했다.

"내 말은 병들고 수레의 차축이 부러졌으며, 말 네 필이 끄는 큰 수레도 없어서 나갈 수 없소."

범저가 말했다.

"제가 당신을 위해서 주인에게 말 네 필이 끄는 큰 수레를 빌려 오겠습니다."

범저는 돌아가서 말 네 필이 끄는 큰 수레를 마련하여 왔다. 그는 수고를 위하여 수레를 몰아 진나라 재상의 관저로 들어갔다. 관저의 사람들 중 멀리서 바라보다가 범저를 아는 자는 모두 몸을 피하여 숨었다. 수고는 이를 이상히 여겼다. 재상의 관저 문 앞에 이르자 범저가 수고에게 말했다.

"저를 기다려 주시면 제가 당신을 위하여 먼저 들어가 재상께 알리겠습니다."

수고는 문 앞에서 기다렸다. 수레를 멈춘 지 꽤 오래되었으므로 문지기에게 물었다.

"범숙이 나오지 않는데 어찌 된 일이오?"

문지기가 대답했다.

"범숙이라는 사람은 없습니다."

수고가 말했다.

"아까 나와 함께 수레를 타고 와서 안으로 들어간 사람 말이오."

문지기가 말했다.

"그분은 우리 재상 장 군이라는 분입니다."

수고는 자신이 속은 것을 알고 매우 놀라 웃옷을 벗어 몸을 드러내고 무릎으로 걸어서 문지기를 통해 죄를 빌었다. 이때 범저가 장막을 치고 아주 많은 시종을 거느리고 나와 수고를 만났다. 수고가 머리를 조아리고 죽을죄를 빌며 말했다.

"저는 당신께서 당신 힘으로 이처럼 출세하리라고는 미처 생각지 못했습니다. 저는 다시는 천하의 글을 읽지도 않으며 다시는 천하의 일에 관여하지도 않겠습니다. 저의 죄는 솥에 삶겨 죽어 마땅하지만 스스로 북쪽 오랑캐 땅으로 물러가게 해 주십시오. 부디 선생께서 죽이든지 살리든지 해 주십시오."

범저가 말했다.

"네 죄가 얼마나 되는지 아느냐?"

수고가 대답했다.

"제 머리카락을 모두 뽑아 속죄해도 오히려 부족합니다."

범저가 말했다.

"네 죄목은 세 가지이다. 옛날 초나라 소왕 때 신포서(申包
胥)가 초나라를 위하여 오나라 군사를 물리쳤으므로 초나라
왕이 그를 형(荊) 땅의 5000호에 봉하려 했으나 포서는 사양
하고 받지 않았다. 그것은 형에 있는 조상의 무덤을 위한 것
이었기 때문이다. 지금 내 조상의 묘 역시 위나라에 있다. 그
런데 너는 예전에 내가 제나라와 내통한다고 여겨 나를 위제
에게 모함했으니 [이것이] 그대의 첫 번째 죄이다. 위제가 나를
욕보이기 위하여 변소에 두었을 때 그대는 그것을 말리지 않
았으니 [이것이] 두 번째 죄이다. 위제의 빈객들이 취하여 번갈
아 가며 내게 오줌을 누었으나 그대는 모르는 척했으니 [이것
이] 세 번째 죄이다. 그러나 오늘 그대가 죽음을 당하지 않는
이유는 두꺼운 명주 솜옷을 주면서 옛정을 그리워하는 마음
이 있었기 때문이다. 그래서 그대를 풀어 주겠다."

이렇게 말을 끝냈다. [범저는 궁궐로] 들어가 소왕에게 보고
하고 수고를 숙소로 돌려보냈다.

수고가 범저에게 작별 인사를 하러 가자, 범저는 크게 잔치
를 열고 각국 제후의 사신을 모두 불러 대청 위에 앉아 많은
음식을 대접했다. 그러나 수고만은 대청 아래에 앉혀 그 앞에
말죽을 놓고 이마에 먹물을 새겨 넣은 두 명 사이에 끼어 말
처럼 먹게 하고는 꾸짖어 말했다.

"나를 위하여 진나라 왕에게 '당장 위제의 목을 가져오게
하시오. 그러지 않으면 나는 곧 [수도] 대량을 도륙하겠다'라고
전하시오."

수고는 돌아와 위제에게 이 사실을 알렸다. 위제는 두려워 조나라로 달아나 평원군 집에 숨었다.

범저가 재상이 된 뒤 왕계가 범저에게 말했다.

"예측할 수 없는 일이 세 가지 있고, 어찌할 수 없는 일 또한 세 가지 있습니다. 왕께서 어느 날 세상을 떠날지 모르는데 이것이 첫 번째 예측할 수 없는 일입니다. 당신이 갑자기 관사(館舍)를 버리고 세상을 등질지 모르니 이것이 두 번째 예측할 수 없는 일입니다. 제가 느닷없이 구덩이에 빠져 죽을지 모르니 이것이 세 번째 예측할 수 없는 일입니다. 왕께서 어느 날 돌아가시면 당신이 신〔을 왕에게 추천하지 않은 것〕에 대해 탄식해도 어찌할 수 없습니다. 당신이 갑자기 관사를 버리고 세상을 등진다면 신〔을 왕에게 추천하지 않은 것〕에 대해 탄식해도 어찌할 수 없습니다. 제가 느닷없이 구덩이에 빠진다면 당신이 신〔을 왕에게 추천하지 않은 것〕에 대해 탄식해도 어찌할 수 없습니다."

범저는 불쾌하지만 궁궐로 들어가 왕에게 말했다.

"왕계의 충성심이 없었다면 신은 함곡관 안으로 들어올 수 없었을 테고, 대왕의 어진 성덕이 없었다면 신은 존귀한 지위에 오르지 못했을 것입니다. 지금 신의 벼슬은 재상에 이르고 작위는 열후에 들었는데 왕계의 벼슬은 여전히 알자에 머물러 있으니, 이는 신을 진나라로 데리고 온 왕계의 뜻이 아닐 것입니다."

소왕은 왕계를 불러 하동(河東) 태수로 임명하고 3년 동안 상계(上計)매년 각지에서 수도로 사람을 보내 인구와 돈과 식량과 소송

사건 등을 기록한 장부를 올리는 것를 하지 않도록 했다. 〔범저가〕
또 정안평(鄭安平)을 추천하자 소왕은 그를 장군에 임명했다.
그러자 범저는 자기 집 재물을 풀어 예전에 곤궁할 때 은혜를
베풀어 준 자들에게 하나하나 보답했다. 단 한 끼 식사라도
대접해 준 자에게는 반드시 이를 갚고, 눈을 한 번 흘길 정도
의 사소한 원한에도 반드시 보복했다.

범저가 진나라 재상이 된 지 2년, 즉 진나라 소왕 42년에
동쪽으로 한나라의 소곡(少曲)과 고평(高平)을 쳐서 빼앗았다.
진나라 소왕은 위제가 평원군의 집에 숨어 있다는 말을 듣고
어떻게 해서라도 범저를 위하여 원수를 갚아 주려 했다. 그래
서 화친하자는 거짓 편지를 평원군에게 보내 말했다.

과인은 당신이 지고한 의리를 지녔다고 들었소. 〔그래서〕 당
신과 신분을 뛰어넘어 사귀고 싶으니 부디 당신이 과인에게 들
러 주면 과인은 당신과 함께 열흘 동안 술을 마시려 하오.

평원군은 진나라가 두렵기도 하고, 또 왕의 말이 그럴듯하
게 생각되기도 하여 진나라로 들어가 소왕을 만났다. 소왕은
평원군과 며칠간 술을 마시고는 평원군에게 말했다.

"옛날에 주나라 문왕은 여상을 얻어 태공(太公)조부이라고
하였고, 제나라 환공은 관이오(管夷吾)관중를 얻어 중보(仲父)
숙부로 삼았소. 지금 범 군 또한 과인에게 숙부와 같은 존재
요. 그런데 범 군의 원수가 당신 집에 있으니 원컨대 사람을
보내 그 머리를 가져오도록 해 주시오. 그러지 않으면 나는 당

신을 함곡관 밖으로 내보내지 않겠소."

평원군이 말했다.

"높은 자리에 있을 때 벗을 사귀는 것은 천한 몸이 되었을 때 도움을 받으려는 생각 때문이고, 부유할 때 벗을 사귀는 것은 가난해졌을 때 도움을 받으려는 생각 때문입니다. 위제는 제 벗입니다. 제 집에 있다 하더라도 내놓을 수 없습니다만 지금은 제 집에 없습니다."

그러자 소왕은 조나라 왕에게 편지를 보내 말했다.

왕의 아우평원군는 진나라에 있소. 범 군의 원수 위제가 평원군의 집에 있으니 왕께서는 빨리 사람을 보내 그의 목을 [진나라로] 가져오게 하시오. 그러지 않으면 나는 군사를 일으켜 조나라를 치고 왕의 아우도 함곡관 밖으로 내보내지 않겠소.

조나라 효성왕은 곧 병사를 보내 평원군의 집을 에워쌌다. 위제는 다급해지자 밤을 틈타 달아나 조나라 재상 우경을 만났다. 우경은 조나라 왕을 도저히 설득할 수 없다고 생각하고는 재상의 인수를 풀어 놓고 위제와 함께 몰래 도망쳤다. 그러고는 의지할 만한 제후를 생각해 보았지만 당장 갈 만한 곳이 없어 다시 대량으로 달아나 신릉군을 통해 초나라로 도망치려고 했다. 신릉군은 두 사람이 왔다는 소식을 들었으나 진나라가 두려워서 주저하며 만나려 하지 않고 이렇게 물었다.

"우경은 어떤 인물이오?"

이때 후영이 옆에 있다가 말했다.

"사람이란 본래 알기가 힘들지니 남을 아는 것도 〔결코〕 쉬운 일이 아닙니다. 저 우경이란 인물은 짚신을 신고 챙이 긴 삿갓을 쓴 보잘것없는 사람이지만 조나라 왕을 한 번 만나 백옥 한 쌍과 황금 100일을 받았고, 두 번 만나 상경에 임명되었으며, 세 번 만나 재상의 인수를 받고 만호후에 봉해졌습니다. 그때는 천하 사람들이 다투어 그를 알려고 했습니다. 그런데 위제가 궁지에 빠져서 곤란해져 우경에게 매달리자, 우경은 높은 작위와 봉록도 소중하게 여기지 않고 재상의 인수를 풀어 놓고 만호후의 봉록도 버리고 몰래 이곳을 찾아왔습니다. 그는 남의 곤궁함을 긴급하게 여겨 공자를 의지하러 온 것입니다. 공자께서는 '어떤 인물인가?'라고 물었습니다. 사람이란 본래 알기가 힘들지니 남을 아는 것도 〔결코〕 쉬운 일이 아닙니다."

신릉군은 몹시 부끄러워하며 마차를 몰아 성 밖으로 나아가 두 사람을 맞이했다. 〔그러나〕 위제는 신릉군이 처음에 만나기를 주저했다는 말을 듣고 화가 나서 스스로 목을 잘라 죽었다. 조나라 왕은 이 소식을 듣고 그 머리를 얻어 마침내 진나라에 주었다. 그러자 진나라 소왕도 평원군을 조나라로 돌려보냈다.

소왕 43년에 진나라가 한나라의 분(汾)과 형(陘)을 쳐서 빼앗고 하수 근처 광무(廣武)에 성을 쌓았다. 〔이로부터〕 5년 뒤에 소왕이 응후의 계책을 받아들여 첩자를 보내 조나라를 속였다. 조나라는 이로 인해서 염파 대신 마복군 조사의 아들 조괄을 장군으로 삼았다. 진나라는 조나라 군대를 장평에서 크게 깨뜨리고 드디어 한단을 포위했다. 이때 〔응후는〕 무안군(武安君) 백기(白起)와 사이가 좋지 않아 〔소왕에게〕 모함하여 백기를 죽이고 정안평을 장군으로 추천하여 조나라를 치도록 했다. 그러나 정안평은 조나라 군대에게 포위당해 사태가 급박해지자 병사 2만 명을 이끌고 조나라에 항복했다. 〔이 때문에〕 응후는 멍석을 깔고 앉아 죄를 청했다. 진나라 법에 따르면 사람을 추천한 경우 추천받은 사람이 죄를 지으면 추천한 사람도 그와 같은 처벌을 받게 되어 있었다. 응후는 삼족을 멸하는 죄에 해당하지만 진나라 소왕은 응후의 마음을 상하게 할까 두려워 온 나라에 영을 내렸다.

"감히 정안평 사건을 입 밖에 내는 자가 있으면 정안평과 같은 처벌을 받을 것이다."

그러고는 상국 응후에게 평소보다 더 많은 음식을 내려 그의 마음을 달랬다. 〔이로부터〕 2년 뒤에 왕계가 하동 태수로 있으면서 제후와 내통하다가 법에 저촉되어 사형되었다. 응후는 날이 갈수록 더 불안해졌다.

소왕이 조정에 나와 한숨을 쉬자 응후가 앞으로 나서서 말했다.

"신이 듣건대 '군주가 근심하면 신하는 욕을 보고, 군주가 욕을 보면 신하는 죽는다.'라고 합니다. 지금 대왕께서는 조정에 나와 근심하고 계시니 신에게 벌을 내려 주시기를 청합니다."

소왕이 말했다.

"내가 듣기로 초나라의 철검(鐵劍)은 예리하지만 광대들은 시원찮다고 하는데, 철검이 예리하면 군사들이 용감할 것이고 광대가 시원찮으면 생각이 원대할 것이오. 원대한 생각으로 용감한 군사들을 거느리면 초나라가 진나라를 칠까 두렵소. 대체로 모든 일은 평소에 준비하지 않으면 급박한 경우에 대처할 수 없소. 지금 무안군은 이미 죽었고 정안평의 무리는 등을 돌렸소. 나라 안으로는 훌륭한 장수가 없고 밖으로는 적국이 많소. 나는 이를 걱정하고 있소.”

〔소왕은〕 이렇게 해서 응후를 격려하려고 했지만 응후는 도리어 송구스러워 어찌할 바를 몰랐다. 그 무렵 채택이 이 소문을 듣고 진나라로 찾아왔다.

군주가 어진 것은 하늘이 내린 복이다

채택(蔡澤)은 연나라 사람이다. 〔그는〕 배운 바를 유세하며 벼슬 자리를 얻으려고 제후들을 찾아다녔으나 나라가 크건 작건 뜻을 얻지 못했다. 그래서 당거(唐擧)에게 관상을 보러 가 말했다.

“소문을 들으니 선생은 이태의 관상을 보고 100일 안에 나라의 정권을 잡게 될 거라고 했다는데 그런 일이 있습니까?”

〔당거가〕 대답했다.

“있습니다.”

〔채택이〕 말했다.

"저 같은 사람은 어떻습니까?"

당거는 〔채택을〕 자세히 들여다보더니 웃으며 말했다.

"선생은 코가 납작하고 어깨가 넓고 이마는 툭 튀어나오고 콧마루는 내려앉았으며 다리는 활처럼 휘었습니다. 성인의 관상은 보아도 모른다고 들었는데 선생 같은 이를 두고 하는 말인 듯합니다."

채택은 당거가 자기를 놀리고 있다고 생각하고는 이렇게 말했다.

"부귀란 내가 본래 가지고 있는 것이지만 내가 알 수 없는 것은 수명입니다. 그것을 들려주십시오."

당거가 대답했다.

"선생의 수명은 지금부터 〔남은 날이〕 43년입니다."

채택은 웃으며 인사를 하고 떠나면서 마부에게 말했다.

"내가 만약 쌀밥과 고기반찬을 먹고 준마를 타고 다니며 황금 인장을 품속에 간직하고 자줏빛 인수를 허리에 차고 군주 앞에서 인사를 하며 배불리 먹고 부귀하게 살 수 있다면 43년으로도 충분하리라."

그는 조나라로 갔지만 쫓겨났고, 한나라와 위나라로 들어갔지만 가지고 있던 세 발 가마솥을 길에서 도둑맞았다. 그는 응후가 진나라 왕에게 추천한 정안평과 왕계가 모두 진나라에서 큰 죄를 지어 그가 속으로 부끄러워한다는 말을 듣고 서쪽 진나라로 들어갔다. 그리고 소왕을 만나려고 사람을 시켜 자신을 자랑하여 응후의 화를 돋우었다.

"연나라 유세객 채택은 천하의 호걸로서 변론에 뛰어나고 지혜로운 인물입니다. 그가 한번 진나라 왕을 만나기만 하면 진나라 왕은 반드시 당신을 궁지에 몰아넣어 당신의 지위를 빼앗을 것입니다."

응후는 그 말을 듣고 말했다.

"나는 오래전부터 오제와 삼대의 일과 제자백가의 학설을 알고 있으며 많은 사람의 변론도 다 물리쳤다. 그가 어떻게 나를 궁지에 몰아넣어 내 지위를 빼앗을 수 있단 말인가?"

〔그러고는〕 사람을 시켜 채택을 불러오게 했다. 채택은 들어와서 응후에게 인사했다. 응후는 본래 채택을 탐탁하게 여기지 않았는데, 만나 보니 또 태도가 거만하므로 그를 꾸짖어 말했다.

"그대는 일찍이 나 대신 진나라 재상이 된다고 큰소리를 친 모양인데 정녕 그리 말했소?"

〔채택이〕 대답했다.

"그렇습니다."

응후가 말했다.

"그 말이나 들어 봅시다."

채택이 말했다.

"아, 당신은 어찌 그리 보는 눈이 더디십니까? 대체로 봄, 여름, 가을, 겨울 사계절은 차례로 할 일을 다하면 물러갑니다. 사람이 세상에 태어난 이상 신체가 건강하고 팔다리가 성하고 눈과 귀가 밝고 마음이 지혜로운 것이 선비의 바람 아니겠습니까?"

응후가 말했다.

"그렇소."

채택이 말했다.

"인(仁)을 바탕으로 하여 의(義)를 지키며 도를 시행하여 덕을 베푼다면 천하에 자기 뜻을 이루는 것이고, 천하 사람들이 그리워하고 사랑하며 존경하고 흠모하여 군주로 받들고자 한다면 이것이야말로 변설이 뛰어나고 지혜로운 선비가 기대하는 바 아니겠습니까?"

응후가 말했다.

"그렇소."

채택이 다시 말했다.

"부귀와 명예를 같이 누리며, 세상의 모든 일을 잘 처리하여 각기 제자리를 찾게 하고, 타고난 명대로 오래 살아 천수를 다 누리고 요절하지 않으며, 천하 사람들이 그 전통을 물려받아 그의 사업을 지켜 영원토록 전해지게 하고, 이름과 실제 모습이 참되어 그 은택이 1000리까지 미치며, 대대로 이를 칭송해서 끊이지 않게 하여 천지와 함께 시작과 끝을 같이한다면 이야말로 도덕이 이루어지는 것이니 성인이 말하듯 상서롭고 좋은 일이 아니겠습니까?"

응후가 말했다.

"그렇소."

채택이 말했다.

"저 진나라의 상군, 초나라의 오기, 월나라의 대부 문종 같은 사람은 결국 선비들이 바라고 원하는 인물이 될 수 있겠습니까?"

응후는 채택이 자기를 궁지로 몰아넣어 설득하려는 줄을 알아차리고 다시 꾸며서 대답했다.

"어찌 바라지 않겠소? 저 공손앙상군은 효공을 섬길 때 몸과 마음을 다하였고, 나랏일에 힘을 다하여 자기 일은 돌보지 않았소. 그는 형벌을 만들어 간사한 행위를 끊어 버리고 상과 벌을 믿을 만하게 하여 잘 다스렸소. 마음속을 털어놓아 진실된 감정을 보이는 데는 〔주위 사람들의〕 원망을 사는 것도 무릅썼고, 옛 친구를 속여서까지 위나라 공자 앙을 사로잡았으며, 진나라의 사직을 평안하게 하여 백성을 이롭게 했소. 결국에는 진나라를 위하여 적의 장수를 사로잡고 적군을 깨뜨려 영토를 1000리나 넓혔소.

오기는 도왕을 섬길 때 사사로운 이익으로 나라의 이익을 해치지 못하게 하고, 헐뜯는 말로 충성스러운 신하를 가릴 수 없도록 하며, 〔근거 없는〕 말로 남에게 동조하거나 말을 억지로 꾸미지 않고, 도리에 맞지 않는 행동을 구차스럽게 하지 않으며, 위험하다고 하여 행동을 바꾸지 않고 행동이 의로우면 어려움을 피하지 않으며 군주를 천하의 우두머리로 만들고 나라를 강하게 하기 위해서는 〔그 자신의〕 화나 재앙도 마다하지 않았소.

대부 문종이 월나라 왕을 섬길 때는 군주가 곤경에 처하고 치욕을 당하더라도 충성을 다하는 일을 게을리하지 않고, 군주의 대가 끊기고 나라가 망하려고 해도 재능을 다하고 떠나지 않으며, 공을 이루더라도 자랑하지 않고, 부귀한 몸이 되어서도 교만하거나 게으르지 않았소.

이 세 사람이야말로 정녕 의(義)의 극치이자 충성의 절개요. 그래서 군자는 의를 위해서는 어려운 일을 하다 죽는 것도 마다하지 않으며, 죽는 것을 자기 집으로 돌아가는 것처럼 쉽게 여기고, 살아서 치욕을 겪는 것보다 죽어서 영예로운 편이 낫다고 생각했소. 선비란 본래 자기 몸을 죽여서 이름을 남기나니 정의가 있는 곳이라면 죽더라도 원망하지 않소. 어찌 〔세 사람이 선비가 바라는 대상이〕 될 수 없겠소?"

채택이 말했다.

"군주가 성스럽고 신하가 어진 것은 천하의 큰 복입니다. 군주가 명민하고 신하가 정직한 것은 나라의 행복입니다. 아버지가 자애롭고 자식이 효성스러우며 남편이 성실하고 아내가 정숙한 것은 가정의 행복입니다. 그러나 비간(比干)은 충성스러워도 은나라를 보존하지 못했고, 오자서는 지혜롭지만 오나라를 온전하게 하지 못했으며, 신생(申生)⁶⁾은 효성스러워도 진(晉)나라는 어지러웠습니다.

이처럼 모두 충신이고 효자이지만 나라가 망하고 집이 어지러워진 까닭은 무엇입니까? 명민한 군주와 현명한 아버지가 없어서 충신과 효자의 말을 듣지 않았기 때문입니다. 그래서 세상에서는 그 군주와 아버지를 더러운 사람이라 하여 하찮게 여기고, 그 신하와 자식을 가엾게 여겼습니다. 상군과 오기와 대부 문종은 신하로서 훌륭했으나 그들의 군주는 훌륭하

---

6) 진(晉)나라 헌공(獻公)의 태자이다. 헌공은 여희(驪姬)를 아껴 그녀의 아들 해제(奚齊)를 태자로 세우려고 하면서 신생을 곡옥(曲沃)에 있게 했다. 신생은 그로부터 얼마 뒤에 여희의 비방을 받아 스스로 목숨을 끊었다.

지 못했습니다. 세상에서는 이 세 사람이 공을 세우고도 자랑하지 않은 점을 칭송하지만 어찌 불우하게 죽은 것을 부러워하겠습니까?

만약 죽은 뒤에야 충성스럽다는 이름을 얻는다면 미자(微子)[7]는 어진 사람이라 할 수 없고, 공자는 성인이라 할 수 없으며, 관중은 위대하다고 할 수 없습니다. 대체로 사람이 공을 세울 때 어찌 완전하기를 기대하지 않겠습니까? 몸과 이름이 모두 온전한 것이 가장 훌륭하며, 이름은 남의 모범이 될 만하지만 자신은 죽는 것이 그다음이고, 이름은 욕되어도 몸만은 온전한 것이 가장 아래입니다."

그러자 응후가 옳다고 칭찬했다.

달도 차면 기운다

채택은 조금씩 말할 틈을 얻었다고 생각하여 계속 말을 이었다.

"저 상군과 오기와 대부 문종이 신하로서 충성을 다하고 공을 이룬 것은 누구나 바라는 바이지만, 굉요(閎夭)가 주나

---

7) 은나라 주왕의 형으로 이름은 계(啓)이다. 미(微)는 나라 이름이고, 자(子)는 작위이다. 주왕에게 여러 차례 간언했으나 받아들이지 않자 나라를 떠났다. 훗날 주나라 무왕이 주왕을 멸한 뒤 미자를 송나라에 봉하고 남은 백성을 다스리도록 했다.

라 문왕을 섬기고 주공이 주나라 성왕을 보좌한 것도 어찌
충성스러운 일이 아니겠습니까? 군주와 신하의 관계로 보면
상군, 오기, 대부 문종과 굉요, 주공을 비교할 때 어느 쪽을
선비들이 바랄까요?"

응후가 말했다.

"상군, 오기, 대부 문종이 그들만 못하오."

채택이 말했다.

"그렇다면 당신의 군주가 자애롭고 어질어서 충성스러운 신
하를 신임하고, 옛 친구들을 극진히 대접하며, 현명하고 지혜
로우며 도를 지킬 줄 아는 선비들과 굳게 사귀고, 의를 지켜
공을 세운 신하를 저버리지 않는 점에서 진나라 효공, 초나라
도왕, 월나라 왕 (구천)과 비교할 때 어느 쪽이 더 낫습니까?"

응후가 말했다.

"어떤지 모르겠소."

채택이 말했다.

"지금 군주께서 충신을 가까이하는 것은 진나라 효공, 초나
라 도왕, 월나라 왕만 못합니다. 당신은 자기 지혜를 펼쳐 군
주를 위해 위태로운 것을 안정시키고 정치를 바로잡으며, 어지
러운 것을 다스리고 병력을 강화하며, 근심 걱정을 물리쳐 어
려움을 이겨 내고, 영토를 넓혀 수확을 늘림으로써 나라가 부
유하고 백성의 살림이 넉넉하게 하였습니다. (또한) 군주를 강
하게 하고 사직을 높이고 종묘를 빛나게 하여 천하에 누구라
도 감히 군주를 업신여기거나 속이지 못하게 하였습니다. 군
주의 위엄이 국내를 뒤덮어 떨치게 하고, 공적이 만 리 밖까지

드러나 빛나는 이름을 천세까지 전하게 한 점에서는 당신과 상군, 오기, 대부 문종을 비교하면 어느 쪽이 낫습니까?"

응후가 말했다.

"내가 〔그들만〕 못하오."

채택이 말했다.

"지금 당신의 군주가 충신을 가까이하고 옛 친구를 잊지 않는 점에서는 효공, 도왕, 구천만 못하고 당신의 공적과 군주의 총애나 신임을 받는 정도도 상군과 오기와 대부 문종만 못합니다. 그런데 당신의 봉록은 많고 지위는 높으며 가진 재산은 이 세 사람보다 많습니다. 만일 당신이 물러나지 않고 그대로 그 자리를 지키고 있으면 당신에게 닥칠 근심은 세 사람보다 클 것입니다. 저는 당신을 위하여 이 점이 위태롭다고 생각합니다.

옛말에 '해가 중천에 오르면 〔서쪽으로〕 기울고, 달이 차면 이지러진다.'라고 했습니다. 만물이 왕성해지면 쇠약해지는 것이 천지의 영원한 이치입니다. 나아가고 물러가는 것, 굽히고 펴는 것이 때에 따라 변하는 것은 성인의 영원한 도리입니다. 그래서 '나라에 도가 있으면 벼슬하고, 나라에 도가 없으면 숨는다.' 했으며 성인공자(孔子)이 '나는 용이 하늘에 있으면 덕이 있는 자를 만나기에 이롭다.'라고 말했고, '의롭지 않은 부귀는 나에게 뜬구름과 같다.'라고 했습니다. 지금 당신은 원한을 이미 다 갚았고 은혜도 이미 갚았습니다. 마음속으로 하고 싶던 것을 다 이루었습니다. 그런데 〔당신은〕 세상의 변화에 대응할 수 있는 대책을 세우지 않고 있습니다. 〔저는〕 당신을 위해 그대로 있을 수 없습니다.

물총새, 따오기, 코뿔소, 코끼리는 그들이 사는 곳이 죽음의 위험으로부터 그리 멀리 벗어나 있지는 않지만 그런대로 하늘에서 내려 준 수명을 누릴 수 있습니다. 그런데도 [잡혀] 죽는 까닭은 미끼에 현혹되기 때문입니다. 소진과 지백의 지혜는 욕된 것을 피하고 죽음을 멀리하기에 부족하지 않았지만 그들이 죽은 까닭은 이익을 탐하는 데 빠져 그칠 줄을 몰랐기 때문입니다. 성인은 예의를 만들어 욕심을 절제하고, 백성으로부터 세금을 거두는 데도 한도를 두었고, 백성을 부리는 데도 [농사철이 아닌] 때를 골라 일을 시키는 등 제한을 두었습니다. 생각은 지나치지 않고 행동은 교만하지 않으며 언제나 도를 지켜 어긋남이 없었습니다. 그러므로 천하 사람들이 그를 끊임없이 본받아 이어 갔던 것입니다.

옛날 제나라 환공은 제후를 아홉 차례나 규합하여 한 번에 천하를 바로잡았지만, 규구(葵丘)의 회합에서 교만하고 과시하는 생각을 보여 아홉 나라가 등을 돌렸습니다. 오나라 왕 부차의 군대는 천하에 맞설 상대가 없었지만 용맹함과 강대함만 믿고 제후들을 업신여겨 제나라와 진(晉)나라를 누르려다가 결국 자신을 죽이고 나라는 망하고 말았습니다. 하육(夏育)과 태사교(太史噭)는 큰소리로 고함을 치면 삼군(三軍)을 놀라게 하는 용사였지만 평범한 사람의 손에 죽었습니다. 이는 모두 지극한 성함에 이르렀을 때 [본연의] 도리로 돌아오지 않고 자신을 낮추어 겸손하지 않으며 절제할 줄 모른 데서 생긴 재앙입니다.

상군은 진나라 효공을 위해 법령을 정비하여 간사함의 근원을 없애고, 〔공이 있으면〕 작위를 높여서 반드시 상을 주고 죄가 있으면 반드시 벌을 주었으며, 저울을 공평하게 하고 길이를 재고 부피를 헤아리는 것을 바르게 하고, 논밭 사이에 난 작은 길을 없애 〔농경지를 넓힘으로써〕 백성의 생활을 안정시키고 풍속을 통일하였습니다. 또 백성에게 농사일을 권장하여 토지의 생산력을 높이고 한 집에서 두 가지 생업을 못하게 하며, 농업에 힘써서 식량을 비축하도록 하고 군사 훈련을 실시했습니다. 그래서 군대가 출동하면 토지는 넓어졌고 군대가 쉬면 나라가 부유해졌습니다. 그러므로 진나라는 천하에 대적할 나라가 없으며, 제후들에게 위엄을 과시하여 진나라의 공적을 이루었습니다. 공적은 이루어졌으나 마침내 〔상군은〕 거열형을 받았습니다.

초나라는 땅이 사방 수천 리에 이르고 갈래진 창을 가지고 싸울 수 있는 병사가 100만이나 됩니다. 〔그러나〕 백기는 겨우 군사 수만 명을 이끌고 초나라를 쳐서 한 번 싸워 언과 영을 빼앗고 이릉을 불살랐으며, 두 번 싸워서 남쪽으로 촉나라와 한중을 병합했습니다. 또 한(韓)나라와 위(魏)나라를 넘어 강한 조나라를 쳐서 북쪽으로 마복군을 산 채로 묻고 40만 명이 넘는 군사를 장평성 밑에서 모조리 무찔렀는데, 흐르는 피가 내를 이루고 울부짖는 소리는 하늘과 땅을 떨게 했습니다. 이어서 한단을 포위하여 진나라의 제업(帝業)을 이루게 했습니다. 초나라와 조나라는 천하의 강국으로서 진나라의 원수였지만, 그 뒤 모두 두려워 복종하며 감히 진나라를 치지 못한 것은 백기의 위세 때문이었습니다. 〔백기는〕 몸소 70여 성을 항복시켰습니다. 〔그러나〕 공적이 이루어지자 마침내 검(劍)을 받아 두우(杜郵)에서 죽었습니다.

오기는 초나라 도왕을 위하여 법률을 세우고 지나치게 무거운 대신(大臣)의 권위를 낮추며, 능력 없는 관리를 파면시키고 쓸모없는 직위를 없애며, 급하지 않은 관직을 줄이고 개인의 청탁을 막았습니다. 〔또〕 초나라 풍속을 하나로 통일시키며 백성이 유세하는 것을 금하고, 농사짓는 군사를 철저히 훈련시켜 남쪽으로는 양주(揚州)의 월나라를 손에 넣고 북쪽으로는 진(陳)과 채(蔡)를 병합시켜 연횡과 합종책을 깨뜨려서 유세를 일삼으며 다니는 선비들이 입을 열지 못하게 하고 당파 만드는 것을 금하며 백성을 격려하여 초나라의 정치를 안정시켰습니다. 병력은 천하를 떨게 하고, 위세는 제후들을 복종시켰습니다. 〔그러나〕 공적이 이루어진 뒤에는 결국 사지를 찢어 죽이는 형벌을 받았습니다.

대부 문종은 월나라 왕을 위하여 깊고 원대한 계책을 만들어 회계의 위급한 상황에서 벗어나게 하고, 망해 가는 나라를 〔다시 일으켜〕 존속되게 하였고 치욕을 영예로 돌리며, 황무지를 일구어 〔새로운〕 고을을 만들고 토지를 개간하여 곡식을 심으며, 사방의 선비들을 끌어들여 위아래의 힘을 합쳐 현명한 구천을 도와 〔오나라 왕〕 부차에게 받은 원수를 갚고 강한 오나라를 사로잡아 월나라가 천하의 우두머리가 되는 사업을 이루게 하였습니다. 그의 공적은 너무도 분명하고 〔사람들도〕 다 그것을 믿었지만 구천은 끝내 그를 저버리고 죽였습니다.

이 네 사람은 공을 이루고 물러나지 않았기 때문에 이와 같은 재앙을 입었습니다. 이른바 '펼 줄만 알고 굽힐 줄 모르며, 앞으로 갈 줄만 알고 돌아올 줄 모르는 사람'이지요. 범려는 이러한 이치를 알아 초연하게 세상을 떠나 도(陶) 주공이 되었습니다.

당신은 도박하는 사람을 보지 못했습니까? 어떤 사람은 크게 걸어 단판에 승부를 내려 하고, 어떤 사람은 조금씩 걸어 천천히 승부를 내려고 합니다. 이것은 당신도 분명히 아는 것입니다.

그런데 지금 당신은 진나라의 재상 자리에 앉아 계책을 세우고, 조정에 머무르면서 계책으로 제후들을 누르고, 삼천(三川)의 이익을 옮겨다가 의양(宜陽)을 충실하게 하고, 양장(羊腸)의 험준한 곳을 끊어 태항산으로 통하는 〔요충의〕 길을 막고, 다시 〔진(晉)나라의 양대 귀족인〕 범씨(范氏)와 중항씨(中行氏)로 통하는 〔요충의〕 길을 끊어 여섯 나라가 합종할 수 없게 하고, 1000리나 되는 잔도(棧道)를 놓아 촉나라와 한중을 연결하여 천하 제후가 모두 진나라를 두려워하게 만들었습니다. 〔이렇게 하여〕 진나라가 바라던 일이 이루어지고 당신의 공로는 극에 이르렀습니다. 이제 진나라는 조금씩 공을 나누고자 할 때입니다. 이러한 상황에서 물러나지 않는다면 상군, 백공(白公)백기, 오기, 대부 문종과 다를 바가 없습니다.

제가 듣건대 '물을 거울로 삼는 자는 얼굴을 볼 수 있고, 사람을 거울로 삼는 자는 길흉을 알 수 있다.'라고 합니다. 또 옛글에 '성공했으면 그 자리에 오래 있지 말라.'라고 했습니다.

저 네 사람이 화를 입었는데 당신은 어찌 거기에 머무르려 하십니까? 당신은 어째서 이 기회에 재상의 인수를 되돌려 어진 사람에게 물려주도록 하고 물러나 바위 밑에서 냇가의 경치를 구경하며 살게 되면 반드시 백이같이 청렴하다는 이름을 얻고 길이 응후라 불리며 대대로 제후의 지위를 누릴 것입니다. 허유(許由)나 연릉(延陵)의 계자(季子)[8]처럼 겸양하는 마음이 있다고 칭찬을 받으며, 왕자교(王子喬)[9]나 적송자(赤松子)[10]같이 오래 살 것입니다. 재앙을 입고 삶을 마치는 것과 비교하면 어느 편이 낫겠습니까? 당신은 어디에 몸을 두려 합니까? 차마 떠나지 못하고 의심하면서 스스로 결단을 내리지 못한다면 반드시 저 네 사람과 같은 화를 입을 것입니다.

『역』에 '높이 올라간 용에게는 뉘우칠 날이 있다.'라는 말이 있습니다. 이것은 오르기만 하고 내려갈 줄 모르며, 펴기만 하고 굽힐 줄 모르고, 가기만 하고 돌아올 줄 모르는 자를 가리키는 말입니다. 당신은 이 점을 잘 생각하시기 바랍니다."

응후가 말했다.

"좋은 말씀이오. 내가 듣건대 '욕심이 그칠 줄 모르면 하고자 하는 바를 잃고, 가지고 있으면서 만족할 줄 모르면 가지

---

8) 오나라 왕 수몽(壽夢)의 넷째 아들 계찰(季札)이다. 수몽은 계찰이 어질고 현명하다는 것을 알고 그에게 왕위를 넘겨주려 했지만 받지 않았다.
9) 왕자교는 주나라 영왕(靈王)의 태자이다. 그는 도사 부구공(浮丘公)과 함께 숭산(嵩山)으로 올라가 30년 동안 있으면서 신선이 되어 구지산(緱氏山)으로 갔다고 한다.
10) 적송자는 신농씨 때의 우사(雨師)로서 곤륜산으로 들어가 신선이 되었다고 한다.

고 있던 것마저 잃는다.'라고 하였소. 선생께서 다행히 나에게 가르쳐 주셨으니 나는 삼가 명을 따르겠소."

이에 〔채택을〕 안으로 맞아들여 상객으로 대우했다.

며칠 뒤에 〔응후는〕 조정으로 들어가 진나라 소왕에게 말했다.

"산동에서 새로 온 빈객이 있는데 채택이라고 합니다. 그는 변론에 뛰어나며 삼왕의 사적과 오패의 공적과 세속의 변화에 밝으므로 진나라의 정치를 맡기기에 충분합니다. 신은 지금까지 매우 많은 사람을 만나 보았지만 그만한 사람은 없었습니다. 신도 그만 못하므로 감히 말씀드립니다."

진나라 소왕은 〔채택을〕 불러서 이야기를 주고받은 다음 매우 기뻐하며 그를 객경으로 삼았다. 응후는 병을 핑계로 재상의 인수를 내놓고 싶다는 뜻을 밝혔다. 소왕이 억지로라도 응후를 그 자리에 머물게 하려 하니 응후는 병이 깊다고 하면서 끝내 재상 자리에서 물러났다. 소왕은 채택의 계획을 듣고 기뻐하여 마침내 그를 진나라 재상으로 삼고, 동쪽으로 주나라 땅을 손에 넣었다.

채택이 진나라 재상이 된 지 몇 달 지나서 그를 헐뜯는 자가 있었다. 그는 살해될까 봐 두려워서 병을 핑계로 재상의 인수를 돌려주었다. 〔그러나 소왕은〕 그를 강성군(綱成君)에 봉했다. 〔채택은〕 진나라에 10여 년 동안 머물면서 소왕, 효문왕(孝文王), 장양왕(莊襄王)을 섬기고 나중에는 시황제까지 섬겼다. 그는 연나라에 사신으로 갔다가 3년 뒤에 태자 단(丹)을 진나라에 볼모로 들어오게 했다.

태사공은 말한다.

"한비자가 '소매가 길어야 춤을 잘 추고, 돈이 많아야 장사를 잘할 수 있다.'라고 했는데 진실로 옳은 말이다. 범저와 채택은 세상에서 말하는 뛰어난 변사로서 각국의 제후에게 유세하여 머리가 하얗게 될 때까지 알아주는 군주를 만나지 못한 것은 그들의 계책이 졸렬해서가 아니라 유세한 나라들의 힘이 약소했기 때문이다. 이 두 사람이 두루 돌아다닌 끝에 진나라로 들어가자 잇달아 경상(卿相)이 되고 공을 천하에 떨친 것은 참으로 〔진나라와〕 다른 여러 나라의 강하고 약한 차이 때문이다. 그러나 선비에게는 역시 우연히 때를 만나는 경우가 있다. 이 두 사람 못지않은 재능을 가지고도 그 뜻을 이루지 못한 사람을 어찌 이루 다 말할 수 있겠는가? 그러나 이 두 사람도 어려운 때가 없었다면 어찌 〔명성을〕 떨칠 수 있었겠는가?"

20
◎
악의 열전
樂毅列傳

　악의는 전국 시대의 저명한 군사가로 알려져 있다. 그러나 위(魏)나라에서
태어나고 조나라에서 벼슬하다가 다시 위나라를 거쳐 연나라로 간 이력 때문
에 종종 지조가 없다고 비난을 받는다.

　좀 더 구체적으로 살펴보면 그는 인재를 좋아하여 초빙에 성의를 보인 연나
라 소왕을 도와 제나라를 정벌하여 70여 성을 함락시키는 데 크게 이바지했
다. 소왕의 뒤를 이어 왕위에 오른 혜왕이 제나라의 전단이 보낸 첩자의 이간
질을 믿고 악의 대신 기겁을 장수로 삼자 악의는 조나라로 달아났다. 그러자
전단은 기겁을 공격하여 연나라 군대를 무찌름으로써 제나라 땅을 되찾았다.
혜왕은 뒤늦게 후회하고 악의를 부르는 편지를 보냈다.

　악의는 그 유명한 「보연왕서(報燕王書)」를 적어 자신이 연나라 소왕과 나누
었던 군주와 신하로서의 의를 서술하고 자신의 심정을 토로했다. 사마천은 이
글의 전문을 이 편에 실었다. 어떤 이는 촉(蜀)나라 제갈량의 「출사표(出師表)」
와 비슷한 점이 매우 많은 것을 보면 이것이 「출사표」의 기초가 된 듯하다는
흥미로운 주장도 있다.

　이에 따른 구성 또한 독특한데, 악의가 제나라를 정벌한 구체적인 과정을
서술하기보다는 서간문이란 형식을 통해 악의란 인물에 대해 알 수 있도록 하
고 있다. 물론 악의에 관한 사료가 부족해서 어쩔 수 없이 이런 방식을 취한
것으로 보이지만 말이다.

說四 國樂 滅齊毅

네 나라를 설득하여 제나라를 멸망시키는 악의.

충신이 반역자가 되는 것은 하루아침이다

악의(樂毅)의 선조는 악양(樂羊)이다. 악양은 위(魏)나라 문후(文侯)위사(魏斯)의 장군이 되어 중산국을 쳐서 빼앗았다. 위나라 문후는 악양을 영수(靈壽)에 봉했다. 악양이 죽은 뒤 영수에 장사를 지냈으므로 그 후손들이 이곳에 집안을 이루게 되었다. [그 뒤] 중산은 다시 나라를 일으켰지만 조나라 무령왕(武靈王)조옹(趙雍) 때 다시 조나라에 의해 멸망했다. 악씨의 후손 중에 악의라는 사람이 있었다.

악의는 어질고 병법을 좋아하여 조나라에서 그를 천거했으나, 무령왕이 사구(沙丘)의 난¹⁾으로 죽었으므로 조나라를 떠나 위(魏)나라로 갔다. [그 무렵] 들리는 소문에 연나라에서는 자지(子之)의 난²⁾이 일어났고, 이 틈을 타서 제나라가 연나라를 깨뜨렸다. 연나라 소왕은 제나라를 원망하며 제나라에 복수할 생각을 하루도 하지 않은 적이 없으나 연나라는 작고 멀리 구석진 곳에 있어서 제나라를 꺾을 힘이 없었다. 그래서 [연나라 왕은] 몸을 굽혀 겸허한 태도로 선비를 높이 받들었는데, 먼저 곽외(郭隗)를 예우하여³⁾ 어진 사람들을 끌어들이려고 했다. 악의는 위나라 소왕에게 부탁하여 연나라에 사자로 갔다. 연나라 왕은 빈객에 대한 예의로 그를 대우하려 했지만 악의는 사양하며 예물을 바치고 신하가 되고자 했다. 연나라 소왕은 [악의를] 아경(亞卿)차경(次卿)에 임명했고, 그 뒤 오랜 세월이 흘렀다.

　이 무렵 제나라 민왕(湣王)은 세력이 강성하여 남쪽으로는

---

1) 조나라의 무령왕은 아들 가운데 하(何)에게 왕위를 물려주고, 맏아들 장(章)은 대(代) 땅에 안양군(安陽君)으로 봉하고, 자신은 주보(主父)라고 부르며 사구의 궁궐에 있었다. 그런데 장이 난을 일으켰다가 실패하고 주보가 있는 사구로 도망쳐 왔다. 공자 성(成)과 이태(李兌)가 뒤쫓아 와서 사구의 궁궐을 에워쌌는데 그 기간이 석 달이나 되었다. 이때 장이 죽고 주보도 굶어 죽었다고 한다.
2) 자지는 연나라 사람으로 연나라 왕 쾌(噲)의 재상으로 있었다. 어리석은 쾌는 녹모수(鹿毛壽)의 꾐에 빠져 왕의 자리를 자지에게 넘겨주었다. 그로부터 3년 만에 나라는 큰 혼란에 휩싸였다. 이 틈을 타 제나라 민왕이 연나라를 쳐서 깨뜨리고 쾌를 죽였으며 자지를 젓으로 담갔다.
3) 연나라 소왕은 즉위하자마자 곽외에게 천하의 어질고 현명한 선비들을 연나라로 모여들게 할 좋은 방법을 물었다. 곽외는 먼저 자신을 정성껏 대우해 달라고 하였고, 소왕은 그에게 큰 집을 마련해 주고 스승으로 모셨다. 그러자 악의와 추연 같은 유명한 선비들이 몰려들었다.

초나라 재상 당말(唐昧)을 중구(重丘)에서 쳐부수고, 서쪽으로는 삼진을 관진(觀津)에서 꺾었으며, 마침내 삼진과 함께 진나라를 공격하고, 또 조나라를 도와 중산을 멸망시켰으며, 송나라를 쳐서 땅을 1000여 리나 넓혔다. 〔민왕은〕진나라 소왕과 세력을 겨루어 제(帝)라고 일컬었다가 얼마 뒤부터는 다시 왕이라고 불렀다. 제후들은 모두 진나라를 등지고 제나라에 복종하려고 했다. 민왕은 스스로 교만해졌고 백성은 견딜 수 없었다.

이에 연나라 소왕이 제나라를 칠 방법을 묻자 악의가 대답했다.

"제나라는 일찍이 〔환공이〕 세상을 제패한 업적이 있으며, 땅이 넓고 인구가 많아 연나라 혼자 힘으로 치기란 쉬운 일이 아닙니다. 왕께서 제나라를 꼭 치려고 한다면 조나라, 초나라, 위나라와 힘을 합치는 것이 가장 좋습니다."

그래서 연나라 왕은 악의에게 조나라 혜문왕과 맹약을 맺도록 하고, 또 다른 사람을 시켜 초나라와 위나라와도 연합했으며, 조나라를 통해 진나라에게 제나라를 치는 것이 유리하다고 설득하도록 했다. 제후들은 제나라 민왕이 교만하고 난폭하여 싫어하고 있었으므로 모두 다투어 합종하여 연나라와 함께 제나라를 치려고 했다.

악의가 돌아와 이러한 상황을 보고하자 연나라 소왕은 병력을 총동원하고 악의를 상장군으로 삼았다. 조나라 혜문왕은 상국(相國)의 직인을 악의에게 주었다. 악의는 조, 초, 한, 위, 연 다섯 나라의 병사를 합쳐 통솔하여 제나라를 제수(濟

水) 서쪽에서 무찔렀다. 제후들의 병사는 싸움을 마치고 돌아
갔지만, 악의는 연나라 군대를 이끌고 제나라 군대를 뒤쫓아
제나라 수도 임치까지 쳐들어갔다. 제나라 민왕은 제수 서쪽
에서 패하자 달아나 거(莒)를 지키고 있었다. 악의는 홀로 머
무르며 제나라 땅을 공략했지만 제나라의 모든 성은 수비 태
세를 갖출 뿐이었다. 악의는 임치까지 쳐들어가 제나라의 보
물과 재물과 제기를 모두 빼앗아 연나라로 보냈다. 연나라 소
왕은 매우 기뻐하여 몸소 제수 기슭까지 나아가 군대를 위
로하고 상을 주고 잔치를 열어 주었으며, 악의를 창국(昌國)
에 봉하고 창국군(昌國君)이라고 불렀다. 연나라 소왕은 제나
라에서 얻은 전리품을 거두어 돌아가고, 악의에게 다시 군사
를 이끌고 가서 아직 항복하지 않은 제나라 성들을 평정하게
했다.

악의는 제나라에 머물러 각지를 공격한 지 5년 만에 제나
라의 성 70여 개를 항복시켜 연나라의 군현으로 만들었다. 그
러나 거와 즉묵만은 아직 항복하지 않았다.

그때 마침 연나라 소왕이 죽고 그 아들이 왕위를 이었는데,
그가 바로 혜왕(惠王)이다. 혜왕은 태자 때부터 언제나 악의를
달갑게 여기지 않았다. 혜왕이 즉위하자 제나라 전단(田單)은
이 사실을 알고 연나라로 첩자를 보내 이러한 말을 퍼뜨렸다.

"제나라 성 가운데 항복하지 않은 곳은 두 곳뿐이다. 그런
데 들리는 말에 따르면 이 성을 빨리 치지 않는 까닭은 악의
가 새로 즉위한 연나라 왕과 사이가 나빠 전쟁을 질질 끌면서
제나라에 머물러 제나라의 왕이 되려고 하기 때문이라고 한

다. 그래서 제나라는 연나라에서 다른 장수가 오지 않을까 두려워하고 있다고 한다."

연나라 혜왕은 전부터 악의를 의심하고 있던 차에 제나라 첩자의 말을 듣고는 기겁(騎劫)을 대신 장군으로 삼아 보내고 악의를 불러들였다.

악의는 연나라 혜왕이 자기를 탐탁지 않게 여겨 다른 사람으로 교체시킨 줄을 알고 죽게 될까 봐 두려워서 서쪽으로 달아나 조나라에 투항했다. 조나라에서는 악의를 관진(觀津)에 봉하고 망제군(望諸君)이라고 불렀다. 조나라가 악의를 높이 떠받들자 연나라와 제나라는 놀랐다.

군주와 신하의 의는 무엇인가

제나라 전단은 나중에 기겁과 싸웠는데 속임수를 써서 연나라 군대를 즉묵성 아래에서 깨뜨렸다. 그는 돌아다니며 연나라 군대를 쫓아 버리고 북쪽으로 하수 가에 이르러 제나라의 성을 모두 되찾고 거(莒)에서 양왕(襄王)을 맞아 〔수도〕 임치로 들어갔다.

연나라 혜왕은 기겁을 악의와 교체시켰기 때문에 싸움에 지고 장수를 잃었으며 전에 빼앗았던 제나라 땅마저 잃게 된 것을 후회했다. 또한 악의가 조나라에 투항한 것을 원망하며, 조나라가 악의를 등용하여 연나라가 지친 틈을 타서 연나라를 치지나 않을까 두려워하였다. 이에 연나라 혜왕은 사신을 보내 악의를 꾸짖으면서도 한편으로는 사과하는 말을 전했다.

"선왕께서는 나라 전체를 장군에게 맡겼소. 장군이 연나라를 위하여 제나라를 깨뜨리고 선왕의 원수를 갚으니 이 세상에서 놀라 떨지 않는 사람이 없었소. 과인이 어찌 감히 장군의 공로를 하루인들 잊을 수 있겠소? 마침 선왕께서 신하들을 버리고 세상을 떠나 과인이 새로 왕위에 오르자 좌우의 신하들이 과인을 그르쳤소. 과인이 기겁을 장군과 교체시킨 것은 장군이 오랫동안 나라 밖에서 더위와 비바람에 시달리고 있으므로 장군을 불러 잠시 쉬게 한 뒤 나랏일을 꾀하려고 하였던 것이오. 그런데 장군은 이를 오해하고 과인과 사이가 좋지 않기 때문이라 생각하여 연나라를 버리고 조나라로 갔소. 장군 자신을 위한 처신으로는 좋은 일일지 모르나 장군은 무엇으로 선왕이 장군을 극진히 대우한 뜻에 보답하겠소?"

악의는 연나라 혜왕에게 이렇게 답장했다.

신은 재능이 없어 왕명을 받들어 모시지 못하고 좌우 신하들의 마음을 따르지 못하여 선왕의 현명하심을 해치고 대왕의 높으신 덕을 해칠까 두려워 조나라로 도망쳐 왔습니다. 지금 왕께서 사신을 보내 신의 죄를 여러 차례 꾸짖으셨습니다. 지금 신은 왕을 모시는 신하들이 선왕께서 신을 총애하신 까닭을 살피지 못하고, 또 신이 선왕을 섬긴 뜻을 명백히 하지 못할까 두려워 감히 글로 대답합니다.

신이 듣기에 "어질고 성스러운 군주는 개인적으로 가깝다는 이유로 봉록을 주지 않고 공로가 많은 자에게 상을 주며, 능력 있는 사람에게 그에 맞는 일을 맡긴다."라고 합니다. 그래서 〔사람의〕 능력을 살펴 관직을 주는 이는 공적을 이루는 군주이고, 행동을 바르게 하여 사귀는 이는 이름을 남기는 선비입니다. 신이 선왕께서 하신 일을 살펴보니 이 세상 군주들보다 높은 뜻을 가지고 있다는 것을 알았습니다. 그래서 위나라의 사신이 라는 신분을 빌려 연나라로 갔던 것입니다.

선왕께서는 외람되게 신을 뽑아 빈객들 틈에 끼게 하고 신 하들의 윗자리에 서게 했으며, 종실의 군신들과 상의할 것도 없 이 신을 아경으로 삼았습니다. 신은 속으로 그 책임을 감당할 수 있을지 자신이 없었지만 명에 따라 가르침을 받는다면 다행 히 큰 허물은 없으리라는 생각에 사양하지 않고 명령에 따랐습 니다.

선왕께서는 신에게 명하여 "나는 제나라에 원한이 많아 매 우 화가 치민다. 그래서 우리 연나라의 힘이 약한 것을 헤아리 지 않고 제나라를 치려 한다."라고 하셨습니다. 신은 "제나라는 일찍이 환공이 세상을 제패한 업적이 있으며, 전쟁에서 언제나 이긴 나라이므로 무기와 장비가 잘 갖춰져 있고 싸움에도 익숙 합니다. 왕께서 제나라를 치시려거든 반드시 천하 제후들과 함 께 이 일을 꾀하셔야 합니다. 천하 제후들과 함께 꾀하려면 조 나라와 맹약을 맺는 게 가장 좋습니다. 또한 회수 북쪽의 옛 송 나라 땅은 초나라와 위나라가 탐내는 땅입니다. 조나라가 만 약 이 일에 가담하기로 허락하고 네 나라가 동맹을 맺어 친다 면 제나라를 크게 깨뜨릴 수 있을 것입니다."라고 말씀드렸습니다. 선왕께서는 신의 말이 옳다고 생각하시고 부절을 마련하여 신을 남쪽 조나라에 사신으로 보냈습니다. 신은 돌아와 보고를 마친 뒤 병사를 일으켜 제나라를 쳤습니다.

하늘의 도가 무심치 않고 선왕께서 영명하신 덕택에 하수 북쪽의 모든 지역이 선왕에게 복종했으므로 그곳 병사를 제수 가로 모이도록 했습니다. 제수 가의 군대는 명령을 받고 제나라를 쳐서 크게 깨뜨리고 날랜 병졸과 정예 군대가 멀리 적을 뒤쫓아 제나라 수도 임치에 이르자, 제나라 왕은 거로 달아나 겨우 몸만 피할 수 있었습니다. 제나라의 주옥과 수레와 무기와 진귀한 그릇 등은 다 거두어서 연나라로 들여왔습니다. 제나라에서 가져온 기물을 영대(寧臺)에 진열하고 대려(大呂)는 원영(元英)에 전시하였으며, 옛날에 제나라에 빼앗겼던 솥은 역실(歷室)로 되찾아 오고, 연나라 수도 계구(薊丘)에는 제나라의 문수(汶水) 가에서 생산되는 대나무를 옮겨 심었습니다. 오백(五伯)오패(五覇) 이래로 선왕보다 더 큰 공적을 세운 분은 없었습니다. 선왕께서는 만족스러워하시며 땅을 떼어 신을 봉하여 작은 나라의 제후에 비길 만한 지위로 만들어 주셨습니다. 신은 책임을 감당할 수 있을지 잘 모르지만 왕의 명령을 받들고 가르침을 받으면 다행히 큰 허물은 없으리라고 생각하여 명을 받고 사양하지 않았던 것입니다.

신이 듣건대 "어질고 성스러운 군주가 공을 세우면 그것이 무너지지 않기 때문에 역사에 이름이 남고, 앞을 내다보는 밝은 눈을 가진 선비가 공명을 이루면 그것을 손상시키지 않기 때문에 후세까지 칭송을 받는다."라고 합니다. 선왕께서는 원한을 갚고 치욕을 씻어 전차 만 대를 가진 강한 제나라를 평정하여 800년 동안 쌓아 두었던 보물과 진기한 그릇을 빼앗아 오셨고, 임종하시는 날까지도 가르침이 아직 시들지 않았습니다. 정사를 맡은 신하는 그 법령을 바르게 닦고 적서(嫡庶)를 신중히 지키게 하여 이를 하인들에게까지 미치게 한 것은 모두 후세에 교훈이 될 만합니다.

또 신이 듣건대 "일을 잘 꾸민다 해서 반드시 일을 잘 이루는 것은 아니며, 시작을 잘한다고 해서 반드시 마무리도 잘하는 것은 아니다."라고 합니다. 옛날에 오자서의 의견이 오나라 왕 합려에게 받아들여졌기 때문에 오나라 왕은 멀리 〔초나라 수도〕 영까지 쳐들어갔습니다. 그러나 그 아들 부차는 자서의 의견이 그르다 하고 그에게 칼을 내려 죽게 하고, 그 시신을 말가죽으로 만든 자루에 넣어 강에 띄웠습니다. 오나라 왕 부차는 선왕의 정책을 그대로 이어 가면 공을 이룰 수 있음을 깨닫지 못했기 때문에 자서의 시신을 강에 가라앉히고도 후회할 줄을 몰랐습니다. 자서도 두 군주의 기량이 다름을 재빨리 알아차리지 못했기 때문에 강수에 던져지는 처지가 되도록 자기 의견을 굽히지 않았던 것입니다.

그런데 신의 경우에는 재앙을 벗어나 공을 세워 선왕께서 남기신 공적을 분명하게 하는 것이 가장 좋은 일입니다. 신은 모욕스러운 비방으로 선왕의 명성을 떨어뜨릴까 봐 가장 두렵습니다. 이미 연나라를 버리고 조나라로 가는 큰 죄를 지었는데, 또 연나라가 지친 틈을 타 조나라를 위하여 연나라를 쳐서 연나라에게 앞서 저지른 죄를 요행으로 면해 보려는 것은 도의상

도저히 할 수 없는 일입니다.

신이 듣건대 "옛 군자는 사람과 교제를 끊더라도 그 사람의 단점을 말하지 않고, 충신은 그 나라를 떠나더라도 자기 결백을 밝히려고 군주에게 허물을 돌리지 않는다."라고 합니다. 신은 영리하지는 못하지만 자주 군자의 가르침을 받았습니다. 다만 왕을 모시는 신하들이 주위 사람들의 말을 가까이하여 멀리 내쳐진 신의 행위를 제대로 살피지 못할까 염려되어 감히 글을 올려 말씀드립니다. 부디 군왕께서 신의 뜻을 마음으로 헤아려 주시기 바랍니다.

이리하여 연나라 왕은 악의의 아들 악간(樂閒)을 창국군에 봉했다. 악의는 조나라와 연나라 사이를 오가면서 다시 연나라와 친해졌다. 연나라와 조나라에서는 그를 객경으로 삼았다. 악의는 조나라에서 죽었다.

능력을 인정받지 못하면 떠나라

악간이 연나라에 산 지 30여 년이 되었다. 연나라 왕 희(喜)는 재상 율복(栗腹)의 계책을 써서 조나라를 치려고 창국군 악간에게 의견을 물었다. 악간이 대답했다.

"조나라는 사방의 적국과 자주 싸워 온 나라이므로 그 백성은 싸움에 익숙합니다. 조나라를 치는 것은 옳지 않습니다."

그러나 연나라 왕은 악간의 말을 듣지 않고 조나라를 쳤다. 조나라에서는 장군 염파에게 연나라를 치도록 했다. 염파가 율복의 군사를 호(鄗)에서 크게 깨뜨리고 율복과 악승(樂乘)을 사로잡았다. 악승은 악간의 집안사람이므로 악간은 조나라로 달아났다. 조나라가 드디어 연나라를 포위하니 연나라는 거듭 땅을 떼어 주고 화친을 맺었다. 그러자 조나라 군대는 포위를 풀고 돌아갔다.

연나라 왕은 악간의 말을 듣지 않은 것을 후회했지만 악간은 이미 조나라에 가 있었다. 이에 악간에게 편지를 보내어 말했다.

〔은나라〕 주왕 때 기자는 〔자기 의견이〕 받아들여지지 않았으나 계속 간하여 들어주기를 바랐소. 상용(商容)도 〔간언했으나〕 그 말이 받아들여지지 않고 몸까지 치욕을 당했지만 주왕이 마음을 바꾸기를 바랐소. 그러다가 백성의 마음이 떠나고 죄수들이 멋대로 감옥을 빠져나가는 지경에 이르자 두 사람은 비로소 물러나 숨었소. 주왕은 포악하다는 허물을 썼으나 두 사람은 충성되고 성스럽다는 이름을 잃지 않았소. 왜냐하면 두 사람은 나라를 걱정하는 마음을 다했기 때문이오. 지금 비록 과인은 어리석지만 주왕처럼 포악하지는 않으며, 연나라 백성은 어지럽기는 하지만 은나라 백성처럼 심하지는 않소. 한 집안에서 말썽이 있었다 하여 서로 정성을 다하지 않고 이웃에 일러바치는 것은 어쩐 일이오. 과인이 보기에 그대가 과인에게 간하지 않고 또 이웃 나라인 조나라로 달아난 이 두 가지 일은 그대

를 위해 잘한 일이라고 할 수 없소.

그러나 악간과 악승은 연나라가 자기들의 계책을 들어주지 않는 것을 원망하여 끝까지 조나라에 머물렀다. 조나라에서는 악승을 무양군(武襄君)에 봉했다.

그 이듬해에 악승과 염파가 조나라를 위하여 연나라를 포위했다. 이에 연나라가 예를 정중히 하여 화친을 요청하므로 포위를 풀었다. 5년 뒤에 조나라 효성왕이 죽었다. 조나라 양왕(襄王)이 염파 대신 악승을 장군으로 삼았으나 염파가 〔이에 따르지 않고〕 악승을 쳤다. 악승은 싸움에 져서 달아나고 염파는 망명하여 위나라로 들어갔다. 그로부터 16년 뒤에 진나라가 조나라를 멸망시켰다.

20여 년 뒤 고제(高帝)한고조 유방가 조나라의 옛 땅을 지나며 물었다.

"악의에게 후손이 있소?"

대답하여 말했다.

"악숙(樂叔)이라는 이가 있습니다."

고제는 악숙을 악경(樂卿)에 봉하고 화성군(華成君)이라 불렀다. 화성군은 악의의 손자이다. 그리고 악씨 집안사람으로는 악하공(樂瑕公)과 악신공(樂臣公)이 있는데, 조나라가 진나라에게 멸망될 무렵 제나라의 고밀(高密)로 망명했다. 악신공은 황제(黃帝)와 노자의 학문을 깊이 익혀 제나라에서 이름이 높았고 어진 스승으로 일컬어졌다.

태사공은 말한다.

"처음에 제나라의 괴통(蒯通)과 주보언(主父偃)은 악의가 연나라 왕에게 보낸 글 「보연왕서(報燕王書)」를 읽을 때마다 책을 덮고 눈물을 머금지 않은 적이 없었다고 한다. 악신공은 황제와 노자의 학문을 배웠다. 그의 원래 스승은 하상장인(河上丈人)이라는 인물인데, 그가 어디 출신인지는 알 수 없다. 하상장인은 안기생(安期生)을 가르쳤고, 안기생은 모흡공(毛翕公)을 가르쳤고, 모흡공은 악하공을 가르쳤으며, 악하공은 악신공을 가르쳤고, 악신공은 갑공(蓋公)을 가르쳤으며, 갑공은 제나라의 고밀과 교서(膠西) 일대에서 가르쳐 조 상국(曹相國)의 스승이 되었다.

21
◎
염파 인상여 열전
廉頗藺相如列傳

　전국 시대의 수많은 전쟁은 대부분 한나라, 위나라, 조나라를 중심으로 이루어졌다. 그런데 이 열전에 나오는 연여 싸움과 장평 싸움은 단순히 진나라와 조나라의 싸움이 아니고 여섯 나라의 안위와 복잡하게 얽혀 있다.

　전국 시대 말 동쪽에 있던 여섯 나라는 나날이 국력이 쇠약해져 감에 따라 진나라와 연횡하려고 서로 다투었다. 이러한 국제 정세 속에서 염파, 인상여, 조사(趙奢), 이목(李牧) 등 네 사람은 조나라를 더욱 강성하게 만들려고 노력하며 충성을 다했다. 환관의 우두머리 무현(繆賢), 군사 허력(許歷), 조괄(趙括)의 어머니까지도 모두 충의의 마음을 표현했다.

　사마천은 이들의 사적을 하나의 전기로 만들어 생동감 있게 기록했는데, 염파와 인상여를 그 중심에 두었으므로 이들의 이름을 따서 편명으로 삼았다. 인상여가 패기만만하게 화씨벽을 들고 진나라를 방문하여 진나라 왕과 신하들을 꾸짖는 장면과 자기 군주의 위엄을 지키기 위해 진나라 왕을 위협하는 모습은 모두 죽음을 각오한 용기에서 나온 것으로 이 편의 백미라고 할 수 있다.

　또한 인상여가 염파와 서로 경쟁하는 사이면서도 사사로움에 얽매이지 않고 너그러운 마음을 보여 주어 결국은 자신에게 적대감을 품은 염파를 자기편으로 끌어들이는 아량에는 절로 고개가 숙여진다. 특히 이들의 정치적 영욕과 출세와 좌절은 한 나라의 세력의 강약, 성쇠의 변화를 반영하고 있어 독자들에게 깊은 감동을 준다.

藺相如兩屆秦王

지혜와 담력으로 화씨벽을 되찾은 인상여.

용기와 지혜로 화씨벽을 돌려보내다

염파(廉頗)는 조나라의 뛰어난 장수이다. 조나라 혜문왕 16년에 염파는 조나라 장군이 되어 제나라를 쳐 크게 깨뜨리고 양진(陽晉)을 얻었으며, 이 공로로 상경이 되었다. 그의 용맹함은 제후들에게 널리 알려졌다. 인상여(藺相如)는 조나라 사람으로 환관의 우두머리인 무현(繆賢)의 사인이었다.

조나라는 혜문왕 때 초나라의 화씨벽(和氏璧)[1]을 손에 넣

---

1) 초나라의 변화(卞和)라는 사람이 발견한 보옥이다. 변화는 처음 이 옥을 발견하자 초나라 여왕(厲王)에게 바쳤는데, 옥을 감정하는 사람이 돌이라고 하자 왕은 변화의 왼발을 잘랐다. 뒤에 다시 무왕(武王)에게 바쳤지만 역시

게 되었다. 진나라 소공(昭公)이 이 소식을 듣고 사신을 통해 조나라 왕에게 편지를 보내서 〔진나라〕 성 열다섯 개와 화씨벽을 바꾸자고 요청했다. 조나라 왕은 대장군 염파를 비롯해 여러 대신과 이 문제를 상의했다. 화씨벽을 주자니 진나라에게 속아 성을 받지 못할까 봐 우려되고, 화씨벽을 주지 않자니 진나라 군대가 쳐들어올까 걱정되어 좀처럼 결정을 내리지 못했다. 또 진나라에 가서 이 문제에 대한 답변을 할 만한 인물을 찾았지만 마땅한 사람이 없었다. 이때 환관의 우두머리 무현이 말했다.

"신의 사인 인상여를 사신으로 보낼 만합니다."

왕이 물었다.

"어떻게 그것을 알 수 있소?"

그는 이렇게 대답했다.

"신은 일찍이 〔왕께〕 죄를 짓고 남몰래 연나라로 달아나려는 계획을 세운 일이 있습니다. 그때 신의 사인 인상여가 말리며 말했습니다. '당신께서는 연나라 왕을 어떻게 알게 되었습니까?' 그래서 신은 '왕을 모시고 국경 부근에서 연나라 왕과 만난 일이 있소. 그때 연나라 왕이 가만히 내 손을 잡으며 친구가 되고 싶다고 하였소. 이 일로 연나라 왕을 알게 되었소.'라고 하였습니다. 인상여는 신에게 '조나라는 강하고 연나라

감정 결과 돌로 밝혀졌으므로 무왕은 그의 오른발을 잘랐다. 문왕(文王)이 즉위하자 변화는 초산(楚山) 아래에서 사흘 밤낮을 통곡하였다. 문왕은 그 옥을 가져다가 다듬어 천하의 보옥 화씨벽을 얻었다. 『한비자』 「화씨(和氏)」 편에 상세하게 기록되어 있다.

는 약합니다. 게다가 당신께서는 조나라 왕의 총애를 받고 있었기 때문에 연나라 왕께서 당신과 친구가 되어 사귀려고 한 것입니다. 지금 당신께서 연나라로 달아나면 연나라는 조나라를 두려워하여 반드시 당신을 머무르게 하지 않고 사로잡아 조나라로 돌려보낼 것입니다. 그러니 당신께서는 웃옷을 벗어 어깨를 드러내고 부질(斧鑕)죄인을 죽이는 데 쓰는 도끼와 모탕에 엎드려 처벌을 바라는 편이 낫습니다. 그렇게 하면 다행히 죄를 용서받을 수 있을지도 모릅니다.'라고 했습니다. 신이 인상여의 계책대로 했더니 왕께서 다행히 신을 용서해 주셨습니다. 그래서 신은 인상여를 용감하고 지혜로운 사람으로 생각하게 되었고, 사신으로 보낼 만하다고 말씀드리는 것입니다."

그래서 왕은 인상여를 불러 만나 이렇게 물었다.

"진나라 왕이 자기 나라 성 열다섯 개와 과인의 화씨벽을 바꾸자고 요구하는데 화씨벽을 보내는 게 좋겠소? 보내지 않는 게 좋겠소?"

인상여가 대답했다.

"진나라는 강하고 조나라는 약하므로 받아들이지 않을 수 없습니다."

왕이 물었다.

"[그러나] 우리 화씨벽만 빼앗고 우리에게 성을 내주지 않으면 어떻게 하오?"

인상여가 말했다.

"진나라가 성을 내주는 조건으로 화씨벽을 달라고 했는데, 조나라에서 이를 받아들이지 않으면 잘못은 조나라에 있게 됩니다. 그러나 조나라에서 화씨벽을 보내 주었는데도 진나라가 조나라에게 성을 주지 않으면 잘못은 진나라에 있게 됩니다. 이 두 가지 대책을 비교해 볼 때 차라리 요구를 받아들여 잘못의 책임을 진나라에게 덮어씌우는 편이 낫습니다."

왕이 물었다.

"누구를 사신으로 삼을 수 있겠소?"

인상여는 이렇게 대답했다.

"왕께 [적당한] 인물이 없다면 신이 화씨벽을 받들고 사신으로 가고 싶습니다. 성이 조나라의 손에 들어오면 화씨벽을 진나라에 두고 오지만, 성이 조나라에 들어오지 않으면 화씨벽을 온전하게 가지고 조나라로 돌아오겠습니다."

마침내 조나라 왕은 인상여에게 화씨벽을 받들고 서쪽 진나라로 들어가도록 했다.

진나라 왕은 장대(章臺)진나라 궁궐에 있는 누대에 앉아 인상여를 만났다. 상여가 화씨벽을 진나라 왕에게 바치자 진나라 왕은 매우 기뻐하며 비빈과 곁에 있던 신하들에게 차례차례 돌려 가며 보여 주었고, 곁에 있던 신하는 모두 만세를 불렀다. 인상여는 진나라 왕이 조나라에게 성을 내줄 마음이 없음을 눈치채고 앞으로 나아가 이렇게 말했다.

"이 화씨벽에는 작은 흠이 하나 있는데 대왕께 그것을 가르쳐 드리길 청하옵니다."

왕이 화씨벽을 인상여에게 건네주었다. 인상여는 화씨벽을 손에 넣자 뒤로 몇 걸음 물러나 기둥에 기대서더니 머리카락이 치솟아 관을 찌를 만큼 화를 내며 진나라 왕에게 다음과 같이 말했다.

"대왕께서는 화씨벽을 얻을 욕심으로 사신을 통해 조나라 왕에게 편지를 보냈습니다. 조나라에서는 신하를 모두 불러 이 문제를 상의했습니다. 그 자리에서 신하들은 한결같이 '진나라는 지나치게 욕심이 많아 자신의 강대함만을 믿고 허황된 말로 화씨벽을 차지하려는 것이다. 화씨벽을 주고 대신 받기로 한 성은 얻지 못할 것이다.'라고 하였습니다. 그래서 진나라에게 화씨벽을 주지 않기로 의견을 모았습니다. 신은 '일반 백성의 사귐에도 오히려 서로 속이지 않거늘, 하물며 큰 나라끼리 사귀는 데 그럴 수 있겠는가? 게다가 화씨벽 하나 때문에 강한 진나라의 비위를 거슬러서는 안 된다.'라고 생각했습니다. 그래서 조나라 왕은 닷새 동안 재계(齋戒)²한 뒤 신을 사신으로 삼아 화씨벽을 받들게 하고, 진나라 조정에 삼가 편지를 보냈습니다. 조나라 왕이 이렇게 하신 까닭은 큰 나라의 위엄을 존중하여 존경하는 마음을 다하려고 한 것입니다.

그런데 지금 신이 진나라에 이르니 왕께서는 신을 별궁에서 만나고 예절을 하찮게 여기며 아주 거만하십니다. 그리고 화씨벽을 받으시고는 비빈들에게 차례로 건네주면서 신을 희롱했습니다. 신은 왕께서 화씨벽을 받은 대가로 조나라에 성을 내줄 마음이 없음을 알았기 때문에 화씨벽을 다시 돌려받은 것입니다. 왕께서 기필코 만일 신을 협박하려고 하신다면

---

2) 고대 제사나 의식을 거행할 때 그 일을 주관하는 사람은 먼저 목욕을 하고 옷을 갈아입고, 여인과 잠자리를 같이하지 않고 혼자 기거하며, 술을 경계하고 냄새나는 것을 먹지 않음으로써 공경과 정중함을 나타냈다.

신의 머리는 지금 이 화씨벽과 함께 기둥에 부딪쳐 깨질 것입니다."

인상여는 화씨벽을 가지고 기둥을 노려보며 그것을 기둥에 치려고 했다. 진나라 왕은 화씨벽이 깨질까 봐 잘못을 사과하고 노여움을 풀도록 했다. 그리고 유사(有司)를 불러 지도를 펼치게 한 다음 손가락으로 지도를 가리키며 여기서부터 저쪽까지 성 열다섯 개를 조나라에 주라고 했다. 인상여는 진나라 왕이 조나라에 성을 내주는 척하는 것일 뿐 실제로는 받을 수 없음을 알고는 진나라 왕에게 이렇게 말했다.

"화씨벽은 천하가 모두 인정하는 보물입니다. 조나라 왕께서는 진나라가 두려워서 감히 바치지 않을 수 없었습니다. 조나라 왕은 화씨벽을 보낼 때 닷새 동안 재계하셨습니다. 이제 왕께서도 마땅히 닷새 동안 재계하고 대궐 뜰에서 구빈(九賓)[3]의 예를 행하시면 바로 화씨벽을 바치겠습니다."

진나라 왕은 끝내 화씨벽을 강제로 빼앗을 수 없음을 알고 드디어 닷새 동안 재계하기로 허락하고 상여를 광성전(廣成傳)이라는 영빈관에 머물도록 했다. 상여는 진나라 왕이 비록 재계한다 하더라도 약속을 저버리고 결코 성을 내주지 않을 것이라고 판단했다. 그래서 자기를 따라온 사람에게 허름한 옷을 입혀 화씨벽을 품속에 숨겨 지름길로 도망치도록 하여 조나라로 돌려보냈다.

---

3) 손님을 맞이하는 아홉 명의 예관(禮官)이다. 천자가 귀빈을 가장 융성하게 대접하는 예절이라고 할 수 있다.

진나라 왕은 닷새 동안 재계한 뒤 대궐 뜰에서 구빈의 예를 행하고 조나라 사신 인상여를 만나기로 했다. 인상여는 들어가 진나라 왕에게 이렇게 말했다.

　"진나라는 목공 이래 스무 명 남짓한 군주가 있었지만 지금까지 약속을 확실하게 지킨 분은 없습니다. 신은 진실로 왕에게 속아 조나라를 저버리게 될까 봐 사람을 시켜 화씨벽을 가지고 지름길로 조나라로 돌아가도록 했습니다. 진나라는 강하고 조나라는 약합니다. 그러므로 왕께서 사자 한 명을 조나라에 보내자 조나라는 지체 없이 신을 보내 화씨벽을 바치게 했습니다. 지금 강한 진나라가 먼저 성 열다섯 개를 조나라에 떼어 준다면 조나라가 어찌 감히 화씨벽을 내놓지 않고 왕에게 죄를 짓겠습니까? 신은 왕을 속인 죄로 죽어 마땅함을 알고 있으니 가마솥에 삶아 죽이는 형벌을 받기 원합니다. 다만 왕께서는 이 일을 신하들과 충분히 상의하십시오."

　진나라 왕과 신하들은 서로 바라보면서 쓴웃음을 지었다. 곁에 있던 신하들 중에는 인상여를 끌어내 형벌로 다스리려는 자도 있었다. 그러자 진나라 왕이 말했다.

　"지금 인상여를 죽이면 끝내 화씨벽을 얻을 수 없고, 진나라와 조나라의 우호 관계만 끊어질 것이니 차라리 인상여를 극진히 대접하여 조나라로 돌려보내는 편이 낫다. 조나라 왕이 어찌 화씨벽 하나 때문에 진나라를 우롱하겠는가?"

　그래서 마침내 인상여를 빈객으로 예우하여 대궐로 맞아들이고 예를 마친 뒤에 조나라로 돌아가도록 했다.

　인상여가 돌아오자, 조나라 왕은 현명한 대부가 사신으로

갔기 때문에 제후에게 모욕을 당하지 않았다고 여겨 그를 상
대부로 삼았다. 진나라가 조나라에게 성을 주지 않으므로 조
나라도 결국 화씨벽을 진나라에게 내주지 않았다.

피를 뿌려서라도 군주의 위엄을 지킨다

그 뒤 진나라는 조나라를 쳐서 석성(石城)을 빼앗고, 그 이
듬해에 다시 조나라를 쳐서 2만 명을 죽였다. 그런 다음 진나
라 왕은 조나라 왕에게 사자를 보내 "왕과 우호 관계를 맺고
싶으니 서하(西河) 남쪽 민지(澠池)에서 만납시다."라고 말했다.
조나라 왕은 진나라가 두려워 가지 않으려고 했다. 염파와 인
상여는 상의하여 이렇게 말했다.

"왕께서 가시지 않으면 조나라가 나약하고 비겁하다는 소
리를 듣게 될 것입니다."

조나라 왕은 결국 인상여와 함께 가기로 했다. 염파는 국경
까지 따라와 배웅하고 왕과 헤어지면서 이렇게 말했다.

"왕께서 가시는 거리를 헤아려 보면 서로 만나 회담하는 예
를 마치고 돌아올 때까지 30일 이상 걸리지 않을 것입니다.
만일 30일이 지나도 돌아오시지 못하면 태자를 왕으로 삼아
진나라가 조나라를 차지하려는 망상을 끊도록 해 주십시오."

왕은 이 의견을 받아들이고 드디어 진나라 왕과 민지에서
만났다. 진나라 왕은 술자리가 흥겨워지자 이렇게 말했다.

"과인은 조나라 왕께서 음악에 뛰어나다는 말을 들었습니다. 거문고 연주를 부탁드리겠습니다."

조나라 왕이 거문고를 뜯었다. 진나라 어사(御史)도서를 관리하고 나라의 큰일을 기록하던 사관가 나와서 다음과 같이 적었다.

어느 해 어느 달 어느 날에 진나라 왕이 조나라 왕을 만나 술을 마시고 조나라 왕에게 거문고를 연주하도록 했다.

그러자 인상여가 앞으로 나와서 말했다.

"조나라 왕께서는 진나라 왕께서 진나라 음악을 잘하신다고 들었습니다. 분부(盆缻)옹기로 만든 악기를 진나라 왕께 올려 서로 즐길 수 있도록 해 주십시오."

진나라 왕이 화를 내며 받아들이지 않자, 인상여는 앞으로 나아가 분부를 바치며 무릎을 꿇고 진나라 왕에게 청했다. 진나라 왕이 여전히 분부를 치려고 하지 않으므로 상여는 이렇게 말했다.

"신 상여와 왕 사이는 다섯 걸음도 못 됩니다. 신은 목의 피를 왕께 뿌려서라도 요청할 것입니다."

이 말을 듣고 진나라 왕 주위에 있던 신하들이 인상여를 칼로 찌르려고 하였으나 인상여가 눈을 부릅뜨고 꾸짖자 모두 뒤로 물러섰다. 진나라 왕은 하는 수 없이 조나라 왕을 위해 분부를 한 번 두드렸다. 인상여는 뒤를 돌아다보고 조나라 기록관을 불러 다음과 같이 적도록 하였다.

어느 해 어느 달 어느 날에 진나라 왕이 조나라 왕을 위하여 분부를 두드렸다.

진나라 신하들이 말했다.

"조나라의 성 열다섯 개를 바쳐 진나라 왕의 장수를 축복해 주십시오."

인상여가 또 말했다.

"진나라 수도 함양을 바쳐서 조나라 왕의 장수를 축복해 주십시오."

진나라 왕은 술자리가 끝날 때까지 조나라를 이길 수 없었다. 조나라도 많은 군사를 배치시키고 진나라에 대비하였으므로 진나라가 함부로 움직일 수 없었다.

나라의 위급함을 먼저 생각한다

회견을 마치고 돌아온 조나라 왕이 인상여의 공로를 크게 치하하고 상경(上卿)으로 삼아 인상여의 지위가 염파보다 높아졌다. 염파는 이렇게 말했다.

"나는 조나라 장군이 되어 성의 요새나 들에서 적과 싸워 큰 공을 세웠다. 그러나 인상여는 겨우 혀와 입만을 놀렸을 뿐인데 지위가 나보다 높다. 또 인상여는 본래 미천한 출신이니, 나는 부끄러워서 차마 그의 밑에 있을 수 없다."

그리고 이렇게 다짐했다.

"내가 상여를 만나면 반드시 모욕을 주리라."

인상여는 이 말을 듣고 〔염파와〕 마주치지 않으려 했다. 인상여는 조회가 있을 때마다 늘 병을 핑계 삼아 염파와 서열을 다투려 하지 않을 뿐만 아니라, 외출할 때도 멀리 염파가 보이면 수레를 끌어 숨어 버리기도 했다. 그래서 〔인상여의〕 사인들이 모두 이렇게 간하였다.

"저희가 친척을 떠나와서 나리를 섬기는 까닭은 오직 나리의 높은 뜻을 사모하기 때문입니다. 지금 나리께서는 염파와 같은 서열에 있습니다. 그러나 나리는 염파가 나리에 대해 나쁜 말을 퍼뜨리고 다니는데도 그가 두려워 피하시며 지나치게 겁을 내십니다. 이것은 평범한 사람들도 부끄러워하는 일인데, 하물며 장군이나 재상이라면 어떻겠습니까? 못난 저희는 이만 물러갈까 합니다."

인상여는 그들을 완강하게 말리며 말했다.

"그대들은 염 장군과 진나라 왕 가운데 누가 더 무섭소?"

사인들이 대답했다.

"〔염 장군이 진나라 왕에〕 못 미칩니다."

상여가 말했다.

"저 진나라 왕의 위세에도 불구하고 나는 그를 궁정에서 꾸짖고 그 신하들을 부끄럽게 만들었소. 내가 아무리 어리석기로 염 장군을 겁내겠소? 내가 곰곰이 생각해 보건대 강한 진나라가 감히 조나라를 치지 못하는 까닭은 나와 염파 두 사람이 있기 때문이오. 만일 지금 호랑이 두 마리가 어울려서 싸우면 결국은 둘 다 살지 못할 것이오. 내가 염파를 피하는 까닭은 나라의 위급함을 먼저 생각하고 사사로운 원망을 뒤로하기 때문이오."

염파가 이 말을 듣고는 웃옷을 벗고 가시 채찍을 등에 짊어지고 빈객으로서 인상여의 문 앞에 이르러 사죄하며 말했다.

"비천한 저는 상경께서 이토록 너그러우신 줄 몰랐습니다."

이리하여 두 사람은 서로 화해하고 죽음을 같이하기로 약속한 벗이 되었다.

이해에 염파는 동쪽으로 제나라를 쳐서 군대 하나를 깨뜨렸다. 그로부터 2년 뒤에 염파는 다시 제나라 기(幾)를 쳐서 손에 넣었고, 3년 뒤에는 위나라 방릉(防陵)과 안양(安陽)을 쳐서 손에 넣었다. 그리고 4년 뒤에 인상여가 장군으로 제나라를 공격하여 평읍(平邑)까지 쳐들어갔다가 돌아왔다. 그 이듬해에 조사가 진나라 군대를 연여(閼與) 부근에서 깨뜨렸다.

세금이 공평하면 나라가 부유해진다

조사(趙奢)는 조나라 전부리(田部吏)전답의 조세 징수를 맡은 관리이다. 그가 조세를 거둬들이는데 평원군의 집에서 조세를 내지 않으려고 하자, 법에 따라 평원군의 집에서 일을 보는 사람 아홉을 죽였다. 평원군이 화가 나서 조사를 죽이려고 하자, 조사가 그를 설득하며 말했다.

"당신은 조나라의 귀공자입니다. 지금 당신 집에서 나라에 바치는 의무를 다하지 않는 것을 내팽개쳐 둔다면 국법이 손상될 것입니다. 국법이 손상되면 나라가 쇠약해질 테고 나라가 쇠약해지면 제후들이 병사를 일으켜 쳐들어올 것이며, 제후들이 병사를 일으켜 쳐들어오면 조나라는 멸망할 것입니다. 그렇게 되면 당신께서 어떻게 이와 같은 부를 누릴 수 있겠습니까? 당신 같은 귀한 분이 국법이 정한 대로 나라에 의무를 다하면 위아래가 공평해질 테고 위아래가 공평해지면 나라가 강해질 것이며, 나라가 강해지면 조나라는 튼튼해질 것입니다. 그리고 당신은 국왕의 친족이니 그 누가 공을 하찮게 보겠습니까?"

평원군은 조사가 현명하다고 여겨 왕에게 추천했다. 왕이 그를 등용하여 나라의 세금을 관리하게 하자, 세금이 매우 공평하게 거둬들여져 백성은 부유해졌고 창고는 가득 차게 되었다.

쥐구멍 안의 싸움에서는 용감한 쥐가 이긴다

[이때] 진나라가 한나라를 치기 위해 연여에 주둔했다. 왕이 염파를 불러 물었다.

"[연여를] 구할 수 없겠소?"

[염파가] 대답했다.

"길이 멀고 험한 데다 땅이 좁아서 구하기 어렵습니다."

다시 악승(樂乘)을 불러 물었으나 악승도 염파와 똑같이 대답했다. 또 조사를 불러서 묻자 조사는 이렇게 대답했다.

"길은 멀고 험한 데다 지역이 좁으므로 그곳에서 싸운다는 것은 쥐 두 마리가 쥐구멍 속에서 싸우는 것과 같습니다. 그러므로 결국 용감한 장군이 이길 것입니다."

왕은 조사를 장군으로 삼아 연여를 구하도록 했다.

군대가 한단을 떠나서 30리쯤 왔을 때, 〔조사는〕군중(軍中)에 이런 명을 내렸다.

"군사(軍事)에 관해서 간하는 자가 있으면 사형에 처하겠다."

진나라 군대가 무안(武安) 서쪽에 진을 치고 북을 치고 함성을 지르며 훈련하는데 〔그 소리가 매우 커서〕무안 안의 기와가 모두 흔들리는 듯했다. 조나라의 척후병 한 사람이 빨리 무안을 구원하자고 하자 조사는 그 자리에서 바로 그의 목을 베어 버렸다. 그리고 보루의 벽을 튼튼하게 하고 28일이나 머물며 움직이지 않은 채 보루의 벽만을 더 늘려 쌓았다. 진나라의 첩자가 보루 안으로 들어왔지만 조사는 좋은 식사를 대접해서 돌려보냈다. 첩자가 돌아가 진나라 장수에게 겪은 일을 보고하자, 진나라 장수는 몹시 기뻐하며 말했다.

"수도로부터 30리밖에 안 떨어진 곳에서 군대를 움직이지 않고 보루만 늘리고 있으니 연여는 조나라 땅이 아니다."

조사는 진나라 첩자를 돌려보낸 다음 곧바로 병사들을 갑옷을 벗고 가벼운 차림으로 행군시켜 1박 2일 만에 진나라 군대에 이르렀다. 그리고 연여에서 50리 떨어진 곳에 궁수들이 진을 치도록 했다. 조나라 군대는 드디어 보루를 완성하였다. 진나라 군대는 이 소식을 듣고 군사를 모두 동원하여 쳐들어 왔다. 조나라 군사(軍士) 허력(許歷)이 군사에 관해서 간할 말이 있다고 하자 조사가 말했다.

"그를 들여보내시오."

허력은 이렇게 말했다.

"진나라 군사들은 우리 조나라 군사가 이곳까지 온 줄을 모르고 아주 용맹스러운 기세로 쳐들어올 것입니다. 장군께서는 반드시 병력을 모아 진지를 두텁게 하여 적을 기다려야 합니다. 그러지 않으면 틀림없이 싸움에서 질 것입니다."

조사가 말했다.

"그대 의견에 따르겠소."

허력이 말했다.

"신에게 부질형(鈇質刑)도끼로 허리를 베는 형벌을 내려 주십시오."

조사가 말했다.

"뒷날 한단에서 명령을 기다리시오."

그러자 허력이 다시 간할 것이 있다며 청하여 말했다.

"먼저 북산(北山)의 정상을 차지하는 쪽이 이기고, 뒤늦게 오는 쪽이 질 것입니다."

조사는 그 의견을 받아들여 즉시 군사 1만 명을 그곳으로 출발시켰다. 진나라 군대는 뒤늦게 와서 산 정상을 다투었으나 올라가지 못했다. 조사는 군사를 풀어 진나라 군대를 쳐서 크게 깨뜨렸다. 진나라 군대는 포위를 풀고 달아났다. 조나라 군대는 드디어 연여의 포위를 풀고 돌아왔다.

조나라 혜문왕은 조사를 마복군(馬服君)에 봉하고 허력을 국위(國尉)장군 다음의 군 관리로 삼았다. 이리하여 조사는 염파, 인상여와 지위가 같아졌다.

조괄 어머니가 조괄을 추천하지 않은 이유

그로부터 4년 뒤에 조나라 혜문왕이 죽고 그 아들 효성왕 (孝成王)이 즉위했다. 혜문왕이 죽은 지 7년이 지났을 때 진나라와 조나라 군대가 장평에서 대치했다. 이때 조사는 이미 죽었고 인상여는 병이 위독했다. 그래서 조나라는 염파를 장군으로 삼아 진나라를 치도록 했다. 진나라 군대가 자주 조나라 군대를 깨뜨렸지만 조나라 군대는 보루의 벽만 튼튼히 할 뿐 나가 싸우지 않았다. 진나라 군대가 자주 싸움을 걸어와도 염파는 맞아 싸우지 않았다. 이때 조나라 왕은 진나라 첩자가 퍼뜨린 말을 듣고 믿게 되었는데 그 말은 이러했다.

"진나라가 두려워하는 것은 오직 마복군 조사의 아들 조괄 (趙括)이 장군이 되는 일뿐이다."

그래서 조나라 왕은 염파 대신 조괄을 장군으로 삼으려 했다. 그러자 인상여가 말했다.

"왕께서는 명성만 믿고 조괄을 쓰시려 하는데, 이는 거문고의 괘(棵)기둥를 아교로 붙여서 고정시키고 연주하는 것과 같습니다. 조괄은 그저 자기 아버지가 남긴 병법 책을 읽었을 뿐 사태 변화에 대처할 줄은 모릅니다."

그러나 조나라 왕은 듣지 않고 마침내 조괄을 장군으로 삼았다.

조괄은 스스로 어릴 적부터 병법을 배워 군사에 대해 말하자면 이 세상에서 자기를 당할 자가 없다고 했다. 일찍이 그는 아버지 조사와 함께 군사적인 일을 토론한 적이 있는데, 조사는 그를 당해 낼 수 없었다. 그러나 〔조사는 그가〕 잘한다고 하지 않았다. 조괄의 어머니가 조사에게 그 까닭을 묻자 조사는 이렇게 말했다.

"전쟁이란 목숨을 거는 거요. 그런데 괄은 전쟁을 너무 쉽게 말하오. 조나라가 괄을 장군으로 삼지 않으면 다행이지만, 만일 괄을 장군으로 삼는다면 틀림없이 조나라 군대는 파멸당할 것이오."

조괄이 떠나려고 할 때, 그 어머니는 왕에게 글을 올려 이렇게 말했다.

"제 아들을 장군으로 삼으면 안 됩니다."

왕이 물었다.

"무엇 때문이오?"

조괄의 어머니는 이렇게 대답했다.

"예전에 소첩이 괄의 아버지를 모실 때, 그 무렵 제 아들의 아버지는 장군이었습니다. 그가 직접 먹여 살리는 이가 수십 명이고, 벗이 된 사람은 수백 명이나 되었습니다. 왕이나 종실에서 상으로 내려 준 물품은 모두 군대의 벼슬아치나 사대부에게 주고, 출전 명령을 받으면 그날부터 집안일을 돌보지 않았습니다. 그런데 지금 제 아들은 하루아침에 장군이 되어 동쪽을 향해 앉아서 부하들의 인사를 받게 되었지만 군대의 벼슬아치 가운데 누구 하나 제 아들을 존경하여 우러러보는 이가 없습니다. 왕께서 내려 주신 돈과 비단을 가지고 돌아와 자기 집에 감추어 두고 날마다 이익이 될 만한 땅이나 집을 둘러보았다가 그것들을 사들입니다. 왕께서는 어찌 그 아버지와 같으리라 생각하십니까? 아버지와 자식은 마음 씀씀이부터 다릅니다. 부디 왕께서는 〔제 아들을〕 보내지 마십시오."

왕이 말했다.

"어머니는 더 이상 말하지 마오. 나는 이미 결정했소."

그러자 조괄의 어머니가 말했다.

"왕께서 굳이 그 아이를 보내시려거든 그 아이가 책임을 다하지 못하더라도 소첩을 그 아이의 죄에 연루시켜 벌을 받지 않게 해 주십시오."

왕은 그렇게 하기로 약속했다.

조괄은 염파를 대신하게 되자 군령을 모두 바꾸고 군대의 벼슬아치를 모조리 교체했다. 진나라 장군 백기가 이 소식을 듣고 기병을 보내 거짓으로 달아나는 척하면서 조나라 군대의 식량 운송로를 끊고 조나라 군대를 둘로 나누었다. 병졸들의 마음은 조괄에게서 떠나갔다. 40여 일이 지나자 조나라 군사들은 굶어 죽어 갔다. 조괄이 정예 부대를 앞세우고 직접 싸우러 나갔지만 진나라 군사가 조괄을 쏘아 죽였다. 조괄의 군대는 싸움에서 지고 결국 군사 수십만 명이 진나라에 항복했다. 진나라는 이들을 모두 땅에 묻어 죽였다. 조나라가 이 싸움을 전후로 잃은 군사는 45만 명이나 되었다. 이듬해에 진나라 군대는 드디어 한단을 포위하였고, 한단은 1년 남짓 포위에서 벗어날 수 없었다. 〔조나라는〕 초나라와 위나라 제후들의 도움으로 겨우 한단의 포위망을 뚫었다. 조나라 왕은 조괄의 어머니가 앞서 한 말 때문에 결국 그녀를 죽이지는 않았다.

권세를 가진 자에게 사람이 몰린다

한단의 포위가 풀린 지 5년 뒤, 연나라는 "조나라 장정들은 장평 싸움에서 다 죽고 그 고아들은 아직 장정이 되지 못했다."라는 재상 율복의 건의를 받아들여 군사를 일으켜 조나라를 쳤다. 조나라는 염파를 장군으로 삼아 출전하여 연나라 군대를 호(鄗)에서 크게 깨뜨려 율복을 죽이고 연나라를 포위했다. 연나라에서 성 다섯 개를 떼어 주며 화친을 청하였으므로 이를 허락했다. 조나라 왕은 염파를 위문(尉文) 땅에 봉하여 신평군(信平君)으로 삼고 임시 상국(相國)으로 임명했다.

〔이보다 앞서〕 염파가 장평에서 파면되어 권세를 잃고 돌아왔을 때 예전부터 알고 지내던 빈객이 모두 떠나갔다. 그러나 다시 등용되어 장군이 되자 빈객이 또다시 모여드니 염파가 말했다.

"객들은 물러가시오."

그러자 한 빈객이 말했다.

"아! 당신은 어쩌면 그렇게도 판단이 더딥니까? 대체로 천하 사람들은 시장에서 이익을 좇는 것처럼 사귑니다. 당신에게 권세가 있으면 따르고 권세가 없어지면 떠나갑니다. 이것은 진실로 당연한 이치인데 무엇을 원망하십니까?"

그로부터 6년 뒤에 조나라는 염파에게 위나라 번양(繁陽)을 치게 하여 함락시켰다.

조나라 효성왕이 죽고 아들 도양왕(悼襄王)이 즉위하자 염파 대신 악승을 장군으로 삼았다. 염파는 화가 나서 악승을 쳐 도망치게 했다. 염파는 위나라 대량으로 달아났다. 그 이듬해에 조나라는 이목(李牧)을 장군으로 삼아 연나라를 쳐서 무수(武遂)와 방성을 함락시켰다.

염파는 오랫동안 대량에 머물렀지만 위나라에서는 그를 믿지 않았다. 그동안 조나라는 진나라 군대에게 자주 시달려 조나라 왕은 다시 염파를 얻으려 했고, 염파도 다시 조나라에 등용되고 싶어 했다. 조나라 왕은 사자를 보내 아직 염파를 장군으로 쓸 만한지 그렇지 못한지를 살피게 했다. 이때 염파의 원수인 곽개(郭開)가 사자에게 많은 금을 주어 염파를 모함하도록 했다. 염파는 조나라 사자를 만나자 식사 때마다 쌀밥 한 말과 고기 열 근을 먹어 보이고, 갑옷을 입고 말에 올라타 아직도 쓸 만함을 보여 주었다. 그러나 조나라 사자는 돌아와 왕에게 이렇게 아뢰었다.

"염 장군은 비록 늙긴 했지만 아직 식사도 잘합니다. 그러나 신과 자리를 같이하는 동안에 몇 차례나 소변을 보았습니다."

조나라 왕은 염파가 늙고 쇠약해졌다고 여겨 부르지 않았다. 초나라는 염파가 위나라에 있다는 말을 듣고 몰래 사람을 보내 그를 맞아들였다. 염파는 한 차례 초나라 장군이 되었으나 공을 세우지는 못했다. 그는 이렇게 말했다.

"나는 조나라 군사로서 싸우고 싶다."

염파는 결국 수춘(壽春)에서 죽었다.

죽음을 알면 용기가 솟는다

이목(李牧)은 조나라 북쪽 변방을 지키는 뛰어난 장수로 일찍이 대군(代郡)과 안문군(鴈門郡)에 살면서 흉노에 대비하고 있었다. 이목은 필요에 따라 임의로 관리를 두고 저잣거리의 세금을 거두어 모두 막부(幕府)장군이 머물며 지휘하는 곳로 가져다가 병사들의 비용으로 썼다. 날마다 소를 몇 마리씩 잡아 병사들을 먹이고 활쏘기와 말타기를 익히도록 했다. 적의 침입을 알리는 봉화를 신중히 준비해 두고 많은 첩자를 풀어놓고 병사를 정성껏 대우했다. 그리고 이렇게 명령했다.

"만일 흉노가 들어와 도둑질을 하면 재빨리 가축들을 거두어 성안으로 들어와 지켜라. 감히 흉노를 사로잡는 자가 있으면 목을 베리라."

그래서 흉노가 쳐들어올 때마다 봉화를 올리지 않고 재빨리 가축들을 거두어 성안으로 들어오고는 싸우지 않았다. 이렇게 하여 몇 해가 지나도 상처를 입거나 잃는 것이 없었다. 그러나 흉노는 이목을 겁쟁이라고 하고, 조나라 변방을 지키는 병사들까지도 우리 장군은 비겁하다고 생각했다. 조나라왕이 이목을 꾸짖었지만 이목은 예전과 마찬가지였다. 조나라왕은 화가 나서 이목을 불러들이고 다른 사람을 대신 장군으로 삼았다.

이로부터 1년 남짓한 동안에 흉노가 쳐들어올 때마다 조나라 군대는 나가서 싸웠지만 그때마다 불리하여 잃는 것이 많고, 변방을 지키는 백성은 농사를 짓거나 가축을 기를 수 없었다. 〔조나라가〕 다시 이목을 불렀지만 이목은 문을 걸어 닫고 나오지 않으며 병을 핑계로 완강하게 사양했다. 조나라 왕이 다시 강제로 그를 조나라 군대의 장군으로 임명하자 이목이 말했다.

"왕께서 굳이 신을 쓰신다면 신은 예전처럼 할 것입니다. 〔그래도 좋다면〕 감히 명령을 받들겠습니다."

왕은 그렇게 하도록 허락했다.

이목은 변방에 이르자 예전과 같은 명령을 내렸다. 흉노는 몇 년 동안 얻는 것이 없었고 끝내는 이목을 겁쟁이라고 했다. 변방을 지키던 병사들은 날마다 많은 상과 대접을 받았지만 한 번도 쓰이지 못했으므로 모두 한 번 싸우기를 원했다. 그래서 전차 300대와 기마 1만 3000필을 골라 갖추었다. 공을 세워 100금을 받은 용사 5만 명, 활을 잘 쏘는 사람 10만 명을 뽑아 싸우는 기술을 훈련시켰다. 한편 많은 가축을 놓아 먹이니 백성은 들에 가득 찼다. 적은 수의 흉노가 쳐들어오자 이기지 못하는 척 달아나 수천 명을 뒤에 버려 두었다. 선우(單于)가 이 소식을 듣고 대군을 이끌고 쳐들어왔다. 이목은 많은 기병으로 좌우의 날개를 펴서 공격하여 크게 깨뜨려 흉노족 기병 10여만 명을 죽였다. 또한 담람(襜襤)을 멸망시키고 동호(東胡)를 깨뜨리고 임호(林胡)를 항복시키자 선우는 달아났다. 그 뒤 10여 년 동안 흉노는 감히 조나라 국경 근처에는 가까이 오지 못했다.

조나라 도양왕 원년에 염파가 이미 위나라로 망명했으므로 조나라에서는 이목에게 연나라를 치게 하여 무수와 방성을 함락시켰다. 2년 뒤에 방훤(龐煖)이 연나라 군대를 깨뜨리고 극신(劇辛)을 죽였다. 그로부터 7년 뒤에 진나라는 조나라를 깨뜨리고 조나라 장군 호첩(扈輒)을 무수성에서 죽이고, 조나라 병사 10만 명의 목을 베었다. 조나라는 이목을 대장군으로 삼아 진나라 군대를 의안(宜安)에서 쳐 크게 깨뜨리고, 진나라 장군 환의(桓齮)를 달아나게 했다. 〔조나라에서는〕 이목을 봉하여 무안군(武安君)으로 삼았다. 그로부터 3년 뒤에 진나라가 파오(番吾)를 공격해 오자 이목이 진나라 군대를 깨뜨리고 남쪽으로 한나라와 위나라 군사를 막았다.

조나라 왕 천(遷) 7년에 진나라가 왕전에게 조나라를 치도록 하자, 조나라에서는 이목과 사마상(司馬尚)을 시켜 막게 했다. 진나라는 조나라 왕이 남달리 아끼던 신하 곽개에게 많은 금을 주어 이목과 사마상이 모반하려 한다고 이간질하게 했

다. 이에 조나라 왕은 조총(趙蔥)과 제나라 장군 안취(顔聚)를
보내 이목과 바꾸려 했지만 이목이 왕명을 따르지 않았다. 그
러므로 조나라에서는 사람을 보내 몰래 이목을 붙잡아 죽이
고 사마상을 해임시켰다. 그 뒤 석 달이 지나 왕전이 갑자기
조나라를 쳐 크게 깨뜨리고 조총을 죽였으며, 조나라 왕 천과
그 장군 안취를 사로잡음으로써 마침내 조나라는 멸망하고
말았다.

태사공은 말한다.

"죽음을 알면 반드시 용기가 생기게 된다. 죽는 것이 어려
운 게 아니고 죽음에 대처하기가 어려운 것이다. 인상여가 화
씨벽을 돌려받고 기둥을 노려볼 때라든지 진나라 왕 주위에
있던 신하들을 꾸짖을 때 그 형세는 기껏해야 죽음뿐이었다.
선비 중에 어떤 이는 겁을 집어먹고 감히 용기를 내지 못한다.
그러나 인상여가 한 번 용기를 내자 그 위세가 상대편 나라까
지 떨쳤고, 물러나 〔고국으로〕 돌아와서는 염파에게 겸손히 양
보하니 이름은 태산처럼 무거워졌다. 인상여는 지혜와 용기
두 가지를 모두 갖춘 인물이라고 말할 수 있다."

22

◎

전단 열전
田單列傳

『사기』의 많은 편에서 장수들의 전기를 다루고 있는 것은 그만큼 사마천이 살던 시대가 그들의 활약상에 의존했기 때문일 것이다.

기원전 284년에 연나라 소왕은 악의를 상장군으로 삼아 다섯 나라의 병사들을 이끌고 제나라를 치게 하여 제나라 수도 임치와 70여 성을 함락시켰다. 제나라는 거의 즉묵 두 성만을 지키고 있었고, 제나라 민왕도 피살되었다. 이때 제나라 장수 전단이 비상한 지혜와 군사적 재능으로 연나라를 깨뜨리고 구사일생으로 제나라를 지켜 냈다. 이 열전은 바로 그 과정을 묘사하고 있으며, 사마천의 용병(用兵)에 관한 의견, 즉 "싸움이란 정면에서 맞서 싸우고 기병(奇兵)으로 적의 허를 찔러 이기는 것이다."라는 견해가 담겨 있다.

전단은 전국 시대의 기인(奇人)이며, '화우진(火牛陳)'은 역사적인 기사(奇事)이다. 그래서 사마천은 이 열전을 구성하면서 '기(奇)' 자를 골간으로 하여 재료를 선택하고 인물을 만들어 구성해 나갔다. 가령 제나라 생사존망의 관건이던 화우진을 생동감 있게 묘사한 것 외에 태사교(太史嬓)의 딸과 왕촉(王蠋) 두 사람의 애국적인 언행을 보완하는 방식을 취한 것도 전단이 기병을 다루는 솜씨를 돋보이게 하기 위함이었다.

이 열전에서는 '기' 자를 여러 번 써서 전단의 뛰어난 용병술의 실례를 보여 주는데, 찬(贊)에서조차 '기' 자를 세 번이나 쓴 것은 독자들의 시선을 모으기 위해서이다. 그러므로 이 편은 『사기』 열전 중에서 가장 짧지만 전기(傳奇)기이한 것을 전함 색채가 가장 짙고 소설적 특징이 매우 강하다. 물론 전단이 적과 맞서 싸우면서 보여 준 지혜와 계책은 『손자병법』의 기정상생(奇正相生)의 전략에서 취한 것이다. 이 편은 전단과 적대 관계였던 악의(樂毅)를 다룬 「악의 열전」과 함께 읽으면 좋다.

꼬리에 불붙인 소 1000여 마리를 내보내 연나라 군사를 격파하다.

수레바퀴 축의 쇠가 목숨을 구한다

전단(田單)은 제나라의 여러 전씨(田氏) 일족 가운데 한 사람이다. 〔전단은〕 민왕 때 임치의 시연(市掾)시장을 감독하는 관리이었으나 〔그를〕 아는 사람이 없었다.

연나라가 악의를 보내 제나라를 쳐서 깨뜨리자 제나라 민왕은 달아나 거성(莒城)에서 몸을 보존했다. 연나라 군대가 깊숙이 쳐들어와 제나라를 평정하자 전단은 안평(安平)으로 달아났다. 전단은 자기 집안사람들에게 수레바퀴 축의 끝을 모조리 잘라 버리고 쇠를 덮어씌워 붙이도록 했다. 얼마 뒤 연나라 군대가 안평을 쳐서 성을 함락시키자 제나라 사람들은 달아나려 했지만 〔서로 먼저 지나가려〕 길을 두고 다투다가 바퀴 축의 양 끝이 부러져 수레가 부서져 버려 모두 연나라 군대에게 사로잡히고 말았다. 그러나 오직 전단의 집안사람들만은 바퀴 축을 쇠로 싸 두었기 때문에 벗어나 동쪽 즉묵(卽墨)으로 가서 몸을 보존할 수 있었다. 연나라는 제나라의 거의 모든 성을 정복하였으나 거와 즉묵만은 손에 넣지 못하고 있었다.

연나라 군대는 제나라 왕이 거성에 숨어 있다는 말을 듣고 군사들을 모아 공격했다. 그러자 〔제나라를 구하기 위해 초나라 장수〕 요치(淖齒)가 제나라 민왕을 죽이고 거성을 굳게 지키며, 연나라 군대에 맞서 여러 해 동안이나 항복하지 않았다. 연나라는 군대를 이끌고 동쪽으로 가서 즉묵을 에워쌌다. 즉묵의 대부들은 성에서 나와 싸우다가 져서 목숨을 잃었다. 그러자 성안에 있던 사람들은 한결같이 전단을 추대하며 이렇게 말했다.

"안평 싸움에서 전단의 집안사람들만이 바퀴 축을 쇠로 싸 두었기 때문에 무사했으니 군대를 잘 다룰 것이다."

그러고는 곧바로 장군으로 삼았다. 전단은 즉묵을 지키며 연나라 군대에 대항하였다.

기묘한 계책으로 적의 허를 찔러라

얼마 뒤 연나라 소왕이 죽고 혜왕이 자리에 올랐으나, 혜왕은 악의와 사이가 좋지 않았다. 전단은 이 사실을 알고 연나라에 첩자를 보내 이러한 소문을 퍼뜨렸다.

"제나라 왕은 이미 죽었고 함락되지 못한 성은 이제 두 곳뿐이다. 악의는 벌을 받을까 두려워 감히 돌아오지 못하면서 제나라를 친다는 명분을 내세우고 있지만, 실제로는 전쟁을 질질 끌어 자신이 제나라 왕이 되려고 한다. 그러나 제나라 사람들이 자신을 따르지 않기 때문에 즉묵을 공격하기를 잠시 늦추어 때를 기다리고 있다. 제나라 사람들은 다른 장군이 오게 되면 즉묵이 쑥밭이 될까 두려워할 뿐이다."

연나라 왕은 이 소문을 그럴듯하게 여겨 악의 대신 기겁(騎劫)을 장군에 임명하였다. 이로 인해 악의가 조나라로 귀순하자, 연나라 병사들은 분통을 터뜨렸다.

한편 전단은 성안 사람들에게 밥을 먹을 때마다 반드시 뜰에서 그 조상에게 제사를 지내도록 명령하였다. 그러자 날던 새들이 모두 성안으로 내려와 차려 놓은 음식을 먹어 치웠다. 연나라 사람들이 이 일을 해괴하게 여기자, 전단은 이렇게 선전했다.

"신(神)이 와서 나를 가르쳐 주시는 것이오."

그러고는 성안 사람들에게 포고했다.

"이제 신과 같은 사람이 내 스승이 될 것이다."

그러자 한 병졸이 물었다.

"제가 스승이 될 수 있겠습니까?"

그러고는 몸을 돌려 뛰어갔다. 전단은 바로 일어나 그를 불러 되돌아오게 하여 동쪽을 향하여 앉힌 다음 스승으로 받들려고 했다. 그러자 병졸이 말했다.

"제가 당신을 속였습니다. 사실 제게는 아무 능력이 없습니다."

전단이 말했다.

"너는 아무 말도 하지 마라."

그러고는 그를 스승으로 받들며, 명령을 내릴 때마다 반드시 신이 한 스승이라고 하였다. 그러고 나서 전단은 이렇게 선언했다.

"내가 두려워하는 것은 연나라 군사가 사로잡은 제나라 병사들의 코를 베고 그들을 앞세워 우리와 싸우게 하여 즉묵이 패하게 되는 일뿐이다."

연나라 사람들은 이 말을 듣고 전단이 말한 것과 같이 했다. 성안 사람들은 항복한 제나라 군사들의 코가 전부 베인 것을 보자 모두 분노가 치밀었고 성을 굳게 지키며 연나라 사람에게 붙잡히지나 않을까 두려워했다.

전단은 또 첩자를 풀어 이런 말을 하게 했다.

"내가 두려워하는 것은 연나라 사람들이 우리 성 밖에 있는 무덤을 파헤쳐 조상을 욕보일까 하는 것이다. 이런 생각만 하면 섬뜩해진다."

연나라 군사들은 무덤을 모두 파헤쳐 시체를 불살라 버렸다. 즉묵 사람들은 성 위에서 이 광경을 멀리 바라보고 모두 눈물을 흘리며 함께 달려 나가 싸우기를 원했다. 그들의 분노는 열 배나 더해졌다.

전단은 이제 병사들이 싸울 만하게 되었음을 알고 몸소 널

판과 삽을 들고 병졸들과 똑같이 일하였다. 또한 아내와 첩까지 군대 속에 끼워 넣고 음식을 있는 대로 풀어 병사들을 먹였다. 그러고 나서 무장한 병사들은 모두 숨게 하고 노약자와 부녀자들만 성 위로 오르게 한 뒤, 사신을 보내 연나라에 항복한다고 약속하였다. 〔이 말을 듣자〕 연나라 군사는 모두 만세를 불렀다.

전단은 또 백성에게 금 1000일을 거두어 즉묵의 부자들을 통해 연나라 장수에게 보내며 말했다.

"즉묵이 곧 항복하면 내 집안과 처첩들만은 포로로 삼거나 해치지 말고 편안하게 살 수 있도록 해 주십시오."

연나라 장수는 매우 기뻐하며 그렇게 하기로 했다. 연나라 군사들은 이 일로 하여 마음이 더욱더 풀어졌다.

전단은 성안에서 소 1000여 마리를 모아 붉은 비단에 오색으로 용무늬를 그려 넣은 옷을 만들어 입히고, 쇠뿔에는 칼날을 붙들어 매고 쇠꼬리에는 갈대를 매달아 기름을 붓고 그 끝에 불을 붙였다. 그러고는 성벽에 구멍을 수십 개 뚫어 밤을 틈타 그 구멍으로 소를 내보내고, 장사 5000명이 그 뒤를 따르게 하였다. 꼬리가 뜨거워지자 소가 성이 나서 연나라 군대의 진영으로 뛰어드니 연나라 군사는 한밤중에 크게 놀랐다. 쇠꼬리에 붙은 횃불은 눈부시게 빛났는데, 연나라 군사가 자세히 보니 모두 용 모습을 하고 있었다. 그들은 쇠뿔에 받히는 대로 모두 죽거나 부상을 당했다. 게다가 장사 5000명이 나뭇가지를 입에 문 채[1] 공격했고, 성안에서는 북을 울리며 함성을 질렀다. 노인과 아이들이 모두 구리 그릇을 두들겨 대며 성원을 보냈는데, 그 소리가 마치 천지를 뒤흔드는 것 같았다. 연나라 군사들은 매우 놀라 싸움에 져서 달아났다. 제나라 사람들이 마침내 연나라 장수 기겁을 죽이자 연나라 군사는 정신없이 달아났다. 제나라 사람들은 도망가는 적을 뒤쫓았는데, 그들이 지나가는 성과 고을마다 모두 연나라에 반기를 들고 전단에게로 귀순하였다.

전단의 병사는 날마다 늘어나고 승리의 기세를 탔지만, 연나라는 하루하루 패하여 도망치다가 결국 하상(河上)황하 강가에 닿았다. 이리하여 연나라 성 70여 개가 모두 다시 제나라의 것이 되었다. 전단은 제나라 양왕(襄王)을 거성에서 맞이하여 임치로 모시고 들어가 정사를 맡겼다. 양왕은 전단을 안평군(安平君)에 봉하였다.

태사공은 말한다.

"용병(用兵)이란 정공법으로 싸우고, 기이한 계책으로 [허를 찔러] 이기는 것이다. 싸움을 잘하는 사람은 기이한 계책을 무궁무진하게 낸다. 기이한 계책과 정공법이 서로 어우러져 쓰이는 것은 마치 끝이 없는 둥근 고리 같다. 대체로 [기이한 병법은] 처음에는 처녀처럼 적군이 문을 열어 두게 하지만, 나중에는 달아나는 토끼처럼 적이 미처 막을 수 없다. 이는 전단의 용병법을 두고 하는 말이리라."

---

1) 군대가 적진을 향해 나아갈 때 입에 나뭇가지 같은 것을 물어 말소리가 적군에게 새어 나가지 않도록 했다.

충신은 두 임금을 섬기지 않는다

처음에 요치가 〔제나라〕 민왕을 죽이자, 거성 사람들은 민왕의 아들 법장(法章)을 찾아 나섰다. 〔그때〕 법장은 태사교(太史嬓)의 집에서 정원에 물 주는 일을 하고 있었다. 태사교의 딸이 그를 가엾게 여겨 잘 대해 주었다. 나중에 법장은 사사로운 감정을 그녀에게 말하였고, 그녀는 드디어 법장과 정을 통하게 되었다. 거성 사람이 모두 법장을 제나라 왕으로 세우고 연나라에 맞서 싸우자 태사교의 딸은 마침내 왕후가 되었으니 '군왕후(君王后)'라고 했다.

연나라가 처음 제나라로 쳐들어갔을 때, 획읍(畫邑) 사람 왕촉(王蠋)이 어질다는 말을 듣고 〔연나라 장군이〕 군중(軍中)에 영을 내렸다.

"획읍을 빙 둘러서 30리 안으로는 들어가지 말라."

그것은 왕촉이 획읍에 연고를 두고 있었기 때문이다. 그러고는 사람을 보내 왕촉에게 말했다.

"제나라 사람 대부분이 당신의 의로움을 높이 평가하고 있으니 나는 당신을 장수로 삼고 1만 호의 읍에 봉하겠소."

왕촉이 한사코 거절하자 연나라 장군은 이렇게 말했다.

"당신이 내 말을 듣지 않으면 나는 삼군(三軍)을 이끌고 와서 획읍 사람들을 죽일 것이오."

왕촉이 말했다.

"충성스러운 신하는 두 임금을 섬기지 않고, 정조 있는 여

자는 두 남편을 바꿔 섬기지 않소. 제나라 왕이 내 간언을 듣지 않아서 벼슬을 그만두고 들에서 밭이나 일구고 있는데 나라는 이미 깨어져 망하였고 나는 〔나라를〕 보존시킬 수 없소. 지금 또 무력으로 협박을 받아 당신의 장수가 된다면 걸왕을 도와 포악한 짓을 하는 것과 같소. 살아서 의롭지 못할 바에는 차라리 삶겨 죽는 편이 낫소."

그러고는 마침내 끈으로 나뭇가지에 목을 매고는 스스로 꽉 죄어 목숨을 끊었다. 떠돌아 다니던 제나라 대부들은 그 소문을 듣고 말했다.

"왕촉은 벼슬도 없는 평민에 지나지 않는데 정의를 지켜 북쪽으로 얼굴을 돌려 연나라를 섬기지 않았다. 하물며 자리에 앉아 녹을 먹는 우리야 더 말할 필요가 있겠는가?"

그러고는 서로 모여 거성으로 가 제나라 〔민왕의〕 아들을 찾아 양왕으로 세웠다.

23

◎

노중련 추양 열전
魯仲連鄒陽列傳

이 편은 다음에 나오는 「굴원 가생 열전」과 마찬가지로 노중련과 추양 두 사람의 전기를 합쳐 놓은 것이다. 이 두 편은 고상한 품성으로 이름을 남긴 전국 시대의 노중련과 굴원을 중심으로 하여 한 대(漢代)의 추양과 가생까지 다루고 있어 서로 연관시켜 읽어 볼 만하다.

전국 시대에는 두 부류의 사람이 있었는데, 소진이나 장의같이 권세를 끼고 이익을 좇은 자와 노중련이나 추양처럼 권력과 부를 경시하고 명예를 높이 여긴 자이다. 노중련은 선비로서 본분을 지킨 인물이라고 할 수 있다. 그는 다른 사람들의 고통을 자기 일처럼 여기고 그것으로부터 벗어나도록 하는 데 최선을 다하면서 청빈한 삶을 살아가려고 했다. 추양도 널리 고금의 충신과 간신, 어리석은 군주와 현명한 군주의 삶을 비교함으로써 참된 의로움을 추구하는 선비를 알아볼 수 있는 눈을 가져야 한다고 했다.

사마천은 이 두 사람이 언변이 뛰어날 뿐만 아니라 권력과 높은 신분에도 소신을 굽히지 않았기 때문에 높이 평가한다. 사마천은 이들의 인물 됨됨이를 「노중련설신원연의불제진(魯仲連說新垣衍義不帝秦)」, 「유연장서(遺燕將書)」, 「추양옥중상량왕서(鄒陽獄中上梁王書)」 등 서간문을 통해 볼 수 있도록 했다.

진나라를 '제(帝)'로 높여 칭하면 안 된다고 설득하는 노중련.

천하에서 선비가 귀하게 여겨지는 까닭

　노중련(魯仲連)은 제나라 사람으로 기이하고도 탁월한 계책을 잘 쓰는 인물이었지만, 벼슬에 나갈 마음이 없어 고상한 절개를 지키며 살았다. 조나라에서 유세한 적도 있었다.

　조나라 효성왕 때, 진나라 왕은 백기에게 장평에서 조나라 군사와 싸우게 하여 40여만 명을 무찔렀으며, 진나라 군대는 동쪽으로 한단을 포위했다. 조나라 왕은 두려워했지만 다른 제후국들의 구원병은 감히 진나라 군대를 치지 못했다. 위나라 안희왕은 장수 진비를 시켜 조나라를 구하도록 했지만 진나라 군대가 두려워 탕음(蕩陰)에서 멈춘 채 앞으로 나가지 못하였다. 위나라 왕은 객장군(客將軍)다른 나라 사람이 위나라에서 장군이 되었기 때문에 이렇게 부름 신원연(新垣衍)을 지름길로 한단에 들여보내 평원군을 통해 조나라 왕에게 말하도록 하였다.

"진나라가 갑자기 조나라를 포위한 까닭은 이렇습니다. 전에 진나라 왕은 제나라 민왕과 힘을 겨루어 제(帝)라고 일컬었다가 얼마 후에 제라고 하지 않았습니다. 지금 제나라민왕는 더욱 쇠약해졌고 진나라가 천하의 으뜸이 되었습니다. 〔그러므로〕 진나라가 한단을 포위한 것은 틀림없이 한단을 탐내서가 아니라 다시 제가 되고 싶기 때문입니다. 그러니 조나라에서 사신을 보내 진나라 소왕을 제로 높여 불러 주면 진나라는 필시 기뻐서 군대를 거두어 돌아갈 것입니다."

〔그러나〕 평원군은 망설일 뿐 결단을 내리지 못하였다.

이때 노중련은 조나라에서 유세하고 있었는데, 마침 진나라가 조나라를 포위하였고 위나라가 조나라에게 진나라 소왕을 받들어 제라고 부르게 하려 한다는 소문을 듣고, 평원군을 만나 말했다.

"이 일을 어떻게 처리할 생각입니까?"

평원군이 말했다.

"내 어찌 감히 일을 말할 수 있겠소? 얼마 전에는 밖으로 군사 40만을 잃었고, 지금은 또 안으로 한단까지 포위되었으나 그들을 물리칠 수 없소. 〔게다가〕 위나라 왕은 객장군 신원연을 보내와서 조나라에게 진나라를 높여 제라고 부르라 하오. 그 사람이 지금 이곳에 있는데 내 어찌 감히 일을 말할 수 있겠소?"

노중련이 말했다.

"나는 예전에 당신을 천하에서 현명한 공자로 생각했습니다. 그러나 나는 오늘부터 당신이 현명한 공자가 아님을 알게 되었습니다. 위나라의 객 신원연은 어디에 있습니까? 내가 당신을 위해 그를 꾸짖어 돌려보내겠습니다."

평원군이 말했다.

"내가 그를 선생과 만나도록 주선해 보겠소."

평원군은 드디어 신원연을 찾아가 말했다.

"동쪽 나라제나라의 노중련 선생께서 지금 이곳에 와 계십니다. 내가 그분을 사귀도록 장군께 소개하고 싶습니다."

신원연이 말했다.

"저는 노중련 선생이 제나라의 지조 있는 선비라고 들었습니다. [그렇지만] 저는 신하 된 자로 사신의 임무를 띠고 있으므로 노중련 선생을 만나고 싶지 않습니다."

평원군이 말했다.

"내가 벌써 장군이 이곳에 계시다고 말했습니다."

신원연은 허락했다.

노중련이 신원연을 만났는데 아무 말도 하지 않자, 신원연이 말을 꺼냈다.

"내가 포위된 이 성에 살고 있는 사람들을 살펴보니 모두 평원군에게 [무언가를] 바라는 이들뿐입니다. 지금 선생의 모습을 보니 평원군에게 바라는 게 아무것도 없는 듯합니다. 무슨 까닭으로 포위된 이 성에 오랫동안 머무르며 떠나지 않으십니까?"

노중련이 말했다.

"세상 사람들은 포초(鮑焦)[1]가 고분고분하지 못하고 성질이 까다로워 죽었다고 하는데 그건 잘못된 생각입니다. 사람들은 알지도 못하면서 그가 제 한 몸만을 위한 사람이라고 합니다. 저 진나라는 예의를 내버리고 적의 머리를 많이 벤 것을 가장 큰 공적으로 떠받드는 나라이므로 군사들을 권모술수로 부리고 백성을 노예처럼 부립니다. 그 같은 진나라 왕이 제멋대로 제(帝)가 되어 천하에 잘못된 정치를 편다면 나는 동해에 빠져 죽을지언정 차마 그의 백성이 되지는 않을 것입니다. 장군을 뵌 까닭은 조나라를 돕도록 하기 위해서입니다."

신원연이 말했다.

"선생께서는 앞으로 어떻게 조나라를 도우려 하십니까?"

노중련이 대답했다.

"나는 위나라와 연나라가 조나라를 돕도록 하겠습니다. 제나라와 초나라는 이미 조나라를 돕고 있습니다."

신원연이 말했다.

"연나라에 대해서는 저도 선생님의 말을 믿지요. 그러나 위나라를 말씀하시는데 제가 바로 위나라 사람입니다. 선생께서는 어떻게 위나라가 조나라를 돕도록 할 수 있습니까?"

노중련이 대답했다.

---

1) 춘추 시대에 세상을 떠나 숨어 살던 선비로서 현실에 불만이 있어 나무를 끌어안고 굶어 죽었다고 한다. 노중련은 포초를 인용하여 자신이 위험에 빠진 성에 있는 것이 한 개인의 잘못이 아님을 비유하고 있다.

"위나라는 진나라가 제라고 일컬을 경우 그 해악이 어떠할지 아직 모르고 있을 뿐입니다. 진나라가 제라고 일컬을 경우 생길 해로움을 위나라가 알게 된다면 반드시 조나라를 도울 것입니다."

신원연이 말했다.

"진나라가 제라고 일컬을 경우의 해로움이란 무엇입니까?"

노중련이 대답했다.

"옛날 제나라 위왕(威王)은 일찍이 인의를 지켜 천하 제후들을 거느리고 주나라로 입조하려고 했습니다. 그러나 주나라가 가난하고 쇠약해 제후들은 입조하려 하지 않고 제나라만 홀로 입조하였습니다. 1년쯤 지나 주나라 열왕(烈王)이 세상을 떠났는데 제나라가 〔다른 제후국들보다〕 늦게 〔문상하러〕 왔습니다. 주나라 왕은 노여워하며 제나라에게 '하늘이 무너지고 땅이 꺼지고 새 천자가 풀로 만든 자리 위에서 잠을 자고 있는데, 동방의 속국인 제나라가 늦게 오다니 목을 베어야 한다.'라고 말하였습니다. 제나라 위왕은 발끈하여 화를 내며 '에잇, 계집종 자식이!'라고 되받아쳐 결국 천하의 비웃음거리가 되고 말았습니다. 〔주나라 열왕이〕 살아 있을 때는 주나라에 입조하였지만 죽자 그 아들을 꾸짖은 것은 진실로 주나라의 요구를 견딜 수 없었기 때문입니다. 그러나 주나라 왕은 천자이니 〔제후에게 그러한 요구를 하는 것은〕 당연해서 이상하게 생각할 바가 못 됩니다."

신원연이 말했다.

"선생께서는 어찌 저 하인들을 보지 못하셨습니까? 열 명이

한 사람을 따르는 것이 어찌 힘이 〔그만〕 못하고 지혜가 모자라서이겠습니까? 주인을 두려워하기 때문입니다."

노중련이 물었다.

"아아! 위나라를 진나라에 비교하면 하인 같은 존재란 말씀입니까?"

신원연이 말했다.

"그렇습니다."

노중련이 말했다.

"내가 진나라 왕에게 위나라 왕을 삶아 소금에 절이도록 하겠습니다."

신원연은 노중련의 말이 못마땅하고 불쾌해서 되물었다.

"허허! 너무 지나치군요, 선생의 말씀이. 선생이 무슨 방법으로 진나라 왕에게 위나라 왕을 삶아 소금에 절이도록 할 수 있습니까?"

노중련이 말했다.

"확실합니다. 제가 말씀드리려고 했습니다. 옛날 구후(九侯), 악후(鄂侯), 〔주나라〕 문왕(文王)은 〔은나라〕 주왕의 삼공(三公)이었습니다. 구후에게는 아름다운 딸이 하나 있어 주왕에게 바쳤는데, 주왕은 그녀가 못생겼다면서 구후를 소금에 절였습니다. 악후가 이를 강력하게 간언하여 거세게 두둔하자 악후를 포를 떠 죽였습니다. 문왕이 이 소식을 듣고는 탄식하자 유리(牖里)에 있는 창고에 100일이나 가두었다가 죽이려고 하였습니다. 〔위나라 왕과 진나라 왕은 같은 지위인데〕 어찌 다른 사람들과 함께 〔그를〕 왕이라고 일컬어 포를 뜨고 소금에 절여지는 처지가 되려고 하십니까?

　제나라 민왕이 노나라로 갔을 때, 이유자(夷維子)가 말채찍을 들고 따라가다가 노나라 사람에게 '당신들은 우리 군주를 어떻게 대접하겠소?'라고 물었습니다. 노나라 사람이 '우리는 10태뢰(太牢)²⁾로써 당신 군주를 대접하겠습니다.'라고 대답하자, 이유자는 말했습니다. '당신들은 어떤 예절에 근거하여 우리 군주를 그렇게 대접하려고 하오? 우리 군주는 천자이시오. 천자가 순행을 하면 제후들은 궁궐을 피해 주고, 창고 열쇠를 내놓고 옷깃을 여미고 상을 들고 마루 아래에서 천자의 식사를 올리고, 천자께서 식사하고 나면 물러나 정사를 경청하는 것이오.'라고 하였습니다. 노나라 사람들은 성문을 열쇠로 잠그고는 제나라 민왕을 들여보내지 않았습니다. 〔민왕이〕 노나라로 들어갈 수 없게 되자 설(薛) 땅으로 가려고 하여 추(鄒)나라에서 길을 빌려야 했지요. 마침 추나라 군주가 죽었으므로 민왕이 조문을 하려고 했습니다. 이유자가 추나라의 새 왕에게 말했습니다. '천자께서 조문하러 오면 주인은 반드시 관을 거꾸로 하여 북쪽을 향하고 있는 자리³⁾를 남쪽으로 만들어 놓은 뒤에 천자께서 남쪽을 향해 조문하도록 해야만 되오.' 〔그러자〕 추나라 신하들은 '반드시 그렇게 해야 한다면 우리는 차라리 칼에 엎어져 죽겠습니다.'라고 하며 한사코 민왕

---

2) 나라에서 제사 지낼 때 바치는 소, 양, 돼지 세 동물을 합쳐 태뢰(太牢)라고 한다.

3) 고대에는 북쪽이 존중받는 자리여서 영구를 북쪽에 두고 문상객들이 북쪽을 향해 절하도록 했다.

을 추나라로 들이지 않았습니다. 추나라와 노나라의 신하들은 [군주가] 살아 있을 때에는 섬기며 봉양하지 못하였고, 죽어서도 재물과 옷가지를 넉넉히 묻을 수 없었습니다. 그런데 [제나라가] 노나라와 추나라에서 천자의 예를 행하려고 하니 추나라와 노나라의 신하들은 절대로 받아들이지 않았습니다.

지금 진나라는 만승의 나라이고, 위나라도 만승의 나라입니다. 모두가 만승의 나라를 거느리고 각자 왕이라 부르는 명분이 있습니다. [그런데] 위나라는 [진나라가] 한 번 싸워 이기는 것을 보고 진나라에 복종하여 진나라 왕을 제라 부르려 하고 있으니, 이것은 삼진의 대신들을 추나라와 노나라의 하인이나 첩만도 못하게 하는 일입니다. 또한 만약 진나라의 욕망이 제라고 일컫는 데서 멈추지 않는다면 제후국의 대신들을 함부로 바꿀 것입니다. 그들은 모자라는 사람들의 벼슬을 빼앗아 어질다고 생각하는 사람들에게 주며, 미워하는 사람들의 자리를 빼앗아 좋아하는 사람들에게 줄 것입니다. 또한 그들은 진나라 왕의 딸과 천한 계집들을 제후들의 부인이나 첩으로 만들어 위나라 궁궐에 살게 할 것입니다. 위나라 왕이 어찌 편안하겠습니까? 장군은 또 어찌 이전처럼 남다른 사랑을 받겠습니까?"

신원연은 그제야 일어나 두 번 절하고 사과하며 말했다.

"처음에는 선생을 평범한 사람인 줄로만 생각했는데, 오늘에야 비로소 선생이 천하의 선비임을 알았습니다. 저는 [이곳을] 떠나는 순간부터 다시는 진나라 왕을 제라고 일컫자는 말을 하지 않겠습니다."

진나라 장군은 이 소문을 듣고 군사를 50리 물러나게 했다. 때마침 위나라 공자 무기가 진비의 군사를 빼앗아 조나라를 도우려 진나라 군대를 공격해 왔으므로 진나라 군대는 드디어 병사들을 이끌고 물러갔다.

조나라의 평원군은 노중련에게 봉지를 내리려 했지만 노중련은 여러 차례 사양하고 끝까지 받지 않았다. 〔그래서〕 평원군은 술자리를 마련하여 분위기가 무르익어 갈 무렵 앞으로 나가 천 금을 내놓으며 노중련의 장수를 빌었다. 그러자 노중련이 웃으며 말했다.

"천하에서 선비가 귀하게 여겨지는 까닭은 다른 사람의 근심을 덜어 주고 재난에서 벗어나게 해 주고 다툼을 풀어 주고도 〔보상을〕 받지 않기 때문입니다. 설령 보상을 받으려는 자가 있다면 이것은 장사꾼의 행위이니 저 노중련은 차마 할 수 없습니다."

마침내 평원군에게 인사하고 떠나가서는 죽을 때까지 다시는 만나지 않았다.

지혜로운 자와 용감한 자

그로부터 20여 년이 지나 연나라 장군이 요성(聊城)을 쳐서 함락시켰는데, 요성의 어떤 사람이 그들의 장군을 연나라에 참소했다. 연나라 장군은 처형될까 봐 두려워 감히 돌아가지 못하고 요성에 주저앉았다. 한편 제나라는 전단을 보내 요성을 1년 남짓 공격했지만 많은 병사들만 죽게 하고 요성을 함락시키지는 못했다. 노중련은 편지를 써서 화살 끝에 매달아 성안으로 쏘아 연나라 장수에게 보냈다. 편지 내용은 이렇다.

제가 듣건대 지혜로운 자는 때를 거슬러 유리한 기회를 놓치지 않고, 용감한 자는 죽음을 겁내어 명예를 잃지 않으며, 충성스러운 신하는 자기 한 몸을 앞세워 군주를 뒤로하지 않는다고 하오. 지금 공께서는 한때의 분노를 못 참아 연나라 왕에게 좋은 신하가 없음을 알면서도 돌아가지 않고 있으니 이는 충성이 아니오. 몸을 잃고 요성을 잃게 된다면 제나라에 장군의 위엄을 떨칠 수 없으니 이는 용감함이 아니오. 공이 무너지고 명성이 사라지게 되면 후세 사람들이 장군을 칭송하지 않게 되니이는 지혜로운 행동이 아니오. 세상의 군주들은 [이런] 세 가지 행동을 한 사람을 신하로 쓰지 않고, 유세하는 선비들도 그러한 사람을 [입에] 올리지 않을 것이오. 그래서 지혜로운 사람은 과감하게 결단을 내리고, 용감한 사람은 죽음을 두려워하지 않소. 장군은 지금 사느냐 죽느냐, 영예냐 오욕이냐, 부귀냐 천함이냐의 갈림길에 서 있소. 이러한 때는 두 번 다시 오지 않소. 깊이 생각하여 속된 사람들처럼 부화뇌동하지 마시오.

초나라는 제나라의 남양을 치고 위나라는 평륙(平陸)을 공격하고 있으나, 제나라로서는 남쪽을 향해 공격할 생각이 없소. 이는 남양을 잃는 데서 오는 손실은 작지만 제수 북쪽의 땅을 손에 넣는 이익만큼 크지 않다고 생각하기 때문이오. 그래서 계책을 정해 놓고 대처하고 있는 것이오. 지금 진나라가 병사를 내어 제나라를 도우면 위나라는 감히 동쪽의 제나라를 치지 못할 것이며, 제나라와 진나라가 손을 잡는 형세가 되면 초나라의 형세는 위태로워지는 것이오. 제나라는 남양을 버리고 오른쪽 땅 평륙을 단념하고서라도 제수 북쪽 땅을 평정하려 할 것이니 이런 계책은 잘 따져 본 것이오. 또한 제나라는 기필코 요성을 다시 차지할 테니 장군은 두 번 다시 주저하지 마시오. 지금 초나라와 위나라 군사는 교대로 제나라에서 물러나고 있으며 연나라의 구원병은 오지 않을 것이오. 제나라의 군대를 모두 오게 하는 것은 천하의 제재를 받지 않고 1년 동안이나 시달린 요성의 군대와 맞붙는다면 되돌릴 당신의 뜻을 이룰 수 없다고 여기게 되오.

더군다나 연나라는 크게 혼란스러워 임금과 신하가 계획을 세우지 못하고, 위아래가 모두 정신을 못 차리고 있소. 〔연나라 재상〕 율복은 군사 10만 명을 거느리고 멀리까지 싸우러 왔지만 다섯 번이나 졌으며, 〔그 결과〕 연나라는 만승의 나라이면서도 조나라에게 수도를 포위당하고 땅은 깎이고 군주는 욕을 당해서 천하의 비웃음거리가 되었소. 나라는 황폐해지고 재난마저 잦아서 백성들은 마음을 되돌릴 곳이 없소. 지금 장군은 또 요성의 백성들을 지치게 하면서 제나라의 모든 병력에 맞서고 있으니, 그것은 실로 묵적(墨翟)이 〔송나라를 위해〕 초나라를 막아 낸 것[4]에 비할 만하오. 사람을 먹고 〔사람의〕 뼈를 땔감으

---

4) 공수반(公輸般)이 초나라를 위해 구름에 닿을 만큼 높은 사다리를 만들

로 쓰면서도 병사들이 반기를 들 생각을 품지 않고 있으니 그야말로 손빈 밑에서 훈련받은 군대요. 능력은 온 천하에 드러났소.

비록 이러할지라도 당신을 위해 따져 보면 병력을 온전히 보존하여 돌아가 연나라 왕에게 보답하는 편이 낫소. 병력과 무기를 온전하게 가지고 연나라로 돌아가면 연나라 왕은 반드시 기뻐할 것이오. 당신이 온전하게 나라로 돌아가면 백성은 부모를 만난 듯이 기뻐하며, 당신 친구들은 팔을 걷어붙이고 반기며 세상 사람들에게 논의가 되어 당신의 업적이 밝혀질 것이오. 위로는 외로운 군주를 도와 신하들을 통제하고, 아래로는 백성들을 봉양하여 유세가들에게 〔이야깃거리를〕 제공하고, 나라를 바로잡고 풍속을 고치면 공명을 이룰 수 있을 것이오.

공께서 이렇게 할 마음이 없다면 연나라를 떠나 세상 여론을 등지고 동쪽 제나라로 가시오. 〔제나라는〕 땅을 쪼개어 〔당신의〕 봉지를 정해 주면 도 주공이나 위 공자와 같은 부귀를 누릴 수 있고, 대대로 고(孤)라고 일컬으면서 제나라와 함께 영원토

어 송나라를 치려 했다. 묵적은 이 소식을 듣고 제나라를 떠난 지 열흘 만에 초나라에 이르러 공수반을 만났다. 공수반이 찾아온 까닭을 묻자 묵적은 북방에 자신을 모욕하려는 자가 있어 당신의 힘을 빌려 죽이고 싶다고 하고는 공수반을 설득하여 다시 초나라 왕을 만났다. 그리고 공수반과 모의로 성을 만들어 전쟁을 하기로 했다. 묵적은 허리띠를 풀어 성 모양을 만들고 작은 목패(木牌)로 전망대를 만들어 놓았다. 공수반이 열 차례나 책략을 바꿔 가며 공격했지만 묵적은 다 막아 낼 뿐만 아니라 그의 방어 태세에는 아직도 여유가 있었다. 결국 공수반이 항복했다. 그래서 초나라가 송나라를 공격하지 않겠다는 다짐을 받아내게 되었다.

록 부귀를 누리게 될 테니 이것도 한 가지 방법이오. 이 두 가지 계책은 모두 이름을 드러내고 실리를 얻을 수 있는 방법이오. 부디 당신은 깊이 생각하시어 그중 하나를 고르시오.

또한 내가 듣건대 작은 예절에 얽매이는 사람은 영화로운 이름을 이룰 수 없고, 작은 치욕을 마다하는 사람은 큰 공을 세울 수 없다고 하오. 옛날 관이오가 제나라 환공을 쏘아 쇠고리를 맞힌 것은 〔임금 자리를 빼앗으려는〕 반역 행위였고, 또 공자 규를 버리고 〔그를 위해〕 죽지 않은 것은 비겁한 행동이었으며, 몸이 포승줄로 묶여 수갑과 차꼬를 차게 된 것은 부끄러운 일이었소. 세상의 군주는 이와 같은 세 가지 행동을 저지른 사람을 신하로 쓰지 않으며, 마을 사람들도 〔그런 사람과는〕 사귀려 들지 않을 것이오. 만일 관중이 옥에 갇힌 채 〔세상에〕 나오지 못하였거나 죽을 때까지 제나라로 돌아올 수 없었다면 천박한 행동을 하였다는 욕을 피할 수 없었을 것이오. 노비조차도 그와 비교되는 것을 부끄러워하였을 텐데, 하물며 세상 사람들이야 어떻겠소? 그러므로 관자는 자신이 감옥에 갇혀 있음을 부끄러워한 것이 아니라 천하가 다스려지지 않는 것을 부끄러워했고, 공자 규를 위해 죽지 않았음을 부끄러워한 것이 아니라 〔제나라가〕 제후들 사이에서 위엄을 떨치지 못하는 것을 부끄러워하였소. 그러므로 세 가지 잘못을 범하고도 〔환공을〕 오패의 우두머리로 만들어 그 명성을 천하에 드높이고 이웃 나라에까지 빛을 비추게 되었던 것이오.

〔또한〕 조자(曹子)조말(曹沫)는 노나라 장군이 되어 〔제나라와〕 세 번 싸워 세 번 다 져서 노나라 땅 500리를 잃었소. 설령 조

자가 뒷일을 생각하여 발꿈치를 되돌려 달아나지 않고 스스로 목을 베고 죽었더라면 이 또한 '전쟁에서 진 군대이며 포로가 된 장군'이라는 이름을 피하지 못했을 것이오. (그러나) 조자는 세 번 싸워 세 번 패한 부끄러움을 떨쳐 버리고 돌아와 노나라 군주와 계책을 상의하였소. 환공이 천하를 조회하려고 제후들을 만나는 기회를 틈타 조자는 칼 한 자루만 믿고 단상으로 올라 환공의 심장을 겨누었소. (그때 조자는) 얼굴빛도 변하지 않고 목소리도 떨리지 않았소. 이렇게 하여 세 차례 싸움에서 잃었던 땅을 하루아침에 되찾았소. 천하는 뒤흔들렸고, 제후들은 경악하였으며, 노나라의 위엄은 오나라와 월나라에까지 미치게 되었소.

이와 같은 두 사람은 작은 부끄러움과 작은 절개를 이룰 수 없었던 것이 아니고, 자신이 죽고 후손을 끊어 공과 이름을 세우지 못하는 것을 지혜로운 행동이 아니라고 여겼소. 그러므로 잠시 울분과 원한을 버리고 영원히 빛날 수 있는 이름을 세웠으며, 원망스러운 절개를 버리고 대대손손의 공을 세운 것이오. 이로써 그들의 공적은 삼왕(三王)과 우열을 다툴 수 있고, 그 이름은 (영원히 남아) 천지와 함께 영원히 스러지게 된 것이오. 원컨대 당신은 이 가운데 하나를 골라 행동하십시오.

연나라 장군은 노중련의 편지를 읽고 사흘 동안 흐느껴 울며 망설이고 스스로 결정을 내리지 못하였다. 그는 연나라로 돌아가자니 연나라 왕과 틈이 생겨 죽음을 당할까 두렵고, 제나라에 항복하자니 제나라 사람들을 너무 많이 죽이고 사로잡았기 때문에 항복한 뒤에 치욕을 당할까 두려웠다. 〔그는〕 탄식하며 이렇게 말했다.

"다른 사람의 칼에 죽느니 차라리 내 스스로 목숨을 끊으리라!"

그러고는 스스로 목숨을 끊고 말았다. 요성이 혼란에 휩싸이자 전단은 마침내 요성의 백성들을 모두 죽였다. 제나라 왕에게 노중련의 공적을 말하고 그에게 벼슬을 주게 하려고 했다. 노중련은 달아나 어느 바닷가에 숨어 살며 이렇게 말하였다.

"나는 부귀로우면서 남에게 얽매여 사느니 차라리 가난할망정 세상을 가볍게 보고 내 뜻대로 하겠노라!"

여러 사람 입은 무쇠도 녹인다

추양(鄒陽)은 제나라 사람이다. 〔그는〕 양나라에서 떠돌아다니면서 본래 오나라 사람인 장기 부자(莊忌夫子)[5]와 회음(淮陰) 사람인 매생(枚生)매승(枚乘)의 무리와 사귀었다. 〔그는〕 글을 올려 양승(羊勝)과 공손궤(公孫詭)의 틈바구니에 끼어 양나라 효왕의 문객이 되었다. 그런데 양승 등이 추양을 시샘하

5) 장기(莊忌)는 성과 이름이고, 부자(夫子)는 존경을 나타내는 호칭이다. 그는 오나라 사람으로 서한(西漢) 시대의 사부가(辭賦家)이다.

여 양나라 효왕에게 참소했다. 효왕은 화가 나서 추양을 옥리에게 넘겨 죽이려고 하였다. 추양은 빈객의 신분으로 유세하다가 참소 때문에 붙잡혔지만, 나쁜 이름을 남기고 그냥 죽게 될까 봐 옥 안에서 양나라 왕에게 다음과 같은 글을 올렸다.

신이 듣기로 마음을 다하는 사람은 군주에게 대가를 받지 않는 일이 없고, 진실한 사람은 의심을 받지 않는다고 합니다. 신은 항상 옳다고 생각했는데 한갓 빈말일 뿐입니다.

옛날에 형가가 연나라 태자 단의 의로움을 사모하여 〔진왕을 죽이려 할 때〕 흰 무지개가 해를 꿰뚫었건만 연나라 태자 단은 형가를 의심하였습니다. 위 선생(衛先生)이 진나라를 위해서 조나라의 장평을 치려고 계획했을 때, 태백성(太白星) 금성이 묘성 (昴星) 조나라의 분야(分野)을 침범하는[6] 징조가 나타났지만 〔진나라〕 소왕은 그를 의심하였습니다. 〔형가와 위 선생의〕 정성은 천지의 자연 현상까지 바꾸었건만 믿음으로 두 군주를 깨우치지 못하였습니다. 어찌 슬픈 일이 아니겠습니까?

지금 신은 충성과 정성을 다하여 마음속의 계책을 다 말씀드려 대왕께서 알아주시기를 바랐지만, 〔대왕〕 주위의 신하들이 밝지 못한 탓으로 결국 옥리에게 심문을 당하고 세상 사람들의 의심을 받게 되었습니다. 이렇게 하면 형가와 위 선생이 다시 살아난다 해도 연나라와 진나라는 깨닫지 못할 것입니다.

---

6) 태백성이 묘성까지 운행하는 것은 본래 자연스러운 현상인데, 고대의 점성가들은 태백성이 묘성을 먹어 들어가는 것으로 여겨 조나라 땅에 큰 전쟁이 있을 것이라고 주장했다.

대왕께서는 깊이 살펴보십시오.

옛날 변화는 보옥을 바쳤지만 초나라 왕은 그의 발을 잘랐습니다. 이사도 충성을 다하였지만 호해는 그를 극형에 처했습니다. 기자가 미친 척하고, 접여가 세상을 피해 살았던 것도 다 이런 우환을 만날까 두려웠기 때문입니다. 원컨대 대왕께서는 변화와 이사의 참뜻을 깊이 살펴 앞으로는 초나라 왕과 호해처럼 잘못 듣지 마시고, 신이 기자와 접여에게 비웃음거리가 되도록 하지 마십시오. 신이 듣건대 비간은 심장을 도려냈고, 오자서는 말가죽에 싸여 강물에 던져졌다고 합니다. 신은 처음에 그 말을 믿지 않았지만 지금은 사실임을 알게 되었습니다. 원컨대 대왕께서는 깊이 살펴서 신을 조금이라도 가엾게 여겨 주십시오.

속담에 "젊을 때부터 흰머리가 되도록 사귀었으면서도 새로 사귄 듯한 이가 있는가 하면, 〔길에서 우연히 만나〕 잠깐 이야기하고도 옛날부터 사귄 것 같은 사람이 있다."라는 말이 있습니다. 왜 그렇겠습니까? 〔상대방의〕 마음을 아느냐 모르느냐의 차이입니다.

옛날 번오기(樊於期)가 진나라에서 연나라로 달아났는데, 형가에게 〔자신의〕 머리를 베어 주어 〔연나라〕 태자 단의 거사를 받들도록 하였습니다. 왕사(王奢)는 제나라를 떠나 위나라로 갔는데, 성에 올라 스스로 목숨을 끊음으로써 제나라를 물리치고 위나라를 보존하도록 하였습니다. 무릇 왕사와 번오기는 제나라나 진나라와 새로운 관계를 맺지도 않았고 연나라나 위나라와 깊은 인연이 있었던 것도 아닙니다. 그들이 두 나라제나라

와 진나라를 떠나 두 군주연나라 태자와 위나라의 군주를 위해 목
숨을 바친 것은 군주들의 행위가 자신들의 뜻에 맞고, 의로움
을 사모하는 것이 다함이 없었기 때문입니다. 그러므로 소진은
천하에서 신임을 받지 못하였지만 연나라에서는 미생처럼 신의
를 지켰고, 백규(白圭)는 〔중산국의 장수가 되어〕 싸움에서 져 성
여섯 개를 잃은 다음 〔위나라로〕 망명하였지만 위나라를 위해서
중산을 차지했습니다. 무엇 때문입니까? 진실로 서로 마음을
알아주었기 때문입니다. 소진이 연나라 재상이 되었을 때 연나
라의 어떤 사람이 왕에게 그를 비방했지만, 연나라 왕은 〔오히
려〕 칼을 어루만지며 노여워하고는 소진을 더욱 정성껏 대우하
여 자신의 결제(駃騠)태어난 지 이레 만에 어미 말보다 빨리 달리는
말이므로 준마를 뜻함를 잡아 대접했습니다. 백규가 중산에서 이
름을 날렸을 때 중산의 어떤 사람이 위나라 문후에게 그를 비
방하였지만, 문후는 오히려 밤에도 빛을 발하는 구슬을 백규에
게 내렸습니다. 무엇 때문입니까? 이는 두 군주와 두 신하가 심
장을 도려내고 간을 가르는 것처럼 서로 믿었기 때문입니다. 어
찌 떠돌아 다니는 말에 〔마음이〕 흔들리겠습니까?

그러므로 여자는 예쁘든 못생겼든 궁중으로 들어가면 질투
를 받고, 선비는 어질든 어리석든 조정으로 들어가면 시샘을 받
게 마련입니다. 옛날 사마희(司馬喜)는 송나라에서 발꿈치를 베
이는 형벌을 받았지만 마침내 중산의 재상이 되었습니다. 범저
는 위나라에서 갈비뼈가 부러지고 이가 부러졌으나 마침내 〔진
나라에서〕 응후가 되었습니다. 이 두 사람은 모두 자신들의 계
획이 반드시 그렇게 되리라는 계획을 믿고 사사로운 붕당을 버

리고 홀로 고독한 자리를 유지했기 때문에 질투하는 사람들을 벗어날 수 없었습니다. 그래서 신도적(申徒狄)은 스스로 강물에 뛰어들었고, 서연(徐衍)은 돌을 짊어지고 바다에 뛰어들었습니다.[7] 〔이들은〕 세상에서 받아들여지지 않더라도 도의상 구차하게 취하지 않았고 조정에서 당파를 만들어 군주의 마음을 흔드는 일은 하지 않았습니다.

백리해는 길에서 밥을 빌어먹었지만 〔진나라〕 목공은 그에게 정치를 맡겼고, 영척(寧戚)은 수레 아래에서 소를 치고 있었으나 환공은 그에게 나라를 맡겼습니다. 이 두 사람이 어찌 조정에서 벼슬을 빌리고 주위 사람들의 칭찬에 기대고 난 다음에 두 군주에게 등용되었습니까? 마음이 서로 통하고 행동이 일치하면 아교나 옻으로 칠한 것보다 더 친밀해져 형제라도 이간질할 수 없으니 어찌 뭇사람의 입에 현혹될 수 있겠습니까? 따라서 한쪽 말만 들으면 간사한 일이 생기고, 한 사람에게 모든 것을 맡기면 혼란이 일어납니다.

옛날 노나라는 계손계환자(季桓子)의 말을 듣고 공자(孔子)를 내쫓았고,[8] 송나라는 자한의 계책만 믿고 묵적을 가두었습니다. 공자와 묵적도 말재주로 참소하고 아첨하는 사람들의 피해에서 벗어나지 못하였고, 노나라와 송나라는 위태로워졌습니다.

---

7) 이들은 모두 은나라 말기 사람인데 주왕에게 간언했으나 받아들이지 않자 이런 행동을 한 의인이다.
8) 계환자가 제나라에서 보내온 여악(女樂)에게 빠져 사흘 동안 조회를 하지 않자 공자는 그곳에서 떠났다. 뒤에 계환자는 노나라에 등용되었고, 노나라는 그의 말만 믿고 공자를 내쫓았다.

무엇 때문이겠습니까? 여러 사람 입은 무쇠라도 녹일 수 있고, 헐뜯는 말이 쌓이고 쌓이면 뼈라도 녹일 수 있기 때문입니다.

이 때문에 진나라는 오랑캐 유여(由余)⁹⁾를 등용하여 중원을 제패하였고, 제나라는 월나라 사람 몽(蒙)을 기용하여 위왕과 선왕의 위세를 높였습니다. 이 두 나라가 어찌 세속에 얽매여 세상에 이끌리고 아첨과 치우친 말에 사로잡힌 일이 있겠습니까? 공정하게 듣고 두루 보며 그 시대에 이름을 남긴 것입니다. 그러므로 뜻이 맞으면 호(胡)나 월(越) 같은 나라도 〔아주 먼 곳 사람들과도〕 형제처럼 될 수 있었습니다. 유여나 몽이 바로 이런 사람들이었습니다. 그러나 〔뜻이〕 맞지 않으면 골육 사이라도 내쫓고 거두지 않았으니 〔요임금의 아들〕 단주(丹朱), 〔순임금의 아우〕 상(象), 〔주공 단의 아우〕 관숙선(管叔鮮)과 채숙도(蔡叔度)가 바로 그렇습니다. 오늘날 백성의 주인 된 사람이 진실로 제나라나 진나라처럼 의로운 방법을 쓰고 송나라나 노나라처럼 잘못된 말을 듣지 않는다면 오백(五伯)의 명성은 말할 것도 없고, 삼왕의 공적도 쉽게 이룰 수 있을 것입니다.

이러므로 왕은 깊이 깨달은 바가 있어 자지(子之) 같은 간신배를 내치고, 전상(田常)¹⁰⁾ 같은 간신의 현명함은 좋아하지 않

---

9) 유여는 본래 진(晉)나라 사람이지만 융(戎) 지역에 살고 있었다. 진(秦)나라 목공 때, 융왕은 유여를 진나라로 보내 그곳의 실정을 살펴보도록 하였다. 유여는 이 일을 마치고 융으로 돌아갔지만 융왕이 여색에 빠져 정사를 돌보지 않는 것을 보고 여러 차례 간언했으나 받아들이지 않아 진나라로 귀순했다. 진나라 목공은 유여의 재능을 익히 알고 있었으므로 그의 계책을 받아들여 열두 융족을 정벌하고 땅을 크게 넓혔다.
10) 춘추 시대 강씨(姜氏) 제 간공(齊簡公)의 신하이다. 그는 간공을 시해하

습니다. [주나라 무왕은] 충신 비간의 후손을 봉하고, [주왕에게 배를 갈려 죽은] 임산부의 무덤을 손질해 줌으로써 그의 공적을 또다시 천하에 떨쳤습니다. 무슨 까닭이겠습니까? 그것은 [무왕이] 선한 일을 하고자 하고 싫증을 내지 않았기 때문입니다. 또 진(晉)나라 문공은 그의 원수발제(勃鞮)와 친하게 지냄으로써 제후들의 우두머리가 되었고, 제나라 환공은 자신의 원수인 관중을 등용하여 천하를 바로잡았습니다. 무엇 때문이겠습니까? 그것은 [진나라 문공과 제나라 환공이] 자애로움과 인자함, 친절함으로써 진정으로 마음에서 [원수들을] 좋게 받아들였기 때문이니, 헛된 말만으로 얻을 수 있는 일이 아닙니다.

진나라는 상앙의 방법을 써서 동쪽으로 한나라와 위나라를 약화시키고 군대를 천하에서 제일 강하게 만들었지만 마침내 그를 거열형에 처하였습니다. 월나라는 대부 문종의 계책으로 오나라 왕을 사로잡고 중원에서 우두머리가 되었지만 끝내 그 자신을 죽게 만들고 말았습니다. 그래서 손숙오(孫叔敖)[11]는 세 번 재상 자리에서 물러나도 후회하지 않았고, 오릉(於陵)의 자중(子仲)은 삼공의 벼슬도 마다하고 남의 집에서 정원에 물 주는 일을 하였습니다. 오늘날 군주가 진실로 교만한 마음을 버

고 평공(平公)을 세워 제나라의 정권을 마음껏 휘둘렀다. 결국 전씨가 강씨의 제나라를 대신하게 되었다.

11) 초나라 사람이다. 그는 일찍이 초나라 장왕의 재상을 세 번 지냈다. 그는 세 번 재상이 되었지만 기뻐하지 않았는데 그것은 자신의 재능으로 얻었다고 생각했기 때문이다. 그리고 세 번 재상 자리에서 쫓겨났지만 서운하게 생각하지 않았는데, 이것은 자기 죄가 아님을 알았기 때문이다. 손숙오는 이런 행동으로 재앙을 피할 수 있었다.

리고 보답할 뜻을 가지고 마음속을 꺼내 본마음을 보여 주고 간담을 털어 많은 덕을 베풀며 궁색할 때나 잘나갈 때나 선비와 함께하고 〔선비에게 봉록과 벼슬을〕 주는 일에 인색하지 않다면 포악한 걸왕의 개라도 요임금을 보고 짖게 할 수 있고, 도척의 자객이라도 허유를 찔러 죽게 할 수 있을 것입니다. 하물며 만승의 권세를 가지고 성왕의 자질을 빌린 분이라면 어떻겠습니까? 형가가 연나라 태자 단을 위해 진나라 왕을 찔러 죽이려다 실패하여 그의 온 집안을 쑥대밭으로 만든 일이나, 요리(要離)가 처자식을 불태워 죽게 한 것이 어찌 말할 가치가 있겠습니까?

신이 듣건대 "어두운 길을 걸어가는 사람에게 명월주(明月珠)와 야광벽(夜光璧)을 던지면 칼을 잡고 노려보지 않을 사람이 없다. 무엇 때문이겠는가? 아무런 까닭 없이 갑자기 〔보물이〕 눈앞에 나타났기 때문이다. 구불구불 뒤틀린 나무 뿌리일지라도 쓰임이 있어 만승의 그릇이 될 수 있다. 무엇 때문이겠는가? 주위 사람들이 먼저 그 모양을 꾸미기 때문이다."라고 합니다. 그러므로 아무런 까닭 없이 눈앞에 나타나면 제아무리 수후주(隨侯珠)[12]나 야광벽이라고 해도 원한만 살 뿐 덕을 드러내지 않을 것입니다. 그러나 누군가가 미리 이야기를 해 둔다면 마른나무와 썩은 등걸일지라도 공을 세워 잊히지 않게 됩니다. 오늘날 세상에 지위도 벼슬도 없어 곤궁한 선비들은 빈천한 처지이

---

12) 수후(隨侯)가 일찍이 상처 입은 큰 뱀 한 마리를 구해 준 적이 있는데 뒤에 그 뱀이 밝게 빛나는 옥을 물고 와서 은혜에 보답했다고 한다. 이것은 야광 구슬로 후세에는 수주(隨珠)라고 한다.

기 때문에 요임금과 순임금의 도를 알고, 이윤(伊尹)이나 관중 같은 말재주를 지니고, 관용봉(關龍逄)이나 비간 같은 뜻을 품고 당대의 군주에게 충성을 다하려 해도 나무 뿌리를 다듬어 군주에게 바치듯이 추천해 주는 사람이 없습니다. 비록 마음과 생각을 다하고 충성과 진실을 열어 군주의 정치를 돕고 싶어도 군주는 반드시 칼을 잡고 노려보는 경향이 있습니다. 그것은 지위도 벼슬도 없는 선비를 마른나무와 썩은 등걸의 쓰임만도 못하게 만듭니다.

성스러운 임금이 세상을 다스리고 풍속을 바로잡을 때는 도공이 물레 위에서 그릇을 만드는 것처럼 독자적으로 교화시킵니다. 그러므로 천박하고 현란한 말에 이끌리거나 사람들의 떠도는 말에 마음을 빼앗기는 일이 없습니다. 진시황은 중서자(中庶子) 몽가(蒙嘉)의 말만 듣고 형가의 말을 믿었다가 몰래 감추어 둔 비수에 찔릴 뻔하였습니다. 그러나 주나라 문왕은 경수와 위수 가에서 사냥을 하다가 여상을 만나 (궁궐로) 돌아와 천하의 왕이 되었습니다. 즉 진시황은 곁에 있던 사람의 말만 듣다가 죽을 뻔하였지만 주나라 문왕은 까마귀가 한데 모여 앉듯이 우연히 여상을 등용하여 왕이 되었던 것입니다. 이것은 무엇 때문이겠습니까? 그는 속박하는 말 따위를 넘어서 어느 하나에 국한되지 않는 의견을 발휘하여 밝고 넓은 길을 홀로 살펴볼 수 있었기 때문입니다.

오늘날 군주는 아첨하는 말에 빠지고 휘장 안에 있는 애첩들의 견제를 받아 뛰어난 선비들을 대우함이 마치 소와 천리마를 똑같은 먹이로 기르는 것과 같습니다. 이것이 바로 포초가 세상을 원망하고 부귀의 즐거움을 마다한 까닭입니다.

신이 듣건대 "의관을 화려하게 하고 조회하러 들어온 사람은 이익을 위해 의로움을 더럽히지 않으며, 명예를 갈고 닦는 사람은 욕심 때문에 행실을 그르치지 않는다."라고 합니다. 그러므로 증자는 (어머니를 이긴다는 뜻의) 승모(勝母)라는 이름이 붙은 고을에는 들어서지 않았고, 묵자는 조가(朝歌)¹³)라는 이름이 붙은 마을에서 수레를 되돌렸다고 합니다. 그런데 오늘날 임금들은 천하의 뛰어난 선비들을 무거운 권력에 눌려 엎드리게 하고, 세력 있는 지위만을 제일로 여기므로 얼굴을 돌려 행실을 더럽히면서까지 아첨을 좋아하는 사람들을 섬기게 하고, 곁에 있는 사람들에게도 친하고 가깝게 하기를 바랍니다. 이렇게 된다면 뜻있는 선비들은 바위 굴 속에서 엎드려 죽을 수밖에 없습니다. 어떻게 충성과 신의를 다하여 대궐 밑으로 들어가는 자가 있겠습니까?

이 글을 양나라 효왕에게 올리자, 효왕은 사람을 보내 추양을 풀어 주고 마침내 상객으로 삼았다.

태사공은 말한다.
"노중련은 지향하는 뜻이 대의에 맞지는 않았지만¹⁴) 벼슬

_____

13) 조가는 은나라 수도이다. 묵자는 즐거움을 좋아하지 않는데 조가는 주왕이 지은 음탕한 음악의 곡 이름이므로 수레를 돌렸던 것이다.
14) 노중련이 벼슬에 나서지 않았을 때는 진나라 왕을 제(帝)라고 부르지 않을 만큼 선비의 기상이 있었으나, 그가 연나라 장수를 제나라에 항복하

138

도 지위도 없는 처지에서 자신의 뜻을 거리낌없이 말하고 실천하며 제후들에게 굽히는 일이 없었으며, 당대에 담론과 유세를 펼치며 공경(公卿)과 재상들의 권력을 꺾었다. 추양은 말하는 태도가 공손하지는 않았지만 사물을 비유해 가며 그 실례를 하나하나 든 점에서 비장함이 있었고, 또 절개를 굽히지 않고 강직했기 때문에 나는 그를 이 열전에 덧붙였다."

도록 권한 것은 타인을 모함하는 것으로 대의에 맞지 않는다고 본 것이다.

24
◎

굴원 가생 열전
屈原賈生列傳

전국 시대 이래 문학 작품에는 당시 인간 운명의 극적인 성공과 실패라는 분위기로 인해 심각한 회의와 절망의 정서가 깊숙이 배어 있다. 사마천은 인간사에 영원불변하는 진리가 존재하지 않는다는 믿음을 이 편에서 밝히고 있다.

전국 시대의 대표적인 애국 시인 굴원, 전한 초기에 유명했던 정치가 가생의 충성심과 비극적인 삶을 애틋한 필치로 적고 있는 이 편은 유향(劉向)의 『신서(新序)』 「절사(節士)」 편과 더불어 굴원의 생애에 대한 최초의 기록이라는 점에서 많은 평가를 받아 왔다. 그러나 글의 앞뒤가 제대로 맞지 않고 사실과 어긋나는 점도 적지 않으며, 굴원의 생애에 대한 기록도 분명치 않은 구석이 많다. 사마천 자신의 우국지정을 굴원의 「이소(離騷)」에 기탁하여 굴원을 과대평가했다는 의문도 있다.

굴원은 충성스러운 신하였지만 참소를 당하여 호소할 길 없는 마음을 총 373구의 「이소」에 담아 후대에 남겼다. 「이소」는 중국 고대의 걸작으로 그 문장 형식뿐 아니라 작품의 내면 세계도 후인들이 본받아야 할 고전적 가치를 지닌 작품으로 평가된다. 「이소」는 추악한 세태를 원망하는 마음이 주된 내용을 자지하며, 윗부분은 굴원 자신이 이상을 실현하기 위해 꿈속에서 천지를 돌아다닌 내용이다. 이러한 성격 때문에, 우국시라는 견해를 비판적으로 보는 이도 있다.

가생도 높은 정치적 식견을 갖고 있었으며, 나라를 위해 충성을 다했으나 여의치 않아 슬픔만 끌어안고 죽었다. 그도 굴원과 마찬가지로 뜻을 펼쳐 보지 못하고 억압을 당하다 죽었으나 명군을 만났다는 점에서는 굴원과 대비된다.

「굴원복거도(屈原卜居圖)」. 「복거」는 굴원의 『초사』에 실린 부(賦) 중 한 편이다.

진흙 속에서도 더러워지지 않는다

굴원(屈原)은 이름이 평(平)이고 초나라 왕실과 성이 같다.[1] 그는 초나라 회왕(懷王)의 좌도(左徒)[2]로 있었는데, 보고 들은 것이 많고 기억력이 뛰어나며 잘 다스려질 때와 혼란스러울 때의 일에 밝고 글을 쓰는 능력이 탁월했다. 그는 궁궐에 들어

---

1) 초나라 왕의 성은 미(羋)이다. 그 무렵 삼대 동성(同姓)은 굴(屈), 경(景), 소(昭)이다. 굴원의 시조 굴하(屈瑕)는 초나라 무왕(武王) 웅통(熊通)의 아들로 굴(屈)에 봉해졌기 때문에 굴을 성으로 삼았다.
2) 초나라 관직 이름이다. 국왕 곁에 있는 친리로 정치에 참여하여 조서나 명령을 내릴 때 초안을 잡고, 외교 협상 등의 일을 했다.

가서는 군주와 나랏일을 의논하여 명령을 내리고, 밖으로 나와서는 빈객을 맞이하며 제후들을 상대했다. 회왕은 그를 매우 신임했다.

상관 대부 근상(斷尚)은 굴원과 지위가 같았는데, 왕의 총애를 다투면서 마음속으로 굴원의 능력을 시기했다. 회왕이 굴원에게 나라의 법령을 만들도록 하여 굴원이 아직 초안을 완성하지 않았을 때 상관 대부가 보고 그것을 빼앗으려 하였으나 굴원이 내주지 않자 왕에게 이렇게 헐뜯었다.

"왕께서 굴원에게 법령을 만들도록 하신 일을 모르는 사람이 없는데, 그는 법령이 하나 만들어질 때마다 자기 공을 뽐내며 '자기가 아니면 법령을 제대로 만들 사람이 없다.'라고 말합니다."

회왕은 화가 나서 굴원을 멀리하였다.

굴원은 왕이 다른 사람들의 말을 듣는 데 밝지 못하고 헐뜯고 아첨하는 말이 군주의 밝음을 가로막으며, 흉악하고 비뚤어진 말이 공정함을 해치고, 단아하고 올곧은 사람이 등용되지 못하는 것에 마음이 아팠다. 그래서 근심하며 깊이 사색에 잠겨 「이소(離騷)」를 지었다.

'이소'란 '걱정스러운 일을 만나다.'라는 뜻이다. 무릇 하늘은 사람의 시작이며 부모는 사람의 근본이다. 사람은 곤궁해지면 근본을 돌아본다. 그러므로 힘들고 곤궁할 때 하늘을 찾지 않는 이가 없고, 질병과 고통과 참담한 일이 있으면 부모를 찾지 않는 이가 없다. 굴원은 도리에 맞게 행동하고 충성을 다하고 지혜를 다하여 군주를 섬겼지만 헐뜯는 사람의 이간질로 곤궁해졌다고 할 수 있다. 신의를 지켰으나 의심을 받고, 충성을 다했으나 비방을 받는다면 원망하지 않을 수 있겠는가? 굴원이 「이소」를 지은 것은 이처럼 분통하고 원망스러운 마음에서 비롯되었다.

「국풍(國風)」[3]은 사랑을 노래했으나 음란하지 않고, 「소아(小雅)」[4]는 원망과 비방을 담고 있지만 문란하지 않은데 「이소」는 그 우수한 점을 모두 지녔다고 할 만하다. 위로는 제곡(帝嚳)을 칭송하고 아래로는 제나라 환공을 말하고 있으며, 그 중간에는 은나라 탕임금과 주나라 무왕을 서술함으로써 세상 일을 풍자하였다. 넓은 도덕적 숭고함과 잘 다스려질 때와 혼란스러울 때의 일의 조리를 밝힘에 빠짐이 없다. 그 글은 간결하고 그 문장은 미묘하며, 그 뜻은 고결하고 그 행동은 청렴하다. 그 문장은 사소한 것을 적었지만 담은 뜻은 매우 크며, 눈앞에 흔히 보이는 사물을 인용했지만 그 뜻은 높고 깊다. 그 뜻이 고결하므로 비유로 든 사물마다 향기를 뿜어내고, 그 행

---

3) 국(國)이란 제후들의 나라를 말하고, 풍(風)은 가요 또는 민요를 뜻한다. 「국풍」에는 주남(周南)으로부터 빈(豳)에 이르는 열다섯 나라의 민요를 중심으로 한 노래들이 실려 있다. 「국풍」이 『시경』의 앞머리를 차지한 것은 「아(雅)」나 「송(頌)」보다 일반 백성의 마음을 더욱 진솔하게 나타내고 있기 때문으로 여겨진다.
4) 아(雅)란 정(正)이라는 뜻으로 옛날 문화 수준이 높았던 하나라의 정악(正樂)을 말한다. 아는 대부분 연회나 조회(朝會)에 쓰였는데 용도와 음절상 차이로 대아(大雅)와 소아(小雅)로 구분한다. 가사의 풍격에 따라 정소아(正小雅)와 변소아(變小雅), 정대아(正大雅)와 변대아(變大雅)로 다시 구별된다.

동이 청렴하므로 죽을 때까지 받아들여지지 않았다. 진흙 속에서 뒹굴다 더러워지자 매미가 허물을 벗듯이 씻어 내고, 먼지 쌓인 속세 밖으로 헤쳐 나와서 세상의 더러움에 물들지 않았다. 그는 〔연꽃처럼〕 깨끗하여 진흙 속에 있으면서도 더러워지지 않은 사람이다. 이러한 그의 지조는 해와 달과 그 빛을 다툴 만하다.

우물물이 맑아도 마시지 않으니 슬프다

굴원이 〔관직 좌도에서〕 쫓겨난 뒤, 진나라는 제나라를 치려고 하였다. 제나라가 초나라와 합종을 맺고 있어서 진나라 혜왕은 이를 걱정했다. 그래서 장의에게 거짓으로 진나라를 떠나 많은 예물을 초나라에 바치고 섬겨 이렇게 말하도록 했다.

"진나라는 제나라를 매우 미워하고 있습니다. 그런데 제나라는 초나라와 합종을 맺고 있습니다. 초나라가 정녕 제나라와 관계를 끊을 수 있다면 진나라는 상(商)과 오(於)의 땅 600리를 바치겠습니다."

초나라 회왕은 욕심이 생겨 장의의 말만 믿고 제나라와 국교를 끊고 진나라로 사신을 보내 땅을 받아 오도록 하였다. 그러나 장의는 그를 속여 이렇게 말했다.

"나 장의는 초나라 왕에게 땅 6리를 준다고 약속했지 600리라는 말은 들어 보지도 못했소."

초나라 사신은 성이 나서 돌아와 회왕에게 이 일을 말했다. 회왕은 화를 내며 군대를 크게 일으켜 진나라로 쳐들어갔다. 진나라도 곧바로 군대를 이끌고 맞서 싸웠는데 단(丹)과 석(淅)에서 초나라 군대를 크게 깨뜨려 8만 명의 목을 베고 초나라 장수 굴개를 사로잡았으며, 드디어 초나라 한중 지역마저 빼앗았다. 회왕은 나라 안의 군대를 다 동원하여 진나라 안으로 깊숙이 들어가 공격하여 남전에서 싸웠다. 위나라는 그 소식을 듣고 초나라를 습격하여 등(鄧)까지 이르렀다. 초나라 병사들은 겁을 집어먹고 진나라에서 돌아왔지만, 제나라는 초나라가 제나라와 우호 관계를 끊은 데 화가 치밀어 초나라를 도와주지 않았으므로 초나라는 몹시 곤란한 지경에 처하게 되었다.

이듬해에 진나라는 한중 땅을 떼어 주면서 초나라와 화친을 맺으려고 하였다. 초나라 왕은 말했다.

"땅은 얻고 싶지 않소. 원하는 바는 장의를 얻어 마음을 편안히 하는 것이오."

장의가 그 소식을 듣고 말했다.

"한 사람으로 한중 땅을 대신할 수 있다면 신을 초나라로 보내 주십시오."

그는 초나라로 가서 권세 높은 신하 근상에게 많은 예물을 주어 회왕에게 총애를 받던 정수(鄭袖)에게 궤변을 늘어놓게 했다. 회왕은 결국 정수의 말을 듣고 다시 장의를 풀어 돌려보냈다.

이때 굴원은 이미 멀리 쫓겨나 다시 벼슬에 오르지 못하였지만, 제나라에 사신으로 갔다가 초나라로 돌아와서 회왕에게 간하였다.

"어찌하여 장의를 죽이지 않았습니까?"

회왕은 그제야 뉘우치며 장의를 뒤쫓게 하였으나 따라잡을 수 없었다.

그 뒤 제후들이 함께 초나라를 쳐서 크게 깨뜨리고 초나라 장수 당말을 죽였다. 이때 진나라 소왕은 초나라와 인척 관계이므로 초나라 회왕을 만나고자 하였다. 회왕이 가려고 하자 굴원은 이렇게 말했다.

"진나라는 호랑이나 이리 같은 나라이므로 믿으시면 안 됩니다. 가시지 않는 게 좋습니다."

그러나 회왕의 어린 아들 자란(子蘭)은 왕에게 가도록 권하였다.

"어찌 진나라의 호의를 거절하십니까?"

마침내 회왕은 진나라로 갔다. 회왕이 진나라의 무관(武關)으로 들어가자, 진나라는 미리 숨겨 두었던 병사들에게 그 뒤를 끊도록 하여 회왕을 붙잡아 두고 초나라 땅을 떼어 달라고 요구했다. 회왕은 화가 나서 받아들이지 않고 조나라로 달아났지만, 조나라에서 그를 받아 주지 않아 다시 진나라로 갔다. 그는 끝내 진나라에서 죽은 뒤 고국으로 옮겨져 안장되었다.

그 뒤 회왕의 맏아들 경양왕(頃襄王)이 왕위에 오르고, 그 아우 자란은 영윤(令尹)재상이 되었다. 초나라 사람들은 자란이 회왕에게 진나라로 가기를 권유하여 돌아오지 못했다며 꾸짖었다.

굴원은 진작부터 이 일을 통분히 여겼으며, 비록 내쫓긴 신세지만 초나라를 그리워하고 회왕을 생각하며 언제나 다시 조정으로 돌아가고 싶어 했다. 또한 군주가 자기 잘못을 깨닫고 속세의 나쁜 풍습이 고쳐지기를 간절히 바랐다. 군주를 생각하고 나라를 일으켜 약한 나라를 강한 나라로 만들기 위해 〔이소〕 한 편 속에 세 번씩이나 그 뜻을 노래했다. 그러나 결국 어찌할 방법이 없으므로 정도(正道)로 돌이킬 수 없었다. 이로써 회왕이 끝까지 잘못을 깨닫지 못하였음을 알 수 있다.

사람들의 군주된 자 가운데 어리석거나 지혜롭거나 어질거나 그렇지 못한 사람을 가리지 않고 충신을 구하여 자신을 위하도록 하고, 현명한 자를 등용하여 자기를 돕도록 하려고 하지 않는 이가 없다. 그러나 나라가 망하고 가정이 깨지는 일이 거듭 생기고, 훌륭한 군주가 나라를 다스리는 시대가 계속해서 나타나지 않는 것은 충신이라는 이가 충성을 다하지 않고, 현명하다는 이가 지혜롭게 행동하지 않기 때문이다. 회왕은 충신과 그렇지 않은 신하를 구분할 줄 몰라서 안으로는 정수에게 미혹되고 밖으로는 장의에게 속았으며, 굴원을 멀리하고 상관 대부와 영윤 자란을 믿었다. 그래서 군대가 꺾이고 군 여섯 개를 잃어 땅이 줄어들었으며, 진나라에서 객사하여 천하의 웃음거리가 되었다. 이는 사람을 제대로 알아보지 못해서 생긴 재앙이다. 『역』에 "우물물이 흐렸다가 맑아져도 마시지 않으니 내 마음이 슬프구나. 이 물을 길어 갈 수는 있다. 왕이 현명하면 모든 사람이 그 복을 받는다."라고 하였다. 왕이 현명하지 않은데 어찌 복이 있겠는가!

영윤 자란이 이 말을 듣고 몹시 노하여 마침내 상관 대부를 시켜 경양왕 앞에서 굴원을 헐뜯게 하자, 경양왕은 화가 나 굴원을 멀리 내쫓았다.

사람들이 다 취했는데 나만 홀로 깨어 있다

굴원은 강가에 이르러 머리를 풀어헤치고 물가를 거닐면서 읊조렸다. 그의 얼굴빛은 꾀죄죄하고 모습은 마른 나뭇가지처럼 야위었다. 어떤 어부가 그를 보고 물었다.

"당신은 삼려대부(三閭大夫)⁵⁾가 아니십니까? 무슨 일로 이곳까지 오셨습니까?"

굴원이 대답했다.

"온 세상이 혼탁한데 나 홀로 깨끗하고, 모든 사람이 다 취했는데 나 홀로 깨어 있어서 쫓겨났소."

어부가 물었다.

"대체로 성인⁶⁾이란 물질에 구애받지 않고 속세의 변화를 따를 수 없다고 합니다. 온 세상이 혼탁하다면 왜 그 흐름을 따라 그 물결을 타지 않으십니까? 모든 사람이 취해 있다면

---

5) 왕족 굴(屈), 경(景), 소(昭) 세 성의 사무관 일을 보는 사람이다. 굴원은 좌도에서 쫓겨난 뒤 삼려대부를 맡았다.
6) 여기서는 그 시대의 상황을 제대로 아는 자를 가리킬 뿐 도덕적, 인격적 경지에 오른 인물을 말하는 것은 아니다.

왜 그 지게미를 먹거나 그 밑술을 마셔 함께 취하지 않으십니까? 어찌하여 아름다운 옥처럼 고결한 뜻을 가졌으면서 스스로 내쫓기는 일을 하셨습니까?"

굴원이 대답했다.

"내가 듣건대 새로 머리를 감은 사람은 반드시 관의 먼지를 털어서 쓰고, 새로 목욕을 한 사람은 반드시 옷의 티끌을 털어서 입는다고 하였소. 사람이라면 또 그 누가 자신의 깨끗한 몸에 더러운 때를 묻히려 하겠소? 차라리 강물에 몸을 던져 물고기 배 속에서 장사를 지내는 게 낫지, 또 어찌 희디흰 깨끗한 몸으로 속세의 더러운 티끌을 뒤집어쓰겠소!"

그러고 나서 「회사(懷沙)」라는 부(賦)를 지었다. 그 문장은 이러하다.

> 양기 넘치는 화사한 초여름이라
> 초목이 무성하구나!
> 상심한 심정 깊이 슬퍼하며
> 물 따라 남쪽 땅으로 쫓겨왔네.
> 눈앞을 망망히 바라보니
> 지극히 고요하고 말이 없구나!
> 원통함은 가슴에 맺혀
> 풀어 볼 길 없이 영원히 막혔네.
> 비통한 마음 달래고 어루만지며
> 고개 숙여 스스로 억누르네.

모난 것 깎아 둥글게 만들려 하지만
변하지 않는 법도는 바꿀 수 없네.
본래 갈 길을 바꾸는 것
군자는 추잡하게 여기네.
먹줄 따라 바르게 긋는 것은
옛날 법도와 다름이 없네.
곧은 마음 중후한 성품을
현명한 사람은 존중하나
솜씨 좋은 장인이 깎고 다듬지 않으면
누가 그 굽고 곧음을 알리!
검은색 무늬를 어두운 곳에 두면
눈뜬 봉사는 무늬 없다 하고,
이루(離婁)⁷⁾는 눈을 가늘게 뜨고도 볼 수 있는데
맹인은 그의 눈이 밝지 않다고 여기네.

흰 것을 검다 하고
위를 거꾸로 아래라고 하네.
봉황은 새장 속에 갇혀 있고
닭과 꿩은 하늘을 나네.
옥과 돌을 뒤섞어
하나로 헤아리니,

---

7) 전설 속에 나오는 인물로 유달리 눈이 밝아 100보 밖의 가을 터럭까지
분명하게 볼 수 있다고 한다.

저들은 더러운 마음뿐이라
내 좋은 점을 알 수가 없지!

짐은 무겁고 실은 것 많건만
수렁에 빠져 건널 수 없구나.
아름다운 옥 있지만
곤궁하여 보여 줄 수 없네.
마을의 개들 떼지어 짖는 것은
이상하게 보이기 때문이지.
준걸 비방하고 호걸 의심하는 것은
본래 못난 사람들의 태도지.
재능과 덕성 가슴속에 흐르건만
내 남다른 재능 아무도 몰라주네.
재능과 덕망 쌓였어도
내 가진 것 아무도 알아주지 않네.
인의를 더 닦고
삼가고 돈후하여 넉넉해졌건만
순임금 같은 분 만날 수 없으니
누가 내 참모습 알아주랴!
예로부터 〔어진 신하와 현명한 군주는 때를〕 같이하지 못하니
어찌 그 까닭을 알리오?
탕임금과 우임금 아득히 먼 분이라
막막하여 사모할 수도 없네.
한을 참고 분노를 삭이고

마음을 억눌러 스스로 힘써 본다.
슬픔 만났으나 절개 꺾지 않으리니
내 뜻 뒷날의 본보기가 되기 바라네.
북쪽으로 발걸음 옮겨 머물려 하니
날은 어둑어둑 저물어 가네.
근심 삼키고 슬픔 달래면서
오직 내 죽음을 바라본다.

뜻을 간추려 말한다.

넓고 넓은 원수(沅水)와 상수(湘水)
갈라져 빠르게 흐르는구나!
멀리 이어진 길은 풀 더미로 뒤덮여
흘러간 길을 볼 수가 없네.
슬픈 심정 노래하노라면
탄식만 길어지고
세상은 나를 알아주지 않으니
내 마음 말하지 않으리!
충정과 인품을 지녔어도
내 마음 알아주는 이 없네.
백락(伯樂)이 이미 죽었으니
준마의 능력 누가 가늠하랴!
사람이 태어날 때 받은 천명은
제각기 돌아갈 곳이 있구나.

마음 진정하고 뜻을 넓히면

내 무엇 두려워하랴!

늘 상심하고 슬퍼하여

깊이 탄식하며 한숨을 쉬네.

세상이 어지러워 나를 알지 못하니

내 마음 말하지 않으리.

죽음 피할 길 없음을 알기에

부디 슬퍼하지 말자.

세상의 군자들에게 분명히 알려

내 그대들의 표상이 되리라.

그러고는 돌을 안은 채 마침내 멱라강(汨羅江)[8]에 몸을 던져 죽었다.

굴원이 이미 죽은 뒤 초나라에는 송옥(宋玉), 당륵(唐勒), 경차(景差) 같은 무리가 모두 글짓기를 좋아하였으며 부(賦)를 잘 지어 세상에서 칭찬을 받았다. 그러나 모두 굴원의 모습을 본뜰 뿐 끝내 감히 직접 간언하는 사람은 없었다. 그 뒤 초나라는 날로 쇠약해지더니 수십 년 뒤에는 결국 진나라에게 멸망하고 말았다.

굴원이 멱라강에 몸을 던진 지 100여 년이 지나 한(漢)나라에 가생이라는 사람이 있었다. 그는 장사왕(長沙王)의 태부가

---

8) 상강(湘江)의 지류이다. 굴원은 농력(農歷) 5월 5일에 죽었는데 후세 사람들은 이날을 기념하여 단오절을 만들었다.

되어 상수를 지나다가 글을 지어 강물에 던져 굴원을 애도하
였다.

모자를 신발 삼아 신어서야 되겠는가

가생(賈生)은 이름이 의(誼)이며 낙양 사람이다. 그는 열여
덟 살 때 시를 외고 글을 잘 지어 군에서 소문이 나 있었다.
오(吳)씨 성을 가진 정위(廷尉)가 하남 태수로 있을 때, 가생
이 수재라는 소문을 듣고 자기 밑으로 불러들여 아꼈다. 효문
제(孝文帝)고조 유방의 아들로 한나라 다섯 번째 왕는 막 보위에 올
랐을 때, 하남 태수 오 공이 그 무렵 정치를 가장 잘하고 본래
이사와 같은 읍 출신으로 늘 이사를 좇아 학문을 배웠다는
소문을 듣고 오 공을 불러들여 정위로 삼았다. 정위는 효문제
에게 가생이 비록 나이는 어리지만 여러 사상가의 학문에 능
통하다고 말했다. 그래서 문제는 가생을 불러 박사(博士)로 삼
았다.

이때 가생은 겨우 스무 살 남짓하여 〔박사들 가운데〕 가장
젊었다. 그러나 왕이 조령(詔令)을 물을 때마다 나이 많은 선
생들이 대답하지 못하는 것도 가생은 막힘없이 대답할 수 있
었다. 그는 사람들이 각기 마음속으로 생각은 나지만 말로 표
현하기 어려운 것까지도 아주 명확하게 대답했다. 그래서 여
러 선생은 자기들의 재능이 가생을 따를 수 없다고 생각하였

다. 효문제는 그런 가생을 흡족하게 여기고 파격적으로 승진시켜 1년 만에 태중대부(太中大夫)까지 오르게 하였다.

가생은 한나라가 일어나서 효문제에 이르기까지 20여 년 동안 천하가 태평하니 마땅히 역법(曆法)을 고치고 관복 색깔을 바꾸며,[9] 제도를 재정비하고 관직 이름을 새로 정하며, 예의와 음악을 창작해야 한다고 생각했다. 그래서 일의 의례와 법률 제도의 초안을 작성했는데 색깔은 황색을 숭상하고, 숫자는 5를 기준으로 삼으며, 관직 이름을 만들어 진나라 때의 법을 완전히 바꾸려고 했다. 효문제는 즉위한 지 얼마 되지 않아 겸손한 데다 아직 이러한 일까지 돌아볼 겨를이 없었다. 그러므로 모든 율령을 바꾸어 정하고, 열후들을 다 각자 봉지로 돌아가 맡은 일을 하도록 한 것은 모두 가생에게서 나온 의견이었다. 천자는 가생을 공경의 자리에 앉히려는 문제를 신하들과 상의하였다. 그러나 강후(絳侯), 관영(灌嬰), 동양후(東陽侯), 풍경(馮敬) 등의 무리는 모두 가생을 싫어하여 이렇게 헐뜯었다.

"낙양 출신의 선비는 나이가 어리고 학문이 미숙한데 제멋대로 권력을 휘둘러 모든 일을 어지럽히려고 합니다."

그래서 황제도 나중에는 그를 멀리하고, 그의 의견을 받아들이지 않다가 마침내 가생을 장사왕의 태부로 삼았다.

가생은 인사하고 길을 나섰는데, 장사라는 곳은 지형이 낮

---

9) 진(秦)나라는 검정색을 숭상했다. 가의는 한나라는 토덕왕(土德王)이므로 조정의 관복이나 수레를 비롯하여 사용하는 물건이 색깔을 노란색으로 바꿔야 한다고 생각했다.

고 습기가 많다는 말을 듣고 자기 수명이 길지 않으리라 생각
했다. 더구나 좌천되어 떠나가는 중이므로 마음이 우울했다.
가생은 상수를 건널 때 부를 지어 굴원을 조문했는데 그 문
장은 이러하다.

　　　공손히 왕명을 받들어
　　　장사의 관리가 되었네.
　　　얼핏 굴원을 풍문에 들으니
　　　스스로 멱라수에 몸을 던졌다 하네.
　　　상수 흐르는 물에 부쳐
　　　선생께 삼가 조의를 표하네.
　　　법도 없는 세상을 만나
　　　그 몸을 던졌구나!
　　　아, 슬프다,
　　　좋지 못한 때를 만남이여!
　　　봉황이 엎드려 숨고
　　　올빼미가 날개를 치누나!
　　　어리석은 사람이 존귀케 되고
　　　헐뜯고 아첨하는 자가 뜻을 얻었구나!
　　　현인과 성인은 도리어 끌어내려지고
　　　바른 사람은 거꾸로 세워졌네.
　　　세상은 백이를 탐욕스럽다 하고
　　　도척을 청렴하다 하며,
　　　막야의 칼날을 무디다 하고

납으로 만든 칼을 날카롭다 하네.
아, 말문이 막히는도다,
선생이 억울하게 재앙을 입음이여!
주나라 솥을 버리고 큰 표주박을 보배로 간직하고
지친 소에게 수레를 끌게 하고 절름발이 나귀를 곁말로 쓰니,
준마는 두 귀를 늘어뜨린 채 소금 수레를 끄는구나!
장보(章甫)은나라 때 머리에 쓰던 관를 신발로 삼으니
오래갈 수 없도다.
아, 선생이여!
홀로 이런 재앙을 겪으셨도다!

다시 이어지는 노래는 이렇다.

그만두자꾸나!
나라가 나를 알아주지 않으니
홀로 답답한 마음 누구에게 말하랴!
봉황새는 훨훨 날아 높이 갔네,
스스로 날갯짓하며 멀리 가 버렸네.
깊은 연못 속 신룡(神龍)은
깊숙이 잠겨 스스로 제 몸을 소중히 한다네.
밝은 빛 마다하고 숨어 지낼 뿐
어찌 개미, 거머리, 지렁이와 놀랴?
성인의 신덕(神德)을 소중히 여기고
탁한 세상 멀리하여 스스로 숨네.

준마도 고삐를 매어지게 한다면

어찌 개나 양과 다르다 하랴!

어지러운 세상에서 머뭇거리다 재앙 받은 것,

또한 선생의 허물이로다!

천하를 두루 둘러보고 어진 임금을 도와야 할 터인데

어찌 이 나라만 고집했는가?

봉황새는 천 길 높이 하늘 위로 날다가

덕이 밝게 빛나는 것 보면 내려오지만,

작은 덕에서 험난한 징조를 보면

날개를 쳐 멀리 날아간다.

저 작은 못이나 도랑이

어찌 배를 삼킬 만한 물고기를 받아들일 수 있으랴?

강과 호수를 가로지르는 큰 물고기도

정녕 땅강아지와 개미에게 제압당하는구나!¹⁰⁾

들새가 들어오고 주인이 나간다

가생이 장사왕의 태부가 된 지 3년쯤 되자 부엉이가 가생의
집으로 날아들어 방구석에 앉았다. 초나라 사람들은 부엉이

---

10) 배를 집어삼킬 만한 큰 물고기는 그물로도 잡을 수 없고 낚시로도 잡을
수 없지만, 일단 물을 잃게 되면 땅강아지나 개미에게도 제압된다는 말이다.
이것은 『장자』 「경상초(庚桑楚)」에 보인다.

를 '복(服)'이라고 불렀다. 가생은 좌천되어 장사에 살고 있었는데, 장사는 땅이 낮고 습기가 많기 때문에 오래 살 수 없으리라 생각하였다. 그것이 슬퍼서 부[11]를 지어 스스로 위로했으니 그 문장은 이러하다.

정묘년
4월 초여름
경자일 해질 무렵
부엉이가 내 집으로 날아들어
방구석에 앉았는데
그 모습이 무척 한가롭구나!
이상한 것이 들어와 있으니
그 까닭이 괴이하도다!
책을 펼치고 점쳐 보니
점괘가 그 길흉을 말하는데,
"들새가 들어와 자리에 앉으니
주인이 나가는 형국이로다."
부엉이에게 묻는다.
"내 가면 어디로 갈까?
길한 징조면 내게 말해 주고
흉한 징조면 그 재앙을 말해 다오!

---

11) 「복조부(服鳥賦)」를 말한다. 옛사람들은 복조(服鳥), 즉 부엉이를 흉조로 여기고 그것이 내려앉은 집의 주인은 불행을 만난다고 생각했다.

땅에 묻힐 나이를 헤아려
그때를 나에게 알려 다오."
부엉이가 이에 탄식하고
머리를 들고 나래를 친다.
입으로 말할 수 없으니
날갯짓으로 대답하네.

만물은 변하며
정녕 쉼이 없구나.
돌아 흘러서 옮겨 가고
또는 밀어서 돌아간다.
형체와 기운이 끊임없이 도니
변하고 진화하는 것 매미와 같네.
그 깊은 이치 끝이 없는데
어찌 말로 다할 수 있으리!
재앙이란 복이 의지하는 곳이고
복이란 재앙이 숨어 있는 곳이라.
근심과 기쁨은 같은 문으로 모이고
길함과 흉함은 한곳에 있네.
저 오나라는 강대했으나
부차는 패하였고,
월나라는 회계에 숨어 살았지만
구천은 세상을 제패했네.
이사는 유세에 성공하였으나

오형(五刑)을 받았고
부열은 죄수였으나
무정의 재상이 되었도다.
재앙과 복이
어찌 꼬인 새끼줄과 다르랴!
천명이란 말할 수 없는 것
누가 그 끝을 알랴!
물은 부딪히면 빨라지고
화살은 힘을 받으면 멀리 가는구나.
만물은 돌고 돌아 서로 부딪치고
진동하며 변하네.
수증기가 올라가 구름 되고
구름이 모여 비 되니
얽히고설켜 서로 흐트러진다.
조화의 신이 만물 만드는 일은
넓고 커서 끝이 없다네.
하늘의 이치 예측할 수 없고
도는 미리 꾸밀 수 없도다.
수명에는 길고 짧음 정해져 있는데
어찌 그때를 알 수 있으리!

저 천지는 화로요,
조물주는 장인이라.
음양은 숯이며

만물은 구리라.

모이고 흩어지고 줄었다 늘었다 하는 데

어찌 일정한 법칙이 있으랴!

천 번 변하고 만 번 바뀐들

애당초 그 끝은 없는 법.

우연히 사람 되었어도

어찌 삶에 연연하리!

귀신이 된다 하여

또 어찌 슬퍼하리!

어리석은 사람들은 자기만 생각하고

남을 낮추고 자기를 귀하다 하네.

통달한 사람은 넓게 보고

무슨 물건이건 한결같이 보네.

탐욕스러운 사람은 재물을 위하여 죽고

열사는 이름을 위하여 목숨을 바치는 법.

권세를 뽐내는 자는 권세 때문에 죽고

평범한 사람은 삶에만 매달리지.

이익에 유혹되고 가난에 쫓기는 무리는

이리저리 바삐 뛰어다니네.

성인은 사물에 굽히지 않고

수많은 변화를 만나도 한결같다네.

세속 일에 구애받는 사람은

우리 속에 갇힌 죄수 같도다.

지극한 덕을 지닌 사람은 만물을 버리고

홀로 도와 함께하누나.
많은 사람 미혹에 빠져
좋아하고 미워하는 것 가슴속에 쌓지만
진실한 사람은 담박하고 적막해서
홀로 도와 더불어 사는도다.
지혜와 형체를 버리고
초연히 죽은 듯이 하는구나.
조용하고 넓은 황홀한 세계에서
큰 도와 더불어 나는도다.
흐름을 타면 흘러가고
모랫벌에 닿으면 멈춘다네.
몸을 자유롭게 천명에 맡기고
자기 것으로 여기지 않는다네.
살아 있으면 떠 있는 것 같고
죽으면 쉬는 것과 같네.
심연의 고요함처럼 담담하고
매이지 않은 배처럼 떠 있네.
살아도 스스로 귀중히 여기지 않고
공허한 마음을 길러서 유유자적한다네.
덕 있는 사람은 얽매임이 없고
천명을 알아 근심이 없으니
하찮은 가시덤불이야
어찌 걱정이나 하겠는가!

그 뒤 1년 남짓 지나서 가생은 효문제에게 불려 갔다. 효문제는 때마침 제사를 지내고 남은 고기를 받고[12] 정전에 앉아 있었다. 황제는 귀신에 감화된 바가 있어 가생에게 귀신의 본질을 물었다. 가생은 귀신에 관한 이치를 자세히 설명하느라 밤이 깊었고 효문제는 바싹 다가앉아 이야기를 들었다. 가생이 설명을 끝마치자 황제는 이렇게 말했다.

"나는 오래도록 그대를 만나지 못하여 스스로 그대보다 낫다고 여겼소. 그런데 이제 보니〔그대에게〕미치지 못하는구려."

얼마 뒤 가생을 양나라 회왕(懷王)의 태부로 삼았다. 회왕은 효문제의 막내아들로서, 문제의 사랑을 받았고 글읽기를 좋아하였으므로 가생을 그의 태부로 삼은 것이다.

효문제는 다시 회남(淮南) 여왕(厲王)[13]의 네 아들을 모두 열후에 봉하였다. 가생은 이렇게 한 일 때문에 앞으로 나라에 근심이 일어날 것이라고 간언했다. 가생은 여러 번 상소하여, 제후들이 간혹 여러 군을 합치는 것은 옛 제도에 어긋나므로 점차 그것을 줄여 나가야 한다고 주장했지만 효문제는 받아들이지 않았다.

몇 년 뒤 회왕이 말을 타다가 떨어져서 죽었으나 후사가 없었다. 가생은 태부로 있으면서 아무 일도 하지 못한 것을 스

---

12) 고대에는 천지신에게 제사를 지낼 때 사용한 고기가 복을 안겨 준다고 믿었다.
13) 이름은 유장(劉長)이고 고조의 아들이며 문제의 이복동생이다. 문제 6년에 모반을 일으켰다가 쫓겨나 길에서 죽었다. 문제 8년에 유장의 네 아들을 후(侯)로 봉하고, 12년에는 세 아들을 왕(王)으로 삼았다.

스로 탄식하여 1년 남짓 슬피 울다가 또한 죽었다. 가생이 죽었을 때 나이가 서른셋이었다. 효문제가 죽고 효무제가 즉위하자 가생의 두 손자를 등용하여 군수 자리에 오르게 하였다. 그중 가가(賈嘉)는 학문을 아주 좋아하여 가업을 이었는데 나와 편지를 주고받았다. 그는 효소제 때에 이르러 구경(九卿)의 반열에 올랐다.

태사공은 말한다.

"나는 「이소」, 「천문(天問)」, 「초혼(招魂)」, 「애영(哀郢)」[14]을 읽어 보며 그 생각을 슬퍼했다. 장사에 가서 굴원이 스스로 빠져 죽은 연못멱라강을 지칭을 바라보고 일찍이 눈물을 떨구며 그의 사람 됨됨이를 생각지 않을 수 없었다. 가생이 지은 굴원을 조문한 작품「조굴원부(弔屈原賦)」을 읽어 보니 굴원이 그만한 재능을 가지고 다른 제후에게 유세하였더라면 어느 나라인들 받아들이지 않았으랴마는 그 스스로 이렇게 생을 마쳤구나. 그러나 「복조부」를 읽으니 그는 삶과 죽음을 한가지로 보고 벼슬에 나아가고 물러나는 것을 가볍게 여겼으니, 나는 [마음에 깨달은 바 있어] 상쾌해지며 스스로 잘못 살았다고 생각하게 되었다."

---

14) 이것은 모두 굴원의 대표 작품이다. 현존하는 굴원의 작품은 총 23편인데 「이소」 1편, 「구가(九歌)」 11편, 「구장(九章)」 9편, 「초혼」 1편, 「천문」 1편이다. 한나라 사람 왕일(王逸)이 편주(編注)한 『초사』에는 굴원의 부가 25편 수록되어 있는데, 「복거(卜居)」와 「어부(漁父)」 두 편이 더 많다. 어떤 사람은 「초혼」은 송옥(宋玉)이 지은 것이라고도 한다.

25

◎

여불위 열전
呂不韋列傳

　여불위는 전기(傳奇) 색채가 풍부한 역사 인물이다. 그는 본래 한(韓)나라의 큰 상인으로 여러 제후국을 주유하면서 시대의 흐름을 정확히 꿰뚫어 보고 인재를 알아보는 혜안을 가지고 있었다. 그는 진나라의 상국이 되어 진나라 통일 사업에 큰 공을 세웠으며, 불후의 명작 『여씨춘추』를 짓기도 했다. 여불위가 세상 사람들에게 주목받는 이유는 진시황의 아버지의 가능성을 알아보고 앞서 투자한 그의 안목 때문이며, 또 그가 진시황의 친아버지일지도 모른다는 대목도 흥미롭기 때문이다. 즉 여불위가 어떤 첩에게 반하여 임신하게 했는데 그 사실을 숨기고 자초에게 바쳐 아이를 낳았으니, 그가 바로 진시황이라는 것이다. 당시 사회적 분위기에서는 가능할 수도 있었겠으나 진시황에 흠집을 내려는 동방 육국(六國)의 음모론이라는 설도 설득력이 있다. 또한 이 편에서 사마천은 여불위의 출세와 성공, 몰락 과정을 세밀한 필치로 묘사하면서 그의 죽음은 인간의 과욕이 빚어낸 필연적 결과임을 분명히 밝히고 있다.

　반고가 여불위의 『여씨춘추』를 잡가류로 분류한 뒤부터 여불위는 잡가를 대표하는 사상가로 여겨져 왔다. 여불위가 여러 사람의 사상을 널리 받아들이고 특히 초기의 도가 사상을 근본으로 각 사상의 장점을 취사선택하여 황로 사상을 추존하였으므로 사마천이 더욱 그를 주목했다는 설도 일리가 있다. 따라서 여불위를 신도가(新道家)라고 부르는 것은 결코 틀린 말이 아니다.

　아울러 사마천은 천지, 만물, 고금의 일에 관한 모든 것이 『여씨춘추』에 갖추어져 있다고 볼 정도로 여불위의 저술 작업을 높이 평가하였다.

秦相國文信侯像

贊曰

呂不韋 太公二十五世孫河南陽翟人

號稱仲父　食邑河南　庸封國土　院奠邦基　旎今遘古　旋乾轉坤　乃爲秦主　丕康我緒　誤渝內府　華陽賴立　端楚匡賢　于錬石補　雖侯嗣趙　賴輔嗣　勲天　烈嶢

장양왕의 등극을 도와 승상이 된 여불위.

진귀한 재물은 사 둘 만하다

여불위(呂不韋)는 양책(陽翟)의 큰 상인으로 여러 곳을 오가면서 물건을 싸게 사들여 비싸게 되팔아 집안에 천금의 재산을 모았다.

진나라 소왕(昭王) 40년에 태자가 죽자, 42년에 둘째 아들 안국군(安國君)[1]을 태자로 삼았다. 안국군에게는 아들 20여 명이 있었다. 안국군은 남다르게 사랑하던 여인을 정부인으로 삼아 화양 부인(華陽夫人)이라 불렀다. 화양 부인에게는 아

---

1) 이름은 주(柱)이고, 뒤에 효문왕이 된다.

들이 없었다. 안국군의 둘째 아들은 이름이 자초(子楚)[2]인데, 그의 친어머니 하희(夏姬)는 〔안국군의〕 총애를 받지 못하였다. 자초는 진나라를 위해 조나라에 볼모로 보내졌으나 진나라가 조나라를 자주 공격했기 때문에 조나라는 자초를 그다지 예우하지 않았다.

자초는 진나라의 많은 서얼 중 한 사람으로서 제후 나라의 볼모이므로 수레와 말과 재물이 넉넉하지 않고 생활이 어려워 실의에 빠져 있었다. 여불위가 한단에서 장사하다가 그를 보고 불쌍하게 여겨 말했다.

"이 진귀한 재물은 사 둘 만하다."

그리고 자초를 찾아가 설득했다.

"나는 당신의 가문을 크게 만들어 줄 수 있습니다."

자초는 웃으면서 말했다.

"먼저 당신 가문을 크게 만든 뒤에 내 가문을 크게 만들어 주시오."

여불위가 말했다.

"당신이 모르는 모양인데, 제 가문은 당신 가문에 기대어 커질 것입니다."

자초는 그 말뜻을 깨닫고 안으로 불러들여 마주앉아서 속마음을 털어놓았다. 여불위는 이렇게 말했다.

"진나라 왕은 늙었고 안국군이 태자가 되었습니다. 남몰래 들은 말로는 안국군이 화양 부인을 총애하시는데 화양 부인

---

2) 뒤에 장양왕이 되었다.

에게는 아들이 없으니, 왕의 후사를 세울 수 있는 사람은 오직 화양 부인뿐입니다. 지금 당신 형제는 스무 명도 더 되고, 당신은 둘째 서열인 데다가 그다지 사랑을 받지 못하고 있습니다. 또한 오랫동안 제후의 나라에 볼모로 있습니다. 그러니 만일 왕이 세상을 떠나고 안국군이 왕위에 오르면 당신은 형이나 여러 형제와 아침저녁으로 태자 자리를 놓고 싸울 수도 없습니다."

자초가 물었다.

"옳습니다. 이를 어떻게 하면 좋겠습니까?"

여불위가 대답했다.

"당신은 가난하고 객지에 나와 있어 어버이를 공손히 섬기거나 빈객과 사귈 힘이 없습니다. 제가 비록 가진 것은 없지만 당신을 위해 1000금을 갖고 서쪽으로 가서 안국군과 화양 부인을 섬겨 당신을 후사로 삼도록 하겠습니다."

자초는 이에 머리를 숙이며 말했다.

"반드시 당신 계책대로 된다면 진나라를 그대와 함께 나누어 가지도록 하겠소."

여불위는 곧 자초에게 500금을 주어 빈객과 사귀는 비용으로 쓰도록 하고, 또 500금으로는 진기한 물건과 노리개를 샀다. 여불위는 직접 그 물건을 들고 서쪽 진나라로 가서 화양 부인의 언니를 통해 화양 부인에게 모두 바치고 이렇게 말했다.

"자초는 어질고 지혜로우며 널리 천하 제후들의 빈객과 두루 사귀고 있습니다. 자초는 언제나 말하기를 '나는 화양 부인을 하늘처럼 여기고 밤낮으로 태자와 부인을 사모하여 눈물을 흘립니다.'라고 합니다."

화양 부인은 매우 기뻐하였다.

여불위는 곧이어 그 언니에게 이렇게 말해 부인을 설득하도록 했다.

"제가 듣건대 아름다운 얼굴로 남을 섬기는 자는 아름다운 얼굴이 스러지면 사랑도 시든다고 합니다. 지금 부인께서는 태자를 섬기며 깊이 총애받고 있지만 아들이 없습니다. 그러므로 일찌감치 여러 아들 가운데 현명하고 효성스러운 자와 인연을 맺어 그를 후사로 발탁하여 양자로 삼으셔야 합니다. 그래야 남편이 살아 있을 때는 존중받으며 귀한 자리에 있고, 남편이 죽은 뒤에도 양자가 왕이 되므로 끝까지 권세를 잃지 않을 것입니다. 이것이 바로 한마디 말로 장구한 이로움을 얻는 일입니다. 영화를 누릴 때 터전을 닦아 놓아야지 아름다운 얼굴이 스러지고 사랑이 식은 뒤에는 비록 한마디 말을 하려고 해도 어떻게 할 수 있겠습니까? 지금 자초는 현명하여 스스로 둘째 아들이기 때문에 후사가 될 수 없음을 알고 있으며, 그를 낳아 준 어머니도 사랑을 받지 못하므로 스스로 부인에게 의지할 것입니다. 부인께서 진정 이때에 그를 후사로 뽑아 맏아들로 삼는다면 일생 동안 진나라에서 총애받을 것입니다."

화양 부인은 그 말을 옳게 여겨 태자가 한가한 틈을 타서 조용히 말했다.

"조나라에 볼모로 가 있는 자초는 매우 현명하여 그곳을 오가는 사람이 모두 칭찬합니다."

이어 눈물을 떨구며 말했다.

"소첩은 다행히 후궁 자리에 있지만 불행하게도 아들이 없습니다. 부디 자초를 후사로 세워서 소첩의 몸을 맡길 수 있도록 해 주십시오."

안국군은 그것을 허락하고 부인에게 옥부(玉符)를 새겨 주어 자초를 후사로 삼겠다고 약속했다. 안국군과 부인은 자초에게 많은 물품을 보내고, 여불위에게 그를 잘 보살피도록 부탁했다. 이 일로 자초는 제후국에 그 이름이 더욱 알려졌다.

한 글자도 더하거나 뺄 수 없다

여불위는 한단의 여러 첩 가운데 외모가 뛰어나고 춤을 잘 추는 여자를 얻어 함께 살았는데, 그녀가 아이를 가진 것을 알게 되었다. 자초는 여불위의 집에서 술을 마시다가 그녀를 보고 한눈에 반해 일어나 여불위의 장수를 기원하면서 그녀를 달라고 했다. 여불위는 화가 치밀었지만 이미 자기 집 재산을 다 기울여 자초를 위해 힘쓰고 있는 까닭은 진기한 재물을 낚으려는 것임을 떠올리고 마침내 그 여자를 바쳤다. 그녀는 자신이 아이를 가진 몸임을 숨기고 만삭이 되어 정(政)이라는 아들을 낳았다. 자초는 마침내 그 여자를 부인으로 세웠다.

진나라 소왕 50년에 진나라는 왕의(王齮)에게 한단을 포위하도록 했다. 사태가 급박해지자 조나라에서는 자초를 죽이려고 했다. 자초는 여불위와 모의하여 금 600근으로 지키던 관리를 매수하고 탈출하여 진나라 군대로 도망쳐 마침내 본국으로 돌아올 수 있었다. 조나라는 자초의 아내와 아들을 죽이려고 했지만 자초의 아내는 조나라 부호의 딸이므로 숨을 수 있었기에 어머니와 아들이 마침내 무사하였다. 진나라 소왕 56년에 소왕이 죽자 태자 안국군이 왕위에 올라 화양 부인을 왕후로 하고 자초를 태자로 삼았다. 그러자 조나라는 자초의 아내와 아들 정을 받들어 진나라로 돌려보냈다.

진나라 왕이 즉위한 지 1년 만에 죽자 시호를 효문왕이라고 했다. 그리고 태자 자초가 왕이 되니 이 사람이 장양왕이다. 장양왕은 양어머니 화양 부인을 화양 태후라 하고, 생모 하희를 높여서 하 태후라 하였다. 장양왕 원년, 여불위를 승상으로 삼고 문신후에 봉하였으며 하남 낙양의 10만 호를 식읍으로 주었다.

장양왕이 즉위한 지 3년 만에 죽자 태자 정이 왕위에 올랐다. 정은 여불위를 존중하여 상국으로 삼고 중보(仲父)라고 불렀다. 진나라 왕은 나이가 어리므로 태후가 때때로 사람들의 눈을 피해 여불위와 사사로이 정을 통하였다. 여불위의 집에는 하인이 만 명이나 있었다.

이 무렵 위나라에는 신릉군, 초나라에는 춘신군, 조나라에는 평원군, 제나라에는 맹상군이 있었는데 이들은 한결같이 선비를 존중하여 빈객 모시는 일을 두고 다투었다. 여불위는 진나라가 강하면서도 그렇게 하지 못하는 것을 부끄럽게 여기고 선비들을 불러 정성껏 대하자 식객이 3000명에 이르렀다.
이때 제후들의 나라에는 변사가 많았는데, 순경 같은 무리는
글을 지어 천하에 자신의 학설을 퍼뜨렸다. 이에 여불위는 자
기 식객들에게 각각 보고 들은 것을 쓰게 하여 「팔람(八覽)」,
「육론(六論)」, 「십이기(十二紀)」 등 20여만 언(言)으로 모아 이것
이야말로 천지, 만물, 고금의 일을 다 갖추고 있다고 여겨 『여
씨춘추』라고 불렀다. 이 책을 함양의 시장 문 앞에 펼쳐 놓고
거기에 1000금을 걸어 제후국의 유사나 빈객 중 한 글자라도
더하거나 뺄 수 있는 이에게 그 돈을 주겠다고 했다.

거짓으로 얻은 명성은 물거품 같다

진시황이 차츰 장년이 되어 가도 태후는 음란한 행동을 그
치지 않았다. 여불위는 그것이 발각되어 자기에게 재앙이 미
칠까 두려워 음경이 큰 노애(嫪毐)라는 사람을 몰래 찾아 사
인으로 삼고, 때때로 음탕한 음악을 연주하며 노애의 음경에
오동나무 수레바퀴를 달아서 걷게 하였다. 태후가 그 소문을
듣게 하여 그녀의 마음을 흔들어 놓으려고 한 것이다. 태후는
소문을 듣자 정말로 사람들 몰래 그를 얻고 싶어 하였다. 이에
여불위는 노애를 바치고, 사람을 시켜 그를 부죄(腐罪)남자의
성기를 제거하는 형벌에 처하도록 허위로 고발했다. 여불위는 또
태후에게 은밀히 말했다.

"거짓으로 부형을 받게 하여 부릴 수 있게 되면 급사중(給事中)궁궐에서 급사 일을 하는 관리으로 삼으십시오."

태후는 부형을 맡은 관리에게 많은 뇌물을 주어 판결을 위조케 하고, 그의 수염과 눈썹을 뽑아 환관으로 만들어 마침내 태후의 시중을 들게 했다. 태후는 사사로이 그와 정을 통하면서 몹시 사랑하였다. 그러다가 아이를 가지게 되자 태후는 다른 사람들이 이 사실을 알까 봐 두려워 거짓으로 점을 치고 이때의 재앙을 피하기 위해 궁궐을 옮겨 옹 땅에서 살아야 한다고 말하게 했다. 노애는 언제나 그녀를 따라다녔고 태후는 그에게 매우 많은 상을 내렸으며, 모든 일은 노애가 결정했다. 노애의 사인은 수천 명이 되고, 벼슬을 얻기 위해 노애의 사인이 된 자도 1000여 명이 되었다.

시황 7년에 장양왕의 어머니 하 태후가 세상을 떠났다. 효문왕의 왕후 화양 태후를 효문왕과 함께 수릉에 합장했고, 하 태후의 아들 장양왕은 지양(芷陽)에 묻혔으므로 하 태후는 두원(杜原)의 동쪽에 홀로 묻혔다. 이는 그의 이러한 유언에 따른 것이다.

"동쪽으로는 내 아들을 바라보고, 서쪽으로는 내 남편을 바라보고 싶다. 100년 뒤 무덤 옆에는 마땅히 만 호의 읍이 생길 것이다."

진나라 시황 9년에 어떤 사람이 노애는 실제로 환관이 아니며 늘 태후와 사사로이 정을 통하여 아들 둘을 낳아 모두 숨겨 놓았고, 태후와 함께 이러한 모의를 했다고 고발했다.

"왕이 죽으면 우리 아들로 뒤를 잇게 하자."

시황제는 관리를 보내 사실을 상세히 밝히고, 상국 여불위도 이 일과 연관이 있음을 알게 되었다. 9월에 노애의 삼족을 멸하고 태후가 낳은 두 아들을 죽였으며, 마침내 태후를 옹 땅으로 내쫓았다. 노애의 사인들은 재산을 빼앗고 촉으로 내쫓았다. 시황제는 상국도 죽이려고 하였으나 선왕을 섬긴 공로가 크고, 그의 빈객과 변사들 중에 그를 위하여 변호하는 자가 많아 차마 법대로 처벌할 수 없었다.

시황 10년 10월에 상국 여불위를 관직에서 내쫓았다. 제나라 사람 모초가 시황제를 설득하였으므로 시황제는 태후를 옹 땅에서 불러들여 함양으로 돌아오게 하고, 문신후를 내보내 제후국인 하남으로 떠나게 했다.

그러나 1년 남짓 지나도록 제후국의 빈객과 사신들이 길에 잇달아 문신후를 방문했다. 시황제는 그가 변란을 일으킬까 두려워 문신후에게 편지를 보냈다.

그대가 진나라에 무슨 공로가 있기에 진나라가 그대를 하남에 봉하고 10만 호의 식읍을 내렸소? 그대가 진나라와 무슨 친족 관계가 있기에 중보라고 불리오? 그대는 가족과 함께 촉 땅으로 옮겨 살도록 하시오.

여불위는 스스로 옥죄어 옴을 느끼고 죽음을 당할까 봐 두려워 독주를 마시고 죽었다. 시황제는 노여워하던 여불위와 노애가 모두 죽자 촉 땅으로 내쫓았던 노애의 사인들을 모두 돌아오게 했다.

시황 19년에 태후가 죽자 시호를 제 태후(帝太后)라 하고, 장양왕과 함께 채양(茝陽)에 합장하였다.

태사공은 말한다.

"여불위는 노애를 존귀하게 했으며, 봉토를 받아 문신후로 불렸다. 어떤 사람이 노애를 고발하였을 때 노애도 그 소문을 들었다. 진시황이 측근들을 통해 확보한 증거를 아직 발표하지 않았을 때이다. 진시황이 옹 땅으로 가서 교사(郊祀)를 지내려 하자 노애는 재앙이 닥칠까 두려워 자기 무리와 음모를 꾸미고, 태후의 도장을 도용하여 군사를 일으켜 기년궁(蘄年宮)에서 반기를 들었다. 진시황은 관리를 보내 노애를 치고, 노애가 싸움에서 져 달아나자 끝까지 쫓아가 호치(好畤)에서 목을 베고 그의 일족을 모두 죽였다. 그리고 여불위도 이 일로 말미암아 배척당했다. 공자가 말한 '소문'[3]이라는 것은 아마 여불위 같은 사람을 두고 한 말이 아닐까?"

---

3) 이 말은 『논어』 「안연」 편의 "소문〔聞〕이란 겉으로는 인(仁)을 취하면서도 행동은 〔인에〕 어긋나는 것인데도, 스스로는 인하다고 믿어 의심하지 않는 것이다. 〔그런 사람은〕 나라 안에서 반드시 소문이 있고 집에서도 소문이 있는 것이다."라는 구절에서 나온다. 이 말은 마융(馬融)이 말한 바와 같이 말만 번지르르하게 하는 사람을 뜻한다.

26

◎

자객 열전
刺客列傳

『사기』130편 중에서 인물을 묘사한 것이 112편이고, 그중 57편이 비극적인 인물을 그린 것인데 이 편도 비극적 이야기에 속한다. 특정한 역사적 환경 속에 처한 유형이 비슷한 인물들의 활동을 사건 중심으로 서술하면서 사마천 특유의 집필 태도를 잘 드러낸 글이다. 『사기』에서 특정 부류의 인물 유형을 묶어 편명으로 삼은 것으로는 이 편 말고도 「순리 열전」, 「유림 열전」, 「혹리 열전」, 「유협 열전」, 「영행 열전」, 「골계 열전」, 「일자 열전」, 「귀책 열전」, 「화식 열전」 등이 있다.

이 편은 시간 순서에 따라 춘추 전국 시대에 활동한 다섯 자객의 활약상, 즉 노나라 조말(曹沫)이 제나라 환공을 위협하고, 오나라 전제(專諸)가 오나라 왕 요를 찌르고, 진(晉)나라 예양(豫讓)이 조나라 양자를 찌르려 하고, 지(軹)의 섭정(聶政)이 한나라 재상 협루(俠累)를 찌르고, 연나라 형가가 진나라 왕 정을 찌르려던 상황을 적고 있다.

춘추 전국 시대의 자객은 대부분 "선비는 자기를 알아주는 사람을 위해 죽는다."라는 보은 사상이 투철했던 자들도 적지 않았다. 이 자객들은 개인이나 집단의 이익을 위해 목숨을 바쳤다. 오늘날 전제, 예양, 섭정 등의 행동은 취할 만한 것이 못 되지만 조말이 제나라 환공을 위협하고, 형가가 진나라 왕을 찌른 것은 결코 개인의 원한 때문이 아니라 약자로서 정의를 실천하려는 의협심의 발로이므로 그 무렵 긍정적인 평가를 받았다. 다섯 자객 가운데 연나라 태자 단에게 인정받은 형가가 가장 막강한 권력을 지닌 진시황에게 도전하였고, 폭력에 반대하는 정신도 가장 강하다. 그는 비록 자신의 소임을 다하지는 못했지만 의를 위해 자기 목숨을 초개처럼 버린 것으로 사람들의 마음을 움직이기에 충분했다. 이 점 때문에 사마천은 특히 형가를 비중 있게 다루고 있는데, 형가가 진시황을 찌르려는 장면을 설정하여 독자들의 눈앞에서 인물이 살아 움직이듯이 생동감 있게 그려 냈으니 형가 이외 네 명의 자객은 조연에 불과할 정도이다.

이 「자객 열전」은 「순리 열전」 뒤에 두어야 하지만 포악한 정치를 반대한다는 작자의 생각을 부각시킬 목적으로 진나라를 도운 여불위, 이사, 몽염 등의 열전이 있는 중간에 배열하였다.

진시황을 죽이려는 형가와 피하는 진시황.

비수를 쥐고 잃었던 땅을 되찾다

조말(曹沫)은 노나라 사람인데, 용기와 담력으로 노나라 장공(莊公)을 섬겼다. 장공은 힘을 좋아했다. 조말은 노나라 장군이 되어 제나라와 싸웠지만 세 번이나 져서 달아났다. 노나라 장공은 겁을 먹고 마침내 수읍(遂邑) 땅을 제나라에 바쳐 화친을 맺으려고 했다. 그런 뒤에도 조말을 다시 원래대로 장군으로 삼았다.

제나라 환공은 노나라 장공과 가(柯)에 모여 화친의 맹약을 맺기로 허락했다. 환공이 장공과 단상에서 맹약을 맺고 있을 때 조말이 손에 비수를 쥐고 제나라 환공을 위협했다. 환공의 주위에 있던 사람들은 〔이 모습을 보고도〕 감히 움직일 수 없었다. 제나라 환공이 물었다.

"그대는 무엇을 하려는 것인가?"

조말이 대답했다.

"제나라는 강하고 노나라는 약한데 큰 제나라가 노나라를 침범하는 것은 지나칩니다. 지금 노나라의 도성 담이 무너지면 제나라 땅으로 떨어질 만큼 깊숙이 파고 들어왔습니다. 군주께서 이 점을 헤아려 주십시오."

그러자 환공은 노나라로부터 빼앗은 땅을 모두 돌려주겠다고 약속했다. 환공의 말이 끝나자 조말은 비수를 내던지고 단상에서 내려와 북쪽을 향해 신하들의 자리에 앉았는데, 얼굴빛에 변함이 없고 말소리도 조금 전과 다름이 없었다. 환공이 화를 내며 그 약속을 어기려고 하니 관중이 말했다.

"〔약속을 어기면〕 안 됩니다. 작은 이익을 탐하는 것으로 스스로 만족하신다면 제후들의 신뢰를 잃고 천하의 지지를 잃게 됩니다. 그러니 약속대로 땅을 돌려주시는 편이 낫습니다."

그래서 환공은 마침내 노나라로부터 빼앗은 땅을 돌려주게 되었다. 조말은 세 차례 싸움에서 잃었던 땅을 모두 노나라에 되찾아 주었다.

그로부터 167년이 지났을 때 오나라에 전제의 사적이 있었다.

내 몸은 바로 당신 몸이오

전제(專諸)는 오나라 당읍(堂邑) 사람이다. 오자서는 초나라에서 달아나 오나라로 갔을 때 전제의 능력을 알아보았다. 오자서는 오나라 왕 요(僚)를 만나 초나라를 치면 유리한 점을 설명했다. 오나라 공자 광(光)이 이렇게 말했다.

"저 오자서의 아버지와 형은 모두 초나라에서 죽음을 당하였습니다. 오자서가 초나라를 치자고 하는 것은 스스로 사사로운 원수를 갚으려는 것이지 결코 오나라를 위해서 하려는 일이 아닙니다."

오나라 왕은 이 말을 듣고 초나라를 치려던 생각을 거두었다. 오자서는 공자 광이 오나라 왕 요를 죽이려는 것을 눈치채고 다음과 같이 생각했다.

'저 광은 마음속으로 왕의 자리를 빼앗으려는 야심을 갖고 있으니 아직 나라 밖의 일을 말할 때가 아니다.'

그리고 전제를 공자 광에게 추천했다.

공자 광의 아버지는 오나라 왕 제번(諸樊)이다. 제번에게는 아우가 세 명 있었는데 바로 밑의 아우는 여제(餘祭)이고, 그다음은 이말(夷昧)이며, 막내아우는 계자찰(季子札)계자(季子)이다. 제번은 계자찰이 현명함을 알고는 자기 아들을 태자로 세우지 않고 세 아우에게 차례로 제왕 자리를 물려받게 하여 결국에는 계자찰에게 나라를 맡기려고 하였다. 제번이 죽은 뒤 제왕 자리는 여제에게 전해졌다. 여제가 죽자 제왕 자리는 이

말에게 전해졌다. 이말이 죽자 제왕 자리는 당연히 계자찰에
게 전해져야 하지만 계자찰이 제왕이 되고 싶지 않아 달아나
버려서 오나라 사람들은 이말의 아들 요를 세워 왕으로 삼았
다. 공자 광은 이렇게 말했다.

"형제의 순서로 한다면 당연히 계자가 자리를 이어야 하지
만 아들을 세워야 한다면 나야말로 적자의 후사이다. 당연히
내가 왕이 되어야 한다."

그러므로 광은 일찍부터 은밀히 지혜로운 신하들을 길러
자신이 왕이 될 방법을 찾고 있었다.

광은 전제를 얻자 빈객으로 정성껏 대접하였다. 〔오나라 요
왕〕 9년에 초나라 평왕(平王)이 죽었다. 봄에 요왕은 초나라가
국상인 것을 틈타 초나라를 치려고 자신의 두 아우 공자 갑
여(蓋餘)와 촉용(屬庸)에게 군사를 이끌고 가서 초나라 잠(潛)
등을 포위하도록 했다. 그리고 연릉(延陵)의 계자를 진(晉)나
라로 보내 제후들의 움직임을 살피도록 하였다. 그러나 초나라
가 군대를 내보내 오나라 장군 갑여와 촉용의 뒷길을 막아 오
나라 군대는 돌아갈 수 없게 되었다. 이에 공자 광은 전제에게
말했다.

"이때를 놓쳐서는 안 되오. 구하지 않으면 무엇을 얻겠소!
게다가 나는 정말로 왕의 뒤를 이을 적자이므로 마땅히 제
왕 자리에 서야 하오. 계자가 오더라도 나를 폐하지 못할 것
이오."

이에 전제가 말했다.

"요왕을 죽일 수 있습니다. 그의 어머니는 늙었고 아들은

나이가 어린 데다 두 아우는 군사를 거느리고 초나라를 치러 갔는데, 초나라가 그들이 돌아올 길을 끊어 버렸습니다. 지금 오나라는 밖으로 초나라에게 어려움을 당하고 있고 나라 안은 텅 비어 있으며 정직하고 용감하게 나서서 말할 신하가 없으니 이러한 상황에서는 우리를 어떻게 할 수 없습니다."

공자 광은 고개를 끄덕이며 말했다.

"내 몸은 바로 당신 몸이오."[1]

(요왕 12년) 4월 병자일에 광이 무장한 병사를 지하실에 숨겨 두고 술자리를 만들고 요왕을 초청했다. 요왕은 병사들을 보내 궁궐에서 광의 집까지 진을 치도록 하였고, 문과 계단 주위는 모두 요왕의 친척들로 채웠다. 그들은 요왕을 에워싸고 모셨는데 한결같이 긴 칼을 차고 있었다. 술자리가 한창 무르익자, 공자 광은 발이 아프다며 지하실로 들어가 전제에게 배 속에 비수를 감춘 구운 생선을 내오도록 하였다. (전제는) 왕 앞에 이르자 생선의 배를 찢고 비수를 잡아 요왕을 찔러 그 자리에서 죽였다. 그러자 왕의 양옆에 있던 사람들이 전제를 죽였다. 이렇게 하여 왕을 모시고 온 신하들이 크게 소란을 피우자, 공자 광은 숨겨 두었던 병사들을 내보내 요왕의 무리를 쳐서 모두 죽이고 스스로 왕이 되었다. 그가 바로 합려(闔閭)이다. 합려는 전제의 아들을 봉하여 상경으로 삼았다.

그로부터 70여 년 뒤에 진나라에 예양의 사적이 있었다.

---

1) 이 말은 전제가 임을 처리하면 자신이 그의 부모를 봉양하는 등 모든 일을 맡을 테니 걱정하지 말라는 뜻이다.

충신은 지조를 위해 죽는다

예양(豫讓)은 진(晉)나라 사람이다. 그는 일찍이 범씨(范氏)
와 중항씨(中行氏)를 섬긴 일이 있지만 이름이 알려지지는 않
았다. 예양은 그들을 떠나 지백(智伯)을 섬겼다. 지백은 그를
대단히 존경하고 남다르게 아꼈다. 지백이 조양자(趙襄子)를
치자 조양자는 한나라, 위나라와 함께 일을 도모하여 지백을
멸망시키고, 지백의 후손까지 죽여 땅을 셋으로 나누었다. 게
다가 조양자는 지백에 대한 원망이 너무 큰 나머지 지백의 두
개골에 옻칠을 해서 큰 술잔으로 썼다. 예양은 산속으로 달아
나 탄식하며 말했다.

"아! 선비는 자기를 알아주는 사람을 위해서 죽고, 여자는
자기를 사랑하는 사람을 위해서 얼굴을 꾸민다고 했다. 지금
지백이 나를 알아주었으니 내 기필코 원수를 갚은 뒤에 죽겠
다. 이렇게 하여 지백에게 은혜를 갚는다면 내 영혼이 부끄럽
지 않으리라."

그러고는 마침내 성과 이름을 바꾸고 죄수가 되어 〔조양자의〕
궁궐로 들어가 변소의 벽을 바르는 일을 했다. 몸에 비수를 품
고 있다가 기회를 보아 양자를 찔러 죽이려는 생각이었다.

양자가 변소에 가는데 어쩐지 가슴이 몹시 두근거렸다. 그
래서 변소 벽을 바르는 죄수를 잡아다 조사해 보니 그가 바로
예양이었다. 그의 품속에는 비수가 숨겨져 있었다. 예양은 이
렇게 말했다.

"지백을 위해 원수를 갚으려 했소."

그러자 주위에 있던 자들이 그의 목을 베려고 하였다. 그때 양자가 말했다.

"그는 의로운 사람이다. 내가 삼가여 피하면 그만이다. 게다가 지백이 죽고 그 뒤를 이을 자식조차 없는데 그의 옛 신하로서 주인을 위해 원수를 갚으려 하였으니, 이 사람이야말로 천하의 현인이다."

그러고는 드디어 그를 풀어 주어 떠나가게 했다.

얼마 뒤 예양은 또 몸에 옻칠을 하여 문둥이로 꾸미고 숯가루를 먹어 목소리를 바꾸어서 자신의 모습을 아무도 알아볼 수 없게 하고는 시장을 돌아다니며 구걸을 했다. 그의 아내마저도 예양을 알아보지 못할 정도였다. 예양이 친구를 찾아가 만나니 그 친구만은 예양을 알아보고 말했다.

"자네는 예양이 아닌가?"

〔예양이〕 말했다.

"내가 바로 예양일세."

그 친구는 울면서 말했다.

"자네의 재능으로 예물을 바치고 양자의 신하가 되어 섬긴다면 양자는 틀림없이 자네를 가까이하고 아낄 걸세. 그 사람이 자네를 가까이하고 아끼게 된 뒤에 하고 싶은 일을 하면 오히려 쉽지 않겠나? 그런데 자기 몸을 축내고 모습을 추하게 하여 양자에게 원수를 갚으려고 하니 어찌 어렵지 않겠는가!"

그러자 예양이 말했다.

"예물을 바치고 남의 신하가 되어 섬기면서 그 사람을 죽이려고 하는 것은 두마음을 품고 자기 주인을 섬기는 것일세. 지금 내가 하는 일은 매우 어렵네! 그러나 이렇게 하는 까닭은 천하 후세에 남의 신하가 되어 두마음을 품고 주인을 섬기는 자들이 부끄러움을 느끼도록 하려는 것일세."

예양은 이렇게 말하고 떠나갔다.

얼마 뒤 양자가 외출할 때, 예양은 양자가 지나가려는 다리 밑에 숨어 있었다. 양자가 다리에 이르렀을 때 갑자기 말이 놀라니 그가 말했다.

"이는 틀림없이 예양 때문이다."

그리고 사람을 시켜 찾도록 하니 정말로 예양이었다. 양자는 예양을 꾸짖었다.

"그대는 일찍이 범씨와 중항씨를 섬기지 않았는가? 지백이 그들을 모두 멸망시켰지만, 그대는 그들을 위해 원수를 갚기는커녕 도리어 지백에게 예물을 바쳐 그의 신하가 되었네. 이제 지백도 죽었는데 그대는 유독 무슨 까닭으로 지백을 위해 이토록 끈질기게 원수를 갚으려고 하는가?"

예양이 말했다.

"저는 범씨와 중항씨를 섬긴 일이 있습니다. 범씨와 중항씨는 모두 저를 보통 사람으로 대접하였으므로 저도 보통 사람으로서 그들에게 보답하였을 뿐입니다. 그러나 지백은 저를 한 나라의 걸출한 선비로 대우하였으므로 저도 한 나라의 걸출한 선비로 그에게 보답하려는 것입니다."

그러자 양자는 탄식하고 울면서 말했다.

"아, 예자(豫子)여! 그대가 지백을 위해 충성과 절개를 다했다는 이름은 벌써 이루어졌고, 과인이 그대를 용서하는 일도 이미 충분했네. 이제 그대는 각오해야 할 터, 내가 더 이상 그대를 놓아주지 않을 것임을!"

그러고는 병사들에게 시켜 그를 포위했다. 예양이 말했다.

"신이 듣건대 '현명한 군주는 다른 사람의 아름다운 이름을 가리지 않고, 충성스러운 신하는 이름과 지조를 위하여 죽을 의무가 있다.'라고 합니다. 전날 군왕께서 신을 너그럽게 용서한 일로 천하 사람들 가운데 당신의 어짊을 칭찬하지 않는 이가 없었습니다. 오늘 일로 신은 죽어 마땅하나 모쪼록 당신의 옷을 얻어 그것을 칼로 베어 원수를 갚으려는 뜻을 이루도록 해 주신다면 죽어도 한이 없겠습니다. 이것은 신이 감히 바랄 수 없는 일이지만 신의 마음속에 있는 말을 털어놓은 것뿐입니다!"

이 말을 들은 양자는 그의 의로운 기상에 크게 감탄하고 사람을 시켜 자기 옷을 예양에게 가져다주도록 하였다. 예양은 칼을 뽑아들고 세 번을 뛰어올라 그 옷을 내리치면서 말했다.

"이것으로 나는 지백에게 은혜를 갚을 수 있게 되었구나!"

그리고는 칼에 엎어져 스스로 목숨을 끊었다. 예양이 죽던 날, 조나라의 뜻 있는 선비들은 이 소식을 전해 듣고 모두 그를 위해 눈물을 흘렸다.

그로부터 40여 년 뒤 지 땅에 섭정의 사적이 있었다.

선비는 자신을 알아주는 이를 위해 죽는다

섭정(聶政)은 지(軹) 땅의 심정리(深井里) 마을 사람이다. (그는) 사람을 죽이고 원수를 피해 어머니와 누이와 함께 제나라로 가서 가축 잡는 일을 하며 살았다.

오랜 세월이 흐른 뒤 복양(濮陽) 사람 엄중자(嚴仲子)가 한(韓)나라 애후(哀侯)를 섬겼는데, 그는 한나라 재상 협루(俠累)와 사이가 무척 나빴다. 엄중자는 죽음을 당할까 봐 두려워 달아나 여러 곳을 돌아다니며 자기 대신 협루에게 보복할 사람을 찾았다. 제나라에 이르자 제나라 사람 중에 어떤 사람이 섭정이라는 용감한 사나이가 원수를 피해 백정들 사이에 숨어 살고 있다고 말해 주었다.

엄중자는 그 집으로 찾아가 사귀기를 청하고 자주 오간 뒤에 술자리를 마련하여 섭정의 어머니에게 직접 술잔을 올렸다. 술자리가 한창 무르익을 무렵, 엄중자는 황금 100일을 받들고 나아가 섭정의 어머니께 장수를 축원하였다. 섭정은 너무 많은 예물에 놀라고 괴이하게 여기며 한사코 사양하였다. 엄중자가 억지로라도 주려고 하자 섭정은 사양하며 말했다.

"제게는 다행히 늙은 어머니가 계십니다. 집이 비록 가난하고 타향살이를 하느라 개 잡는 일을 하고 있지만 아침저녁으로 맛있고 부드러운 음식을 얻어 어머니를 봉양할 수 있습니다. 어머니를 봉양할 음식은 직접 마련할 수 있으니 당신이 주는 것을 받을 수 없습니다."

엄중자는 사람들을 물리치고 나서 그 틈에 섭정에게 말했다.

"내게는 원수가 있는데 그 원수를 갚아 줄 사람을 찾아 제후들의 나라를 두루 돌아다녔습니다. 그런데 제나라에 와서 당신의 의기가 몹시 높다는 말을 나 혼자 듣고는 100금을 드려 어머니의 음식 비용에나 쓰시게 하여 서로 더욱 친하게 사귀자는 뜻이었지 어찌 감히 달리 바라는 게 있겠습니까!"

섭정이 대답했다.

"제가 뜻을 굽히고 몸을 욕되게 하여 시장 바닥에서 백정 노릇을 하는 까닭은 다만 늙으신 어머니를 봉양하기 위해서입니다. 어머니께서 살아 계신 동안에는 제 몸을 다른 사람에게 감히 바칠 수 없습니다."

엄중자가 아무리 받으라고 해도 섭정은 끝내 받지 않았다. 그래도 엄중자는 끝까지 빈객과 주인의 예를 다하고 떠나갔다.

그로부터 오랜 시간이 흐른 뒤에 섭정의 어머니가 죽었다. 장례를 마치고 상복을 벗은 뒤 섭정은 말했다.

"아! 나는 시장 바닥에서 칼을 휘두르는 백정일 뿐인데, 엄중자는 제후의 대신이요 재상 신분으로 1000리 길도 멀다 않고 수레를 몰고 찾아와 나와 사귀었다. 그런데 그에 대한 내 대우는 너무나 조촐하였고, 지금까지 그에게 이렇다 할 만한 큰 공도 세우지 못했다. 엄중자는 100금을 주며 어머니의 장수를 축원해 주었다. 내 비록 〔그 돈을〕 받지는 않았지만 그가 이렇게까지 한 것은 나를 특별히 깊이 알아주었기 때문이다. 어진 사람이 격분하여 원수를 쏘아보면서 나처럼 궁핍하게 사는 사람을 가까이하고 믿어 주었으니, 내 어찌 말없이 가만히 있을쏘냐! 또 전날 〔그가〕 나를 필요로 하였으나 나는 늙은 어머니가 계시다는 핑계로 응하지 않았다. 늙으신 어머니께서 이제 오래 살다가 세상을 떠나셨으니, 나는 앞으로 나를 알아주는 사람을 위해 일하리라.”

그래서 마침내 서쪽 복양으로 가서 엄중자를 만나 말했다.

“전날 당신께 제 몸을 바치지 않은 까닭은 어머니께서 살아 계시기 때문이었습니다. 이제 불행히도 어머니께서 타고난 수명을 누리고 돌아가셨습니다. 중자께서 원수를 갚으려는 이가 누구입니까? 제게 그 일을 맡겨 주십시오.”

그러자 엄중자는 자세하게 말했다.

“내 원수는 한나라 재상 협루요. 협루는 한나라 군주의 숙부이기도 하고, 일족이 꽤 번성하여 머무는 곳의 호위병들이 매우 삼엄하오. 나는 사람을 시켜 그를 찔러 죽이려 하였지만 끝내 성공하지 못했소. 지금 당신이 다행히 이 일을 마다하지 않으니, 당신에게 수레와 말과 장사들을 보태 주고, 또 장사들의 보좌를 받도록 하겠소.”

그러자 섭정이 말했다.

“한나라와 위(衛)나라는 서로 그다지 멀리 떨어져 있지 않습니다. 지금 그 나라 재상을 죽이려고 하는데, 그가 또 그 나라 왕의 친족이라면 이러한 형세에서는 많은 사람을 써서는 안 됩니다. 사람이 많으면 생각을 달리하는 이가 생길 수 있고, 생각을 달리하는 이가 생기면 말이 새어 나갈 것이며, 말이 새어 나가면 한나라 전체가 당신을 원수로 여길 텐데 어찌 위태롭지 않겠습니까?”

그래서 수레와 말과 장사들을 모두 사양하였다. 섭정은 〔엄
중자와〕 헤어져 홀로 떠나갔다.

〔섭정은〕 칼로 지팡이를 삼아 한나라에 이르렀다. 한나라 재
상 협루는 마침 관청 당상에 앉아 있었는데, 무기인 창을 들
고 호위하는 자가 아주 많았다. 섭정이 곧장 들어가 계단을
뛰어올라 협루를 찔러 죽이니 주위가 크게 혼란스러웠다. 섭
정이 고함을 지르며 쳐죽인 사람만 수십 명이나 되었다. 그런
뒤에 그는 스스로 자신의 얼굴 가죽을 벗기고 눈을 도려내고
배를 갈라 창자를 끄집어내고 죽었다.

한나라에서는 섭정의 시체를 거두어 시장 바닥에 드러내
놓고, 그가 어디 사는 누구인지 물었으나 아는 사람이 아무
도 없었다. 그래서 한나라는 공개적으로 현상금을 내걸고 자
객의 이름을 알아내기 위해 재상 협루를 죽인 자가 누구인지
말해 주는 사람에게 1000금을 주겠다고 하였다. 오래되어도
〔그를〕 아는 사람이 나타나지 않았다.

섭정의 누나 섭영(聶榮)은 어떤 사람이 한나라 재상을 찔러
죽였는데 그 범인을 찾지 못하고 나라에서도 그의 이름과 성
을 모르며, 그 시체를 드러내 놓고 1000금을 걸었다는 소문
을 듣고 소리 내어 울면서 말했다.

“아마도 내 동생일 것이다. 아! 엄중자가 내 동생을 알아주
었구나!”

〔그녀는〕 곧바로 일어나 한나라로 가 시장에 도착해 보니
죽은 자는 정말 섭정이었다. 〔그녀는〕 시체 위에 엎드려 소리

내어 울고 몹시 슬퍼하며 말했다.

"이 사람은 지 땅의 심정리에 살던 섭정입니다."

시장을 오가던 사람은 모두 이렇게 말하였다.

"이자는 우리 나라의 재상을 잔인하게 죽였기 때문에 왕께서 그 이름과 성을 알려고 1000금을 걸었소. 부인은 이 말을 듣지 못했소? 어찌 일부러 와서 이자를 안다고 하시오?"

〔그러자〕섭영이 대답했다.

"그 말은 들었습니다. 그러나 섭정이 오욕을 무릅쓰고 시장 바닥에 몸을 던진 것은 늙은 어머니께서 다행히 살아 계시고, 제가 시집을 가지 않았기 때문이었습니다. 어머니께서 천수를 누리다 돌아가시고 저도 이젠 시집을 갔습니다. 일찍이 엄중자는 제 동생의 사람됨을 살펴 알고는 곤궁하고 천한 지위에 있는 그와 사귀었으니 그 은택이 매우 두텁습니다. 어쩌겠습니까! 선비는 본래 자기를 알아주는 사람을 위해 죽는다고 합니다. 섭정은 제가 살아 있기 때문에 자신의 모습을 훼손시켜 이 일에 연루되지 않게 하려고 한 것입니다. 어찌 제게 닥칠 죽음이 두려워 어진 동생의 이름을 없앨 수 있겠습니까?"

한나라의 시장 사람들은 〔섭영의 말에〕매우 놀랐다. 〔그녀는〕곧 하늘을 우러러 큰 소리로 세 번 외치더니 몹시 슬퍼하다가 마침내 섭정 곁에서 숨을 거두었다.

진(晉), 초, 제, 위(衛)나라에서 이 소문을 듣고 모두 말했다.

"섭정만이 유능한 것이 아니라 그 누이도 강단 있는 여인이다. 설령 섭정의 누이가 참아내는 생각을 갖고 있지 않고 시신이 버려지고 해골이 드러나는 고통을 두려워 않아 1000리 험한 길을 달려와 이름을 나란히 하여 남매가 함께 한나라 시장 바닥에서 죽음을 맞을 줄 섭정이 미리 알았더라면 감히 엄중자에게 자신을 바치지는 않았으리라. 엄중자도 인물을 알아보는 안목이 있어 [용감한] 선비를 얻었다고 할 수 있다!"

그로부터 220여 년 뒤 진(秦)나라에 형가의 사적이 있었다.

인물은 범상치 않은 행보를 보인다

형가(荊軻)는 위(衛)나라 사람이다. 그 조상은 제나라 사람인데 뒤에 형가가 위나라로 옮겨 가자 위나라 사람들은 그를 경경(慶卿)이라 부르고, 연나라로 옮겨 가자 연나라 사람들은 그를 형경(荊卿)[2]이라 불렀다.

형경은 책읽기와 칼싸움을 좋아했다. 그는 그 재능으로 위(衛)나라 원군(元君)에게 유세하였으나 위나라 원군은 등용하지 않았다. 그 뒤 진(秦)나라가 위(魏)나라를 쳐서 동군(東郡)을 두고 위(衛)나라 원군의 일족을 야왕(野王)현으로 옮겨 살게 하였다.

형가는 일찍이 떠돌아다닐 때 유차(榆次)를 지나면서 갑섭

---

2) 본래 경(卿)은 남자에 대한 겸손한 호칭이다. 형가는 제나라 사람으로 본래 성이 경(慶)이며, 제나라의 대성(大姓) 경씨(慶氏)의 후손이다. 연나라 사람들이 경(慶)을 형(荊)으로 부른 것은 방음(方音)이다. 경과 형은 본래 같은 음이었다.

(蓋聶)과 검술을 논하게 되었는데, 갑섭이 성을 내며 그를 노려보았다. 형가가 나가 버리자, 어떤 사람이 그를 다시 부르라고 하였다. 갑섭이 말했다.

"전에 나는 그와 함께 검술을 논하다가 그의 생각이 탐탁지 않아서 노려본 적이 있소. 시험 삼아 한번 가 보시면 그는 반드시 떠났을 거요. 감히 머물러 있지 못할 것이오."

그래서 사람을 시켜 그의 주인집에 가 보게 하였는데, 형경은 이미 수레를 몰아 유차를 떠나 버렸다. 그 사람이 돌아와 보고하자 갑섭은 말했다.

"당연히 떠났을 것이오. 내가 예전에 눈을 부릅뜨며 화를 냈으니까."

형가가 한단에서 돌아다닐 때 노구천(魯句踐)이란 자가 형가와 박 놀이를 했는데, 길을 놓고 다투게 되었다. 노구천이 성을 내고 꾸짖자 형가는 아무 말 없이 달아나 결국 두 번 다시 만나지 않았다.

형가는 연나라로 가서, 연나라의 개 잡는 백정과 축(筑)을 잘 타는 고점리(高漸離)라는 이와 친하게 지냈다. 형가는 술을 좋아해 날마다 개 백정과 고점리와 함께 연나라 시장 바닥에서 술을 마셨다. 술자리가 무르익으면 고점리가 축을 타고 형가는 그 소리에 맞추어 시장 가운데서 노래를 부르며 서로 즐겼다. 그러다가 서로 울기도 하였는데 마치 옆에 아무도 없는 것처럼 [자유분방]했다. 형가는 비록 술꾼들 사이에서 놀았지만 그 사람됨이 신중하고 침착하며 책을 좋아했다. 그는 제후국을 떠돌면서 한결같이 그곳의 현인, 호걸, 장자(長者)나이 많고 덕을 갖춘 사람들과 사귀었다. 그가 연나라로 가자 연나라의 숨어 사는 선비 전광(田光) 선생도 그를 잘 대접했으며 형가가 보통 사람이 아님을 알아보았다.

굶주린 호랑이가 다니는 길목에
고기를 던져 놓는다

얼마 뒤, 때마침 연나라 태자 단이 진나라에 볼모로 갔다가 달아나 연나라로 돌아왔다. 연나라 태자 단은 일찍이 조나라에도 볼모로 갔는데, 진나라 왕 정은 조나라에서 태어나 어릴 때 단과 사이좋게 지냈다. 정이 진왕으로 세워졌을 때 단이 진나라에 볼모로 가게 되었는데, 진왕이 연나라 태자 단을 예우하지 않아서 단은 이를 원망하여 도망쳐 돌아온 것이다. 〔단은〕 돌아오고 나서 진왕에게 원수를 갚아 줄 사람을 찾았으나 나라는 작고 힘도 미치지 못했다. 그 뒤 진나라는 날마다 산동 지역으로 병사를 내어 제나라, 초나라, 삼진을 쳐 제후국의 땅을 조금씩 먹어 들어오더니 급기야는 연나라에까지 이르려고 했다. 연나라 왕과 신하들은 모두 화가 미칠까 봐 두려워했다. 태자 단이 이를 우려하여 그의 태부 국무(鞠武)에게 물으니, 국무가 대답했다.

"진나라 땅은 천하에 골고루 있어 한나라, 위(魏)나라, 조나라를 위협하고 있습니다. 북쪽에는 감천산(甘泉山)과 곡구(谷

口) 같은 험한 요새가 있고, 남쪽에는 경수(涇水)와 위수(渭水) 같은 기름진 땅이 있으며, 파(巴)와 한중처럼 풍요로운 땅까지 독점하고 있습니다. 오른쪽에는 농(隴)과 촉(蜀) 같은 산악 지대가 있고, 왼쪽에는 관(關)과 효(殽) 같은 낭떠러지가 있습니다. 백성이 많고 병사들은 사나우며 무기와 장비도 넉넉합니다. 〔진나라가〕 쳐들어올 뜻만 있다면 장성(長城) 남쪽과 역수(易水) 북쪽에는 안정된 곳이 없게 될 것입니다. 어찌 업신여김을 당했다는 원한 때문에 진왕의 역린(逆鱗)을 건드리려 하십니까?"

단이 말했다.

"그러면 어떻게 하는 것이 좋겠소?"

〔국무가〕 대답했다.

"제가 깊이 생각해 본 뒤에 말씀드리겠습니다."

얼마 동안 시간이 흐른 뒤, 진나라 장수 번오기(樊於期)가 진왕에게 죄를 짓고 연나라로 망명해 오자 태자는 그를 받아들이고 거처도 마련해 주었다. 〔그러자〕 국무가 간언했다.

"안 됩니다. 저 진왕의 포악함으로 연나라에 노여움을 쌓고 있다는 사실만으로도 소름이 돋는데, 하물며 번 장군이 〔연나라에〕 있다는 소문을 듣는다면 어떻게 되겠습니까? 이는 굶주린 호랑이가 다니는 길목에 고기를 던져 놓는 것과 같은 일이므로 반드시 그 재앙을 피할 수 없습니다. 비록 관중과 안영이 살아 있다고 해도 그 대책을 세울 수 없을 것입니다. 부디 태자께서는 하루빨리 번 장군을 흉노 땅으로 보내어 〔진나라가〕 트집잡을 일을 없애십시오. 청컨대 서쪽으로는 삼진과 맹약을 맺고 남쪽으로는 제나라, 초나라와 연합하며 북쪽으로 〔흉노의〕 선우와 화친을 맺으십시오. 그런 뒤에야 비로소 대책을 세울 수 있을 것입니다."

태자가 말했다.

"태부의 계책은 허송세월하며 시간만 끄니 내 마음은 근심스럽고 두려워 잠시도 기다릴 수 없습니다. 또 이런 이유 때문만 아니라 저 번 장군은 천하에서 곤경에 빠져 내게 그 몸을 의탁했는데, 내가 설령 강하고 포악한 진나라의 협박을 받을지언정 가여운 친구를 저버리고 그를 흉노에게 보낼 수는 없습니다. 그러한 일은 내 운명이 다했을 때나 가능합니다. 태부께서는 다시 생각해 보십시오."

국무가 말했다.

"대체로 위태로운 일을 하면서 안전함을 찾고 재앙을 만들면서 복을 구하려고 한다면 계책은 얕아지고 원망만 깊어질 뿐입니다. 새로 사귄 친구 한 명과 사귐을 계속 이어 가기 위해서 나라의 커다란 피해를 돌아보지 않는다면 이는 원한을 쌓고 재앙을 만드는 일입니다. 〔진나라가 연나라를 치기란〕 가벼운 기러기 깃털 하나를 화로의 숯불 위에 놓아 태우는 것처럼 반드시 일거리도 못 됩니다. 그러니 독수리나 매처럼 탐욕스럽고 사나운 진나라가 원망과 흉포한 노여움을 표출한다면 어찌 다 말할 수 있겠습니까? 연나라에 전광 선생이라는 분이 계신데 그 사람됨이 지혜가 깊고 용감하며 침착하니 더불어 상의할 만합니다."

태자가 말했다.

"태부의 소개로 전 선생과 사귀고 싶은데, 가능하겠습니까?"

국무가 대답했다.

"삼가 말씀대로 하겠습니다."

〔국무는〕 곧장 나가서 전 선생을 만나 보고 말했다.

"태자께서 선생을 뵙고 나랏일을 의논하고 싶어 하십니다."

전광이 대답했다.

"삼가 말씀대로 하겠습니다."

〔전광은〕 마침내 태자를 만나러 갔다.

비밀이 새어 나가지 않아야 성공한다

태자는 앞으로 나아가 〔전광을〕 맞이하고 뒤로 물러서 길을 안내하고는 무릎을 꿇고 자리의 먼지를 털었다. 전광이 자리에 앉으니 주위에는 아무도 없었다. 태자는 앉았던 자리에서 내려와[3] 가르침을 청하여 말했다.

"연나라와 진나라는 함께 설 수 없으니 선생께서 이 점을 고려해 주시기 바랍니다."

전광이 말했다.

---

3) 옛사람들의 예의범절에 따르면 원래 앉는 자리에서 떠나 가르침을 청함으로써 상대를 매우 존경하는 마음을 나타냈다.

"신이 듣건대 준마는 기운이 왕성할 때에는 하루에 1000리를 달리지만 늙고 쇠약해지면 노둔한 말이 그것을 앞지른다고 합니다. 지금 태자께서는 신이 젊고 왕성하던 때의 일만 들으시고 신의 정력이 없어진 줄은 모르십니다. 비록 그렇지만 신은 감히 나랏일을 돌보지 않을 수 없습니다. 다행히 신과 친한 형경이라는 이가 사자로 보낼 만합니다."

태자가 말했다.

"선생을 통해 형경과 교분을 맺는 것이 가능하겠습니까?"

전광이 말했다.

"삼가 말씀대로 하겠습니다."

(전광은) 곧바로 일어나 빠른 걸음으로 나갔다. 태자는 문까지 배웅하며 경계하여 말했다.

"제가 여쭌 것이나 선생이 말한 것은 나라의 큰일입니다. 선생께서는 새어 나가지 않도록 해 주십시오."

전광은 고개를 숙이고 웃으며 말했다.

"알겠습니다."

(전광은) 굽은 몸으로 형경을 찾아가 말했다.

"내가 당신과 친하다는 것은 연나라에서 모르는 사람이 없습니다. 지금 태자께서는 내 혈기가 왕성하던 때의 일만 들었을 뿐 이미 내 몸이 (그때를) 따라가지 못하는 줄 모르시고 황송하게도 내게 하교하시기를 '연나라와 진나라는 함께 설 수 없으니 선생께서 이 점을 고려해 주시기 바랍니다.'라고 하셨습니다. 나는 이 일을 나와 상관없는 일로 여기지 않고 당신을 태자께 추천했으니, 당신이 궁궐로 가서 태자를 뵙기 바랍니다."

형경이 말했다.

"삼가 말씀대로 가르침을 받겠습니다."

전광이 말했다.

"내가 듣건대 장자(長者)는 행동하면서 다른 사람에게 의심을 품게 하지 않는다고 하였습니다. 그런데 지금 태자께서는 내게 '우리가 말한 것은 나라의 큰일이니 선생께서는 새어 나가지 않도록 해 주십시오.'라고 하였습니다. 이는 태자가 나를 의심한 것입니다. 대체로 일을 행할 때 남에게 의심을 사는 것은 절개 있고 의협심 있는 사람의 행동이 아닙니다."

전광은 스스로 목숨을 끊어 형경을 격려하려는 생각으로 말했다.

"원컨대 당신은 빨리 태자를 찾아가 전광이 이미 죽었다고 말하여 일이 새 나갈 염려가 없음을 분명히 해 주십시오."

그러고는 마침내 스스로 목을 찔러 죽었다.

형가는 드디어 태자를 만나 전광이 이미 죽었다는 것을 말하고 전광의 말을 전하였다. 태자는 두 번 절하고 꿇어앉아 무릎으로 기어가며 눈물을 흘렸다. 그러고는 잠시 뒤에 입을 열었다.

"내가 전 선생께 말하지 말라고 경계시킨 까닭은 큰일에 대한 계책을 성사시키고자 하였기 때문입니다. 지금 전 선생이 죽음으로 이 일이 새어 나가지 않음을 밝혔는데, 그것이 어찌 내 마음이었겠습니까?"

형가가 자리에 앉자, 태자는 자리에서 내려와 머리를 숙이고 말했다.

"전 선생은 내가 못난 것을 모르고 그대 앞으로 나아가 감히 말할 수 있는 기회를 주었습니다. 이것은 하늘이 연나라를 가엾게 여겨 외로운 나를 버리지 않았다는 증거입니다. 지금 진나라는 이익을 탐하는 마음이 있으며 그 욕망은 만족할 줄 모릅니다. 천하의 땅을 다 빼앗고 천하의 왕을 모두 신하로 삼지 않고서는 싫증내지 않을 것입니다. 지금 진나라는 한(韓)나라 왕을 사로잡고 그 땅을 전부 거두어들였습니다. 또한 군사를 일으켜 남쪽으로는 초나라를 치고, 북쪽으로는 조나라에까지 들이닥쳤습니다. 왕전은 수십만 명을 거느리고 장수(漳水) 업성(鄴城)을 쳤고, 이신(李信)은 태원과 운중으로 출격하였습니다. 조나라는 진나라의 침입을 막아 내지 못하고 반드시 〔진나라로〕 들어가 신하가 될 것이니 신하로 들어가게 되면 그 재앙은 바로 연나라에 미칠 것입니다. 연나라는 작고 약해서 전쟁으로 자주 곤경에 처했습니다. 이제는 온 나라의 힘을 모아도 진나라를 당해 내기에 부족합니다. 제후들은 진나라에 복종하였기 때문에 감히 우리와 합종하려는 이가 없습니다.

제 개인적이고 어리석은 생각으로는 만약 이 세상에서 가장 용감한 사람을 얻어 진나라에 사신으로 보내 큰 이익을 미끼로 던져 유혹해서 진나라 왕이 이익을 탐하도록 만든다면, 그 형세는 틀림없이 우리가 원하는 것을 이룰 수 있습니다. 만일 조말이 제나라 환공에게 한 것과 같이 진왕을 위협하여 제후들에게서 빼앗은 땅을 모두 되돌려 주게 한다면 가장 좋을 것입니다. 그러나 그렇게 할 수 없다면 기회를 봐서 그를 찔러 죽이는 수밖에 없습니다. 저 진나라의 대장들은 나라 밖에서 군사를 제멋대로 통솔하고 있으므로 안에서 변란이 일어나면 군주와 신하가 서로 의심하게 되고 그 틈을 타서 제후들이 합종할 수 있다면 반드시 진나라를 깨뜨릴 수 있을 것입니다. 이것이 저의 가장 큰 바람입니다. 그렇지만 이 일을 맡길 만한 사람을 알지 못했으니 형경께서는 이 점을 유념해 주시기 바랍니다."

한참 뒤에 형가는 이렇게 말했다.

"이것은 나라의 큰일입니다. 신은 둔하고 천하여 그러한 일을 맡기에는 부족한 듯싶습니다."

태자가 앞으로 가서 머리를 조아리며 사양하지 말라고 요청한 뒤에야 허락했다. 그래서 형가를 높여 상경으로 삼고 상등 관사에 머물게 하였다. 태자는 날마다 그곳으로 가서 태뢰의 음식을 대접하고 진기한 물건들을 주며, 수레와 말과 아름다운 여인을 보내 형가가 원하는 것을 마음껏 하도록 하여 그 기분을 맞추어 주었다.

오랜 시간이 지나도 형가는 (진나라로) 떠나려고 하지 않았다. 진나라 장수 왕전은 조나라를 깨뜨리고 조나라 왕을 사로잡았으며 그 땅을 모두 빼앗았다. 진나라 군대는 북쪽의 [아직 복종시키지 못한 조나라] 땅4)을 공략하고 연나라 남쪽 국경

---

4) 그 무렵 조나라 공자 가(嘉)는 대(代) 땅에서 스스로 왕이 되어 진나라 병사에게 계속 저항했다고 한다.

까지 이르렀다. 태자 단은 두려워서 곧 형가에게 요청하여 말했다.

"진나라 군대가 머지않아 역수를 건너오면 비록 선생을 오래 모시고 싶어도 어찌 그럴 수 있겠습니까?"

형가가 말했다.

"태자의 말씀이 없더라도 신이 뵙고 말씀드리려고 하였습니다. 지금 떠나 봐야 믿을 만한 것이 없으면 진왕에게 가까이 갈 수 없습니다. 진왕은 저 번 장군을 황금 1000근과 1만 호의 식읍을 내걸어 찾고 있습니다. 만일 번 장군의 머리와 연나라 독항(督亢)의 지도를 얻어 진왕에게 바친다면 진왕은 필시기꺼이 신을 만날 것이니 그때 신이 태자께 보답할 수 있을 것입니다."

태자가 말했다.

"번 장군은 곤궁한 끝에 내게 와서 몸을 맡겼습니다. 나는차마 내 사사로운 욕심 때문에 장자의 뜻을 상하게 하는 짓은 할 수 없으니 선생께서는 다른 방법을 생각해 보십시오."

형가는 태자가 차마 하지 못할 줄을 알고 몰래 번 장군을만나 말했다.

"진나라는 장군을 참으로 각박하게 예우했습니다. 부모와종족을 모두 죽이거나 노비로 만들었습니다. 이제 장군의 목에 황금 1000근과 1만 호의 식읍을 내걸어 찾고 있다고 합니다. 앞으로 어찌하시렵니까?"

이에 번오기는 하늘을 우러러 크게 탄식하고 눈물을 흘리며 말했다.

"나는 이 일을 생각할 때마다 늘 골수에 사무치는데 어찌해야 할지 계책도 모르겠습니다."

형가가 말했다.

"지금 단 한마디로 연나라의 근심을 없애고 장군의 원수를 갚을 수 있는 방법이 있다면 어떻게 하시겠습니까?"

번오기가 [형가에게] 다가가서 말했다.

"어떻게 하는 것입니까?"

그러자 형가가 말했다.

"장군의 목을 얻어 진왕에게 바치기를 원합니다. 그렇게 하면 진왕은 반드시 기뻐하여 저를 만나 줄 것입니다. 그때 제가 왼손으로는 그의 소매를 잡고 오른손으로는 그의 가슴을 찌르겠습니다. 그렇게 되면 장군의 원수를 갚고 연나라가 업신여김을 당한 치욕도 없앨 수 있습니다. 장군께서는 어찌 생각하십니까?"

번오기가 한쪽 어깨를 드러내고 팔을 움켜쥔 채 앞으로 다가서며 말했다.

"이것이야말로 제가 밤낮으로 이를 갈고 속을 끓였던 일이니 이제 [당신의] 가르침을 듣게 되었습니다."

그러고는 스스로 목을 찔러 죽었다.

태자는 이 소식을 듣고 달려가 시체에 엎드려 통곡하며 매우 슬피 울었지만 이미 어쩔 수 없는 일이었다. 그래서 번오기의 목을 상자에 넣어 봉하였다.

그 무렵 태자는 이 세상에서 가장 날카로운 비수를 미리 찾던 가운데 조나라 사람 서 부인(徐夫人)의 비수를 황금 100근에 사 두었다. 장인을 시켜 [칼날에] 독약을 묻혀 사람을 찔러 보니 피 한 방울만 흘려도 그 자리에서 죽지 않는 이가 없었다. 그래서 행장을 꾸려 형가를 [진나라로] 보내기로 했다.

자객은 한번 떠나면 돌아오지 않는다

연나라에 진무양(秦舞陽)이라는 용감한 사람이 있었는데 열세 살 때 사람을 죽여 감히 그를 쳐다보는 이가 없었다. 그래서 태자는 진무양을 [형가의] 조수로 삼았다.

형가는 함께 갈 사람을 기다리고 있는데, 그 사람은 먼 곳에 살았으므로 [떠날 시간에] 도착하지 못했는데 형가의 행장이 다 꾸려졌다. 형가가 한참 동안 출발하지 않자, 태자는 그가 시간을 끈다고 여기며 혹시 마음이 바뀌어 후회하는 것이 아닌가 의심했다. 그래서 거듭 요청하며 이렇게 말했다.

"날짜가 벌써 다하였습니다. 형경께서는 어떤 생각을 가지고 계십니까? 저는 진무양을 먼저 보냈으면 합니다."

형가는 노여워하며 태자를 꾸짖어 말했다.

"태자께서는 어찌 그를 보낸다고 하십니까! 가면 다시는 돌아오지 못할 자가 저 애송이입니다. 비수 한 자루를 가지고 예측할 수 없는 강한 진나라로 들어가는 것입니다. 제가 아직 머무르고 있는 것은 제 길벗을 기다려 함께 떠나기 위함입니다. 지금 태자께서 꾸물댄다고 하시니 하직하고 떠나겠습니다."

마침내 [형가는] 출발했다.

태자와 이 일을 알고 있는 빈객들이 모두 흰색 옷과 모자를 쓰고 그를 전송했다. 역수 가에 이르러 도로신에게 제사를 지내고 여행길에 올랐다. 고점리가 축을 타고 형가는 여기에 맞춰 노래를 불렀다. 변치(變徵)⁵⁾의 소리를 내자, 사람들이 모두 눈물을 떨구며 울었다. 형가는 앞으로 나아가며 이렇게 노래했다.

바람 소리 소슬하고
역수는 차갑구나!
장사가 한번 떠나면
다시는 돌아오지 못하리.

다시 우성(羽聲)⁶⁾으로 노래하니 그 소리가 강개하여 사람들이 모두 눈을 부릅떴고, 머리카락이 관을 찌를 듯 치솟았다. 이렇게 형가는 수레를 타고 떠났는데 끝까지 [뒤를] 돌아보지 않았다.

드디어 진나라에 이르러 [형가는] 1000금이나 되는 예물을 진왕이 남달리 아끼는 신하인 중서자(中庶子)왕족의 호적을 관리한 몽가(蒙嘉)에게 주었다. 몽가는 형가를 위해 진왕에게 먼저

---

5) 슬픈 소리이다. 고대의 기본 음(音)은 궁(宮), 상(商), 각(角), 치(徵), 우(羽)의 다섯 음으로 이루어졌고 변궁(變宮)과 변치(變徵) 두 음이 더 있었다. 변치는 각과 치 사이에 있어 오늘날의 F조(調)에 해당한다.
6) 오늘날의 A조에 해당하는데 강개하며 격앙된 소리를 낸다.

이렇게 말했다.

"연나라 왕은 참으로 대왕의 위엄을 두려워하여 감히 군사를 일으켜 대왕의 군대에 맞서지 않고 있습니다. 그는 나라를 들어 진나라의 신하가 되어서 각 제후들의 행렬에 참여하여 진나라의 군이나 현처럼 공물을 바쳐 선왕의 종묘를 받들어 지킬 수 있기만을 바라고 있습니다. 그렇지만 두려워서 감히 직접 와서 말하지 못하고 삼가 번오기의 목을 베고, 또 연나라 독항의 지도를 바치려고 상자에 넣어 봉해서 가져왔습니다. 연나라 왕이 궁정에서 증정 의식을 거행하고 사자를 보내 대왕께 〔사정을〕 들려드리도록 하였습니다. 대왕께서는 그에게 명령을 내려 주십시오."

진왕은 이 말을 듣고 매우 기뻐하여 조정에 나갈 때 입는 예복을 갖추고 구빈(九賓)의 예를 베풀어 연나라 사자를 함양궁에서 만나기로 하였다. 형가가 번오기의 머리가 든 상자를 들었고, 진무양이 독항의 지도가 든 상자를 들고 차례로 나아갔다. 계단 앞에 이르자 진무양이 얼굴빛이 변하면서 벌벌 떠니 신하들은 이를 괴히 여겼다. 형가는 진무양을 돌아보고 웃으며 앞으로 나아가 사과하며 말했다.

"북방 오랑캐 땅의 천한 사람인지라 일찍이 천자를 뵌 적이 없어서 떨며 두려워하는 것입니다. 부디 대왕께서는 이 사람의 무례를 용서하시고 대왕 앞에서 사신의 임무를 마치도록 해 주십시오."

진왕이 형가에게 말했다.

"진무양이 가지고 있는 지도를 가져오시오."

형가는 지도를 받아 진왕에게 바쳤다. 진왕이 지도를 펼쳤는데, 지도가 다 펼쳐지자 비수가 드러났다. 그러자 형가는 왼손으로 진왕의 소매를 붙잡고 오른손으로는 비수를 쥐고 진왕을 찌르려 했다. 〔그러나 비수가〕 몸에 닿기 전에 진왕이 놀라 스스로 몸을 당겨 일어서면서 소매가 떨어졌다. 진왕은 칼을 뽑으려 했지만 칼이 길어 뽑지 못하고 칼집만 잡았다. 너무 황급한 데다 꽉 꽂혀 있어서 곧바로 빠지지 않았다. 형가가 진왕을 쫓아가자 진왕은 기둥을 돌며 달아났다. 신하들은 모두 놀랐으나 뜻밖에 일어난 일이라 어찌할 바를 몰랐다. 그리고 진나라 법에 따르면 전(殿) 위에서 왕을 모시는 신하들은 한 자 한 치의 무기도 몸에 지닐 수 없었다. 낭중(郎中)들이 무기를 가지고 뜰 아래에 늘어서 있으나 왕이 부르기 전에는 전 위로 올라갈 수 없었다. 진왕은 다급한 나머지 아래에 있는 병사들을 부를 겨를이 없었다. 이 때문에 형가가 진왕을 쫓아다닐 수 있었던 것이다. 〔대신들은〕 사태가 급박해지자 형가를 칠 무기가 없으므로 맨손으로 내리쳤다. 이때 시의(侍醫) 하무저(夏無且)는 가지고 있던 약주머니를 형가에게 던졌다. 진왕이 기둥을 돌며 달아날 뿐 당황하여 어찌할 바를 모르고 있을 때, 주위에 있던 신하들이 말했다.

"왕께서는 칼을 등에 지십시오!"

칼을 등에 지고서야 칼을 뽑아 형가를 내리쳐 그의 왼쪽 넓적다리를 베었다. 형가는 쓰러진 채 진왕에게 비수를 던졌지만 맞히지 못하고 구리 기둥을 맞혔다. 그러자 진왕이 다시 형가를 공격해 형가는 여덟 군데나 상처를 입었다. 형가는 스

스로 일을 이룰 수 없음을 알고 기둥에 기대어 웃으며 두 다
리를 벌리고 앉아 꾸짖어 말했다.

"일을 이루지 못한 까닭은 (진왕을) 사로잡아 위협하여 반드
시 약속을 받아 내 태자에게 보답하려 하였기 때문이다."

이때 주위 신하들이 몰려와서 형가를 죽였으나 진왕은 꽤
오랫동안 찜찜해하였다. 얼마 후에 공을 논하여 신하들에게
상을 주었는데 연관된 자에게는 각각 차등을 두었다. 하무저
에게는 황금 200일을 내리며 말했다.

"무저는 나를 사랑하여 형가에게 약주머니를 던졌다."

이 일로 진왕은 크게 노여워하여 더욱더 많은 군사를 조
나라로 보내 왕전의 군대에 조서를 내려 연나라를 치게 하였
다. 열 달 만에 계성(薊城)이 함락되니, 연나라 왕 희(喜)와 태
자 단 등은 모두 정예 병사를 이끌고 동쪽으로 달아나 요동을
지켰다. 진나라 장군 이신이 연나라 왕을 급히 쫓아가자, 대왕
(代王) 가(嘉)는 연나라 왕 희에게 다음과 같은 편지를 보냈다.

진나라가 연나라 왕을 급박하게 쫓는 까닭은 태자 단 때문
입니다. 지금 왕께서 단을 죽여 진왕에게 바친다면 진왕은 반
드시 (노여움을) 풀어 (연나라의) 사직은 다행히 제사가 계속 받
들어질 수 있을 것입니다.

그 뒤 이신이 단을 추격하자 단은 연수(衍水) 가운데에 있
는 섬에 몸을 숨겼다. 연나라 왕은 사자를 보내 태자 단의 목
을 베어 진나라에 바치려고 했다. 진나라는 다시 병사를 보내

연나라를 쳤다. 5년 뒤에 진나라는 마침내 연나라를 멸망시키고 연나라 왕 희를 사로잡았다.

그 이듬해에 진나라는 천하를 통일하고 황제라고 불렀다. 진나라가 태자 단과 형가의 빈객들을 쫓았으므로 모두 달아났다. 고점리는 이름과 성을 바꾸고 남의 머슴이 되어 몸을 숨기고 송자(宋子)라는 곳에서 일하였다. 그는 오랫동안 그런 생활을 하니 괴로웠다. 하루는 주인집 마루에서 손님이 축을 타는 소리를 듣고는 주변을 서성거리며 떠날 줄 모르고 매번 이렇게 지껄였다.

"저건 잘 쳤고, 저건 못 쳤군."

시종이 그 주인에게 말했다.

"저 머슴은 소리를 들으면 잘 치고 못 치는 것을 제대로 평가합니다."

집주인은 고점리를 불러 축을 타 보도록 했다. 그 자리에 있던 사람들은 칭찬하며 술을 주었다. 고점리는 오랫동안 숨어 두려움과 가난 속에서 살아 보아야 끝이 없겠다고 생각하여 자리에서 물러나 보따리에서 축과 좋은 옷을 꺼내 차림새를 고치고 앞에 나타났다. 손님들은 모두 놀라 자리에서 내려와 서로 대등한 예를 나누고 그를 상객으로 모셨다. 그가 다시 축을 타며 노래를 부르니 손님은 모두 눈물을 흘리며 돌아갔다. 송자 고을에서는 돌아가며 그를 손님으로 맞이했다. 그 소문이 진시황에게까지 전해졌다. 진시황이 그를 불러 만날 때 어떤 사람이 그를 알아보고는 즉시 말했다.

"고점리입니다."

진시황은 그가 축을 뛰어나게 잘 타는 솜씨를 아까워하여 용서하는 대신 눈을 멀게 했다. 그러고 나서 고점리에게 축을 타게 하였는데 그 소리를 칭찬하지 않은 적이 없었다. 진시황은 그를 점점 가까이하였다. 고점리는 축 속에 납덩어리를 감추어 넣어 두었다가 진시황 곁으로 가까이 갔을 때 축을 들어 진시황을 향해 내리쳤지만 맞추지 못했다. 이에 결국 고점리를 죽였다. 〔이 일로 해서〕 진시황은 죽을 때까지 제후국에서 온 사람들을 가까이하지 않았다.

노구천은 형가가 진왕을 찌르려 했다는 소식을 듣고 혼자서 말했다.

"아! 애석하게도 그는 칼로 찌르는 기술을 배우지 않았구나! 심하구나, 내가 사람을 알아보지 못한 것이! 과거에 내가 그를 꾸짖었을 때 그는 아마 나를 같은 부류로 생각지 않았겠구나."

태사공은 말한다.

"세상의 형가에 관한 이야기 가운데 태자 단의 운명을 일컬어 '하늘에서 곡식이 내리고 말에 뿔이 돋아났다.'[7]라고 하는데, 지나치게 과장된 것이다. 또 형가가 진왕에게 상처를 입혔다고 하는 것도 잘못된 말이다. 본래 공손계공(公孫季功)과 동

---

7) 태자 단이 진(秦)나라를 떠나려고 할 때 진왕이 "까마귀 머리가 흰색으로 변하고, 하늘에서 곡식이 떨어져 내리며, 말 머리에서 긴 뿔이 돋아나니, 너를 돌아가게 하는 것이다."라고 했다. 이런 세 가지 상서로운 조짐 덕분에 단은 무사히 귀국하게 되었다.

중서(董仲舒)는 하무저와 교분이 있어 이 일을 자세히 알고 있었으므로 〔두 사람은〕 나에게 이 「자객 열전」처럼 〔똑같이〕 말해 주었다. 조말부터 형가에 이르기까지 다섯 사람은 이처럼 의기가 이루어지기도 하고 이루어지지 않기도 하였다. 그러나 그들이 펼친 뜻이 분명하고 자신들의 뜻을 속이지도 않았으니, 이름이 후세에 전해지는 것이 어찌 허망한 일이겠는가!"

27
◎
이사 열전
李斯列傳

　이사는 한비자와 함께 순자(荀子)의 문하생으로 있었으나, 서쪽 진나라로 가 여불위의 사인이 되어 관직에 진출했다. 훗날 진시황을 도와 제국의 완성과 시스템 구축에 기여했으며 그 유명한 분서의 장본인이기도 하다. 기승전결의 구조로 되어 있는 이 편에서는 이사라는 역사적 인물의 사적에 관한 고찰을 통해 진나라가 흥하고 망한 한 단면을 볼 수 있다. 따라서 공문서도 들어있고, 그 무렵 편지글과 상주문도 보이는데 정연한 논리와 독특한 어투가 새롭다.

　이사는 비극적인 인물이다. 그는 진나라에 큰 공을 세웠을지언정 자신은 오형(五刑)을 받아 죽었고, 집안사람들까지 목숨을 보존하지 못했다. 그렇지만 그의 모습은 동정을 받을 수 없다. 그의 개인적인 비극보다 역사적 비극이 더 참혹했기 때문이다. 사마천은 진나라가 여섯 나라를 통일하고 진나라 제도를 만드는 데 이사가 중요한 역할을 했음은 인정하면서도, 그와 조고의 음모를 비롯하여 이세황제를 도와 가혹한 정책을 펼치고 역사의 흐름을 바꾸어 놓은 것을 기록하여 꾸짖음으로써 부정적 평가도 곁들였다.

　아울러 사마천은 호해(胡亥)의 어리석고 무능함과 조고(趙高)의 음험한 속셈을 상세하게 묘사함으로써 이사의 교묘한 이중성을 드러내는가 하면, 진나라 통치 계층의 추악한 정권 쟁탈전을 부각시켰다.

　사마천은 이 편에서 이사가 네 차례 탄식한 일을 자세하게 묘사하여 이사의 선택적 갈등 상황을 쉽게 알 수 있도록 했다. 즉 이사는 화장실에서 사는 쥐와 창고 속에서 사는 쥐의 다른 환경을 보고 탄식했고, 승상이라는 귀한 신분이 되었을 때 탄식했으며, 진시황이 남긴 조서를 고칠 때 탄식했고, 오형을 받을 때 탄식했다. 이 네 차례의 탄식을 통해 이사는 자신이 비주류에서 주류의 세계로 들어와 이룬 업적 못지않게 끊임없는 권모술수로 출세를 향해 도전했음을 알 수 있다. 그래서 그의 탄식에서 순수성은 사라지고 권력을 향해 끊임없이 자신의 욕망을 추구하는 가련한 모습만이 남았을 뿐이다.

秦丞相李斯書

진나라 승상 이사의 글씨.

사람이 잘나고 못남은 자기 위치에 달려 있다

이사(李斯)는 초나라 상채(上蔡) 사람이다. 그는 젊을 때 군에서 지위가 낮은 관리로 있었는데, 관청 변소의 쥐들이 더러운 것을 먹다가 사람이나 개가 가까이 가면 자주 놀라서 무서워하는 꼴을 보았다. 그러나 이사가 창고 안으로 들어가니 창고 안의 쥐들은 쌓아 놓은 곡식을 먹으며 큰 집에 살아서 사람이나 개를 걱정하지 않았다. 그래서 이사는 탄식하며 말했다.

"사람이 어질다거나 못났다고 하는 것은 비유하자면 이런 쥐와 같아서 자신이 처해 있는 환경에 달렸을 뿐이구나."

그러고는 순경(荀卿)순자에게로 가 [천하를 다스리는] 제왕의 기술을 배웠다. 그는 공부를 끝마치자 초나라 왕은 섬길 만한 인물이 못 되고, 여섯 나라는 모두 약소하여 섬겨서 공을 세울 만한 나라가 될 수 없다고 판단하여 서쪽 진나라로 들어가기로 했다. 그는 순경에게 이렇게 작별 인사를 하였다.

"저는 때를 얻으면 게으르지 말라는 말을 들었습니다. 지금은 만승의 제후들이 바야흐로 서로 세력을 다투고 있는 때이므로 유세가들이 정치를 도맡고 있습니다. 지금 진나라 왕은 천하를 집어삼키고 제(帝)라고 일컬으며 다스리려 합니다. 이는 지위나 관직이 없는 선비가 능력을 펼칠 때이며 유세가의 시대가 온 것입니다. 비천한 자리에 있으면서 아무런 계획도 세우지 않는 것은 새나 짐승이 고기를 보고도 사람들이 자기를 쳐다본다 하여 억지로 참고 지나가는 것과 같습니다. 그러므로 가장 큰 부끄러움은 낮은 자리에 있는 것이며, 가장 큰 슬픔은 [경제적으로] 궁핍한 것입니다. 오랜 세월 낮은 자리와 곤궁한 처지에 있으면서 세상의 부귀를 비난하고 영리를 미워하며 스스로 아무것도 하지 않는 데 의탁하는 것은 선비의 마음이 아닐 듯합니다. 그래서 저는 서쪽 진나라 왕에게 유세하려고 합니다."

이사가 진나라에 이르렀을 때 마침 장양왕이 죽었으므로 곧 진나라 승상 문신후 여불위를 찾아가 그의 사인이 되었다. 여불위는 이사를 현명한 인물로 생각하여 왕의 시위관으로 임명했다. 이사는 진나라 왕에게 유세할 기회를 얻어 이렇게 설득했다.

"어수룩한 사람은 기회를 놓치지만 큰 공을 이루는 사람은 남의 약점을 차마하며 밀고 나갑니다. 옛날에 진나라 목공이 우두머리가 되고서도 동쪽에 있는 여섯 나라를 끝까지 함락시키지 못한 것은 무엇 때문입니까? 그것은 제후 수가 너무 많은 데다 주나라 왕실의 은덕이 여전히 쇠퇴하지 않았기 때문에 오패가 번갈아 일어나 주나라 왕실을 더욱 존중했기 때문입니다. 그러나 진나라 효공 이래 주나라 왕실이 쇠약해져서 제후들이 힘을 합쳐 관동은 여섯 나라한(韓), 조(趙), 위(魏), 제(齊), 초(楚), 연(燕)로 줄어들었습니다. 진나라가 상승세를 타고 제후들을 눌러 온 지 벌써 여섯 대효공, 혜문왕, 무왕, 소왕, 효문왕, 장양왕나 되었습니다. 지금은 제후들이 진나라에 복종하여 마치 진나라의 군이나 현 같습니다. 무릇 진나라의 강대함에 대왕의 현명함이라면 취사부가 솥단지 위에 앉은 먼지를 훔치듯 손쉽게 제후를 멸망시키고, 황제로서 대업을 이루어 천하를 통일하기에 충분합니다. 이것은 만 년에 한 번 있는 기회입니다. 지금 게으름을 피우고 서둘러 이루지 않으면 제후들이 다시 강대해져서 서로 모여 합종하기로 약속할 테고, 그렇게 되면 황제(黃帝) 같은 현명한 왕이 있을지라도 천하를 손에 넣을 수 없을 것입니다."

진왕은 이사를 장사(長史)궁궐의 모든 일을 총괄하는 관리의 우두머리로 삼고, 그의 계책을 듣고 은밀히 모사들에게 황금과 주옥을 가지고 가서 제후들에게 유세하도록 하였다. 제후국의 명망 있는 사람들 중 뇌물로 움직일 수 있는 자에게는 많은 선물을 보내 결탁하고, 말을 듣지 않는 자는 예리한 칼로 찔러 죽였으며, 또 군주와 신하 사이를 이간시키는 계략을 썼다. 진왕은 훌륭한 장수를 보내 이사의 뒤를 수행하게 하였다. 진왕은 이사를 객경으로 삼았다.

등용했으면 내치지 말라

때마침 한(韓)나라의 정국(鄭國)[1]이라는 사람이 와서 진나라를 교란시키기 위해 논밭에 물을 대는 운하를 만들려고 했다. 이 음모가 발각되자 진나라 왕족과 대신이 모두 진왕에게 말했다.

"제후의 나라에서 와서 진나라를 섬기는 자들은 대체로 자기 나라의 군주를 위하여 유세하여 진나라 (군주와 신하) 사이를 이간시킬 뿐입니다. 청컨대 빈객을 모두 내쫓으십시오."

이사도 논의의 대상이 되어 내쫓을 인물의 명단에 들어 있었다. 그래서 이사는 글을 올려 다음과 같이 말했다.

---

[1] 정국은 진나라의 침략을 미리 막기 위해 진나라로 위장해 들어와 운하 건설을 강력히 건의했다. 운하 건설로 대규모의 인력과 비용을 소모시켜 동쪽 정벌을 포기하게 하려는 목적이었다. 정국의 이러한 계략은 결국 탄로났지만 운하의 이로움을 역설하여 사면되었고, 진나라는 이 공사를 10여 년 동안 계속하였다. 이때 건설된 운하는 서쪽의 경수(涇水)에서 동쪽의 낙수(洛水)에 이르기까지 300리나 되었고, 그 이름을 정국거(鄭國渠)라고 불렀다.

신이 듣건대 관리들이 빈객을 내쫓을 것을 논의하고 있다는데 가만히 생각해 보면 잘못된 일입니다. 옛날 목공은 인재를 구하여 서쪽으로는 융에서 유여를 취하였고, 동쪽으로는 완에서 백리해를 얻었으며, 송에서 건숙(蹇叔)[2]을 맞이하였고, 진(晉)나라에서 비표(丕豹)[3]와 공손지(公孫支)를 오게 했습니다.[4] 이 다섯 사람은 진나라에서 태어나지 않았지만, 목공은 이들을 중용하여 스무 나라를 병합하고 드디어 서융에서 우두머리가 되었습니다.

효공이 상앙의 변법을 채용하여 풍속을 바꾸자 백성이 번영하고 나라가 부강해졌으며, 백성은 나라의 부역에 쓰이기를 즐거워하고 제후들은 복종하였으며, 초나라와 위나라의 군사를 깨뜨려 넓힌 땅이 1000리입니다. 그래서 지금까지 잘 다스려지고 강성합니다.

혜왕은 장의의 계책을 받아들여 삼천의 땅을 차지하고, 서쪽으로 파와 촉을 손에 넣었으며, 북쪽으로는 상군(上郡)을 차지하고, 남쪽으로는 〔장군 위장이〕 한중을 공략하고 구이(九夷)[5]를 포섭하여 언과 영을 제압하고, 동쪽으로 성고의 험준한 땅을 발판으로 기름진 땅을 빼앗아 마침내 여섯 나라의 합종 맹

---

2) 백리해의 친구이며, 그의 추천으로 진나라 목공의 상대부가 되었다.
3) 진(晉)나라 대부 비정(丕鄭)의 아들이다. 비정이 진(晉)나라 혜공(惠公)에게 피살되자, 진(秦)나라로 망명 와 목공의 대장(大將)이 되어 진(晉)나라의 성 여덟 개를 함락시키고 혜공을 사로잡았다.
4) 보다 자세한 내용은 『사기』「진 본기」에 있다.
5) 초나라 땅에서 살던 여러 소수 민족을 가리킨다. 일반적으로 '이(夷)'는 고대 중국의 동쪽에 있던 부족들을 가리킬 때 썼다.

약을 깨뜨려 이들이 서쪽을 바라보며 진나라를 섬기도록 하였으니 그 공로가 오늘에까지 미치고 있습니다.

소왕은 범저를 얻어서 양후를 폐하고 화양군을 내쫓아 진나라 왕실을 강화하고 대신들의 가문이 커지는 것을 막았으며, 제후의 땅을 잠식하여 진나라가 제업을 이루도록 했습니다. 이 네 군주는 모두 빈객들의 공적으로 성공하였습니다.

이러한 사실을 보면 빈객이 어찌 진나라를 저버린다고 하겠습니까? 만일 이 네 군주가 일찍이 빈객을 물리쳐 받아들이지 않고 선비를 멀리하여 등용하지 않았다면 진나라는 부유하고 이로운 실익이 없고 강대하다는 명성도 얻지 못했을 것입니다.

지금 폐하께서는 곤륜산의 〔이름난〕 옥[6]을 손에 넣고, 수씨(隨氏)와 화씨(和氏)의 보물 수후주와 화씨벽을 가졌으며, 명월주[7]를 차고 태아검(太阿劍)[8]을 지니고, 섬리마(纖離馬)[9]를 타며, 취

---

6) 곤륜산은 도교의 성산(聖山)으로 서왕모가 살며 불사(不死)의 물이 흐른다고 전해 내려오는 곳이다. 곤륜산 일대에 있는 우전(于闐)지금의 호탄에서 산출되는 옥은 우전옥 혹은 곤륜옥이라 불리며 실크로드를 따라 중국으로 유입되었는데 청나라 이전까지 중국의 왕실에서 주로 사용된 최상의 옥이었다. 2008년 베이징올림픽에서는 곤륜옥으로 메달을 장식했다고도 한다.
7) 밤에 광채를 발하는 구슬인데, 인도 불교 설화에 명월주를 가지고 있으면 20리 사방의 보배가 따라온다고 전한다.
8) 월(越)나라의 이름 있는 장인 구야자(歐冶子)와 오나라의 장인 간장(干將)이 힘을 합쳐 만들었다는 보검(寶劍) 이름이다.
9) 역도원(酈道元)이 지은 『수경주(水經注)』에도 관련 내용이 나온다. 조보(造父)가 도림색(桃林塞)의 과보산(誇父山)에서 들판에 뛰노는 야생마 떼를 보고, 그 가운데에서 화류(驊騮), 녹이(綠耳), 도려(盜驪), 기기(騏驥), 섬리(纖離)라는 명마를 얻어 주나라 목왕(穆王)에게 바치니 목왕에게 마부로 임명되어 서쪽 서왕모를 만나러 갔다는 내용이다. 『사기집해』에서 서광은

봉기(翠鳳旗)[10]를 세우고 영타고(靈鼉鼓)[11]를 가지고 있습니다. 이러한 수많은 보물은 하나도 진나라에서 나지 않는데 폐하께서 그것들을 좋아하시는 까닭은 무엇입니까? 반드시 진나라에서 나는 것이라야 한다면 야광벽으로 조정을 꾸밀 수 없고, 코뿔소 뿔이나 상아로 만든 물건을 가지고 즐길 수 없을 것입니다. 정나라와 위(衛)나라의 미인은 후궁에 들어올 수 없고, 결제같은 준마가 바깥 마구간을 채울 수 없으며, 강남의 금과 주석은 쓸 수 없고, 서촉의 단청안료으로 채색할 수도 없을 것입니다. 후궁을 장식하고 희첩을 꾸미며서 마음을 기쁘게 하고 눈과 귀를 즐겁게 하는 것이 반드시 진나라에서 난 것이라야 한다면 완주(宛珠)완 땅에서 난 진귀한 진주로 만든 비녀, 부기(傅璣)의 귀걸이,[12] 아호(阿縞)[13]의 옷, 금수(錦繡)의 장식도 폐하 앞에 나타나지 못하며, 세상의 풍속에 따라 우아하고 아름답게 차린 조나라의 여인은 폐하 곁에 설 수 없을 것입니다. 무릇 항아리를 치고 부(缶)질장구를 두드리며 쟁(箏)을 퉁기고 넓적다리를 치면

'섬리'를 준마로 설명하고 있고 『사기색은』에는 그냥 말 이름이라고 되어 있는데, 여기서는 문맥상도 그렇고 준마로 보는 편이 옳다. 관련 내용이 「조 세가」에도 보인다.

10) 물총새의 깃털로 봉황의 형상을 만들어 장식한 깃발이다. 천자를 위해 사용하는 장식품으로 천자의 상징이기도 하다.

11) 악어와 비슷한 모양을 그려 넣은 북으로, 악어가죽으로 만들었으며 매우 큰 소리를 낸다.

12) 여성의 장식품으로 귀걸이를 말하며 둥글지 않은 구슬로 만든 것인데 이 역시 진나라에서 나는 것이 아니다.

13) 아(阿)란 가볍고 가는 실로 짠 직물이고, 호(縞)는 흰 비단을 말한다. 제나라 동아현(東阿縣)에서 난 고급 비단을 일컫는다.

서 목청을 돋우어 노래를 불러 귀를 즐겁게 하는 것이 참다운 진나라의 음악입니다. 정(鄭), 위(衛), 상간(桑間), 소(昭), 우(虞), 무(武), 상(象)[14]은 다른 나라의 음악입니다. 지금 항아리를 치며 부를 두들기는 것을 버리고 정과 위를 좋아하며, 쟁을 퉁기는 것을 물리치고 소와 우를 받아들였는데 이것은 무엇 때문입니까? 그것은 당장 마음을 즐겁게 하고 보기에도 좋기 때문입니다.

그런데 지금 사람을 뽑아 쓰는 데에서는 그렇지 않습니다. 그 인물의 사람됨이 옳은지 그른지를 따지지 않고 굽은지 곧은지를 말하지 않으며, 진나라 사람이 아니면 물리치고 빈객이면 내쫓으려 합니다. 그런즉 여색이나 음악이나 주옥은 소중히 여기되 사람은 가벼이 여기는 것입니다. 이것은 천하에 군림하며 제후들을 제압할 수 있는 방법이 아닙니다.

신이 듣건대 "땅이 넓으면 곡식이 많이 나고, 나라가 크면 인구가 많으며, 군대가 강하면 병사도 용감하다."라고 합니다. 이에 태산(太山)은 흙 한 줌도 양보하지 않으므로 그렇게 높아질 수 있고, 하해(河海)는 작은 물줄기 하나도 가리지 않으므로 그렇게 깊어질 수 있으며, 왕은 어떠한 백성이라도 물리치지 않으므로 자신의 덕을 천하에 밝힐 수 있는 것입니다. 그러므로 땅에는 사방의 구분이 없고 백성에게는 다른 나라의 차별이 없으며, 사계절이 조화되어 아름답고, 귀신은 복을 내립니다. 이것

---

14) 정(鄭)과 위(衛)는 정나라와 위나라의 민간 악곡이고, 상간(桑間)은 망할 나라의 음탕한 곡조의 음악을 말하며, 소(昭)와 우(虞)는 우순(虞舜) 시대의 악곡이고, 무(武)와 상(象)은 주나라 무왕(武王)의 음악이다.

이 오제와 삼왕에게 적이 없었던 까닭입니다.

그런데 지금 진나라는 백성을 버려 적국을 이롭게 하고 빈객을 물리쳐 제후를 도와 공적을 세우게 하고, 천하의 선비를 물러나게 하여 감히 서쪽으로 향하지 못하게 하며 발을 묶어 진나라로 들어오지 못하게 하고 있습니다. 이는 이른바 '도적에게 군사를 빌려주고 도둑에게 식량을 보내는 것입니다. 대체로 진나라에서 나지 않은 물건 가운데 보배로운 것이 많으며, 진나라에서 태어나지 않은 인재 가운데 충성스러운 인물이 많습니다. 지금 빈객을 내쫓아 적국을 이롭게 하고 백성을 줄여서 적국을 보태 주어 나라 안으로는 저절로 비게 되고 나라 밖으로 제후들에게 원한을 사면 나라가 위태롭지 않기를 바라도 그렇게 될 수밖에 없습니다.

진왕은 곧장 빈객을 내쫓으라는 명령을 거두고, 이사의 관직을 회복시켜 그의 계책을 받아들였다. 이사의 벼슬은 정위(廷尉)에 이르렀다. 〔그로부터〕 20여 년 뒤에 진나라는 마침내 천하를 통일하고 군주를 높여 황제라 하였으니, 이사를 승상으로 삼았다. 이사는 군과 현의 성벽을 허물고 무기를 녹여 다시는 쓰지 않는다는 뜻을 보여 주었다. 진나라는 한 자의 땅도 봉해 주는 일이 없었고 황제의 자제를 세워 왕으로 삼는 일도 없었으며 공신을 제후로 삼은 것은 뒷날 내란의 근심거리를 없애기 위함이었다.

없애야 할 책과 두어야 할 책

시황 34년에 함양궁에서 주연을 베풀었을 때, 박사 복야(僕射)[15] 주청신(周靑臣) 등이 시황제의 권위와 덕망을 칭송했다.

제나라 출신 순우월(淳于越)이 앞으로 나아가 간언했다.

"신이 듣건대 '은나라와 주나라 왕조가 1000여 년 동안 [다스릴 수 있었던 것은] 자제와 공신들을 봉하여 왕실을 돕는 지주로 삼았기 때문이다.'라고 합니다. 지금 폐하께서는 천하를 소유하고 계시지만 폐하의 자제들은 평범한 사람에 지나지 않습니다. 만일 [제나라의] 전상(田常)[16]이나 [진(晉)나라의] 육경(六卿)[17]의 환란 같은 걱정거리가 느닷없이 생기면 곁에서 돕는 신하가 없으니 어떻게 나라를 구하겠습니까? 어떤 일이든 옛것을 본받지 않고 오랜 시일 이어졌다는 말은 듣지 못했습니다. 그런데 지금 주청신 등은 앞에서 아첨하며 폐하께서 잘못된 행동을 거듭하도록 하고 있으니 충신이 아닙니다."

시황제는 이 건의를 내려 승상에게 검토하도록 했다. 승상은 순우월의 견해가 황당하다며, 그의 주장을 물리치고 곧 다

---

15) 박사를 지도하고 심사하는 관직인데, 박사는 서적을 관리하고 황제에게 자문하는 직책이다.

16) 춘추 시대 제나라 대부로서 제나라 간공(簡公)을 죽이고 평왕(平王)을 세웠다.

17) 범씨(范氏), 중항씨(中行氏), 지씨(智氏), 한씨(韓氏), 위씨(魏氏), 조씨(趙氏)를 말한다.

음과 같은 글을 올렸다.

옛날에는 천하가 흩어지고 어지러워도 아무도 이를 통일할 수 없었습니다. 그래서 제후들이 나란히 일어났고, 말하는 것마다 옛것을 끌어내어 지금의 것을 해롭게 하고, 헛된 말을 꾸며서 실제를 어지럽혔습니다. 사람들은 저마다 자기가 배운 것을 옳다고 여기고 조정에서 세운 제도를 비난하였습니다. 지금 폐하께서는 천하를 통일하고 흑백을 가려 천하에 오직 황제 한 분만이 있도록 정했습니다. 그런데 사사로이 학문하는 자들은 서로 모여 이미 만들어진 법과 제도를 허망한 것이라고 합니다. 조칙이 내려졌다는 말을 들으면 각자 자기가 배운 학설로 그것을 논의하고, 집으로 들어가서는 마음속으로 헐뜯고 밖으로 나와서는 길거리에서 논의합니다. 그들은 군주를 비방하는 것을 명예로 여기고, 다른 주장을 내세우는 것을 고상한 것으로 여겨 그들을 따르는 사람들을 이끌어 비방을 일삼고 있습니다. 이러한 행동을 금지하지 않으면 위로는 군주의 권위가 떨어지고 아래로는 당파가 이루어질 테니 금하는 것이 유리합니다. 신은 청컨대 모든 문학과 『시』, 『서』, 제자백가의 책을 가지고 있는 자는 이것을 없애도록 하고 이 금지령을 내린 지 30일이 지나도 없애지 않는 자는 이마에 먹물을 들이는 형벌을 가하여 성단(城旦)4년 동안 새벽부터 일어나 성 쌓는 일을 하는 죄수로 삼으십시오. 없애지 않아도 되는 책은 의약, 점복(占卜), 농사, 원예에 관한 책입니다. 만일 배우고 싶은 자는 관리를 스승으로 삼으면 됩니다.

시황제는 그 제안을 옳다고 여겨 『시』, 『서』, 제자백가의 책을 몰수하고 모든 백성을 어리석게 만들어 천하에 그 누구도 옛것으로 지금 세상을 비판하지 못하게 했다. 법률과 제도를 밝히고 율령을 만드는 일은 모두 시황제 때에 처음 생겼다. 문자를 통일하고 이궁(離宮)황제가 각 지역을 순시할 때 머무는 곳과 별장을 천하에 두루 지었다. 그 이듬해에는 세상을 돌아보고 사방의 오랑캐족을 나라 밖으로 쫓아냈는데, 이사가 모두 힘썼다.

이사의 맏아들 이유(李由)는 삼천군(三川郡) 태수가 되었다. 아들은 모두 진나라 공주에게 장가들었고, 딸은 모두 진나라의 여러 공자에게 시집갔다. 삼천군 태수 이유가 휴가를 얻어 함양으로 돌아왔을 때 이사가 집에서 술자리를 열었다. 온갖 관직에 있는 우두머리가 모두 나와 장수를 기원하였으므로 그의 대문 앞과 뜰에는 수레와 말이 수천 대나 되었다. 이사는 길게 한숨을 쉬며 말했다.

"아아! 나는 순경순자이 '사물이 지나치게 강성해지는 것을 경계해야 한다.'라고 한 말을 들었다. 나는 상채에서 태어난 평민이며 시골 마을의 백성일 뿐인데, 주상께서는 내가 아둔하고 재능이 없는 줄도 모르고 뽑아서 이 지위까지 이르게 하셨다. 지금 다른 사람의 신하된 자로서 나보다 윗자리에 있는 이가 없고 부귀도 극에 달했다고 할 만하다. 만물은 극에 이르면 쇠하거늘 내가 언제 그만두어야 할지 알 수 없구나."

이사가 몽염보다 못한 다섯 가지

시황 37년 10월에 황제는 〔세상을 두루 돌아보러〕 나가 회계산으로 해서 해안을 따라 북쪽으로 낭야(琅邪)에 이르렀다. 승상 이사와 중거부령(中車府令)황제의 수레를 관리하는 직책 조고(趙高)가 부새령(符璽令)황제의 옥새를 관리하는 직책의 일을 겸하면서 모두 따랐다. 시황제에게는 아들이 스무 명 남짓 있었는데 맏아들 부소가 솔직하게 간언하는 날이 많으므로 상군(上郡)의 군대를 감독하도록 하여 〔밖으로 내보냈는데〕 몽염이 그 군대의 장군으로 있었다. 막내아들 호해는 〔황제에게 남달리〕 사랑을 받고 있었는데, 그가 따라가고 싶어 하자 시황제가 허락했다. 나머지 아들들은 아무도 따라가지 못했다.

그해 7월 시황제가 사구(沙丘)에 이르렀을 때 병이 위독하여 조고에게 다음과 같은 편지를 적어 부소에게 보내도록 했다.

군대는 몽염에게 맡기고 함양으로 와서 내 유해를 맞이하여 장례를 지내도록 해라.

밀봉한 편지가 사자에게 전해지기 전에 시황제가 세상을 떠났다. 편지와 옥새는 모두 조고가 가지고 있었다. 막내아들 호해, 승상 이사, 조고 및 총애받던 환관 대여섯 명만이 시황제가 죽은 사실을 알 뿐 다른 신하들은 몰랐다. 이사는 황제가 밖으로 돌아다니는 중에 죽었고 아직 태자가 정식으로 세워지지 않았기 때문에 이 일을 비밀에 부쳤다. 황제의 유해를 온량거(輼輬車)[18] 속에 안치하고 관리들이 정치적인 일을 아뢰고 식사를 올리는 것을 전과 다름없이 했으며, 환관이 온량거 안에서 웬만한 일을 결재했다.

조고는 부소에게 내린 옥새가 찍힌 편지를 쥐고 공자 호해에게 말했다.

"황상께서 숨을 거두셨지만 조서를 내려 여러 아들을 책봉하여 왕으로 삼지 않으시고 맏아들에게만 글을 내렸으니, 맏아들이 오면 곧바로 즉위하여 황제가 될 것입니다. 그러면 공자께서는 한 치의 땅도 가질 수 없습니다. 이 일을 어찌하시겠습니까?"

호해가 말했다.

"그것은 당연한 일이오. 내가 들으니 '현명한 군주는 신하를 잘 파악하고 현명한 아버지는 자식을 잘 안다.'라고 들었소. 아버지께서는 돌아가실 때까지 여러 아들을 왕으로 책봉하지 않았으니 무슨 말을 할 수 있겠소?"

조고가 말했다.

"그렇지 않습니다. 이제 천하의 대권을 잡느냐 마느냐 하는 것은 공자와 저와 승상에게 달려 있으니 깊이 생각해 보시기 바랍니다. 남을 신하로 삼는 것과 남의 신하가 되는 것, 또는 남을 지배하는 것과 남에게 지배당하는 것을 어찌 같다고 할

---

18) 사람이 누울 수 있도록 만든 큰 수레로, 수레 양쪽에 창문을 만들어 온도를 조절했다.

수 있겠습니까?"

호해가 말했다.

"형을 물러나게 하고 아우를 오르게 하는 것은 정의롭지 못한 일이오. 아버지의 조서를 받들지 않고 죽음을 두려워하는 것은 효성스럽지 못한 일이오. 자신의 재능이 보잘것없는데 억지로 남의 공로에 의지하는 것은 할 수 없는 일이오. 이 세 가지는 덕을 거스르는 일이므로 세상 사람들은 복종하지 않을 테고 몸은 위태로우며 사직의 제사를 받들지 못할 것이오."

조고가 말했다.

"제가 듣건대 '탕왕과 무왕은 각각 자기의 군주를 죽였지만 세상 사람들은 그들을 의롭다고 할 뿐 충성스럽지 못하다고 말하지 않았다. 위(衛)나라의 군주는 자기 아버지를 죽이고 (왕위에 올랐지만)[19] 위나라 (백성은) 그의 덕을 받들었고 공자도 이 일을 『춘추』에 적으면서 효성스럽지 못한 일이라고 하지 않았다.'라고 했습니다. 대체로 큰일을 행할 때는 작은 일을 돌아보지 않으며 큰 덕이 있는 사람은 일을 사양하지 않습니다. 고을마다 각기 제 나름대로 좋은 점이 있으며, 백관들의 공은 다 같지 않습니다. 그래서 작은 일을 돌아보다가 큰일을 잊어버리면 뒤에 반드시 재앙이 닥치고, 의심하며 주저하면 나중에 반드시 후회하게 됩니다. 결단을 내려 과감하게 행동하면 귀신도 피하고 뒷날 성공하게 됩니다. 공자께서는 이 일을 단

---

19) 「위 강숙 세가」에 따르면 위(衛)나라의 무공(武公)이 자기 형을 죽이고 왕위를 빼앗았다는 기록이 보인다. 따라서 이 말은 조고의 착오로 볼 수 있다.

행하시기 바랍니다."

호해는 크게 탄식하면서 말했다.

"아버지의 죽음도 아직 알리지 않고 상례도 마치지 않았는데, 어떻게 이 일에 승상의 동의를 얻을 수 있겠소?"

조고가 말했다.

"때가 때인 만큼 생각할 여유가 없습니다. 식량을 짊어지고 말을 달려도 때에 늦을까 염려됩니다."

호해는 이미 조고의 말을 그럴듯하게 여기고 있었다. 조고가 말했다.

"승상과 상의하지 않고서는 이 일은 성공할 수 없을 것입니다. 신이 공자를 위하여 승상과 의논하겠습니다."

조고는 승상 이사에게 말했다.

"황상께서 돌아가실 때 맏아들에게 편지를 내려 함양에서 유해를 맞으라 하고 그를 후사로 삼도록 했습니다. 그 편지는 아직 보내지 않았고, 지금 황상이 돌아가신 것을 아는 사람은 없습니다. 맏아들에게 내린 편지와 옥새는 모두 호해가 가지고 있습니다. 태자를 정하는 일은 당신과 제 입에 달려 있습니다. 이 일을 어떻게 하시겠습니까?"

이사가 말했다.

"어째서 나라를 망칠 말을 하시오? 이것은 신하로서 논의해서는 안 될 일이오."

조고가 말했다.

"당신이 스스로 능력을 헤아려 볼 때 몽염과 비교하면 누가 낫습니까? 공이 높은 면에서는 몽염과 비교하면 누가 낫습니까? 원대하게 일을 꾀하여 실수하지 않는 점에서는 몽염과 비교하면 누가 낫습니까? 천하 사람들에게 원한을 사지 않은 점에서는 몽염과 비교하면 누가 낫습니까? 맏아들과 오랫동안 사귀어 신임을 받는 면에서는 몽염과 비교하면 누가 낫습니까?"

이사가 말했다.

"이 다섯 가지 점에서 나는 모두 몽염만 못하오. 그런데 당신은 어째서 이다지도 심하게 따지시오?"

조고가 말했다.

"저는 본래 하찮은 일을 하는 환관에 지나지 않습니다만, 다행히도 형법의 담당 관리로서 진나라 궁궐에 들어와 일을 맡은 지 20여 년이나 되었습니다. 그동안 진나라에서 파면된 승상이나 공신들 가운데 봉토를 두 대에 걸쳐 이어받은 사람을 보지 못했습니다. (그들은) 결국 모두 목이 베여 죽었습니다. 승상께서는 스무 명 남짓 되는 시황제의 아들을 모두 알고 있습니다. 맏아들은 강직하고 용맹스러우며 남을 믿고 선비들을 떨쳐 일어나게 하는 분입니다. 만일 그가 즉위하면 반드시 몽염을 기용하여 승상으로 삼을 것입니다. 그러면 승상께서는 결국 통후(通侯)[20]의 인수를 내놓고 고향으로 돌아가게 될 것이 분명합니다. 저는 칙명을 받들어 호해를 가르치고 몇 년 동안 법을 배우게 하여 그가 잘못을 저지르게 한 적이

---

20) 통후란 진나라와 한나라 때 작위기 20급에 해당하는 관직에 있는 사람을 가리키는데, 나중에는 열후(列侯)로 통칭되었다.

없었습니다. 그는 인자하고 독실하고 따사로운 성품으로 재
물을 가벼이 여기고 인재를 소중히 여기며 마음속으로는 분
별이 있지만 말을 겸손하게 하며 예의를 다하여 선비들을 존
경합니다. 진나라의 여러 공자 가운데 그만한 사람이 없습니
다. 군주의 뒤를 이을 만합니다. 승상은 잘 생각해서 결정하십
시오."

이사가 말했다.

"당신은 제자리로 돌아가시오. 나는 군주의 조칙을 받들어
하늘의 명에 따를 뿐이오. 어찌 고려하여 결정할 수 있는 일이
겠소?"

조고가 말했다.

"편안한 것을 위험으로 돌릴 수도 있고 위험한 것을 편안한
것으로 돌릴 수도 있습니다. 편안하고 위험한 것을 결정하지
못한다면 어찌 (승상을) 성인의 지혜를 가진 분으로 존중하겠
습니까?"

이사가 말했다.

"나는 상채라는 시골의 평민이었으나 다행히 황상께서 발
탁하여 승상이 되고 통후로 봉해졌으며 자손도 모두 높은 지
위와 많은 봉록을 받게 되었소. 이는 나라의 존망과 안위를
나에게 맡기려고 한 것인데 어떻게 그 뜻을 저버릴 수 있겠
소? 충신은 죽음을 피하려 요행을 바라지 않으며, 효자는 (부
모를 섬기는 데) 부지런히 힘쓰고 위험한 일을 하지 않으며, 다
른 사람의 신하가 된 자는 저마다 자기 직책을 지킬 따름이
오. 당신은 더 이상 말하지 마시오. 나에게 죄를 짓도록 할 셈

이오?"

조고가 말했다.

"제가 듣건대 성인은 변하여 정해진 태도가 없으며, 변화에 따르고 시대에 호응하며, 끝을 보고 근본을 알며, 지향하는 바를 보고 귀착되는 바를 안다고 합니다. 사물이란 본래 이런 것입니다. 어찌 고정된 법칙이 있겠습니까? 이제 천하의 대권은 호해에게 달려 있으며, 저는 그의 마음을 잘 알고 있습니다. 대체로 밖에서 안을 제어하는 것을 혹(惑)이라 하고, 아래에서 위를 제어하는 것을 적(賊)이라 합니다. 가을에 서리가 내리면 잎과 꽃이 떨어지고, 〔얼음이 녹아〕 물이 흐르게 되면 만물이 일어납니다. 이것은 필연의 법칙입니다. 당신은 어째서 판단이 더디십니까?"

이사가 말했다.

"내가 듣건대 '진(晉)에서는 태자 신생(申生)을 폐했다가 3대헌공, 혜공, 문공에 걸쳐 나라가 평안하지 못했고, 제나라 환공의 형제들은 왕위를 다투다가 〔공자 규(糾)가〕 피살되었으며, 〔은나라〕 주왕은 친척을 죽이고 간언하는 사람의 말을 듣지 않아서 나라가 폐허가 되고 끝내 사직을 위태롭게 했다.'라고 하오. 이 세 사람은 하늘의 뜻을 거슬러 종묘에 제사 지낼 수 없게 되었소. 저도 같은 사람으로서 어찌 그렇게 모반을 꾀할 수 있단 말이오?"

그러자 조고가 말했다.

"위와 아래가 마음을 합치면 길이 누릴 수 있으며, 안과 밖이 하나가 되면 일의 겉과 속이 없어집니다. 승상께서 제 말을 받아들이면 봉후의 지위를 유지하고 자자손손 고(孤)라고 일컬으며, 반드시 왕자교(王子喬)와 적송자(赤松子)처럼 장수하고 공자와 묵자 같은 지혜를 얻게 될 것입니다. 그러나 지금 이것을 버리고 따르지 않으면 재앙이 자손에게까지 미치고 가엽고 냉혹한 결과를 불러올 것입니다. 〔처세를〕 잘하는 자는 화를 돌려 복으로 만드는데, 승상께서는 어떻게 처신하시렵니까?"

이사는 하늘을 우러러 한탄하고 눈물을 흘리면서 긴 한숨을 내쉬었다.

"아! 나 홀로 어지러운 세상을 만나 죽을 수도 없으니 어디에 내 목숨을 맡기랴?"

이사는 결국 조고의 의견을 따르기로 했다. 조고는 바로 호해에게 알렸다.

"제가 태자의 밝은 뜻을 받들어 승상에게 알렸더니 승상 이사는 감히 명령을 받들지 않을 수 없었습니다."

〔세 사람은〕 공모하여 시황제의 조서를 받은 것처럼 꾸미고, 아들 호해를 세워 태자로 삼았다. 또 맏아들 부소에게 내린 편지를 고쳤다.

짐이 천하를 순행하며 이름 있는 산의 여러 신들에게 제사 지내고 기도드려 수명을 연장하려 한다. 지금 너는 장군 몽염과 함께 군사 수십만 명을 이끌고 〔국경 지방에〕 주둔한 지 10여 년이 지났으나 앞으로 나가지 못하고 병졸을 많이 잃었을 뿐 한 치의 공로도 세운 바 없다. 그럼에도 자주 글을 올려 직

언하여 비방하고, 지금의 직분을 그만두고 돌아와 태자의 지위
에 되돌아갈 수 없음을 밤낮으로 원망하고 있다. 너는 아들로
서 불효하여 칼을 내리니 스스로 목숨을 끊어라. 장군 몽염은
부소와 함께 밖에 있으면서 〔부소를〕 바로잡지 못했으며, 마땅
히 〔부소가〕 꾀하는 바를 알았을 터이다. 신하로서 충성하지 못
하였기에 스스로 목숨을 끊도록 명하며, 군사는 비장(裨將) 왕
리(王離)에게 맡기도록 하라.

이 편지를 황제의 옥새로 봉하고 호해의 식객을 시켜 받들
고 가서 상군에 있는 부소에게 전하게 했다. 사자가 도착하여,
편지를 펼쳐 본 부소는 울면서 안으로 들어가 스스로 목숨을
끊으려고 했다. 몽염이 부소를 말리며 말했다.

"폐하께서는 궁궐 밖에 계시며 아직 태자를 세우지 않았습
니다. 저에게 군대 30만 명을 이끌고 변경을 지키게 하고, 공
자를 시켜 감시하도록 했습니다. 이것은 천하의 중대한 임무
입니다. 지금 사자 한 명이 왔다고 스스로 목숨을 끊으려 하
시면 어찌 이 편지가 거짓이 아님을 알겠습니까? 청컨대 다시
한번 용서를 빌어 보십시오. 다시 용서를 구한 뒤에 목숨을
끊어도 늦지 않습니다."

사자가 여러 차례 스스로 목숨을 끊도록 재촉하자 부소는
사람됨이 어질어서 몽염에게 이렇게 말했다.

"아버지가 자식에게 죽음을 내렸는데 어떻게 다시 용서를
청할 수 있겠소?"

그러고는 스스로 목숨을 끊었다. 몽염이 죽으려 하지 않자

사자는 그를 옥리에게 넘겨 양주(陽周)의 옥에 가두었다.

사자가 돌아와 아뢰니, 호해와 이사와 조고는 매우 기뻐하며 함양으로 돌아와 시황제의 죽음을 널리 알렸다. 태자는 이세황제로 즉위하였다. 조고는 낭중령(郎中令)궁문을 맡은 관리이되어 언제나 궁중에서〔이세황제를〕모시고 정권을 마음대로 휘둘렀다.

이세황제는 하는 일 없이 한가하게 지냈기에 조고를 불러 일을 모의했다.

"사람이 태어나 세상을 살아가는 것은 비유하자면 준마 여섯 필이 끄는 수레가 달려가는 것을 문틈으로 보는 것〔처럼 짧은 시간〕이오. 나는 이미 천하에 군림하게 되었으니 귀와 눈으로 좋아하는 바대로 하고 마음과 뜻이 즐거운 바를 다하며, 종묘를 편안히 하고 많은 백성을 즐겁게 하여 천하를 길이 소유하다가 내 수명을 마치고 싶은데 어떤 방법이 있겠소?"

조고가 말했다.

"그것은 현명한 군주만이 할 수 있는 것으로 어둡고 어리석은 군주는 할 수 없는 일입니다. 감히 부월(斧鉞)의 형벌을 무릅쓰고 말씀드릴 테니 폐하께서는 조금만 헤아려 주십시오. 저 사구에서 꾀한 일을 여러 공자와 대신들이 의심하고 있습니다. 여러 공자는 모두 폐하의 형제들이며, 대신들은 선제께서 등용했던 사람들입니다. 폐하께서 즉위하자 그자들은 이를 못마땅하게 여겨 마음으로 복종하지 않고 있으니 반란을 일으킬까 우려됩니다. 게다가 몽염은 이미 죽었으나〔그 아우〕몽의(蒙毅)는 군대를 이끌고 나라 밖에 나가 있습니다. 신은 두려움에 싸여 전전긍긍하고 있습니다. 그러니 폐하께서 어찌 이러한 즐거움을 누릴 수 있겠습니까?"

이세황제가 말했다.

"그럼 어떻게 하면 좋겠소?"

조고가 대답했다.

"법을 준엄하게 하고 형벌을 가혹하게 하며, 죄 있는 자는 연좌제를 실시하여 죄를 지으면 그 일족을 모조리 죽이고, 〔선제 때의〕 대신들을 멸하고 〔폐하의〕 형제들을 멀리하며, 가난한 자를 부유하게 하고 천한 자를 높여 주십시오. 선제의 옛 신하를 모두 제거하고 폐하께서 믿을 수 있는 자를 새로 두어 가까이하십시오. 이렇게 하신다면 숨어 있던 덕이 폐하에게로 모이고 해로운 것이 없어지며 간사한 음모는 막히고, 신하들은 폐하의 은택을 입고 두터운 덕을 입지 않은 자가 없을 것이며, 폐하께서는 베개를 높이 베고 마음껏 즐길 수 있을 것입니다. 이보다 더 좋은 계책은 없습니다."

이세황제는 조고의 말을 옳다고 여겨 법률을 다시 제정하고, 신하와 공자들 중에 죄를 짓는 자가 있으면 조고에게 맡겨 조사하도록 했다. 이렇게 해서 대신 몽의 등을 죽여 없애고, 공자 열두 명을 함양의 시장 바닥에서 죽이고, 공주 열 명을 두(杜)에서 찢어 죽였으며, 그들의 재산은 모두 관청에서 거둬들였는데 여기에 연루된 자는 이루 헤아릴 수 없었다.

공자 고(高)는 달아나려다가 온 가족이 모두 죽음을 당할까 두려워 글을 올려 말했다.

선제께서 건강하셨을 때 신이 궁중에 들어가면 먹을 것을
내려 주시고 나갈 때는 수레를 태워 주셨으며, 어부(御府)황제의
옷을 관장하던 곳의 옷을 내려 주시고 황제의 마구간의 좋은 말
도 내리셨습니다. 신은 마땅히 선제를 따라 죽어야 하지만 그러
지 못했으니 아들로서 효도하지 못했고, 신하로서 충성하지 못
했습니다. 불충한 자는 이 세상에 살아갈 명분이 없으므로 선
제를 따라 죽으려 하오니, 원컨대 여산(酈山) 기슭에 묻어 주십
시오. 폐하께서 신을 가엾게 여겨 주시면 다행이겠습니다.

이 글이 올라오자 호해는 매우 기뻐서 조고를 불러 편지를
보여 주며 말했다.
"이래도 사태가 급박하다고 할 수 있소?"
조고가 말했다.
"신하 된 자가 죽게 될까 근심하여 다른 생각을 할 겨를이
없는데 어찌 모반을 꾀할 수 있겠습니까?"
호해는 그 글을 허가하고 10만 전을 내려 매장해 주었다.

제 몸조차 이롭게 못하면서
어찌 천하를 다스리랴

법령에 따라 죽이고 벌하는 일이 날로 더욱더 가혹해지자
여러 신하가 스스로 위험을 느껴 모반하려는 자가 많아졌다.

또 〔황제를 위하여〕아방궁을 짓고 직도(直道)와 치도(馳道)[21]를 만드느라 세금이 더 무거워지고 변방 부역에 징발이 그치지 않았다. 그래서 초나라 수비병 진승(陳勝)과 오광(吳廣) 등이 반란을 일으켜 산동에서 일어나니 준걸들이 다 일어나 스스로 제후가 되고 왕이 되어 진나라를 배반했다. 그 반란군은 홍문(鴻門)까지 진격했다가 물러날 정도였다.

이사는 여러 번 이세황제가 한가한 틈을 타 간언하려 했지만 이세황제는 허락하지 않고 도리어 이사를 문책하며 말했다.

"나에게는 나름대로 생각이 있소. 나는 한비로부터 들은 말이 있는데 '요임금이 천하를 차지했을 때 당(堂)의 높이는 석 자이고 서까래는 자르지 않은 통나무 그대로였으며 지붕을 덮은 참억새풀은 처마에 늘어져도 자르지 않았다. 나그네가 머무는 집도 이보다 검소할 수는 없다. 겨울에는 사슴 가죽으로 지은 옷을 입고 여름에는 칡으로 만든 베옷을 입으며, 거친 현미밥에 명아주잎과 콩잎으로 끓인 국을 질그릇에 담아 먹고 마셨다. 문지기가 입고 먹는 것도 이보다 검소할 수 없다. 우임금은 용문산(龍門山)을 뚫어 대하(大夏)까지 통하게 하고 구하(九河)[22]를 열어 통하게 하고 구곡(九曲)에 둑을

---

21) 직도는 진시황 35년 몽염에게 명하여 운양에서 구원군까지 직선으로 뚫은 길로 1800리에 달한다. 치도는 넓디넓은 도로라는 뜻으로 너비가 30장(丈)이며 지면보다 높게 닦아 길 양쪽에 소나무를 심었다. 전국의 각 요충지에 도달할 수 있었으며, 동쪽으로는 연나라와 제나라까지 미치고 남쪽으로는 오나라와 초나라까지 닿았다. 오늘날에도 풀 한 포기 자라지 않은 형태로 남아 있다.

22) 일설에는 도해하(徒駭河), 태사하(太史河), 마협하(馬頰河), 복부하(覆釜

둘러쌓아 막혔던 물길을 터 바다로 흘러 들어가게 했다. 우임 금은 이러한 일을 하느라 넓적다리의 잔털이 다 닳아 없어지고 종아리의 털까지 없어졌다. 손과 발에는 못이 박이고 얼굴은 새까맣게 그을렸다. 그러나 결국 객사하여 회계산에 묻혔다. 노예의 수고로움도 이보다 심하지는 않았을 것이다.'라고 했소. 그러나 천하를 다스리는 일이 귀중하다는 것이 어찌 자기 몸을 괴롭히고 정신을 피로하게 하고, 몸은 나그네가 머무는 집 같은 곳에 두고, 입은 문지기와 같은 음식을 먹고, 손은 노예와 같은 일을 하는 것이란 말이오? 이것은 어리석은 자가 힘쓰는 일이지 현명한 사람이 힘쓸 일이 아니오. 어진 사람이 천하를 소유하게 되면 오로지 천하를 자기에게 맞도록 할 뿐이니 이것이 천하를 다스리는 것을 중하게 여기는 까닭이오. 이른바 어진 사람은 반드시 천하를 평안하게 하여 모든 사람을 다스릴 수 있는데 지금 제 몸조차 이롭게 하지 못하면서 어찌 천하를 다스릴 수 있겠소! 그래서 나는 내 뜻대로 욕심을 넓혀서 길이 천하를 가지고 재해가 없기를 바라오. 그러려면 어떻게 해야 하오?"

이사의 아들 유는 삼천군 군수이나 오광 등 도적 무리가 삼천군 서쪽을 침략하며 지나가도 이를 막지 못하였다. 장한(章邯)이 오광 등의 도적 무리를 쳐부숴 쫓아 버리자, 삼천군의 일을 조사하는 사자가 잇달아 오가면서 이사를 문책하고

河), 호소하(胡蘇河), 간하(簡河), 결하(絜河), 구반하(鉤盤河), 격진하(鬲津河)라고 하는데 여기서는 황하의 모든 지류를 가리킨다.

이사에게 삼공의 지위에 있으면서 도적들이 이처럼 날뛰게 하니 어찌된 일인지 꾸짖었다.

이사는 두려우면서도 벼슬과 봉록을 소중히 여겨 어찌할 바를 모르다가, 결국 이세황제의 비위를 맞추어 용서를 빌고자 다음과 같은 글을 올렸다.

대체로 현명한 군주는 반드시 온갖 수단을 다하여 신하의 잘못을 꾸짖고 벌주는 방법을 시행하려고 합니다. 책임을 꾸짖으면 신하들은 능력을 다하여 자기 군주를 따르지 않을 수 없습니다. 신하와 군주의 직분이 정해지고 위와 아래의 의리가 분명해지면, 천하의 어진 사람도 어질지 않은 사람도 있는 힘을 다해 맡은 일을 하여 군주를 따르지 않는 자가 없습니다. 그러므로 군주는 홀로 천하를 통제하고 남에게 제어되는 일이 없습니다. 더없는 즐거움을 다 맛볼 수 있어야 이런 분이 현명한 군주이신데, [이러한 도리를] 살피지 않을 수 있겠습니까?

그래서 신자신불해는 "천하를 차지하고도 자기 뜻대로 행동하지 못한다면 이것은 천하를 질곡(桎梏)차꼬와 수갑으로 삼는 것이다."라고 말했습니다. 이것은 다른 뜻이 아니라 신하를 잘 꾸짖지 못하면서 도리어 천하의 백성을 위해 자기 몸을 괴롭혀 요임금과 순임금처럼 그렇게 하면, 그것이 바로 '질곡'이라는 말입니다. 대체로 신자나 한비자의 훌륭한 법술을 배워 신하를 꾸짖는 방법을 실행하여 천하를 자기 마음대로 부리지 못하고, 부질없이 애써서 제 몸을 괴롭히고 정신을 수고롭게 하여 몸소 백성에게 봉사하는 것은 백성이 할 일이지 천하를 다스리는 군주가 할 일이 아닙니다. 이래서야 어찌 존귀하다 할 수 있겠습니까? 남이 나를 따르게 하면 나는 존귀해지고 남은 비천해지지만, 내가 남을 따르면 내가 비천해지고 남이 존귀해집니다. 그러므로 남을 따르는 자는 비천하고 남을 따르게 하는 자는 존중받는 것입니다. 예로부터 지금까지 그렇지 않은 경우는 없었습니다. 옛날에 현명한 사람을 존중한 까닭은 그 사람이 존귀했기 때문이고, 못난 사람을 미워한 까닭은 그 사람이 미천했기 때문입니다. 그런데 요임금과 우임금은 몸소 천하의 백성을 따랐습니다. 이런 까닭으로 그들을 존귀하다고 한다면 현명한 사람들을 존중하는 명분이 없어질 것입니다. 이것은 매우 잘못이라고 말할 수 있습니다. 이런 것을 '질곡'이라고 하는 것이 당연하지 않습니까? 이것은 신하를 제대로 처벌하지 못한 데서 오는 잘못입니다.

한비자는 "자애로운 어머니에게는 집안을 망치는 자식이 있지만 엄격한 가정에는 거스르는 종이 없다."라고 말했습니다. 무엇 때문이겠습니까? 잘못을 하면 반드시 벌을 주기 때문입니다. 옛날 상군의 법에 따르면 길가에 재를 버리면 벌을 내렸습니다. 대체로 재를 버리는 것은 가벼운 죄이지만 형벌은 무거웠습니다. 오직 현명한 군주만이 가벼운 죄를 엄하게 다스릴 수 있습니다. 가벼운 죄도 엄하게 처벌하는데 하물며 큰 죄를 지었을 경우는 말할 것도 없습니다. 그래서 백성은 감히 법을 어기지 못하는 것입니다. 그러므로 한비자도 "하찮은 베 조각이나 비단 조각은 도둑이 아닌 일반 사람들도 가져가지만 좋은 황금 100일은 도척도 훔쳐가지 않는다."라고 말한 것은 보통 사람들이 〔하찮은 이익을〕 중시하는 마음이 깊고 도척의 욕심이 얕아서 그런 것도 아니고, 도척의 행위가 100일이나 되는 귀중한 황금을 가벼이 여겨서 그런 것도 아닙니다. 그것을 가져가면 반드시 수형(手刑)손을 못 쓰게 화상을 입히는 형벌을 받기 때문에 도척도 100일이나 되는 황금을 집어 가지 않는다는 말입니다. 처벌이 반드시 시행되지 않는다면 일반 사람들도 하찮은 것이라도 내버려 두지 않게 됩니다. 그래서 성벽 높이가 다섯 장(丈)50척밖에 안 되더라도 누계(樓季)23)가 가벼이 넘지 못하고, 태산은 높이가 100인(仞)800척이나 되지만 절름발이 양치기도 그 정상에서 양을 치는 것입니다. 누계도 다섯 장 높이를 어렵게 여기는데 어떻게 절름발이 양치기가 100인 높이를 쉽다고 할까요? 그것은 곧게 높아진 것과 깊이 파인 것의 형세가 다르기 때문입니다.

현명한 군주, 성스러운 왕이 오래도록 존귀한 지위에 있으면서 오래 큰 권세를 잡고 천하의 이익을 독점할 수 있었던 까닭은 특별한 방법이 있어서가 아니라 독자적으로 결단을 내리고 죄상을 세밀히 살펴 반드시 엄한 형벌을 내림으로써 천하 사람들이 감히 죄를 짓지 못했기 때문입니다. 그런데 지금 죄를 짓지 못하게 하는 근본 원위에는 힘쓰지 않고, 자애로운 어머니가 아들을 망치는 근원을 일삼는다면 성인의 이치를 살피지 못하는 것입니다. 성인의 이치를 실천하지 못하면 자기를 버려서

---

23) 위(魏)나라 문후(文侯)의 동생으로 날뛰는 말을 제지하고 뒤짚힌 수레를 바로 세울 수 있을 만큼 힘센 장사였다고 한다.

천하를 위해 고생하는 것인데 어찌 본받으시겠습니까? 이것을 어찌 슬퍼하지 않을 수 있겠습니까?

또한 검소하고 절약하며 어질고 의로운 사람이 조정에 서게 되면 방자한 쾌락이 그치고, 간언이나 이치에 맞는 말을 하는 신하가 군주 곁에서 입을 열면 방만한 의견이 물러가며, 열사가 절개를 위하여 죽는 행위가 세상에 드러나면 음탕한 쾌락이 없어집니다. 그러므로 지혜로운 군주는 이 세 부류의 사람을 멀리하고, 군주로서 신하들을 조종하는 방법을 써서 따르는 신하들을 제어하고 법률을 철저히 제정해야 합니다. 이렇게 하면 자신이 존중되고 권세는 무거워집니다.

대체로 현명한 군주는 반드시 세속을 거스르고 풍속을 고쳐서 싫어하는 것을 없애고 하고자 하는 바를 세웁니다. 이렇게 해서 살아서는 존중받는 권세를 누리고, 죽어서는 현명했다는 시호를 받게 됩니다. 그러므로 현명한 군주는 홀로 결정하기 때문에 권력이 신하에게 있지 않습니다. 이렇게 한 뒤에야 인의의 주장을 없애고, 이론을 따지는 자의 입을 막으며, 열사의 행동을 눌러서 귀를 막고 눈을 가리고도 마음속으로 혼자 보고 들을 수 있습니다. 그래서 밖으로는 인의가 있는 사람과 열사의 행동에 마음을 기울이지 않을 수 있고, 안으로는 간언하며 다투는 변설에도 마음을 빼앗기지 않을 수 있습니다. 군주는 초연하게 혼자서 하고 싶은 대로 행동해도 감히 거스르는 자가 없게 됩니다. 이렇게 된 뒤라야 신자와 한비자의 학술을 밝히고 상군의 법을 실천했다고 할 수 있습니다. 법을 실천하고 학술에 밝고서도 천하가 어지러워졌다는 말은 듣지 못했습니다. 그러므로 "왕도(王道)는 간략하여 행하기 쉽다."는 것입니다. 오직 현명한 군주만이 이것을 시행할 수 있습니다. 만약 이렇게 하면 신하들에게 꾸짖고 벌을 내릴 수 있으며, 신하들에게는 간사한 마음이 없어집니다. 신하들에게 간사한 마음이 없어지면 천하는 평안해지고, 천하가 평안해지면 군주는 존엄해지며, 군주가 존엄해지면 반드시 처벌이 실행됩니다. 처벌이 실행되면 반드시 구하는 바를 얻을 수 있으며, 구하는 바를 얻을 수 있으면 나라가 부유해지고, 나라가 부유해지면 즐거움도 넉넉해질 것입니다. 그러므로 꾸짖고 처벌하는 법술이 이루어지면 어떠한 욕망이라도 얻지 못하는 것이 없으며, 신하들과 백성은 죄와 허물을 벗어나기에 겨를이 없을 테니 어떻게 감히 모반을 꾀할 수 있겠습니까? 이와 같이 하면 제왕의 길이 갖추어지고, 군주와 신하의 도를 밝혔다고 할 수 있을 것입니다. 신자와 한비자가 다시 태어난다 해도 이보다 더할 수는 없을 것입니다.

이 글을 올리자 이세황제는 기뻐했다. 이리하여 처벌을 더욱더 엄격히 하고, 백성으로부터 가혹한 세금을 걷는 자를 현명한 관리라고 했다. 이세황제가 말했다.
"이와 같이 하는 것이 질책을 잘하는 것이라고 할 수 있다."
길에 다니는 사람 중 절반은 형벌을 받은 자였고, (형벌을 받아) 죽은 자가 날마다 시장 바닥에 쌓여 갔다. 그리고 사람을 많이 죽인 관리를 충신이라고 했다. 이세황제는 말했다.
"이와 같이 하는 것이 질책을 잘하는 것이라고 할 수 있다."

처음 조고가 낭중령으로 있을 때, 사람을 죽이고 사사로운 원한을 푼 일이 많았다. 조고는 대신들이 조정으로 들어가 정사에 대하여 얘기하다가 자기를 헐뜯을까 두려워서 이세황제를 이렇게 설득했다.

"천자가 존귀한 까닭은 신하들은 소리만 들을 뿐 [얼굴]을 뵐 수 없기 때문입니다. 그래서 천자는 스스로 짐(朕)[24]이라고 일컬었습니다. 또 폐하께서는 아직 춘추가 연소하셔서 반드시 모든 일에 두루 능통할 수는 없습니다. 지금 조정에 앉아 신하에 대한 견책이나 사람을 쓰는 문제에서 옳지 못한 점이 있다면 대신들에게 단점을 보이는 것입니다. 이는 폐하의 신성하고 영명하심을 천하에 보이는 것이 아닙니다. 그러니 폐하께서는 궁중 깊숙한 곳에서 팔짱을 끼고 계시면서 신과 법률에 밝은 시중(侍中)황제를 모시는 직책과 더불어 일을 기다렸다가 안건이 생기면 그것을 상의해서 처리하십시오. 이렇게 하면 대신들은 감히 의심스러운 일을 말하지 못하며, 온 천하가 훌륭한 군주라고 칭찬할 것입니다."

이세황제는 이 계책을 받아들여 조정으로 나아가 대신들을 만나지 않고 궁궐 깊숙한 곳에 머물렀다. 조고는 늘 이세황제를 모시며 [정치적인] 일을 제 마음대로 처리했고 모든 일은 조고의 손에서 결정되었다.

조고는 이사가 이 일에 관하여 말하려고 한다는 것을 듣고

---

24) 이 말은 본래 조짐(兆朕), 즉 아직 사물이 제 모습을 나타내기 전의 상태를 가리켰다. 진(秦)나라 이전에는 주로 1인칭 대명사로 쓰이다가 시황제 때부터 천자의 자칭으로 사용되었다.

승상 이사를 만나 말했다.

"함곡관 동쪽에는 도적 떼가 많이 일어나고 있습니다. 그런데 지금 황상께서는 급히 부역을 징발하여 아방궁을 짓고 개나 말 같은 쓸모없는 것을 모으고 계십니다. 제가 간언하려해도 지위가 낮으니 이런 일은 참으로 승상께서 하실 일인데, 어째서 간언하지 않습니까?"

이사가 말했다.

"물론 그렇소. 나는 그것을 말씀드리고 싶어 한 지 오래되었소. 그러나 요즘 황상께서는 조정에 나오시지 않고 궁궐 깊숙한 곳에 계시니 드리고 싶은 말씀이 있어도 전할 수 없고, 뵙고자 해도 만날 틈이 없소."

조고가 말했다.

"만일 승상께서 참으로 간언하고 싶다면 승상을 위해 군주가 한가한 틈을 엿보아 알려 드리겠습니다."

조고는 이세황제가 한창 연회를 벌여 미녀들을 앞에 놓고있을 때를 기다렸다가 사람을 보내 승상에게 말했다.

"황상께서 지금 한가하시니 말씀을 올릴 수 있습니다."

승상은 궁문에 이르러 뵙기를 청했다. 이런 일이 세 번이나되풀이되자 이세황제가 화를 내며 말했다.

"나는 언제나 한가한 날이 많은데 승상은 〔그런 때에는〕 오지 않고, 내가 연회를 열어 즐기고 있으면 와서 안건을 말하려하오. 승상은 감히 나를 어리다고 얕잡아 보는 것이오? 게다가 진실로 그렇게 보시오?"

조고는 이 틈을 타서 말했다.

"이렇게 하면 위태로워집니다. 저 사구에서의 음모에 승상도 참여했습니다. 지금 폐하께서는 황제가 되셨지만 승상의 지위는 더 존귀해진 것이 없습니다. 그는 땅을 떼어 받아 왕이 되기를 바랄 것입니다. 또 폐하께서 묻지 않으시기에 구태여 말씀드리지 않았습니다만, 승상의 맏아들 이유는 삼천군 태수로 있는데 초나라의 도둑 진승 등은 모두 승상의 고향에서 가까운 고을 사람들입니다. 그래서 초나라 도둑들이 공공연히 돌아다니며 삼천군을 지나도 이유는 성만 지킬 뿐 나가 치려고 하지 않았습니다. 신은 그들 사이에 편지가 오간다고 들었습니다만 아직 확실한 증거를 잡지 못했기에 감히 말씀드리지 않았습니다. 또 궁중 밖에서 승상의 권세는 폐하보다도 무겁습니다."

이세황제도 그렇다고 생각했다. 이세황제는 승상을 심문하려 했으나, 그 사실이 확실하지 않은 것을 염려하여 사람을 시켜 삼천군 태수가 도둑과 내통한 상황을 조사하도록 하였다. 이사도 이런 움직임을 들었다.

그때 이세황제는 감천궁에서 곡저(觳抵)라는 유희와 연극을 구경하고 있어 이사는 뵐 수가 없으므로 글을 올려 조고의 단점을 말했다.

신이 듣건대 "신하의 권력이 그 군주의 권력과 비슷해지면 위태롭지 않은 나라가 없으며, 첩의 세력이 남편의 세력과 비슷하면 위태롭지 않은 집안이 없다."라고 합니다. 지금 대신 중에는 폐하만큼 다른 사람들에게 마음대로 이익을 주기도 하고 해를 주기도 하여 폐하의 권력과 별 차이가 없는 자가 있으니, 이것은 매우 온당치 못한 일입니다. 옛날에 사성(司城) 벼슬에 있던 자한(子罕)은 송나라 재상이 되자 자신이 형벌을 집행하며 위엄 있게 행세하더니 1년 만에 자신의 군주를 위협하였습니다. 전상은 제나라 간공의 신하가 되어 작위와 서열로는 나라 안에서 따를 자가 없었고, 그 개인 집의 재력이 제나라 공실(公室)과 비슷해지자 은혜를 펴고 덕을 베풀어 아래로는 백성의 마음을 얻고 위로는 신하들의 마음을 얻어 은밀히 제나라의 국권을 빼앗으려고 재여(宰予)를 뜰에서 죽이고 간공을 조정에서 죽여 드디어 제나라를 손에 넣었습니다. 이 일은 천하 사람이 다 알고 있습니다.

지금 조고가 사악한 뜻을 품고 위험한 반역을 행하는 것은 자한이 송나라 재상으로 있을 때와 같고, 그 개인 집의 재력은 전씨가 제나라에 있을 때와 같습니다. 전상과 자한의 반역 수법을 병행하여 폐하의 위엄과 신망을 위협하려는 뜻은 한기(韓玘)가 한(韓)나라 왕 안(安)의 재상으로 있을 때와 비슷합니다. 폐하께서 지금 그에 대한 대책을 세우지 않는다면 그가 변을 일으킬까 두렵습니다.

이세황제가 대답했다.

"무슨 소리요? 조고는 본래 환관이었소. 그러나 그는 제 몸이 편안하다고 해서 제멋대로 하지 않았고, 제 몸이 위태롭다고 해서 마음을 바꾸지 않았으며, 행실을 깨끗이 하고 선행을 닦아 지금의 지위에 이르렀소. 충성으로 승진하고 신의로 제자리를 지키니 짐은 참으로 그를 현명하다고 생각하오. 그런데 그대가 조고를 의심하다니 무슨 까닭이오? 게다가 짐은 어린 나이에 아버지를 잃어서 아는 것이 적고 백성을 다스리는 데도 서투르며 그대마저 늙어서 천하의 일과 동떨어지지나 않을까 염려되오. 그러니 짐이 조고에게 모든 일을 맡기지 않으면 누구에게 맡겨야 한단 말이오. 조고는 사람됨이 청렴하고 부지런하며 아래로는 백성의 마음을 알고 위로는 내 뜻에 맞으니 그대는 그를 의심하지 마시오."

이사는 [다시] 글을 올려 말했다.

그렇지 않습니다. 조고라는 자는 본래 미천한 출신으로 도리를 알지 못하며, 탐욕스러운 마음은 끝이 없고 이익을 추구하여 그칠 줄 모르며, 위세는 군주의 다음가며 욕심을 끝없이 부립니다. 그래서 신은 위험한 인물이라고 말씀드린 것입니다.

이세황제는 이미 전부터 조고를 신임하고 있었으므로, 이사가 조고를 죽이지나 않을까 걱정이 되어 조고에게 이 일을 조용히 말해 주었다. 그러자 조고가 말했다.

"승상의 두통거리는 오직 이 조고뿐입니다. 신만 죽으면 승상은 곧 전상과 같이 행동할 것입니다."

이에 이세황제가 말했다.

"이사를 낭중령 조고에게 넘겨 조사하도록 하라."

조고가 이사를 심문했다. 이사는 붙잡혀 묶인 채 감옥에 갇혀 하늘을 우러러보며 탄식했다.

"아, 슬프구나! 도리를 모르는 군주를 위하여 무슨 계책을 세울 수 있겠는가? 옛날 걸왕은 관용봉(關龍逢)을 죽이고, 주왕은 왕자 비간(比干)을 죽이고, 오나라 왕 부차는 오자서를 죽였다. 이 세 신하가 어찌 충성하지 않았을까마는 죽음을 면치 못한 것이니 몸이 죽어서 충성할 바가 아니고 충성을 다한 군주가 도리를 몰랐기 때문이다. 지금 내 지혜는 세 사람만 못하고 이세황제의 무도함은 걸왕, 주왕, 부차보다도 더하니 내가 충성하였기 때문에 죽는 것은 당연하다. 장차 이세황제의 다스림이 어찌 어지럽지 않으랴!

지난날 그는 자기 형제를 죽이고 스스로 섰으며, 충신을 죽이고 미천한 사람을 존중하며, 아방궁을 짓느라 천하 백성에게 무거운 세금을 거두어들였다. 내가 간언하지 않은 게 아니라 간언을 받아들이지 않았던 것이다. 대체로 옛날 훌륭한 왕들은 음식에 절제가 있었고, 수레나 물건에도 정해진 수가 있었으며, 궁실을 짓는 데도 한도가 있었다. 명령을 내려 어떤 일을 하는 경우에도 비용만 들고 백성에게 보탬이 되지 못하는 것은 금하여 오랫동안 평안하게 다스릴 수 있었다. 그런데 지금 형제에게 도리에 어긋난 일을 하고도 그 허물을 반성할 줄 모르고, 충신을 죽이고도 다가올 재앙을 생각하지 않으며, 궁궐을 크게 짓느라 천하 백성에게 무거운 세금을 물리며 비용을 아끼지 않는다. 이 세 가지 나쁜 일이 실행되니 천하의 백성은 복종하려 하지 않는다. 지금 반역자가 벌써 천하의 절반을 차지했는데도 이세황제는 아직 깨닫지 못하며 조고를 보좌로 삼고 있으니, 나는 반드시 도적이 함양에 들어오고 고라니와 사슴이 조정에서 노는 꼴을 보게 되겠구나."

이에 이세황제는 곧 조고를 시켜 승상 이사의 죄상을 밝혀 벌을 내리도록 했다. 조고는 이사가 아들 이유와 함께 모반을 꾀한 죄상을 추궁하고, 그 일족과 빈객을 모두 체포했다. 조고가 이사를 심문하면서 1000번이 넘는 채찍질로 고문하므로 이사는 고통을 이기지 못하여 스스로 없는 죄를 자백했다. 이사가 자살하지 않은 까닭은 자신이 변설에 능하고 공로가 있으며 실제로 모반할 마음이 없었고, 글을 올려 진정하면 다행히 이세황제가 깨닫고 용서해 주리라고 생각했기 때문이다. 그래서 이사는 옥중에서 글을 올렸다.

신이 승상이 되어 백성을 다스린 지 30년이나 되었는데, 그때는 진나라 땅이 좁았습니다. 선왕 때에는 진나라 땅이 사방 1000리를 넘지 않고 병력은 수십만에 불과했습니다. 신은 변변치 못한 재능을 다하여 삼가 법령을 받들고, 남몰래 모신(謀臣)을 보내 보물을 가지고 제후들을 설득하게 했습니다. 또 조용히 군비를 갖추고 정치와 교육을 정비하였으며, 투사에게 벼슬을 주고 공신을 존중하여 그들의 작위와 봉록을 높였습니다. 이렇게 한 결과 한나라를 위협하고 위나라를 약화시켰으며, 연나라와 조나라를 깨뜨리고 제나라와 초나라를 평정하였으며, 마침내 여섯 나라를 겸병하여 그 왕들을 사로잡고 진나라 왕을 세워서 천자로 만들었습니다. 이것이 신의 첫 번째 죄입니다. 땅이 넓지 않은 것은 아니었으나 다시 북쪽으로는 호(胡)와 맥(貉)을 쫓아 버리고, 남쪽으로는 백월을 평정하여 진나라의 강대함을 과시했습니다. 이것이 신의 두 번째 죄입니다. 대신을 존중하여 그 작위를 높여 〔군주와 신하 사이의〕 친밀함을 굳게 했습니다. 이것이 신의 세 번째 죄입니다. 사직을 세우고 종묘를 구축하여 주상의 현명함을 밝혔습니다. 이것이 신의 네 번째 죄입니다. 눈금을 고쳐 도량형을 통일하고 문물제도를 천하에 보급하여 진나라의 명성을 드높였습니다. 이것이 신의 다섯 번째 죄입니다. 수레가 달릴 수 있는 길을 닦고 관광 시설을 만들어 군주의 득의한 모습을 보였습니다. 이것이 신의 여섯 번째 죄입니다. 형벌을 늦추고 부세를 가볍게 하여 주상께서 백성의 마음을 얻도록 하였으며, 천하의 모든 백성이 주상을 받들어 죽어도 그 은혜를 잊지 않게 하였습니다. 이것이 신의 일곱 번째 죄입니다. 이사는 신하로서 죄를 지었으니 이미 오래전에 죽어 마땅합니다. 폐하께서 다행히 신의 능력을 다하게 하시어 오늘에 이를 수 있었으니, 부디 폐하께서는 이를 살펴 주시기 바랍니다.

이 글이 올라오자, 조고는 관리에게 버리도록 하고 아뢰지 않았다. 그러고는 이렇게 말했다.

"죄수가 어떻게 군주에게 글을 올릴 수 있는가?"

조고는 10명 남짓 되는 자기 식객을 시켜 거짓으로 어사, 알자, 시중으로 꾸며 번갈아 가서 이사를 심문하게 했다. 이사가 번복하여 사실대로 대답하면 사람을 시켜 다시 매질을 했다. 나중에 이세황제가 사람을 시켜 이사를 심문하자, 이사는 전과 같이 하리라고 생각하여 끝내 번복하여 말하지 않고 죄를 시인했다. 판결이 아뢰어지자 이세황제는 기뻐서 말했다.

"조고가 아니었다면 승상에게 속을 뻔했소."

이어서 이세황제는 사람을 보내 삼천군 태수 이유를 조사하도록 했지만, 사자가 도착했을 때는 반란군 항량(項梁)항우의 숙부이 이미 그를 죽인 뒤였다. 사자가 돌아왔을 때 마침 승상은 옥리에게 넘겨졌고, 조고는 (이사와 이유의) 모반에 관한 진술서를 마음대로 꾸몄다.

이세황제 2년 7월, 이사에게 오형(五刑)을 갖추어 그 죄를 논하고 함양의 시장 바닥에서 허리를 자르도록 하였다. 이사는 옥에서 나와 함께 잡혀 있던 둘째 아들을 돌아보며 말했다.

"내 너와 함께 다시 한번 누런 개를 끌고 상채 동쪽 문으로 나가 토끼 사냥을 하려고 했는데, 이제는 그렇게 할 수 없겠구나."

드디어 아버지와 아들은 소리 내어 울고 삼족이 모두 죽음을 당했다.

사슴을 말이라고 하다

이사가 이미 죽고 나서 이세황제가 조고를 중승상(中丞相)25)으로 삼자, 크든 작든 모든 일은 조고가 결정했다. 조고

---

25) 일설에 의하면 조고가 중성의 환관이었기 때문에 붙은 칭호라고도 하

는 자신의 권력이 무거운 줄을 알고 이세황제에게 사슴을 바치면서 말이라고 했다. 이세황제가 좌우에 있는 이들에게 물었다.

"이것은 사슴이지?"

좌우에 있던 이들은 한결같이 이렇게 대답했다.

"말입니다."

이세황제는 놀라서 스스로 정신이 이상하다고 생각하여 태복(太卜)점을 치는 관리를 불러 점을 치게 했다. 그러자 태복은 이렇게 말했다.

"폐하께서는 봄가을로 교사(郊祀)제왕이 교외에서 천지에 올리는 제사를 지낼 때 종묘 귀신을 모시면서 재계가 석연치 못해서 이 지경에 이르렀습니다. 덕을 많이 쌓아 재계를 충분히 하셔야 합니다."

그래서 이세황제는 상림원으로 들어가 재계했다. 날마다 새를 잡고 짐승을 사냥하면서 놀았는데, 마침 지나가던 사람이 상림원으로 들어오자 이세황제가 활을 쏘아 그를 죽였다. 조고는 함양의 영(令)으로 있는 사위 염락(閻樂)을 시켜 이렇게 탄핵했다.

"누군지는 알 수 없지만 사람을 죽여 상림원으로 옮겨 놓은 도둑이 있다."

그리고 조고는 이세황제에게 간언했다.

"천자가 아무런 까닭 없이 죄 없는 사람을 죽이는 것은 하

고, 궁궐 안에서 정치를 보았기 때문에 붙여졌다고도 한다.

늘이 금하는 바입니다. 귀신도 폐하의 제사를 받지 않을 것이며, 하늘은 재앙을 내릴 것입니다. 따라서 궁궐에서 멀리 떨어진 곳으로 가서 재앙을 물리치는 기도를 드려야 마땅합니다."

이세황제는 궁궐을 떠나 망이궁(望夷宮)에 머물렀다.

망이궁에 있은 지 사흘 만에 조고가 위사(衛士)들에게 거짓 조서를 내려 흰옷을 입고 무기를 들고 궁궐로 향하게 하고, 자신은 한 발 앞서 궁궐로 들어가 이세황제에게 이렇게 말했다.

"산동의 도적 떼가 크게 쳐들어왔습니다."

이세황제가 망루에 올라 이것을 바라보고 두려워하니, 조고는 이 틈을 타 이세황제를 위협하여 스스로 목숨을 끊도록 했다. 조고는 황제의 옥새를 꺼내어 찼지만 곁에 있던 신하 가운데 따르는 자가 없었고, 궁전에 오르자 궁전이 세 번이나 무너지려고 했다. 조고는 하늘이 허락하지 않고 신하들도 받아들이지 않음을 스스로 알고 시황제의 손자[26] 자영(子嬰)을 불러 옥새를 주었다.

자영은 즉위했지만 조고를 두려워하여 병을 핑계로 정치적인 일을 돌보지 않고 환관 한담(韓談) 및 그의 아들과 조고를 죽이려고 모의했다. 조고가 황상을 뵙고 문병하려 할 때, 한담에게 조고를 찔러 죽이도록 하고 그의 삼족을 멸망시켰다.

---

26) 원문은 '제(弟)'인데 여기서는 '손(孫)'의 오기로 보아 '손자'로 번역했다. 자영이 누구인지에 관해서는 호해의 조카, 호해의 형, 진시황의 동생 등 여러 가지 설이 있는데, 『사기』 「진시황 본기」에는 "이세황제 형의 아들 공자 자영"이라고 나오며 여기서도 이에 따라 바로잡았다.

자영이 즉위한 지 석 달 만에 패공(沛公)유방의 군대가 무관(武關)으로 들어와 함양에 이르렀다. 진나라 신하와 관리는 모두 자영을 배반하고 맞서 싸우지 않았다. 자영은 처자식과 함께 〔옥새가 달린〕 끈을 스스로 목에 걸고 지도(軹道) 부근에서 항복했다. 패공은 자영을 관리에게 넘겼으나 항왕(項王)항우이 와서 목을 베었다. 〔진나라는〕 마침내 천하를 잃었다.

태사공은 말한다.

"이사는 여염집에서 태어나 제후들에게 유세하다가 진나라로 들어가서 진왕을 섬겼다. 〔열국 사이에〕 틈이 생긴 기회를 타서 시황제를 도와 마침내 진나라의 제업을 이루게 했다. 이사는 삼공의 지위에 올랐으므로 높은 자리에 등용되었다고 할 수 있다. 〔그러나〕 이사는 육경의 근본 뜻을 잘 알면서도 공명정대하게 정치를 하여 군주의 결점을 메워 주려 힘쓰지 않고, 높은 작위와 봉록을 누리는 무거운 지위에 있으면서도 〔군주에게〕 아첨하고 좇으며 구차하게 비위를 맞추고 조칙을 엄하게 하고 형벌을 가혹하게 하였으며, 조고의 간사한 의견을 따라 적자를 폐하고 첩의 자식을 제위에 오르게 했다. 제후들이 이미 모반하고 나서야 비로소 군주에게 충언하려 했으니 때가 너무 늦었구나! 세상 사람은 모두 이사가 충성을 다했는데도 오형을 받고 죽었다고 생각하지만 그 근본을 살펴보면 세속의 논의와는 다르다. 그러지 않았더라면 이사의 공은 주공이나 소공과 어깨를 겨룰 만하였을 것이다."

28

◎

몽염 열전
蒙恬列傳

　진나라가 통일된 뒤, 몽염은 흉노를 압박하고 10여 년간 북방을 지키면서 만리장성을 쌓아 진시황에게 각별한 신임을 받았다. 몽염의 집안사람들은 대대로 진나라 장수로서 진나라 건국 때에도 많은 공을 세웠다. 그렇지만 진시황이 죽자 조고(趙高)와 이사(李斯)의 음모로 사구정변(沙丘政變)이 일어나고, 이 일로 몽염은 동생 몽의(蒙毅)와 함께 참소를 받아 죽게 된다.

　여기서 사마천은 몽염 형제를 혹평하고 있는데, 그 까닭은 진시황의 영토 확장 정책이 백성에게 수많은 고통을 안겨 주었기 때문이다. 마지막 부분에서 몽염은 사약을 앞에 두고 자신의 억울한 죽음에 항변하면서도 자신이 장성을 쌓으면서 지맥을 끊어 놓았기에 그 화를 입었다고 한탄조로 말하는데 사마천은 이에 대해서도 강력하게 비판한다. 몽염은 이름 높은 장수로서 전쟁 후에라도 백성을 안정되게 하는 데 힘쓰지 않고 장성 쌓는 일에 백성을 동원했으니 이로 인해 벌을 받은 것이지 지맥을 끊은 탓이 아니라는 것이다.

　한편 진시황이 맏아들 부소를 북방 방비에 투입한 것은 몽염이 흉노와 연합하여 반란을 일으킬까 봐 미리 막기 위해서였다고 유추할 수도 있다. 몽염이 진시황을 위해 진정으로 노력했을지언정 그 뜻을 오해받을 수 있는 것이 정치의 냉혹한 현실이다.

충신은 대신들과 다투지 않는다

　몽염(蒙恬)은 그 조상이 제나라 사람이다. 몽염의 할아버지 몽오(蒙驁)는 제나라에서 진나라로 와 소왕을 섬겼으며, 관직이 상경에 이르렀다. 진나라 장양왕 원년에 몽오는 진나라 장수가 되어 한나라를 쳐서 성고와 형양을 빼앗고 삼천군을 두었다. 2년에는 몽오가 조나라를 쳐서 성읍 37개를 빼앗았다. 시황제 3년에 몽오는 한나라를 쳐서 성읍 13개를 빼앗고, 5년에는 위나라를 쳐서 성읍 20개를 빼앗아 동군을 두었다. 몽오는 시황제 7년에 죽었다. 몽오의 아들은 몽무(蒙武)이고, 몽무의 아들이 몽염이다.

몽염은 한때 형벌과 법률을 배워 소송 문건을 처리하는 일을 했다. 시황제 23년에 몽무는 진나라 비장군이 되어 왕전과 함께 초나라를 쳐서 크게 깨뜨리고 항연(項燕)을 죽였다. 24년에는 몽무가 초나라를 쳐서 초나라 왕을 사로잡았다. 몽염의 아우는 의(毅)이다.

시황제 26년에 몽염은 가문 대대로 장군을 지낸 관계로 진나라 장수가 되어 제나라를 쳐서 크게 깨뜨려 내사(內史)수도 함양을 다스리던 행정 장관로 임명되었다.

진나라는 천하를 통일한 뒤 몽염으로 하여금 군사 30만 명을 이끌고 북쪽으로 가서 융적(戎狄)을 쫓아 버리고 하남을 차지하도록 했다. 장성을 쌓았는데 지형에 따라 요새를 만들었으며 임조(臨洮)에서 요동(遼東)까지 길게 이어져 1만여 리나 되었다. 그러고 나서 하수를 건너 양산(陽山)을 의지하여 꾸불꾸불 북쪽으로 올라갔다. 공사를 위해 10년 동안 군대를 국경 밖에 내놓았고, 상군(上郡)에 주둔해 있었다. 이때 몽염의 위세는 흉노 땅까지 떨쳤다. 시황제는 몽씨 형제를 매우 존중하고 남다르게 아끼며 신임하고 현명하다고 여겼다. 그리고 몽의를 가까이하여 그 지위가 상경에 이르게 하고, 밖으로 나갈 때는 수레를 함께 타고 궁궐로 들어와서는 늘 곁에 두었다. 몽염에게는 궁궐 밖의 일을 맡기고 몽의는 늘 궁궐 안에서 계책을 짰으며 〔둘 다〕 충신이라는 평을 받으니, 여러 장수와 대신들도 감히 그들과 다투려 하지 않았다.

죽음을 피하지 못한 몽염과 몽의 형제의 수난

조고(趙高)는 조나라 왕족 조씨의 먼 친족이다. 조고의 형제 가운데 몇 명은 태어나자마자 모두 거세되어 환관이 되었으며, 그들의 어머니도 형벌을 받았으므로 대대로 비천한 신분이었다.[1] 진왕은 조고가 능력이 있어 형법에 정통하다는 말을 듣고 중거부령으로 등용했다. 조고는 몰래 공자 호해를 섬겨 그에게 죄를 판결하는 법을 가르쳤다. 조고가 큰 죄를 지었을 때 진왕은 몽의에게 법대로 다스리도록 명령했다. 몽의는 법을 곡해하지 않고 조고의 죄가 사형에 해당하므로 환관 명부에서 그를 삭제하였다. 그러나 시황제는 조고가 일을 처리하는 능력이 뛰어나다며 용서하고 그의 관직과 작위를 회복시켜 주었다.

시황제는 천하를 순행하려 하면서 구원(九原)에서 곧장 감천(甘泉)으로 가기를 원해 몽염에게 길을 닦도록 했다. [몽염은] 구원에서 감천까지 1800리나 산을 깎아내리고 골짜기를 메웠지만 길이 완성되지 못했다.

시황제 37년 겨울에 [황제가] 회계로 순행하여 해안을 따라 북쪽으로 올라 낭야(琅邪)로 향했다. 가는 길에 병들어서 몽의에게 돌아가 산천의 신들에게 기도드리도록 했으나 몽의가

---

1) 조고의 어머니가 형벌을 받았나가 풀려났으므로 조씨 형제들의 출생은 비천한 신분일 수밖에 없는 태생적 한계를 갖고 있었다.

돌아오지 못했다.

시황제는 사구(沙丘)에 이르러 죽었다. 시황제가 사구에서 죽은 사실을 비밀리에 부쳤으므로 신하들은 이 일을 아무도 몰랐다. 이때 승상 이사, 공자 호해, 중거부령 조고가 [황제를] 늘 곁에서 모시고 있었다. 조고는 평소 호해에게 남달리 사랑을 받고 있었으므로 호해를 [황제로] 세우려고 하면서, 또 한편으로는 몽의가 자기를 법대로 다스리고 자기를 위해 주지 않은 일을 원망하여 그를 죽이려는 마음을 갖고 있었다. 이에 승상 이사, 공자 호해와 몰래 모의하여 호해를 세워 태자로 삼았다.

태자가 이미 세워지자, 사자를 보내 공자 부소와 몽염에게 죄를 덮어씌워 죽음을 내렸다. 부소는 자살했으나 몽염은 의심을 품고 다시 한번 명을 내려 달라고 요청했다. 사자는 몽염을 관리에게 넘기고 다른 사람이 그 자리를 대신하게 했다. 그리고 호해는 이사의 사인을 호군(護軍)으로 삼았다. 사자가 돌아와 보고하니, 호해는 부소가 이미 죽었다는 말을 듣고 몽염을 즉시 풀어 주려 했다. 그러나 조고는 몽씨가 다시 존귀해져 권력을 잡으면 그를 원망할까 봐 두려웠다. 몽의가 돌아오자, 조고는 호해에게 충성하는 척하면서 계책을 써서 몽씨를 죽이려고 이렇게 말했다.

"신이 듣건대 선제께서는 황자의 현명함을 들어 태자로 세우려 한 지 오래되었습니다만 몽의가 '옳지 않습니다.'라고 간했다고 합니다. 만약 몽의가 태자께서 현명한 줄을 알면서도 오래도록 세우려 하지 않았다면, 이는 황자께 충성스럽지 못하며 선제를 미혹시킨 것입니다. 신의 어리석은 생각으로는 몽의를 주벌하는 것이 낫겠습니다.”

호해는 이 말을 듣고 몽의를 대(代) 땅의 옥에 가두었다. 이보다 앞서 몽염은 양주의 옥에 갇혔다. (시황제의) 영구가 함양에 이르러 장례를 끝내자, 태자가 즉위하여 이세황제가 되었다. 조고는 이세황제를 가까이 모시면서 밤낮으로 몽씨를 헐뜯고 그들의 죄와 허물을 들추어내어 탄핵했다.

자영(子嬰)이 (이세황제) 앞으로 나아가 간언했다.

“신이 듣건대 예전 조나라 왕 천(遷)은 그의 어진 신하 이목(李牧)을 죽이고 안취(顔聚)를 등용했고,²⁾ 연나라 왕 희(喜)는 남몰래 형가의 계책을 써서 진나라와의 맹약을 저버리고, 제나라 왕 건(建)은 전 시대의 충신을 죽이고 후승(后勝)의 건의를 받아들였다고 합니다.³⁾ 이 세 군주는 모두 각각 옛것을 바꾸었기 때문에 그 나라를 잃고 자기 몸에까지 재앙이 미쳤습니다. 지금 몽씨 형제는 진나라의 대신이며 계책을 잘 내는 인물입니다. 폐하께서는 하루아침에 이들을 버리려 하시는데 신

---

2) 이목은 전국 시대 조나라의 북쪽 변방을 지키던 무장으로 군공이 뛰어났다. 진(秦)나라는 조나라를 정벌하려고 하면서 이간책을 써 이목이 조나라를 배반하려 한다고 모함했다. 조나라 왕은 그 말을 믿어 이목을 죽이고 안취에게 군대를 지휘하여 진나라에 맞서도록 했다. 그러나 그다음 해에 조나라는 멸망하고 조나라 왕은 포로 신세가 되었다.
3) 진(秦)나라가 여섯 나라를 멸망시키는 과정에서 후승은 제나라 왕 건에게 전쟁 준비를 하지 말고 다른 다섯 나라를 도와 진나라와 싸우지 말라고 건의했다. 진나라가 다섯 나라를 멸망시킨 뒤 제나라를 공격했을 때도 제나라 왕은 싸우지 말고 항복하자는 후승의 말을 받아들여 포로가 되었다.

이 생각하기에 안 된다고 봅니다. 신이 듣건대 '경솔하게 생각하는 사람은 나라를 다스릴 수 없고, 홀로 지혜로운 자는 군주 자리를 지키지 못한다.'라고 합니다. 충신을 죽이고 지조와 덕행이 없는 사람을 세우면 안으로는 신하들이 서로 믿지 않게 되고 밖으로는 전쟁을 하는 군사들의 마음을 이간질하게 되니 신이 생각하기에 안 된다고 봅니다."

호해는 듣지 않았다. 그러고는 어사대부 곡궁(曲宮)을 보내 역마를 타고 대(代)로 달려가 몽의에게 다음과 같이 명령을 전하게 했다.

"선제께서 짐을 태자로 세우려 할 때 경은 이 일을 비난했다. 지금 승상은 경을 충성스럽지 못하다 하고, 그 죄는 일족에게까지 미친다고 한다. 그러나 짐은 차마 그렇게 할 수 없어 경에게만 죽음을 내리니 이 또한 다행으로 생각하라. 경은 한 번 생각해 보라!"

몽의는 이렇게 대답했다.

"신이 선제의 뜻을 잘 몰랐다고 하셨지만, 신은 젊어서부터 벼슬하여 선제께서 세상을 떠나실 때까지 남다른 사랑을 받았으니 선제의 뜻을 알았다고 할 수 있습니다. 신이 태자의 능력을 알지 못했다고 하셨지만, 〔여러 공자 가운데〕 태자만이 선제를 따라 천하를 돌아보셨습니다. 그래서 신은 태자의 능력이 다른 여러 공자보다 훨씬 뛰어남을 의심해 본 일이 없습니다. 대체로 선제께서 태자로 세우려 한 것은 몇 년 동안 생각하신 일입니다. 신이 감히 무슨 말을 간하겠습니까! 감히 무슨 다른 생각을 꾀하겠습니까! 감히 말을 꾸며 죽음을 피하려는 게 아니라 선제의 이름에 누를 끼치는 게 부끄럽기 때문입니다. 원컨대 대부께서는 깊이 생각하시어 신이 정당한 죄로 죽게 하여 주십시오. 또 대체로 공을 이루고 제 몸을 온전히 보존하는 것은 사람의 도리로서 귀중하며, 형벌을 받아 죽음을 당하는 것은 사람의 도리로는 마지막입니다. 옛날 진나라 목공은 어진 신하 세 명[4]을 죽이고 백리해에게도 죽을죄를 내렸으나 실은 그들에게 적합한 처벌이 아니었습니다. 그래서 목(繆)[5]이라는 시호를 받았습니다. 소양왕(昭襄王)은 무안군 백기를 죽였고, 초나라 평왕은 오사를 죽였으며, 오나라 왕부차는 오자서를 죽였습니다. 이 네 군주는 모두 큰 실수를 저질러서 천하 사람들에게 비난을 받았고, 제후들 사이에 현명하지 못한 군주로 알려졌습니다. 그러므로 '도(道)로 다스리는 자는 죄 없는 사람을 죽이지 않고, 무고한 사람에게는 벌을 내리지 않는다.'라고 합니다. 부디 대부께서는 이 점을 유념해 주십시오!"

그러나 사자는 호해의 뜻을 알고 있으므로 몽의의 말을 듣지 않고 마침내 그를 죽였다.

이세황제는 또 사자를 양주로 보내 몽염에게 명했다.

"그대는 잘못이 많다. 그리고 그대의 아우 몽의가 큰 죄를 저질렀기에 법이 내사(內史)몽염에게까지 미쳤다."

---

4) 엄식(奄息), 중항(仲行), 침호(鍼虎)를 말한다. 목공은 그 무렵 이 세 명을 비롯하여 일흔일곱 명을 죽였다.

5) 『익법(謚法)』에 따르면 목(繆)은 이름은 아름답지만 실상은 더러운 것을 뜻한다고 한다.

몽염이 말했다.

"신의 조상으로부터 자손에 이르기까지 진나라에서 공을 쌓고 신임을 얻은 지가 3대나 되었습니다. 지금 신은 30만 대군을 이끌고 있고, 비록 죄수의 몸으로 옥에 갇혀 있기는 하나 그 세력은 진나라를 배반하기에 충분합니다. 그러나 스스로 죽을 줄을 알면서도 의리를 지키는 것은 조상의 가르침을 욕되게 할 수 없고, 선제의 은덕을 잊지 않고 있기 때문입니다.

옛날 주나라 성왕(成王)이 처음 즉위했을 때는 어려서 포대기를 벗어나지 못했지만, [작은아버지인] 주공 단(旦)이 왕을 업고 조정에 나가 처리하여 드디어 천하를 안정시켰습니다. 성왕이 병에 걸려 위태로워지자, 주공 단은 스스로 손톱을 잘라 하수에 던지면서 말했습니다. '왕께서 아직 어려 아는 것이 없기에 제가 일을 도맡아 처리하고 있습니다. 만약 허물이 있다면 제가 그 재앙을 받겠습니다.' 그리고 그것을 적어 기부(記府)천자가 사책(史策) 문서를 보관하던 곳에 간직해 두었으니 충성스럽다고 할 만합니다. 성왕이 자라서 [직접] 나라를 다스릴 수 있게 되자, 어떤 간사한 신하가 '주공 단은 반란을 일으키려 한 지 벌써 오래되었습니다. 왕께서 만일 대비하지 않는다면 반드시 큰일이 생길 것입니다.'라고 하였습니다. 성왕은 매우 화가 났고 주공 단은 초나라로 도망쳤습니다. 성왕은 기부에 있는 문서를 보다가 [주공 단이] 손톱을 하수에 던지며 기도한 글을 발견하자 눈물을 흘리며 말했습니다. '누가 주공 단이 반란을 일으키려 한다고 했는가?' 성왕은 그런 말을 한 자

를 죽이고 주공 단을 다시 불러들였습니다. 그래서 『주서』에
는 '반드시 삼경(三卿)에게 자문을 구하고 오대부(五大夫)에게
의견을 말하도록 한다.'라고 하였습니다.

지금까지 신의 종족으로는 대대로 모반하려는 마음을 품
은 일이 없었는데 일이 갑자기 이렇게 된 까닭은 반드시 간사
한 신하가 반역을 꾀하여 안으로 [군주를] 업신여기기 때문입
니다. 저 성왕은 잘못을 저질렀으나 다시 고쳤으므로 마침내
번영하였고, 걸왕은 관용봉을 죽이고 주왕은 왕자 비간을 죽
이고도 뉘우치지 않았으므로 자기도 죽고 나라도 망했습니
다. 신은 그러므로 잘못은 바로잡아야 하고, 간언은 깨달아야
하며, 삼경과 오대부에게 [자문을 구하여] 살피는 것이 성왕(聖
王)의 도리라고 말씀드리는 바입니다. [그러나] 대체로 신이 드
리는 말씀은 허물을 면하고자 함이 아니요, 간언을 드리고 죽
고자 할 따름입니다. 원컨대 폐하께서는 모든 백성을 위하여
도리를 따르도록 하십시오."

사자가 말했다.

"나는 조칙을 받아 장군에게 형을 집행할 뿐이오. 감히 장
군의 말씀을 폐하께 전할 수는 없소."

몽염은 길게 한숨을 쉬며 탄식했다.

"내가 하늘에 무슨 죄를 지었기에 잘못도 없이 죽어야 한단
말인가?"

그러고는 한참 있다가 천천히 말했다.

"내 죄는 정녕 죽어 마땅하다. 임조에서 요동까지 장성을
만여 리나 쌓았으니, 이 공사 도중에 어찌 지맥(地脈)⁶⁾을 끊어

놓지 않을 수 있었겠는가? 이것이 바로 내 죄로구나."

그러고는 약을 먹고 죽었다.

태사공은 말한다.

"나는 북쪽 변방 지역에 갔다가 직도(直道)로부터 돌아왔다. 길을 가면서 몽염이 진나라를 위해 쌓은 장성의 요새를 보았는데, 산악을 깎고 계곡을 메워 직도를 통하게 했으니 진실로 백성의 힘을 가볍게 여긴 것이다. 진나라가 처음 제후를 멸망시켰을 때 천하의 민심은 아직 제자리를 찾지 못했고 전쟁의 상처도 채 가라앉지 않았으나, 몽염은 이름 있는 장수로서 이러한 때에 곤궁한 백성을 구제하고 늙은이를 모시고 고아를 돌보며 모든 백성을 안정되고 평화롭게 하는 일에 힘써야 한다고 강력히 간언하지 않고 도리어 〔시황제의〕 뜻에 영합하여 공적을 세웠으니 이들 형제가 죽음을 당한 것도 마땅하지 않겠는가! 어찌 죄를 지맥을 끊은 탓으로 돌리랴."

6) 풍수학적으로 땅은 인간을 생육하는 어머니의 능력을 지니고 있고, 이것을 찾아내는 것이 풍수의 내용이다. 특히 지표상 어떤 특정한 장소는 그곳만의 생기(生氣)를 갖고 있는데, 이것을 지맥이라고 한다. 고대에는 지맥을 끊으면 천벌을 받는다는 미신이 있었다.

29
◎

장이 진여 열전
張耳陳餘列傳

　장이와 진여는 전국 시대 말기의 유생으로서 서로 친밀한 정을 나눈 사이이다. 진나라 말기에 두 사람은 대의를 명분으로 일어난 진섭(陳涉) 밑에 들어가 조나라의 장상(將相)을 새로 세웠다. 그러나 진(秦)나라와 한(漢)나라의 복잡한 정치적, 군사적 대립 속에서 두 사람은 친구에서 원수라는 비극적인 관계에 놓이게 된다. 장이는 한(漢)나라로 가고, 진여는 조나라와 초나라를 도왔다. 처음에 진여는 제나라 왕의 병사를 빌려서 장이를 깨뜨려 조나라에서 대왕(代王)이 되었다. 그러나 뒤에 장이가 한나라에 투항하여 조나라를 멸망시키고 진여를 죽여 그 공로를 인정받아 조나라 왕으로 봉해졌다.

　이 편에는 역사적 사실과 인물이 많이 등장하여 내용이 풍부하며 장이와 진여 두 사람을 중심으로 이들의 정치적, 군사적 재능과 식견 및 정권 쟁탈을 위한 치열한 다툼 등을 비교적 깊이 있게 서술하였다. 특히 진나라 말기에 농민들의 모반 과정과 유방과 항우의 전쟁 과정에서의 여러 국면을 이 편에서 총체적으로 볼 수 있다. 사마천은 장이와 진여 두 사람을 작품의 중심인물로 삼으면서도 오히려 괴통의 모사로서의 역할에 초점을 두어 이 편을 전개하고 있기도 하다.

목이 달아나도 변치 않을 교분

장이(張耳)는 대량 사람으로 젊을 때 위(魏)나라 공자 무기의 빈객이 된 적이 있다. 장이는 일찍이 죄를 짓고 달아나 외황(外黃)이라는 곳에서 떠돌이 생활을 하였다. 외황의 한 부잣집에 이주 아리따운 딸이 있는데, 그녀는 보잘것없는 사람에게로 시집갔다가 그 남편에게서 도망쳐 나와 아버지의 빈객에게 신세를 지고 있었다. 아버지의 빈객은 평소에 장이를 알고 있었으므로 그 부잣집 딸에게 말했다.

"반드시 어진 남편을 구하고 싶거든 장이를 따라가거라."

여자는 이 말을 따라 마침내 그 남편에게 이혼을 요구하고 장이에게로 시집갔다. 장이는 이때 혐의가 풀려 돌아다니고 있었으며, 여자의 집에서 장이에게 〔돈을〕 대 주고 후하게 받들었으므로 1000리 〔먼 곳에 있는〕 사람들까지도 불러 사귈 수 있었다. 그래서 그는 위나라에서 벼슬하여 외황의 현령이 되었으며, 이로 말미암아 어질다는 이름이 더욱 높아졌다.

진여(陳餘)도 대량 사람으로 유가의 학술을 좋아하여 조나라의 고형(苦陘)이라는 곳에 자주 다녔다. 〔고형의〕 부자인 공승씨(公乘氏)가 딸을 그에게 시집보냈는데, 진여가 평범한 사람이 아님을 알았기 때문이다. 진여는 나이가 젊으므로 장이를 아버지처럼 섬겼으며, 두 사람은 서로 목이 달아나도 마음이 변하지 않을 만큼 깊은 교분을 맺었다.

진(秦)나라가 대량을 멸망시켰을 때 장이의 집은 외황에 있었다. 고조(高祖)유방가 평민일 때 자주 장이를 따라 떠돌아다니기도 하고, 몇 달 동안 그의 빈객으로도 있었다. 진나라가 위(魏)나라를 멸망시킨 지 여러 해 지났을 때 이 두 사람장이와 진여이 위나라의 이름 있는 선비라는 소문을 듣고 장이에게는 1000금, 진여에게는 500금의 현상금을 걸어 잡으려고 했다. 그래서 장이와 진여는 이름과 성을 바꾸고 함께 진(陳)으로 가서 어느 마을의 문지기 노릇을 하며 끼니를 이었다. 두 사람이 서로 마주보고 〔문을 지키고〕 있는데 마을의 벼슬아치가 진여에게 잘못이 있다고 매질을 했다. 진여가 일어나 대들려고 하자 장이가 진여의 발을 밟아 그대로 매를 맞게 했다. 벼슬아치가 떠나자, 장이는 진여를 뽕나무 아래로 데려가 책망했다.

"처음에 나와 그대가 약속한 것이 무엇이오? 지금 하찮은 치욕 때문에 일개 벼슬아치의 손에 죽으려고 하시오?"

진여는 그 말이 옳다고 생각했다. 진나라는 조서를 내려 돈을 걸고 이 두 사람을 찾았는데, 두 사람은 오히려 문지기 신분으로 마을 안에 조서를 전하였다.

명분이 있어야 도울 수 있다

진섭(陳涉)[1]이 기(蘄)현에서 일어나 진(陳)에 이르렀을 때 군대는 수만 명에 달했다. 장이와 진여는 진섭에게 만나기를 청했다. 진섭과 측근들은 평소 장이와 진여가 현명하다고 자주 듣기는 했지만 만난 적이 없던 터라 보자마자 매우 기뻐했다.

진(陳)의 호걸과 부로(父老)들이 진섭을 설득했다.

"장군은 몸소 견고한 갑옷을 입고 예리한 무기를 손에 쥐고 병졸을 이끌어 포악한 진(秦)나라를 주벌하고 초나라의 사직을 다시 세워 망한 나라를 보존하고 끊어진 후대를 이었으니,

---

1) 진(秦)나라 때 양성(陽城) 사람 진승(陳勝)으로 자는 섭(涉)이다. 그는 처음에는 남의 집에 고용되어 농사를 짓고 살았지만, 이세황제 때 어양(漁陽)이라는 곳의 수졸(戍卒)로 징발되었다가 오광(吳廣)과 반란을 일으키고 나라 이름을 장초(張楚)라고 불렀다. 그의 왕으로서의 삶은 장가(莊賈)에게 피살됨으로써 여섯 달 만에 그쳤다. 그렇지만 그가 진나라에 반기를 든 행동은 결국 다른 제후들의 봉기를 이끌어 결과적으로 진나라가 멸망하는 결정적 원인이 되었다. 「진섭 세가」에 그 과정이 자세히 나온다.

그 공덕은 마땅히 왕이 될 만합니다. 게다가 왕이 되지 않으면 천하의 여러 장수 앞에서 감독할 수 없습니다. 원컨대 장군께서 초나라 왕이 되어 주십시오."

진섭이 이 문제를 두 사람에게 묻자, 그들이 대답했다.

"저 진나라는 무도하여 남의 나라를 깨뜨리고 남의 사직을 없애고 남의 후세를 끊었으며, 백성의 힘을 쇠약하게 하고 백성의 재산을 모두 빼앗았습니다. 장군께서는 눈을 부릅뜨고 기백을 크게 드러내어, 나아가 만 번 죽을지언정 지난날을 되돌아보지 않겠다는 일생일대의 계책을 세우고 천하를 위하여 잔인한 [진나라를] 없애려고 하십니다. 이제 처음으로 진 땅에 오셨는데, 이곳에서 왕이 되는 일은 천하에 자신의 사사로운 욕심을 보이는 것입니다. 원컨대 장군께서는 왕이 되려 하지 말고 빨리 군대를 이끌고 서쪽 [진나라]를 치며, 사람을 보내서 여섯 나라의 자손들을 [왕으로] 세우십시오. 장군에게는 같은 편을 만드는 것이고 진나라에게는 적을 더 보태는 것입니다. 적이 많으면 힘은 흩어지고, 편이 많으면 군대는 강해집니다. 이렇게 되면 들에는 싸우는 병사가 사라지고, [공격을 받는] 현(縣)은 성을 지킬 자가 없어질 테니 포악한 진나라를 멸하고 함양을 차지하여 제후들을 호령할 수 있습니다. [여섯 나라의] 제후들은 멸망하였다가 다시 왕이 되었으니 덕으로 그들을 복종시키면 제왕의 대업이 이루어질 것입니다. 지금 홀로 진 땅에서 왕이 되신다면 천하가 흩어질까 걱정됩니다."

그러나 진섭은 이 말을 듣지 않고 마침내 왕이 되었다.

진여는 이에 다시 진왕(陳王)진섭을 설득하여 말했다.

"대왕께서 양나라와 초나라의 병사를 거느리고 서쪽으로 가는 것은 함곡관으로 들어가기 위해 힘쓴 것이지만 아직 하북(河北) 땅은 빼앗지 못하셨습니다. 신은 일찍이 조나라를 돌아본 적이 있어서 그곳의 호걸들과 지형을 잘 압니다. 원컨대 기병(奇兵)을 거느리고 북쪽 조나라 땅을 공략하십시오."

이에 진왕은 전부터 친하게 지내던 진(陳)현 사람 무신(武臣)을 장군으로 삼고 소소(邵騷)를 호군(護軍)으로 삼았으며, 장이와 진여를 좌우 교위(校尉)로 삼아 병사 3000명을 주어 북쪽 조나라 땅을 공략하게 했다.

무신 등은 백마(白馬)나루터 이름를 통해 하수를 건너 여러 현에 들러서 그곳의 호걸들을 설득했다.

"진(秦)나라가 정치를 어지럽히고 형벌을 가혹하게 하여 세상에 해를 끼친 지 수십 년이 되었습니다. 북쪽으로는 장성을 쌓는 부역이 있었고, 남쪽으로는 오령을 지키는 병역이 있었습니다.[2] [그러므로] 안팎으로 소란스럽고 백성은 지치고 쇠약해졌는데 집집마다 식구 수대로 세금을 거둬들여 군사 비용으로 쓰고 있습니다. 재산은 바닥나고 힘이 다하여 백성은 살아갈 수가 없습니다. 게다가 가혹한 법과 준엄한 형벌을 시행하니 천하의 아버지와 아들들이 서로 안심할 수 없습니다. [이러한 때에] 진왕(陳王)께서는 팔을 걷어붙이고 천하를 위하여 앞장서서 초나라 땅에서 왕위에 오르시니, 사방 2000리의 땅

---

2) 이 무렵 만리장성을 쌓는 데 35만 명이 동원되었고, 남쪽 지역 수비에는 55만 명이 동원되있다고 한다. 오령(五嶺)이란 월성령(越城嶺), 두방령(都龐嶺), 맹저령(萌渚嶺), 기전령(騎田嶺), 대유령(大庾嶺)을 말한다.

가운데 이에 호응하지 않는 곳이 없습니다. 집집마다 스스로 떨쳐 일어나고, 사람마다 스스로 싸움에 나서서 제각기 자신들의 원한을 풀고 원수를 쳤습니다. 현에서는 그 현령과 현승을 죽이고 군에서는 그 군수와 군위를 죽였습니다. 지금 〔진왕은〕 큰 초나라의 세력을 넓히고 진(陳)에서 왕위에 오르시고는 오광(吳廣)과 주문(周文)을 100만 군사의 장수로 삼아 서쪽으로 진나라를 치도록 하셨습니다. 이러한 때에 제후에 봉해지는 업적을 이루지 못하는 사람은 호걸이라고 할 수 없을 것입니다. 여러분이 서로 잘 생각해 보십시오. 무릇 천하 사람들이 한마음으로 진(秦)나라의 〔가혹한 정치로〕 고초를 받은 지 오래되었습니다. 천하의 힘으로 무도한 군주를 쳐서 부모 형제의 원수를 갚고 땅을 떼어 받아 제후에 봉해지는 업을 이루려면 이번이 사내대장부에게는 한번의 좋은 기회입니다."

호걸들은 모두 이 말을 옳게 여겼다. 이리하여 행군하는 중에 병사들을 거두어들여 수만 명을 얻었으며, 무신을 무신군(武信君)이라고 일컬었다. 조나라의 성 열 개를 함락시켰는데, 나머지는 성을 지키며 항복하려 들지 않았다.

이에 군대를 이끌고 동북쪽으로 향하여 범양(范陽)을 쳤다. 그때 범양 사람 괴통(蒯通)이 범양의 현령을 설득하여 말했다.

"가만히 듣건대 당신이 곧 죽을 것이라기에 조문하러 왔습니다. 그러나 당신이 나 괴통을 얻어 살 수 있게 되신 것을 축하드립니다."

범양 현령이 물었다.

"나를 조문한다니 무슨 말이오?"

괴통이 대답했다.

"진(秦)나라의 법은 엄합니다. 당신은 범양의 현령으로 계신 지 10년 동안 남의 아버지를 죽이고, 남의 아들을 고아로 만들며, 사람들의 다리를 베고, 사람들의 이마에 먹물을 들이는 것과 같은 일을 이루 다 헤아릴 수 없습니다. 그렇지만 자애로운 아버지와 효성스러운 아들이 감히 당신의 배에 비수를 꽂지 못한 것은 진나라의 법이 두려웠기 때문일 뿐입니다. 지금 천하는 크게 어지러워져 진나라의 법이 제대로 시행되지 않고 있습니다. 그렇다면 자애로운 아버지와 효성스러운 아들은 당신의 배에 비수를 꽂아 이름을 얻으려고 할 것입니다. 이것이 신이 당신을 조문하는 까닭입니다. 이제 제후들은 진나라에 반기를 들었고, 무신군의 군대도 곧 이를 것입니다. 그런데 당신이 범양을 굳게 지키려 하시니 젊은이는 모두 앞다투어 당신을 죽이고 무신군에게 항복하려 할 것입니다. 당신이 빨리 신을 보내 무신군을 만나 보게 한다면 재앙을 복으로 되돌릴 수 있을 것입니다. 그때가 바로 지금입니다."

범양 현령은 곧 괴통에게 무신군을 만나게 하였는데, [괴통은 무신군에게 이렇게] 말했다.

"당신은 반드시 싸워 이긴 뒤에야 땅을 빼앗으려 하고, 쳐서 얻은 뒤에야 성을 함락하려 하시는데 저는 잘못되었다고 생각합니다. 만일 제 계책을 들으신다면 치지 않고도 성을 항복시킬 수 있으며 싸우지 않고도 땅을 빼앗을 수 있고, 격문만 전하고도 1000리를 평정할 수 있을 것입니다. 어떻습니까?"

무신군이 물었다.

"어떻게 한다는 말이오?"

괴통이 대답했다.

"지금 범양 현령은 마땅히 그 병사들을 추스려서 싸워 지킬 준비를 해야 할 터인데, 비겁하게도 죽음을 겁내고 탐욕스럽게 부귀를 소중히 여기므로 천하에서 가장 먼저 항복하려고 듭니다. 그러나 당신이 그가 진(秦)나라에서 임명한 관리라고 하여 이전의 성 열 개와 마찬가지로 주살할 것이라며 두려워하고 있습니다. 그런데 지금 범양현의 젊은이들도 그 현령을 죽이고 자신들이 그 성을 차지하여 당신에게 저항하려 하고 있습니다. 당신이 저에게 제후의 인을 가져가게 하여 그를 범양 현령으로 삼도록 한다면 범양 현령은 성을 내주고 당신에게 항복할 테고, 젊은이들도 감히 그 현령을 죽이지는 못할 것입니다. 그리고 나서 범양 현령이 화려하게 꾸민 붉은 수레를 타고 연나라와 조나라의 교외를 달리게 하십시오. 연나라와 조나라의 교외에 있던 자들이 그러한 모습을 보고서 모두 '범양 현령이 가장 먼저 항복한 사람이다.'라고 말하며 기뻐할 것입니다. [이렇게 하면] 연나라와 조나라의 성은 싸우지 않고도 항복을 받을 수 있습니다. 이것이 바로 신이 격문을 전함으로써 1000리를 평정할 수 있다고 한 것입니다."

무신군은 그의 계책대로 하기로 하고, 괴통을 시켜 범양 현령에게 제후의 인을 내렸다. 조나라 땅에서 이러한 소문을 듣고 싸우지 않고 항복해 온 성이 30개가 넘었다.

한단에 이르러 장이와 진여는 주장(周章)의 군대가 함곡관에 진입하여 희(戲)까지 쳐들어왔다가 물러났다는 소문을 들었다. 또한 여러 장수가 진왕(陳王)을 위해 땅을 빼앗았으나 참소와 비방으로 억울하게 죽은 자가 많다는 소문도 들려왔 으며 진왕이 자신들의 계책을 쓰지 않고 자신들을 장수가 아 닌 교위로 삼은 것도 원망하고 있었다. 이에 무신을 설득하여 말했다.

"진왕은 기(蘄) 땅에서 일어나 진 땅에 이르러 왕이 되었으 니 틀림없이 여섯 나라의 후예는 아닙니다. 장군께서는 지금 군사 3000명으로 조나라 성 수십 개의 항복을 받아 홀로 멀 리 하북에 주둔하고 계신데, 왕이 되지 않고서는 이곳을 진정 시킬 수 없을 것입니다. 게다가 진왕은 헐뜯는 말을 잘 듣기 때문에 장군께서 돌아가 이겼다고 고하더라도 화를 면치 못 할 것입니다. 또 형제를 왕위에 세우든지, 아니면 조나라의 후 손을 세우십시오. 장군께서는 이때를 놓치지 마십시오. 시간 은 숨 돌릴 틈도 없습니다."

무신은 이 말을 듣고 마침내 임금 자리에 올라 조왕(趙王) 이 되었다. (그는) 진여를 대장군으로 삼고, 장이를 우승상으 로 삼았으며, 소소를 좌승상으로 삼았다.

그리고 사람을 시켜 진왕(陳王)에게 이 사실을 알렸다. 진왕 은 매우 화를 내면서 무신 등의 집안사람을 모두 죽이고 군대 를 일으켜 조나라를 치려고 했다. (그때) 진왕의 상국(相國) 방 군(房君)이 간언했다.

"진(秦)나라가 아직 망하지도 않았는데 무신 등의 집안사람 을 모두 죽인다면, 이것은 또 하나의 진나라가 생기는 꼴입니 다. 그보다는 무신이 왕이 된 것을 축하해 주고 군대를 이끌고 서쪽으로 가서 진나라를 치는 것이 좋습니다."

진왕은 이 말을 옳다고 여겨 그 계책에 따라 무신 등의 집
안사람을 궁궐로 옮겨 가두어 놓고, 장이의 아들 오(敖)를 성
도군(成都君)에 봉했다.

진왕은 사자를 보내어 무신이 조나라 왕이 된 것을 축하하
고, 군대를 일으켜 서쪽으로 함곡관에 들어가도록 재촉했다.
그러자 장이와 진여는 무신을 설득하여 말했다.

"왕께서 조나라 왕이 되신 것은 초나라의 뜻이 아니며 다만
계책에 따라 왕을 축하했을 뿐입니다. 초나라가 진나라를 멸
망시키고 나면 반드시 군대를 더하여 조나라를 치려고 할 것
입니다. 원컨대 왕께서는 군대를 서쪽으로 움직이지 말고 북
쪽의 연(燕)과 대(代)를 빼앗아 얻고, 남쪽으로는 하내(河內)를
손에 넣어 스스로 땅을 넓히십시오. 조나라가 남쪽으로는 대
하(大河)를 근거로 하고 북쪽으로는 연과 대 지방을 아울러
차지하면, 설령 초나라가 진나라를 이긴다 하더라도 감히 조
나라를 누르지는 못할 것입니다."

조나라 왕은 이 말이 맞다고 여겨 군대를 서쪽으로 내보내
지 않고 한광(韓廣)에게 연나라를 공략하도록 하고, 이량(李
良)에게는 상산을 치도록 하였으며, 장염(張黶)에게는 상당을
공격하게 하였다.

한광이 연나라에 이르자 연나라 사람들은 한광을 세워 연
나라 왕으로 삼았다. 그러자 조나라 왕은 장이, 진여와 함께
북쪽으로 연나라 국경을 쳤다. 조나라 왕은 남몰래 밖에 나
갔다가 연나라 군대에게 붙잡혔다. 연나라 장수는 조나라 왕

을 가두고는 조나라 땅의 절반을 나누어 주면 왕을 돌려보내 겠다고 했다. 조나라에서 사자를 보냈지만 연나라는 그때마다 죽이고 땅을 요구했다. 장이와 진여가 이 일을 걱정할 때, 허드 렛일을 하는 한 병사가 같은 막사의 동료들과 헤어지며 이렇 게 말했다.

"내가 공장이와 진여을 위하여 연나라를 설득하여 조나라 왕 을 모시고 함께 돌아오겠소."

막사에 있던 사람이 모두 비웃으며 말했다.

"사신으로 간 이가 열 명도 넘지만 가자마자 죽었거늘 어떻 게 자네가 왕을 모시고 돌아올 수 있겠는가?"

그러나 그는 연나라 성벽으로 달려갔다. 연나라 장수가 그 를 보자 그는 연나라 장수에게 물었다.

"제가 무엇을 하려는지 아십니까?"

연나라 장수가 대답했다.

"너는 조나라 왕을 구하고 싶겠지."

"당신은 장이와 진여가 어떠한 사람인지 아십니까?"

연나라 장수가 말했다.

"어진 사람이다."

"그들이 무슨 일을 하고 싶어 하는지 아십니까?"

"왕을 구하고 싶겠지."

그러자 그 병사는 웃으며 말했다.

"공께서는 이 두 사람이 바라는 게 무엇인지 모르시는군요. 무신과 장이와 진여는 말채찍을 흔드는 것만으로 조나라 성 을 수십 개나 차지했습니다. 그들은 저마다 왕 노릇을 하고자

합니다. 〔그들이〕 어찌 경상(卿相)이 되어 삶을 마치고자 할 뿐
이겠습니까? 또 신하와 왕이 어찌 같은 날을 보내고 같은 길
을 갈 수 있겠습니까? 돌이켜 생각해 보면 처음 조나라의 세
력이 안정될 무렵에는 감히 나라를 셋으로 나누어 저마다 왕
이 될 수 없었습니다. 그래서 나이가 많은 무신을 먼저 왕으로
세워 조나라 백성의 마음을 얻으려고 한 것입니다. 이제 조나
라 땅은 모두 손에 들어왔습니다. 이 두 사람도 조나라를 갈
라 각기 왕이 되고자 하지만 때를 만나지 못했을 뿐입니다. 지
금 공께서 조나라 왕을 붙잡아 두고 계시니 이 두 사람은 명
분상으로는 조나라 왕을 구하고 있지만, 마음속으로는 연나
라가 그를 죽여 주기를 바라고 있습니다. 그렇게 되면 이 두
사람은 조나라를 갈라 가지고 스스로 왕이 될 것입니다. 조나
라 하나만으로도 연나라를 업신여기는데, 하물며 두 명의 어
진 왕이 서서 왼쪽으로 끌고 오른쪽으로 이끌어 조나라 왕을
죽인 죄를 꾸짖는다면 연나라를 멸망시키는 일은 아주 손쉬
울 것입니다.”

연나라 장수는 그럴듯하게 여겨 조나라 왕을 돌려보냈고,
그 병사는 마차를 몰아 왕을 태우고 돌아왔다.

이량이 이미 상산을 평정하고 돌아와서 보고하니, 조나라
왕은 다시 이량에게 태원을 치도록 하였다. 〔이량이〕 석읍(石
邑)에 이르렀을 때, 진나라 군대가 정형(井陘)을 가로막아 앞
으로 나아갈 수 없었다. 그때 진나라 장수가 이세황제의 사자
라고 속여 이량에게 편지를 보냈다. 〔그 편지는〕 봉하지도 않은
채 이렇게 씌어 있었다.

그대는 일찍이 나를 섬겨 귀한 존재가 되어 남다른 사랑을 받았다. 그대가 만일 조나라를 버리고 진나라를 위해 일한다면 그대의 죄를 용서하고 귀하게 해 주겠다.

이량은 이 편지를 보고 의심하면서 믿지 않았고, 한단으로 돌아가 군사를 더 요청하려고 했다. 〔그러나 그들은 한단에〕 이르기 전에 길에서 연회를 마치고 돌아오는 조나라 왕의 누이 행렬과 마주치게 되었는데 기병 100여 명이 따르고 있었다. 이량은 멀리서 바라보고 왕의 행차로 여겨 길 옆으로 비켜서 엎드려 절을 하였다. 왕의 누이는 술에 취하여 장군을 알아보지 못하고 기병을 시켜 이량에게 답례하도록 하였다. 이량은 본래 신분이 높았기에 〔인사하고〕 일어났을 때 자신을 따르던 부하들을 보기가 부끄러웠다. 〔그러자 그를〕 따르던 관리 가운데 한 사람이 이렇게 말했다.

"천하가 진나라에 반기를 들고 있습니다. 능력 있는 사람이 먼저 왕이 되는 때입니다. 또 조나라 왕은 본래 장군 밑에 있던 자입니다. 그런데 지금 그의 누이조차 장군을 보고도 수레에서 내리지 않습니다. 청컨대 뒤쫓아 가 그녀를 죽이도록 해 주십시오."

이량은 이미 진나라의 편지를 받고서 조나라를 배반하려는 마음이 있지만 확실히 결정을 내리지 못하고 있는 참이었다. 〔이량은〕 이 일로 화가 나서 사람을 보내 왕의 누이를 뒤쫓아 가 길바닥에서 죽이게 하고, 마침내 그 군대를 이끌고 한단으로 재빨리 쳐들어갔다. 한단에서는 이런 일을 모르고 있다가 결국 무신과 소소가 죽음을 당하였다. 조나라 사람 중에는 장이와 진여를 위해 눈과 귀가 되어 주는 사람이 많았기 때문에 두 사람은 탈출할 수 있었다. 그들이 흩어졌던 조나라 병사를 거두어들이니 수만 명이나 되었다. 빈객 중에 어떤 사람이 장이를 설득하여 말했다.

"두 분은 다른 나라에서 들어온 나그네이므로 조나라에 발을 붙이려 하여도 어렵습니다. 다만 조나라 후손을 왕으로 세우고 의(義)를 명분으로 그를 도우면 공을 이룰 수 있을 것입니다."

이에 그들은 조헐(趙歇)이라는 자를 찾아내어 조나라 왕으로 세우고 신도(信都)에 자리를 잡았다. 이량이 나아가 진여를 쳤으나 [오히려] 진여가 이량을 깨뜨렸다. 이량은 장한(章邯)에게로 달아나 귀의했다.

이익 앞에서는 친구도 원수가 된다

장한은 군대를 이끌고 한단에 이르러 그곳 백성을 모두 하내로 옮기고 성곽을 평지로 만들어 버렸다. 장이는 조왕 헐과 함께 달아나 거록성(鉅鹿城)으로 들어갔지만 왕리(王離)에게 포위되었다. 진여는 북쪽 상산의 병력을 모아 수만 명을 얻어 거록성 북쪽에 진을 쳤다. 장한은 거록성의 남쪽 극원(棘原)에 진을 치고 하수까지 양쪽으로 흙을 쌓아 길을 만들어 왕리에게 군량미를 보내 주었다. 왕리의 군대는 군량미가 넉넉해지자 급히 거록성을 쳤다. 거록성 안에서는 군량미가 거의 바닥나고 병력도 적었다. 장이는 여러 차례 사람을 보내 진여에게 앞으로 나오기를 요구하였으나, 진여는 병력이 적어서 진나라 군대에 맞설 수 없다고 판단하고 앞으로 나아가지 못하였다. 이렇게 몇 달이 지나자 장이는 몹시 노하여 진여를 원망하게 되었고, 장염과 진택(陳澤)을 진여에게 보내어 꾸짖었다.

"처음에 나는 그대와 목이 달아나도 변치 않을 깊은 교분을 맺었소. 지금 나는 왕과 더불어 아침저녁으로 죽을 상황에 놓여 있는데 그대는 수만 명의 병사를 가지고도 우리를 도우려 하지 않소. 서로를 위하여 목숨을 버리자던 의리는 어찌 되었소! 진실로 반드시 그대에게 신의가 있다면 어찌 진나라 군대로 달려들어 함께 죽으려 하지 않소? 그렇게 하면 열 명에 한두 명은 살아남을 것이오."

진여가 말했다.

"내가 앞으로 나아가도 끝내는 조나라를 구원하지 못하고 헛되이 군대만 다 잃게 될 것이오. 내가 당신과 함께 죽으려 하지 않는 것은 조나라 왕과 장 공을 위하여 진나라에 원수를 갚기 위해서요. 지금 만일 함께 죽는다면 굶주린 호랑이에게 고기를 건네주는 것과 같으니 무슨 이로움이 있겠소?"

장염과 진택이 말했다.

"일이 이미 급박한데 함께 죽어 신의를 세워야지 어찌 뒷일만 생각하십니까?"

진여가 말했다.

"내가 죽는다고 무슨 보탬이 되겠소? 하지만 당신 말에 따르겠소."

그리고 군사 5000명에게 장염과 진택을 따라 먼저 진나라 군대에 맞서게 하였으나 붙어 싸우자마자 모두 몰살당했다.

이때 연, 제, 초나라는 조나라가 위급하다는 소식을 듣고 모두 달려와 도왔다. 장오도 북쪽으로 대 땅의 군사를 거두어 만여 명을 얻어 왔다. 이들은 모두 진여 옆에 성벽을 쌓았지만 감히 진나라를 공격하지는 못했다. 마침 항우의 군대가 장한의 군대가 양쪽에서 쌓아 올린 길을 여러 번 끊었기 때문에 왕리의 군대는 군량미가 부족해졌다. 항우는 군대를 모두 이끌고 하수를 건너와 마침내 장한의 군대를 깨뜨렸다. 그러자 장한은 군사를 〔뒤로 물려 포위를〕 풀었다. 제후들의 군대는 그제야 거록성을 에워싸고 있는 진나라 군대를 쳐서 마침내 왕리를 사로잡았다. 〔진나라 장수〕 섭간(涉閒)은 스스로 목숨을 끊었다. 거록성을 지킬 수 있었던 것은 결국 초나라의 힘 덕분이었다.

이리하여 조왕 헐과 장이는 거록성에서 나와 제후들에게 감사의 예를 표하였다. 장이는 진여를 만나 진여가 기꺼이 조나라를 구원하지 않은 일을 꾸짖고 장염과 진택이 있는 곳을 물었다. 그러자 진여가 화를 내며 말했다.

"장염과 진택은 저에게 반드시 죽기를 각오해야 한다며 신을 꾸짖었습니다. 그래서 신은 장군들에게 군사 5000명을 주어 거느리고 가서 먼저 진나라 군대에 맞서 보도록 하였으나 모두 몰살당해 돌아오지 못했습니다."

장이는 그 말을 믿지 않고, 진여가 그들을 죽였다고 생각하여 자꾸 진여에게 캐물었다. 진여는 화를 내며 말했다.

"당신께서 저를 이렇게 심하게 꾸짖을 줄은 생각지도 못했습니다! 어찌 제가 장군 자리에서 물러나는 것을 아쉬워하겠습니까?"

그러고는 장군의 인수를 풀어서 장이에게 내밀었다. 장이는 당황하여 받지 않았다. 진여가 일어나 변소에 가자 한 빈객이 장이에게 말했다.

"제가 듣건대 '하늘이 주는 것을 받지 않으면 도리어 그 재앙을 받는다.'라고 합니다. 지금 진 장군께서 당신에게 장군의 인수를 주셨는데, 당신이 받지 않는 것은 하늘의 뜻을 거스르는 것으로 상서롭지 못하니 서둘러 받으십시오."

장이는 그 인수를 차고 진여의 부하들을 거두어들이기로 했다. 변소에서 돌아온 진여는 장이가 (인수를) 사양하지 않았음을 원망하며 결국 걸음을 재촉해 그곳을 나왔다. 장이는 마침내 진여의 군대를 거두었다. 진여는 부하들 중에서 친하게 지내던 수백 명과 함께 하수의 물가로 가서 물고기를 잡고 사냥을 하며 지냈다. 이로 말미암아 진여와 장이 사이에 결국 틈이 생기고 말았다.

조왕 헐은 다시 신도에 머무르고, 장이는 항우와 제후들을 따라 함곡관으로 들어갔다. 한(漢)나라 원년 2월, 항우가 제후들을 왕에 봉하였다. 장이는 평소 교제의 폭을 넓혔기 때문에 많은 사람이 그를 추천하였고, 항우도 평소 장이가 현명한 인물이라고 자주 들었으므로 조나라를 나누어 장이를 상산왕

(常山王)으로 세우고 신도를 다스리게 하였다. 그리고 신도의 이름을 양국(襄國)으로 바꾸었다.

진여의 빈객 대부분이 항우에게 이런 말을 했다.

"진여는 장이와 한몸 같은 사이로서 조나라에 공을 세웠습니다."

그러나 항우는 진여가 함곡관으로 들어올 때 자기를 따라오지 않았으므로, 그가 남피(南皮)에 있다는 말을 듣고 남피 부근의 세 현을 봉읍으로 주었다. 조왕 헐은 대(代) 땅의 왕으로 옮겼다.

장이가 자기 본국으로 가자, 진여는 더욱 화를 내며 이렇게 말했다.

"장이와 나는 공이 같은데 지금 장이는 왕이 되고 나만 후 (侯)가 되었다. 이는 항우의 일 처리가 공평치 않은 것이다."

제나라 왕 전영(田榮)[3]이 초나라에 반기를 들려고 하자, 진여는 하열(夏說)을 보내 전영을 설득하였다.

"항우는 천하를 다스리면서 공평하지 못하여 여러 장수를 모두 좋은 땅의 왕으로 봉하고, 옛 왕은 옮겨 나쁜 땅의 왕이 되게 했습니다. 그래서 지금 조왕은 대 땅에 있습니다. 원컨대 왕께서 신에게 군사를 빌려주신다면 남피의 땅으로써 〔왕의 나라를〕 방어하는 울타리로 만들겠습니다."

전영은 조나라에 친한 무리를 만들어서 초나라에 반기를

---

3) 진나라 멸망 후 항우는 제나라를 제나라 왕 전도(田都), 교동왕(膠東王) 전불(田市), 제북왕(濟北王) 전안(田安)에게 나누어 주었는데 뒤에 전영이 이들을 모두 죽이고 스스로 제나라 왕이 되었다.

들 생각이므로 곧 병사를 보내 진여를 따르도록 하였다. 진여는 이리하여 세 현의 군사를 모두 이끌고 상산왕 장이를 재빨리 쳤다. 장이는 싸움에서 져 달아나게 되었는데 제후들 중에 의탁할 만한 이가 없다고 생각하고 이렇게 말했다.

"한왕(漢王)유방과 나는 예로부터 친분이 있기는 하지만, 항우는 강한 데다가 나를 왕으로 세워 주었으니 초나라로 가야겠다."

〔그때〕 감공(甘公)이 말했다.

"한왕이 함곡관으로 들어갔을 때 별 다섯 개가 동정(東井)에 모였습니다.4) 동정은 진(秦)나라의 분야(分野)입니다. 먼저 이르는 사람이 반드시 천하를 차지하게 될 것입니다. 초나라가 비록 강하지만 뒤에는 분명히 한나라에 종속될 것입니다."

그래서 장이는 한나라로 달아났다. 〔그즈음〕 한왕은 삼진(三秦)5)을 평정하고 나서 장한의 군대를 폐구(廢丘)에서 포위하고 있었다. 장이가 한왕을 뵙자, 한왕은 그를 후하게 대우해 주었다.

진여는 이미 장이를 깨뜨리고 조나라 땅을 모두 거두어들여 대 땅에 있던 조왕을 모셔다가 다시 조나라 왕으로 삼았

---

4) 금성, 목성, 수성, 화성, 토성이 정수(井宿)에 모이는 것으로, 이것은 천체 운행의 주기적인 현상이다. 고대 천문학자들은 열두 성신(星辰)의 위치를 지상의 주(州), 국(國)의 위치와 대응시켰다. 그래서 고대 사람들은 천상(天象)의 변화로써 주나 국의 길흉을 내다보았다.

5) 즉 관중(關中). 항우는 관중을 셋으로 나누어 장한(章邯)을 옹왕(雍王), 사마흔(司馬欣)을 새왕(塞王), 동예(董翳)를 적왕(翟王)에 봉했는데 이를 삼진이라고 불렀다.

다. 조왕은 진여에게 고맙게 생각하여 그를 대 땅의 왕으로 세웠다. 그러나 진여는 조왕의 힘이 약하고 나라가 겨우 평정되었기 때문에 자기 나라로 가지 않고 눌러앉아 조왕을 돕고, 하열을 상국으로 삼아 대 땅을 지키도록 하였다.

한나라 2년에 [한나라는] 동쪽으로 초나라를 치려고 하면서 조나라에 사신을 보내 함께 치자고 제의하였다. 그러자 진여가 말했다.

"한나라가 장이를 죽인다면 따르겠소."

이에 한왕은 장이와 비슷한 사람을 찾아 죽이고 그 머리를 진여에게 보냈다. 진여는 그제야 군대를 보내 한나라를 도왔다. 그러나 한나라가 팽성(彭城) 서쪽 싸움에서 지고, 장이도 죽지 않았음을 알고는 곧 한나라에 반기를 들었다.

한나라 3년에 한신(韓信)은 이미 위(魏)나라 땅을 평정했다. 또한 [한왕은] 장이와 한신을 보내 조나라를 정형에서 깨뜨리고 지수(泜水) 가에서 진여를 베고 조왕 헐을 뒤쫓아 양국 땅에서 죽였다. 한나라는 장이를 조나라 왕으로 세웠다.

한나라 5년에 장이가 죽자 경왕(景王)이라는 시호를 내렸고, 장이의 아들 장오가 그 뒤를 이어 조나라 왕이 되었다. 고조의 맏딸 노원 공주(魯元公主)는 조나라 왕 장오의 왕후가 되었다.

지조 있는 신하가 왕을 구한다

한나라 7년에 고조는 평성(平城)으로부터 조나라를 지나가게 되었다. 조나라 왕은 아침저녁으로 팔을 걷어붙이고 앞치마를 걸쳐 몸소 음식을 올려 몸을 낮추고는 사위로서 예절을 갖추었다. 그러나 고조는 오만하게 다리를 내뻗고 앉아 조나라 왕을 몹시 업신여겼다. 조나라 재상 관고(貫高)와 조오(趙午) 등 예순 살이 넘은 몇몇 사람은 본래 장이의 빈객이다. 평소에 기개를 소중하게 여겼는데, 〔고조의 불손한 태도를 보고〕분노를 터뜨리며 말했다.

"우리 왕은 힘도 없는 나약한 왕이다!"

그러고는 왕을 설득하여 말했다.

"대체로 천하의 호걸들이 함께 일어나 능력 있는 사람이 먼저 왕이 되는 때입니다. 그런데 지금 왕께서 고조를 몹시 공손하게 섬기지만 고조는 예의가 없습니다. 청컨대 대왕을 위하여 그를 죽이도록 해 주십시오."

장오는 자기 손가락을 깨물어 피를 내면서 말했다.

"여러분은 무슨 말을 그렇게 함부로 하시오? 선왕께서 나라를 잃으셨을 때 고조의 힘으로 나라를 되찾을 수 있었고, 그 덕은 후손에까지 미쳤소. 터럭만큼 작은 것도 모두 고조의 힘에 의한 것이오. 부디 여러분은 다시는 〔그런 말을〕입 밖에 내지 마시오."

관고와 조오 등 10여 명은 한결같이 서로 이렇게 말하였다.

"이는 우리가 잘못 생각한 것이오. 우리 왕은 덕망 있고 관대한 분으로서 남의 은덕을 배반하지 못하오. 게다가 우리는 의로써 〔우리 왕이〕 모욕을 당하지 않게 하는 것이오. 지금 고조가 우리 왕을 모욕한 일을 원망하여 고조를 죽이려는 것이니, 어찌 우리 왕을 더럽히는 일이겠소? 이 일이 이루어지면 〔그 공을〕 왕께 돌리고, 일이 실패하면 우리가 그 죄에 대한 벌을 받도록 합시다."

한나라 8년에 〔고조는〕 동원(東垣)으로부터 돌아오는 길에 조나라를 지나게 되었다. 그때 관고 등은 고조가 머물려고 한 박인(柏人)현 숙소의 벽과 벽 사이에 사람을 숨겨 놓고 고조를 기다리게 하였다. 고조가 그곳에 들러 머물려고 하는데 마음이 불안해져서 물었다.

"이 현의 이름이 무엇이오?"

"박인이라고 합니다."

"박인이란 다른 사람에게 협박을 받는다는 뜻이 아니오!"

그러고는 묵지 않고 떠났다.

한나라 9년에 관고와 원한이 있는 집안에서 그때의 음모를 알고 글을 올려 고발했다. 이에 고조는 조나라 왕과 관고 등을 모두 체포하였다. 그러자 10여 명의 대신은 앞다투어 스스로 목을 찔러 죽었는데, 관고만은 홀로 화를 내며 꾸짖으며 이렇게 말했다.

"누가 공들에게 이러한 일을 하라고 시켰소? 지금 왕께서는 참으로 아무런 음모도 모르는데 왕까지 함께 붙들렸소. 공들이 모두 죽는다면 누가 왕께서 반기를 들지 않았다는 것을 밝혀 주겠소!"

그러고는 죄수를 태우는 수레에 갇혀 왕과 함께 장안(長安)으로 끌려갔다. 〔고조는〕 장오의 죄를 다스리려고 이런 조칙을 내렸다.

조나라의 여러 신하와 빈객으로서 감히 왕을 따르는 자가 있으면 그 일족을 모두 죽이겠다.

관고와 그의 빈객 맹서(孟舒) 등 10여 명은 스스로 머리를 깎고 칼을 쓴 채 조나라 왕실의 노비 신분으로 따라왔다. 관고는 〔장안에〕 이르자 옥리에게 말했다.

"오직 우리끼리 한 일이지 왕께서는 진실로 모르는 일이오."

옥리가 죄를 다스리기 위하여 곤장을 수천 대 치고 쇠로 살을 찔러서 온몸이 〔상처투성이로〕 더 이상 칠 곳이 없을 지경이 되었다. 그러나 관고는 끝내 다른 말을 하지 않았다. 여후(呂后)〔고조의 황후는〕 〔고조에게〕 장왕(張王)〔장오〕은 노원 공주 때문에라도 이러한 일을 했을 리 만무하다고 여러 번 말하였다. 그러자 고조는 화를 내며 말했다.

"만일 장오가 천하를 차지한다면 어찌 당신 딸과 같은 여자가 한둘이겠소?"

그러고는 〔여후의 말을〕 듣지 않았다. 정위(廷尉)가 관고를 문초한 결과를 아뢰자 고조는 말했다.

"장사로구나! 누가 관고를 아는 사람이 없는지 사사로운 정으로 물어보게 하시오."

그러자 중대부(中大夫) 설공(泄公)이 말했다.

"관고는 신과 같은 고향 사람으로 평소에 그를 알고 있습니다. 이 사람은 본래 조나라에서 명예를 중히 여기고 도를 지키고 믿음을 저버리지 않는 자입니다."

고조는 설공에게 황제의 부절(符節)을 가지고 대로 만든 가마를 타고 관고를 찾아가도록 했다. 관고가 고개를 들어 올려 다보며 말했다.

"설공이오?"

설공은 그의 고통을 위로하며 평소와 다름없이 친근하게 이야기를 나누다가 물었다.

"장왕이 정말로 음모를 꾸몄소?"

이에 관고는 이렇게 대답했다.

"인간이 마음으로 자신의 부모와 처자식을 아끼지 않는 사람이 어디 있겠습니까? 지금 나는 삼족이 모두 죽을 것이라는 선고를 받았습니다. 어찌 왕과 내 가족을 바꿀 수 있습니까? 진실로 왕께서는 음모를 꾸미지 않았습니다. 우리끼리 음모를 꾸민 것입니다."

그리고 왕은 사건이 일어나게 된 까닭과 이 일을 전혀 모른다는 사실을 자세하게 말하였다. 이에 설공은 (궁궐로) 들어가 고조에게 상세히 아뢰었다. 그제야 고조는 조나라 왕을 풀어 주었다.

고조는 신의를 지키는 관고의 사람됨을 훌륭하게 여겨 설공을 시켜 그동안의 일을 자세히 알려 주도록 했다.

"장왕은 이미 풀려났소."

이어 관고도 사면되었다. 관고는 기뻐하면서 물었다.

"우리 왕께서 정말로 풀려나셨습니까?"

설공은 대답했다.

"그렇소."

설공이 또 말했다.

"폐하께서는 당신을 훌륭하다고 여기고 당신도 용서하셨소."

관고는 이 말을 듣고 이렇게 말했다.

"내가 몸에 성한 곳 하나 없으면서까지 죽지 않은 것은 장왕께서 반기를 들지 않았다는 사실을 밝히기 위해서였습니다. 그런데 지금 왕께서 풀려났으니 내 임무는 다했습니다. 이제 죽어도 여한이 없습니다. 또 남의 신하로서 그 군주를 죽이려 하였다는 이름을 가지고 무슨 얼굴로 다시 군주를 섬길 수 있겠습니까? 설령 군주께서 나를 죽이지 않는다 하더라도 내 마음이 어찌 부끄럽지 않겠습니까?"

그러고는 고개를 들고 목의 〔혈관을〕 끊어 결국 죽었다. 이 일로 하여 그 이름이 온 세상에 널리 알려졌다.

장오는 풀려난 뒤, 노원 공주의 남편이기 때문에 선평후(宣平侯)에 봉해졌다. 이에 고조는 장왕의 빈객으로 칼을 쓰고 노비가 되어서까지 장왕을 좇아 함곡관으로 들어왔던 여러 사람을 어질다고 생각하여 제후의 재상이나 군수 등으로 삼지 않은 이가 없었다. 효혜(孝惠), 고후(高后)여후, 문제(文帝), 효경(孝景) 때에 이르러 장왕의 빈객들의 자손은 모두 2000석의 녹을 받았다.

장오는 고후 6년에 죽었고, 아들 언(偃)은 노원왕(魯元王)이
되었다. 그 어머니가 여후의 딸이므로 여후가 그를 노원왕에
봉한 것이다. 노원왕은 허약한 데다 형제가 적었다. 이 밖에 장
오는 다른 여자에게서 얻은 아들이 둘 있는데 그중 수(壽)는
낙창후(樂昌侯)로 봉하고, 치(侈)는 신도후(信都侯)로 봉했다.
고후가 죽자 여씨 일족이 무도하였기 때문에 대신들이 그들을
죽이고 노원왕과 낙창후, 신도후도 폐위시켰다. 효문제가 즉위
하자 다시 노원왕 언을 남궁후(南宮侯)로 봉하여 장씨의 뒤를
잇게 하였다.

태사공은 말한다.
"장이와 진여는 어진 사람으로 세상에 알려졌으며, 그들의
빈객과 종들까지도 천하의 준걸이 아닌 이가 없어서 제각기
살고 있는 나라에서 경상의 자리를 얻었다. 장이와 진여가 처
음에 빈궁할 때에는 서로 죽음을 무릅쓰고 신의를 지켰으니,
어찌 서로 돌아보고 의심하는 일이 있었겠는가? 그러나 그들
이 나라를 움켜쥐고 권력을 다투게 되자 마침내 서로를 멸망
시켰다. 어찌하여 예전에는 서로 앙모하고 신뢰함에 성의를 다
하더니 나중에는 서로 배반하고 사리에 어긋나는 일을 하였
는가? 어찌 그들이 권세와 이익으로 사귄 것이 아니겠는가?
비록 명예가 높고 빈객이 많았다 해도 두 사람이 걸어온 길은
〔나라를 양보한〕 태백(太伯)오태백(吳太伯)을 가리키며 오나라 시조가
됨이나 연릉(延陵)의 계자(季子)오나라 수몽(壽夢)의 막내아들와는
상황이 서로 다르다고 하겠다."

30

◎

위표 팽월 열전
魏豹彭越列傳

  위표와 팽월은 진나라 말기의 빠른 변화 속에서 낮은 자리에 만족하지 않고 대단히 높은 지위까지 올랐다가 모반을 꾀하여 죽음을 맞이한 인물들이다. 위표는 본래 위나라의 공자였다. 위표의 사적에 앞서 간략하게 언급되는 위표의 사촌 형 위구(魏咎) 또한 위나라 공자로서 진섭을 섬겨 위나라 땅을 되찾고 위나라 왕이 되었으나 결국 진나라의 공격을 받아 비극적인 최후를 맞이했다. 위표의 사적은 많지 않고 그 됨됨이도 거론할 바가 못 되지만 그의 흥망은 하동 일대의 정치 형세를 반영한다. 위표는 한고조 유방의 오만함을 참지 못하고 한나라에 반기를 들었다가 나라를 빼앗기고 결국 죽임을 당하고 만다.

  팽월은 초나라와 한나라 사이에 벌어진 전쟁에서 중요한 작용을 한 인물로서, 양나라 지역에서 여러 차례 항우에게 반기를 들고 초나라의 식량 보급로를 차단하여 항우를 불안하게 하였다. 그러나 항우가 평정된 후 양왕이 된 팽월은 반란을 꾀했다는 이유로 한고조에게 내쳐져 죽게 되고 나라와 일족도 없어진다.

  그러나 이 편의 말미에서 사마천도 말했듯이 이들은 반역할 마음을 품었을 뿐이었기에 한고조도 이들을 바로 죽이는 대신 팽월은 서민으로 만들었고, 위표에게는 도리어 형양을 지키도록 명하기까지 했다. 이들이 스스로 죽음을 택하지 않고 붙들려 벌을 받은 것은 "물이 증발하여 구름이 되고 뱀이 용이 되어 하늘로 올라가는 것처럼, 때를 만나 자신들의 뜻을 펼쳐 보려고 했기 때문"이라는 사마천의 평이 흥미롭다.

이 편은 「항우 본기」와 나란히 놓고 읽어야 앞뒤 흐름을 이해하기에 더욱 좋다.

인생은 흰 망아지가 문틈으로
지나가는 것처럼 짧다

위표(魏豹)는 본래 위(魏)나라의 여러 공자 중 한 사람이다. 그의 형사촌 형 위구(魏咎)는 옛날 위나라 시절에 영릉군(寧陵君)으로 봉해졌다. 그러나 진(秦)나라가 위나라를 멸망시키면서 위구를 서인(庶人)평민으로 떨어뜨렸다. 진승이 〔난을〕 일으켜 왕이 되자 위구는 그를 찾아가 섬겼다. 진왕(陳王)은 위나라 사람 주불(周市)에게 위나라 땅을 빼앗도록 하였다. 그러나 위나라 땅이 이미 평정되자, 서로 함께 주불을 위나라 왕으로 세우려고 했다. 그러자 주불이 말했다.

"천하가 어지러우면 충성스러운 신하가 나타나게 마련입니다. 지금 천하가 함께 진(秦)나라에 반기를 들고 있으니 도의상 반드시 위나라 왕의 후예를 왕으로 세우는 것이 옳습니다."

제나라와 조나라가 각기 수레 50대를 보내서 주불을 위나라 왕으로 삼으려 했으나, 주불은 사양하여 받지 않고 진(陳) 땅에서 위구를 맞이해 오려고 했다. 사자가 다섯 차례나 오간 뒤에야 비로소 진왕(陳王)이 위구를 보내 겨우 위나라 왕으로 삼을 수 있었다.

장한은 진왕(陳王)을 깨뜨리고 군대를 몰아 임제(臨濟)에서 위나라 왕을 공격했다. 위나라 왕은 이에 주불에게 제나라와 초나라로 가서 구원을 요청하게 하였다. 제나라와 초나라에서는 항타(項它)와 전파(田巴)를 보내 군대를 이끌고 주불을 따라가서 위나라를 돕도록 하였다. 그러나 장한은 마침내 주불 등의 군대를 깨뜨려 주불을 죽이고 임제를 에워쌌다. 위구는 백성을 구하기 위하여 항복하기로 약속하였다. 약속투항 조건으로 내세웠던 것이 이루어지자 위구는 스스로 불에 타 죽었다.

위표는 초나라로 달아났다. 초나라 회왕은 위표에게 군사 수천 명을 주어서 다시 위나라 땅을 공략하게 하였다. 〔그때〕 항우는 이미 진나라를 깨뜨리고 장한을 항복시켰다. 위표가 위나라의 성 20여 개를 빼앗자 〔항우는〕 위표를 위나라 왕에 봉하였다. 위표는 정예 병사들을 이끌고 항우를 따라 함곡관으로 들어갔다.

한나라 원년에 항우는 제후들을 봉하고 〔자신은〕 양(梁) 땅을 차지하려고 했다. 그래서 위왕 표를 하동 땅으로 옮겨 평양에 도읍을 정하도록 하고 서위왕(西魏王)으로 삼았다.

한왕이 삼진(三秦)을 평정하고 돌아오는 길에 임진(臨晉)에서 〔하수를〕 건너게 되었는데, 위왕 표는 나라를 바쳐 〔한왕에게〕 귀의하고 따라가서 팽성에서 초나라를 쳤다. 여기서 한나라가 지고 돌아가 형양으로 이르자, 위표는 어머니의 병을 돌보아야 된다는 〔핑계로〕 귀국을 요청했다. 그는 위나라로 돌아오자 곧바로 하수의 나루터를 끊고 한나라에 반기를 들었다. 한왕은 위표가 반란을 일으킨 소식을 들었으나 동쪽 초나라가 우려되어 그를 칠 겨를이 없었다. 그래서 역생(酈生)에게 말했다.

"그대가 가서 부드러운 얼굴로 위표를 설득하여 항복시키면 그대를 만 호(戶)의 읍에 봉하겠소."

역생이 위표를 찾아가 설득하였으나, 위표는 거절하며 다음과 같이 말했다.

"인생은 흰 망아지가 〔작은 문〕 틈새로 달려 지나가는 것처럼 매우 짧소. 지금 한왕은 오만하여 다른 사람을 업신여기고, 제후와 신하들을 노예처럼 꾸짖고 욕하며 위아래의 예절이 조금도 없소. 나는 그러한 꼴을 두 번 다시 볼 수 없소."

이 말을 듣고 한왕은 한신(韓信)을 보내 치게 하여 하동에서 위표를 사로잡아서 〔역마(驛馬)로〕 형양에 보내고, 위표의 나라를 군으로 만들었다. 한왕은 위표에게 형양을 지키도록 명하였다. 그러나 초나라가 형양을 포위하여 위급해지자 주가(周苛)는 마침내 위표를 죽이고 말았다.

용 두 마리가 싸우면 기다려라

팽월(彭越)은 창읍(昌邑) 사람으로 자는 중(仲)이다. 그는 늘 거야택(鉅野澤)연못 이름에서 물고기를 잡으면서 무리를 이루어 도둑질을 하였다. 진승과 항량이 일어나자, 한 젊은이가 팽월에게 말했다.

"많은 호걸이 서로 일어나 진나라에 반기를 들고 있습니다. 당신도 그렇게 할 수 있으니 그들처럼 하십시오."

그러자 팽월이 말했다.

"(지금은) 용 두 마리가 한참 싸우고 있으니 잠시 기다려 봅시다."

한 해 남짓 지나자, 연못 주위에 사는 젊은이 100여 명이 모여 팽월을 찾아가 이렇게 말했다.

"청컨대 당신이 우두머리가 되어 주십시오."

팽월은 이를 거절하며 말했다.

"나는 여러분과 함께하고 싶지 않습니다."

그러나 젊은이들이 강력하게 요청하자 마침내 허락하였다. 그는 이튿날 아침 해뜰 무렵에 만나자고 약속하고, 약속 시간에 늦는 사람은 목을 베기로 하였다. 다음 날 아침 해뜰 무렵이 되었을 때 10여 명이 늦었다. 가장 늦게 온 사람은 해가 중천에 뜰 무렵에나 이르렀다. 이에 팽월은 단호하게 말했다.

"나는 늙었지만 여러분이 억지로 간청해서 우두머리가 되었소. 그런데 약속을 해 놓고도 늦게 온 자가 많으니 그들의 목을 다 벨 수는 없고 가장 늦은 한 사람만 죽이겠소."

그러고는 무리의 대장에게 그를 베어 죽이라고 명령하였다. 그러자 모두 웃으면서 말했다.

"어찌 그렇게까지 하십니까? 다음부터는 감히 늦지 않을 것입니다."

그러나 팽월은 한 사람을 끌어내어 목을 베고 제단을 만들어 제사를 올린 뒤 무리에게 명령을 내렸다. 무리는 모두 몹시 놀라 팽월을 두려워하여 감히 올려다보는 자가 없었다. 〔팽월은〕 가는 곳마다 땅을 공략하고, 제후들로부터 떨어져 나온 병사를 모아 1000여 명을 얻었다.

패공유방이 탕(碭)의 북쪽으로부터 창읍(昌邑)을 칠 때 팽월이 이를 도왔다. 그러나 창읍이 좀처럼 함락되지 않자, 패공은 군대를 이끌고 서쪽으로 나아갔다. 이에 팽월도 자기 병사들을 이끌고 거야(鉅野)에 머물면서 위(魏)나라의 흩어진 병사들을 거두었다. 항적(項籍)항우은 함곡관으로 들어가 제후들을 왕으로 봉했고, 제후들은 모두 자신들의 나라로 돌아갔다. 그러나 팽월은 거느린 사람이 만여 명이나 되지만 돌아갈 곳이 없었다.

한나라 원년 가을에 제나라 왕 전영(田榮)이 항왕에게 반기를 들었다. 이에 한왕은 사람을 보내서 팽월에게 장군의 인수를 내린 뒤 제음(濟陰)에서 〔남쪽으로〕 내려와 초나라를 치도록 하였다. 초나라는 소공(蕭公) 각(角)에게 군대를 이끌고 팽월을 치라고 명령하였으나 팽월이 초나라 군대를 크게 깨뜨렸다.

한왕한나라 2년 봄에 한왕은 위왕 표를 비롯한 다른 제후들과 함께 동쪽으로 나아가 초나라를 쳤다. 이때 팽월은 그의 군사 3만여 명을 거느리고 외황(外黃)에서 한나라에 귀속하였다. 한왕이 말했다.

　"팽 장군은 위나라 땅을 거두어서 성 10여 개를 얻자 서둘러 위나라의 후사를 세우려 하고 있소. 그런데 지금 서위의 왕 위표도 위나라 왕 위구의 아우이니 틀림없이 위나라의 후손이오."

　그러고는 팽월을 위나라의 상국(相國)으로 삼아 군대를 마음대로 지휘하여 양(梁) 땅을 공략하여 평정하도록 했다.

　한왕이 팽성(彭城) 싸움에서 지고 〔군사는〕 흩어져 서쪽으로 물러나게 되자, 팽월은 함락했던 성을 다시 모두 잃어버리고 자기 군대만 거느린 채 북쪽으로 가서 하수 가에 머물렀다. 한왕 3년에 팽월은 늘 한나라의 유격병으로서 이곳저곳에서 초나라를 쳐 양 땅에서 초나라의 후방으로 오는 〔식량 보급로를〕 끊었다. 한나라 4년 겨울에 항왕은 한왕과 형양 땅에서 대치하였는데, 팽월이 수양(睢陽)과 외황 등 성 17개를 함락했다. 항왕은 이 소식을 듣고 조구(曹咎)에게 성고를 지키게 하고 몸소 동쪽으로 와서 팽월에게 빼앗겼던 성을 되찾아 모두 초나라 땅으로 만들었다. 이에 팽월은 군대를 이끌고 북쪽 곡성(穀城)으로 달아났다. 한나라 5년 가을에 항왕이 남쪽 양하(陽夏)로 달아나자, 팽월은 다시 창읍 부근의 성 20여 개를 함락시켜 10여만 곡(斛)의 곡식을 얻어 한왕에게 군량미로 주었다.

한왕이 패하자 사자를 보내 팽월을 불러 힘을 합쳐서 초나라를 치자고 하였다. 그러나 팽월은 이렇게 말했다.

　"위나라 땅은 겨우 평정되었고 〔백성은〕 아직 초나라를 두려워하므로 〔이곳을〕 떠날 수 없습니다."

　한왕은 초나라를 뒤쫓다가 도리어 고릉(固陵)에서 항우에게 졌다. 〔한나라 왕은〕 유후(留侯) 장량(張良)에게 말했다.

　"제후들의 군대가 나를 따르지 않으니 이를 어떻게 하면 좋겠소?"

　유후가 대답했다.

　"제나라 왕 한신이 왕위에 오른 것은 왕의 뜻이 아니었고, 한신 자신도 그 지위가 튼튼하다고 여기지 않고 있습니다. 또 팽월은 본래 양나라 땅을 평정하여 공이 많은데 당초 왕께서는 위표 때문에 팽월을 위나라의 상국으로 삼으셨습니다. 이제 위표가 죽고 뒤를 이을 사람이 없으므로 팽월도 왕이 되고 싶어 할 것입니다. 그런데도 왕께서는 그렇게 결정하지 않으셨습니다. 지금 이 두 나라와 약속하신다면 바로 초나라를 이길 수 있을 것입니다. 수양 북쪽에서 곡성까지의 땅을 모두 상국 팽월에게 주어 왕으로 삼으십시오. 진(陳) 땅에서부터 그 동쪽으로 바다에 이르는 땅은 제나라 왕 한신에게 주십시오. 제나라 왕 한신의 집은 초나라에 있으므로 한신에게는 다시 자기 고향을 얻고 싶은 마음이 있을 것입니다. 왕께서 이 땅을 그 두 사람에게 내주실 수 있다면 두 사람은 금방이라도 불러올 수 있습니다. 그러나 그렇게 하실 수 없다면 〔천하의 일은〕 예측할 수 없습니다."

이에 한왕은 곧 사자를 팽월에게 보내어 유후의 계책대로 하였다. 사자가 이르자 팽월은 그의 병사를 이끌고 해하(垓下)로 달려와 싸워 마침내 초나라를 깨뜨렸다. 〔한나라〕 5년에 항적이 죽자, 봄에 팽월을 세워 양왕(梁王)으로 삼고 정도(定陶)에 도읍하도록 하였다.

〔한나라〕 6년에 팽월은 진(陳)에서 〔한왕에게〕 조회했다. 9년과 10년에는 모두 장안에 와서 조회했다.

한나라 10년 가을에 진희(陳豨)가 대 땅에서 반란을 일으키자 고제는 몸소 그곳으로 가서 진압하기로 하고, 한단으로 가 양왕에게서 병사를 징발하려 하였다. 그러나 양왕은 병을 핑계로 다른 장수를 시켜 병사를 이끌고 한단으로 가게 했다. 이에 고제는 화가 나 사람을 보내 양왕을 나무랐다. 양왕은 두려워서 직접 가 사과하려 하였으나, 그의 장수 호첩(扈輒)이 말했다.

"왕께서는 애초 가지 않으셨다가 나무람을 듣고야 가려고 하시니 지금 가시면 사로잡힐 것입니다. 차라리 이 기회에 군대를 움직여 반란을 꾀하는 편이 낫습니다."

그러나 양왕은 이 말을 듣지 않고 여전히 병을 핑계로 삼았다. 〔때마침〕 양왕은 그의 태복(太僕)[1])에게 화가 나서 그 목을 베려고 하였다. 그러자 태복은 한나라로 달아나 양왕과 호첩이 반란을 꾀하고 있다고 말했다. 이에 고제는 사자를 보내

---

1) 제왕을 위해 거마(車馬)를 관리하는 벼슬로서 그 무렵 구경(九卿) 중 하나였다. 한나라 초기에는 제후국과 중앙 조정의 관제(官制)가 일원화되어 있어 양나라에도 '태복'이 있었다.

어 불시에 양왕을 치도록 하였는데 양왕은 이를 전혀 눈치채지 못했다. 사자는 양왕을 잡아서 낙양(雒陽)에 가두었다. 담당 관리가 조사해 보니 반란을 일으킬 조짐이 있었으므로 법규에 따라 판결하기를 청하였다. 그러나 고제는 그를 용서하여 서민으로 만들고 역마에 태워 촉나라 청의현(靑衣縣)으로 보내 그곳에서 살게 했다. 그가 서쪽으로 정(鄭) 땅에 이르렀을 때 여후와 마주쳤다. 그녀는 장안에서 낙양으로 가는 길이었는데 길에서 팽월을 보게 된 것이다. 팽월은 여후에게 울면서 자신의 무죄를 호소하고 자기 고향 창읍에서 살게 해 달라고 청하였다. 여후는 이 말을 받아들여 함께 동쪽 낙양으로 왔다. 여후는 고제에게 이렇게 말했다.

"팽월은 장사이므로 지금 그를 촉 땅으로 옮겨 보내는 것은 스스로 근심거리를 남겨 두는 일이니, 그를 죽이는 편이 더 낫습니다. 그래서 소첩이 삼가 그를 데리고 왔습니다."

그리고 여후는 곧 팽월의 사인을 시켜 팽월이 다시 모반을 꾀하고 있다고 말하게 했다. 정위 왕염개(王恬開)가 그의 일족을 모두 죽이자고 청하였다. 고제가 허락하니, 마침내 팽월의 일족은 모두 죽고 그의 나라도 없어졌다.

태사공은 말한다.

"위표와 팽월은 본디 신분이 낮은 사람이었지만 1000리 땅을 차지하고 왕 노릇을 하며 고(孤)라 했다. 이들은 피를 밟고 승기를 타서 나날이 그 이름이 높아졌다. 그러나 반역할 마음을 품었다가 실패하자 스스로 목숨을 끊지 못하고 붙들려서 형벌로 죽임을 당했으니, 그것은 무슨 까닭인가? 중간 정도 되는 재능을 가진 자도 이러한 행위를 부끄럽게 여기거늘, 하물며 왕 노릇을 하던 자야 어떠하랴! 여기에는 다른 까닭이 있는 것이 아니라 지략이 다른 사람보다 뛰어난 자들이지만 오직 자기 몸을 보존하지 못하는 것만 걱정하였기 때문이다. 그들은 물이 증발하여 구름이 되고 뱀이 용이 되어 하늘로 올라가는 것처럼, 때를 만나 자신들의 뜻을 펼쳐 보려고 했기 때문에 갇히는 일도 마다하지 않았던 것이다."

31

◎

경포 열전
黥布列傳

경포는 본래 이름이 영포(英布)인데 다른 사람의 죄에 연좌되어 얼굴에 먹물을 들이는 형벌을 당하여 붙여진 이름이다. 그는 항우를 좇아 진나라를 칠 때 언제나 선봉에 섰다. 그래서 항우는 서초 패왕이 되었을 때 경포를 구강왕에 봉하였다. 그 뒤 항우의 숙적 유방이 반간계를 써서 경포를 한나라에 투항하게 하고 회남왕으로 봉했다. 이는 그가 산 시대가 혼란스러우므로 가능한 일이었다.

한나라 11년에 경포는 유방이 전공이 큰 한신과 팽월을 죽이는 것을 보고 생명에 위협을 느껴 군대를 내어 한나라에 반기를 들었다가 불행히 싸움에서 져 죽고 말았다. 사마천은 경포 피살 과정의 전후 맥락을 자세히 서술하면서 공신들의 몰락과 유방과 여후의 잔인한 면모를 대비시켜 보여 주고 있다. 결국 경포의 흥망사는 진섭이 반란을 일으켜 유방이 건국한 초기 한나라 10여 년의 안휘(安徽) 일대의 정치 형국을 나타낸다고 볼 수 있으며 그의 파란만장한 삶만큼 흥미진진한 시대의 인물인 것이다.

의자에 앉아 발을 씻던 채로 경포를 맞이하는 한고조 유방.

형벌을 받은 뒤에 왕이 된다

경포(黥布)는 육(六)[1] 사람으로 성은 영씨(英氏)이고 진(秦)나라 때는 서민이었다. 젊었을 때 어떤 사람이 그의 관상을 보고 이렇게 말했다.

"형벌을 받고 나서야 왕이 되겠군."

장년이 되어 법에 연루되어 (얼굴에 먹물을 들이는) 경형(黥刑)을 받게 되자, 경포는 너무 기뻐 웃으면서 말했다.

"어떤 사람이 내 관상을 보고 형벌을 받고 나서야 왕이 될

---

1) 고대의 나라 이름으로, 고요(皐陶)의 후예라고 전한다.

것이라고 했는데, 이것을 말한 거겠지."

이 말을 들은 사람은 모두 경포를 놀리며 비웃었다. 경포는 판결을 받고 여산(麗山)으로 보내졌다. 여산에는 형벌을 받은 죄수가 수십만 명 있었는데, 경포는 그 죄수들의 우두머리나 호걸들과 사귀었다. 그런 뒤에 그 사람들을 이끌고 강수 부근으로 달아나서 떼를 지어 도둑질을 일삼았다.

진승이 군사를 일으키자, 경포는 파군(番君)²⁾을 만나서 그의 부하들과 진나라에 반기를 들고 병사 수천 명을 모았다. 파군은 자기 딸을 경포의 아내로 삼게 했다.

〔진나라 장수〕 장한이 진승을 멸망시키고 여신(呂臣)의 군사를 무찌르자, 경포는 병사를 이끌고 북쪽으로 올라가 진나라의 좌우 교위(左右校尉)³⁾를 쳐 청파(淸波)에서 깨뜨리고 나서 병사를 이끌고 동쪽으로 갔다. 항량이 강동의 회계를 평정하고 강수를 건너 서쪽으로 간다는 말을 들은 진영(陳嬰)은 항씨가 대대로 초나라 장수였다고 하여 항량에게로 귀순하여 회남(淮南)으로 건너갔다. 영포경포와 포 장군(蒲將軍)도 군대를 이끌고 가서 항량에게 귀순했다.

항량이 회수를 건너 서쪽으로 나아가 〔진나라 장수〕 경구(景駒)와 진가(秦嘉)⁴⁾ 등을 쳤는데, 영포는 언제나 여러 군대 중

---

2) 파양(番陽)의 수령 오예(吳芮)를 말한다. 오예는 뒤에 진나라를 배반하고 반란군에 몸담게 되는데, 항우는 그를 형산왕(衡山王)으로 봉했다. 그는 또 한나라 초기에 장사왕(長沙王)으로 봉해진다.
3) 장군 다음가는 직위로 간사한 행동을 바로잡거나 병마를 책임지는 무관이다.

에서 맨 앞에 섰다. 항량은 설(薛)에 이르러 진왕(陳王)이 죽었다는 소식을 듣고 초나라 회왕을 옹립했다. 그리고 항량은 호를 무신군(武信君)이라 하고, 영포는 당양군(當陽君)이라고 했다. 항량이 싸움에서 져 정도(定陶)에서 죽자 회왕은 도읍을 팽성으로 옮겼다. 여러 장수와 영포도 모두 팽성으로 모여 수비를 굳게 했다. 이때 진나라가 갑자기 조나라를 에워싸자 조나라에서 몇 차례나 사자를 보내와 도움을 요청했다. 회왕은 송의(宋義)를 상장군으로 삼고, 범증(范曾)[5]을 말장(末將)으로, 항적을 차장(次將)부장(副將)으로, 영포와 포 장군을 장군으로 삼아 모두 송의에게 속하게 하여 북쪽으로 가서 조나라를 구하게 했다. 항적이 하수 가에서 송의를 죽이자, 회왕은 항적을 세워서 상장군으로 삼고 장수를 모두 항적에게 속하게 했다. 항적은 영포를 선봉으로 삼고 먼저 하수를 건너 진나라를 치도록 했다. 영포가 여러 차례 승리를 거두자, 항적도 군사를 이끌고 하수를 건너 영포를 뒤따라가 마침내 진나라 군대를 깨뜨리고 장한 등을 항복시켰다. 초나라 군대는 늘 진나라 군대를 이겨 제후들 가운데 공이 으뜸이었다. 제후들의 군대가 모두 초나라에 귀속하게 된 것은 영포가 적은 병력으로 진나라의 대군을 깨뜨렸기 때문이었다.

---

4) 경구는 초나라 귀족의 후손이고, 진가는 능현(淩縣) 사람으로 진승의 영향을 받아 진나라에 반기를 들었다. 진가는 경구를 초나라 왕으로 세우고 자신은 대사마(大司馬)가 되었다.
5) 범증(范增)이라고도 하며 항우의 중요한 모사(謀士)이다. 항우는 그를 아버지 다음으로 존경하고 아끼는 사람이라는 뜻으로 아보(亞父)라고 불렀다.

항적은 병사를 이끌고 서쪽으로 나아가 신안(新安)에 이르자, 다시 영포 등을 시켜 한밤중에 장한의 군대를 습격하도록 하여 진나라 병졸 20여만 명을 구덩이에 묻어 죽였다. 항적은 함곡관에 이르렀으나 들어갈 수 없게 되자, 또 영포 등을 시켜서 먼저 사잇길로 쳐들어가 함곡관 부근의 진나라 군대를 깨뜨리고 들어가게 하여 함양에 이르렀다. 영포는 언제나 군의 선봉이었다. 항왕(項王)항우은 장수들을 봉할 때 영포를 구강왕(九江王)으로 삼고 육에 도읍을 정하도록 했다.

한나라 원년 4월에 제후들은 [항왕의] 휘하를 떠나 각각 자기 나라로 갔다. 항왕은 회왕을 세워서 의제(義帝)로 삼고 도읍을 장사(長沙)로 옮기도록 하면서 남몰래 구강왕 영포 등에게 의제를 습격하게 했다. 그해 8월에 영포가 자기 장수를 시켜서 의제를 습격하여 침현(郴縣)까지 쫓아가 죽였다.

한나라 2년에 제나라 왕 전영이 초나라를 배반하자, 항왕은 제나라를 치러 가면서 구강에서 군사를 징발하려고 했다. 그러나 구강왕 영포가 병을 핑계로 따라가지 않고 장수를 시켜 수천 명을 이끌고 가도록 했다. 한나라 군대가 초나라 군대를 팽성에서 깨뜨렸을 때도 영포는 병을 핑계로 초나라를 돕지 않았다. 항왕은 이러한 일로 해서 영포를 원망하여 여러 차례 사자를 보내서 꾸짖고 불러들이려 했다. 그렇지만 영포는 더욱더 두려워 감히 가려고 하지 않았다. 이때 항왕은 북쪽으로는 제나라와 조나라 때문에 근심하고, 서쪽에는 한나라라는 근심거리가 있기 때문에 오직 의지할 수 있는 자는 구강왕뿐이었다. 게다가 영포의 재능을 높이 사 가까이 두고 쓰고 싶으므로 그를 치지는 않았다.

팔짱만 끼고 앉아 어느 쪽이 이기는지 보면 안 된다

한나라 3년에 한왕은 초나라를 공격하여 팽성에서 크게 싸웠으나 형세가 불리하여, 양나라 땅에서 벗어나 우(虞)에 이르러 주위 신하들에게 말했다.

"너희 같은 자들과는 천하의 일을 함께 도모할 수 없구나."

알자 수하(隨何)가 나아가 말했다.

"폐하께서 말씀하시는 뜻을 잘 모르겠습니다."

한왕이 말했다.

"누가 나를 위해 회남[6]에 사신으로 가서 영포가 군대를 일으켜 초나라를 배반하게 할 수 있겠는가? 항왕을 제나라에 몇 달만 붙들어 놓을 수 있다면 내가 천하를 차지하는 데 백의 하나도 어긋남이 없을 터인데."

수하가 말했다.

"신을 사신으로 보내 주십시오."

수하는 스무 사람을 데리고 회남으로 떠났다. 그는 〔구강에〕 이르러 태재(太宰)의 집에 머물렀는데, 사흘이 지나도록 〔구강

---

6) 아직 회남국이 세워지기 이전임에도 '회남' 혹은 '회남왕'으로 칭하고 있으니 잘못된 것이다. 당시 영포는 구강왕이었는데 대화가 이루어진 이때의 일로 영포가 한왕에게 동참하여 공을 세움으로써 회남왕에 봉해지게 된다.

왕을) 만날 수 없었다. 그래서 수하는 태재를 설득하여 말했다.

"왕께서 나를 만나지 않는 것은 틀림없이 초나라는 강하고 한나라를 약하다고 생각하기 때문일 것입니다. 그래서 제가 사자로 왔으니 왕을 뵙도록 해 주십시오. 만일 제 말이 옳다면 그것은 대왕께서 듣고 싶어 하던 바일 것이고, 제 말이 옳지 않다면 저와 스무 명을 회남의 시장에서 부질(斧質)형벌용 도끼의 일종로 고개를 떨어지게 해 왕께서 한나라를 등지고 초나라와 한편임을 밝히시면 됩니다."

태재가 이 일을 왕에게 말하자 왕이 수하를 만났다. 수하가 말했다.

"한왕께서 신을 시켜 대왕의 측근에게 삼가 편지를 드리게 했는데, 신은 대왕께서 초나라와 어떠한 친분이 있으신지 궁금합니다."

회남왕이 말했다.

"과인은 북쪽을 향하여 초나라 왕을 섬기는 신하요."

수하가 말했다.

"대왕께서 항왕과 똑같은 제후이면서 북쪽을 향하여 신하라고 하며 항왕을 섬기는 것은 틀림없이 초나라를 강하게 여겨 나라를 기댈 만하다고 생각하기 때문입니다. 그렇다면 항왕이 제나라를 공격할 때 직접 성을 쌓기 위한 판자나 절굿공이를 짊어지고 병사들의 선봉이 되었으니, 대왕께서도 마땅히 회남의 무리를 모두 동원하여 직접 이끌고 가서 초나라 군대의 선봉이 되었어야 합니다. 그런데 왕께서는 겨우 4000명만을 보내서 초나라를 돕고 있습니다. 북쪽을 향하여 남을 섬기는 자가 정녕 그렇게 해도 되겠습니까? 또 한왕이 [초나라와] 팽성에서 싸울 때도 대왕께서는 항왕이 제나라에서 나오기 전에 회남의 병사를 다 동원하여 회수를 건너 밤낮으로 달려가 팽성 밑에서 싸워야만 했습니다. 그런데 대왕께서는 만 명의 대군을 가지고서 한 명도 회수를 건너게 하지 않고, 팔짱을 끼고 앉아 어느 쪽이 이기는지 바라보기만 했습니다. 나라를 남에게 맡기셨다면서 진실로 그렇게 해도 되겠습니까? 대왕께서는 신하라는 헛된 이름만 가지고 북쪽을 향하여 초나라를 섬긴다며 자신을 완전히 맡겨 버리려고 합니다. 신이 가만히 대왕을 위하여 생각하건대 취할 바가 아닙니다. 그러면서도 대왕께서 초나라를 배반하지 않는 것은 한나라를 약하다고 보기 때문입니다.

초나라 군대가 강하기는 하지만 온 천하가 초나라에게 의롭지 못하다는 이름을 덮어씌우고 있습니다. 그것은 초나라 왕이 [먼저 함곡관으로 들어가는 자가 왕이 된다는] 맹약을 저버리고 의제를 죽였기 때문입니다. 또한 초나라 왕은 싸움에서 이긴 것을 자랑하고 스스로 강하다고 믿고 있지만, 한왕은 제후들을 모아 돌아와서는 성고(成皋)와 형양(滎陽)을 지키면서 촉나라와 한나라의 식량을 들여오고 물길을 깊이 파고 성벽을 튼튼히 하며 병사들을 나누어 변경을 지키고 요새를 방어하고 있습니다. 초나라 군대가 [제나라에서 초나라로] 돌아가려면 가운데에 있는 양나라 땅을 넘어서 적진으로 800∼900리나 깊숙이 들어가야 합니다. 그러니 싸우려 해도 싸울 수 없고 성을 치려 해도 힘이 모자라며, 늙은이와 부녀자들이 1000리

밖에서 식량을 날라오지 않으면 안 됩니다. 초나라 군대가 형양과 성고에 이르더라도 한나라 군대가 굳게 지키고 움직이지 않으면 초나라 군대는 앞으로 나아가 공격할 수도 없고 물러나서 포위를 뚫을 수도 없을 것입니다. 그러므로 초나라 군대는 믿을 만하지 못하다고 말씀드리는 것입니다.

만일 초나라가 한나라를 이긴다면 제후들은 스스로 위험을 느끼고 두려워하여 서로 한나라를 구하려 할 것입니다. 초나라가 강대해지면 도리어 천하의 적을 불러들이게 될 뿐입니다. 초나라가 한나라만 못함은 이러한 정세로 보아 쉽게 알 수 있습니다. 지금 대왕께서는 모든 것이 안전한 한나라와 함께하지 않고 멸망의 위기에 직면한 초나라에 의지하려 하시니, 신이 대왕을 위하여 곰곰이 생각해 보아도 안타깝기만 합니다. 그렇다고 해도 신은 회남의 병력만으로 초나라를 멸망시키기에는 넉넉하다고 생각지 않습니다.

대왕께서 병사를 일으켜 초나라에 반기를 들면 항왕은 반드시 제나라에 머무르게 될 테니, 몇 달만 머무르게 한다면 그 시간에 한나라가 천하를 차지하는 데는 만의 하나도 어긋남이 없을 것입니다. 청컨대 신이 대왕을 모시고 칼을 차고 한나라로 돌아가게 해 주십시오. 그렇게 하면 한왕은 반드시 땅을 갈라 대왕을 봉할 테니 회남은 말할 것도 없이 대왕의 소유가 될 것입니다. 그래서 한왕께서는 삼가 신을 시켜 어리석은 계책을 말씀드리게 하였습니다. 부디 대왕께서는 유념해 주시기 바랍니다."

회남왕이 말했다.

"말씀대로 따르겠소."

그는 남몰래 초나라를 배반하고 한나라 편이 되겠다고 허락했으나 감히 누설하지는 않았다.

초나라 사자가 (회남왕에게) 와 있으면서 급히 군대를 출동시키라고 영포를 독촉했다. 그는 객사에 머물고 있었는데, 수하가 곧장 들어가 초나라 사자보다 윗자리에 앉으며 말했다.

"구강왕은 이미 한나라로 귀속하였는데 어떻게 초나라가 병사를 얻을 수 있겠소?"

영포는 깜짝 놀랐고 초나라 사자는 자리를 떠났다. 수하는 영포를 설득하여 말했다.

"일은 이미 벌어졌으니, 초나라 사자를 죽여 돌아가지 못하게 하고 급히 한나라로 달려가서 힘을 합칩시다."

영포가 말했다.

"당신이 하라는 대로 병사를 일으켜 초나라를 치겠소."

영포는 초나라 사자를 죽이고 병사를 일으켜 초나라를 쳤다. 초나라에서는 항성(項聲)과 용저(龍且)[7]를 시켜 회남을 치게 하고, 항왕은 머물러 있으면서 하읍(下邑)을 공격했다. 몇 달이 지나 용저가 회남을 쳐서 영포의 군대를 깨뜨렸다. 영포가 병사를 이끌고 한나라로 달아나려고 했지만 초나라 왕이 자기를 죽일까 봐 두려워 사잇길을 통해 수하와 함께 한나라로 돌아갔다.

---

7) 항성과 용저는 모두 초나라 항우의 장수들이다. 용저는 나중에 한신에게 살해된다.

회남왕이 도착하자 한왕은 의자에 걸터앉아 발을 씻고 있던 채로 영포를 불러들여 만났다. 영포는 매우 화가 나서 이곳으로 온 것을 후회하고 스스로 목숨을 끊으려고 했으나, 물러나와 숙소로 가 보니 의복과 음식과 시종 등이 한왕이 있는 곳과 같으므로 생각보다 좋은 예우에 매우 기뻐했다. 이에 영포가 사자를 구강으로 [몰래] 들여보냈는데, 초나라는 이미 항백(項伯)을 시켜 구강의 병사를 손에 넣고 영포의 처자식을 모두 죽인 뒤였다. 영포의 사자는 오랜 친구들과 총애를 받던 신하를 많이 얻어 수천 명의 무리를 이끌고 한나라로 돌아왔다. 한나라는 영포에게 더 많은 병력을 주어 함께 북쪽으로 올라가 병사를 모으면서 성고에 이르렀다. [한나라] 4년 7월에 영포를 세워서 회남왕으로 삼고 함께 항적을 쳤다.

　　한나라 5년에 영포가 사자를 구강으로 [몰래] 들여보내 여러 현을 손에 넣었다. 6년에는 영포가 유고(劉賈)유방의 사촌 형와 함께 구강으로 들어가 [초나라] 대사마(大司馬)군사를 담당함 주은(周殷)을 설득하니, 주은이 초나라를 배반하고 구강의 군사를 모두 동원하여 한나라와 함께 초나라를 쳐서 해하에서 깨뜨렸다.

천하를 다스리는 데 어찌 썩은 선비를 쓰랴

　　항적이 죽고 천하가 평정되자 고조가 술자리를 베풀었다.

이때 고조가 수하의 공적을 깎아내려 이렇게 말했다.

"수하는 낡아 빠진 선비다. 천하를 다스리는 데 어찌 낡아 빠진 선비를 쓰겠는가?"

그러자 수하가 꿇어앉아 말했다.

"폐하께서 병사를 이끌고 팽성을 치고 초나라 왕이 제나라를 떠나지 않았을 때 폐하께서는 보병 5만, 기병 5000으로 회남을 점령할 수 있었겠습니까?"

고조가 말했다.

"못했을 것이오."

수하가 말했다.

"폐하께서 신을 스무 명과 함께 회남에 사신으로 보내셔서 신은 회남에 이르러 폐하의 뜻대로 하였습니다. 이는 신의 공적이 보병 5만, 기병 5000보다 나은 것입니다. 그런데 폐하께서 지금 '수하는 낡아 빠진 선비다. 천하를 다스리는 데 어찌 낡아 빠진 선비를 쓰겠는가?'라고 하심은 무슨 까닭입니까?"

고조가 말했다.

"내 그대의 공적을 생각해 보겠소."

고조는 수하를 곧바로 호군중위(護軍中尉)장수들의 관계를 조절하는 무관로 삼았다. 영포는 마침내 부절을 나눠 받고 회남왕이 되어 육에 도읍을 정했다. 구강, 여강(廬江), 형산(衡山), 예장(豫章)의 여러 군은 모두 영포에게 소속되었다.

[한나라] 7년에[8] 회남왕이 진(陳)으로 와서 조회했고, 8년에

---

8) 「고조 본기」에 따르면 6년으로 해야 된다. 이해 12월에 한나라 고조는 진

는 낙양에서 조회했으며, 9년에는 장안에서 조회했다.

〔한나라〕 11년에 고후(高后)가 회음후〔한신〕의 목을 베었다. 이 일로 인해 영포는 속으로 두려움을 느꼈다. 여름에 한나라는 양나라 왕 팽월을 삶아 죽여 소금에 절이고, 소금에 절인 〔살덩이를〕 그릇에 담아 제후들에게 두루 내려 주었다. 그것이 회남에 도착했을 때 회남왕은 사냥하는 중이었는데, 소금에 절인 〔살덩이를〕 보고 몹시 두려워 남몰래 사람을 시켜 병사를 모아 이웃 군의 동정을 살피고 위급한 사태에 대비하도록 했다.

영포의 총애를 받는 희첩이 병들어 의사에게 치료를 받게 되었다. 의사의 집은 중대부 비혁(賁赫)의 집과 문을 마주 보고 있었다. 희첩은 자주 의사의 집에 갔다. 비혁은 자신이 한때 영포의 시중이었으므로 많은 선물을 바치고 그녀를 따라가 의사의 집에서 술을 마시기도 했다. 희첩이 왕을 모시면서 무슨 말끝에 비혁의 장점을 칭찬하니, 왕이 화가 나서 말했다.

"너는 그를 어디서 알게 되었느냐?"

희첩이 사정을 자세히 말하자 왕은 그와 정을 통하지나 않았나 의심하였다. 비혁은 겁이 나서 병을 핑계로 나오지 않았다. 왕이 더욱더 화가 나서 비혁을 체포하려 하니, 그는 영포가 반란을 꾀하고 있다는 사실을 밀고하려고 역마를 타고 장안으로 떠났다. 영포는 사람을 보내 뒤쫓게 했으나 미치지 못했다. 비혁은 장안에 이르러 글을 올려 영포가 반란을 일으키려는 조짐이 있으니 일이 터지기 전에 목을 베어야 한다고 말

평의 계책을 써서 진(陳)에서 제후들을 만나 초나라 왕 한신을 사로잡았다.

했다. 고조가 그 글을 읽고 상국(相國) 소하(蕭何)에게 말하니 상국이 대답했다.

"영포는 반란을 일으킬 사람이 아닙니다. 아마 영포에게 원한을 품고 일부러 무고하는 것일 겁니다. 청컨대 비혁을 가두고 사람을 보내서 은밀히 회남왕을 살피도록 하십시오."

왜 낮은 계책을 쓸까

회남왕 영포는 비혁이 죄를 짓고 달아나 고조에게 반란을 일으키려 한다고 아뢴 것을 알고는 그가 자기 나라의 비밀을 말하였을 것이라고 의심하던 차에 한나라 사자가 와서 조사까지 하므로 마침내 비혁의 일족을 죽이고 병사를 일으켜 한나라를 배반했다. 영포가 반란을 일으켰다는 편지가 오자 고조는 비혁을 용서하고 장군으로 삼았다.

고조가 여러 장수들을 불러 물었다.

"영포가 반란을 일으켰으니 어떻게 하면 좋겠소?"

장수들이 모두 말했다.

"병사를 동원하여 쳐서 그놈을 구덩이에 묻어 죽이면 되지 달리 무엇이 필요하겠습니까?"

여음후(汝陰侯) 등공(滕公)⁹⁾이 본래 초나라 영윤(令尹)이던

---

9) 유방의 고향 친구 하후영(夏侯嬰)이다. 초나라 사람들은 영(令)을 공(公)

자를 불러 이 일을 물으니, 영윤이 말했다.

"영포가 반란을 일으킨 것은 당연합니다."

등공이 말했다.

"황상께서는 땅을 떼어 주어 영포를 왕으로 삼고 작위를 나누어 주어 존귀한 신분이 되게 했소. 남면하여 만승의 군주가 되었는데 반란을 일으키는 까닭이 무엇이오?"

영윤이 말했다.

"〔황상께서는〕 지난해에 팽월을 죽이고 그 전해에는 한신을 죽였습니다. 〔팽월과 한신과 영포〕 세 사람은 같은 공을 세워 한 몸과 같은 사람들입니다. 자신에게 화가 미칠까 봐 반란을 일으켰을 뿐입니다."

등공이 이 말을 고조에게 전했다.

"신의 빈객 중에 본래 초나라 영윤이던 설공(薛公)이란 자가 있는데 대단한 계략을 가지고 있습니다. 그에게 물어보시면 좋겠습니다."

고조는 곧 설공을 불러 만나 물었다. 설공이 대답했다.

"영포가 반란을 일으킨 것은 이상한 일이 아닙니다. 만일 영포가 최상의 계책을 쓴다면 산동 땅은 한나라의 소유가 아닐 테고, 보통 계책을 쓴다면 승패는 알 수 없으며, 낮은 계책을 쓴다면 폐하께서는 베개를 높이 베고 누워 계셔도 될 것입니다."

으로 불렀는데, 하후영이 일찍이 등현(滕縣) 현령이었으므로 등공이라고 일컬은 것이다.

고조가 물었다.

"최상의 계책은 무엇을 말하오?"

영윤이 대답했다.

"영포가 동쪽으로 오나라형(荊)나라를 취하고 서쪽으로 초나라를 취하며[10] 제나라를 아우르고 노나라를 취한 뒤에 연나라와 조나라에 격문을 돌려 그곳을 굳게 지킨다면 산동은 한나라의 소유가 아닐 것입니다."

"보통 계책은 무엇을 말하오?"

"동쪽으로 오나라를 취하고 서쪽으로 초나라를 취하며 한(韓)나라를 아우르고 위(魏)나라를 취한 뒤에, 오창(敖倉)[11]의 양곡을 점유하고 성고 어귀를 막는다면 승패는 알 수 없습니다."

"낮은 계책은 무엇을 말하오?"

"동쪽으로 오나라를 취하고 서쪽으로 하채(下蔡)를 취하며, 중점을 월나라에 귀속시켜 두고 자신은 장사(長沙)로 돌아간다면 폐하께서는 베개를 높이 베고 누워 있어도 한나라에는 별일이 없을 것입니다."

고조가 말했다.

---

10) 오나라 왕 즉 형(荊)나라 왕 유가(劉賈)는 오(吳)에 도읍하고 있었고, 초나라 왕 유교(劉交)는 서주(徐州)의 하비(下邳)에 도읍하고 있었다. 영포가 이 두 곳을 빼앗아 취하면 바다에 의지하게 되어 뒤를 돌아볼 걱정이 없게된다. 그러면 온 힘을 기울여 서쪽으로 가서 한나라와 싸울 수 있기 때문에 최상의 계책이라고 한 것이다.

11) 진한 시대에 형양(滎陽) 서북쪽 오산(敖山)에 세운 내규모의 곡식 저장 창고이다.

"영포는 어느 계책을 쓸 것 같소?"

영윤이 대답했다.

"낮은 계책을 쓸 것입니다."

고조가 말했다.

"어째서 최상의 계책과 보통 계책을 버리고 낮은 계책을 쓸 것이라고 하오?"

영윤이 대답했다.

"영포는 본래 여산(麗山)의 무리로서 자기 힘으로 만승의 군주가 되었습니다. 그러나 이것은 자기 자신을 위해서 한 일이지 뒷날을 생각하고 백성 만대의 이익을 위해 한 것이 아닙니다. 그래서 낮은 계책을 쓸 것이라고 말씀드리는 바입니다."

고조가 말했다.

"좋소."

그러고는 설공을 1000호에 봉하고 황자(皇子) 유장(劉長)[12]을 회남왕으로 삼았다. 고조는 병사를 동원하여 직접 병사를 이끌고 동쪽으로 가서 영포를 쳤다.

영포는 처음에 반란을 일으키면서 그 장수들에게 이렇게 말했다.

"황상은 늙어서 싸움을 싫어하니 반드시 직접 치러 오지 않고 장수들을 보낼 것이다. 여러 장수들 가운데 회음후 한신과 팽월만이 걱정스러웠는데, 그들은 이제 모두 죽었으니 나

---

12) 유방의 일곱 번째 아들로 문제(文帝) 6년에 모반하려다가 폐위되었고, 좌천되어 가던 중 굶어 죽었다.

머지 사람들은 두려워할 것이 없다."

그러고는 마침내 반란을 일으켰다. 과연 설공이 계책대로 영포는 동쪽으로 형(荊)을 쳤다. 형나라 왕 유고는 달아나다가 부릉(富陵)에서 죽었다. 〔영포는〕 형나라의 병사를 다 빼앗아 회수를 건너서 초나라를 쳤다. 초나라에서도 병사를 동원하여 서(徐)와 동(僮) 사이에서 힘을 합쳐 싸웠는데, 군대를 셋으로 나누어 서로 도와주는 기책(奇策)을 쓰려고 했다. 그러자 어떤 사람이 초나라 장수에게 말했다.

"영포는 용병에 뛰어나 백성은 본래부터 그를 두려워하고 있습니다. 또 병법에도 '제후가 자기 나라 땅에서 싸우는 것을 산지(散地)[13]라 한다.'라고 했습니다. 지금 군대를 셋으로 나누었는데, 적이 우리 한 군대를 깨뜨리면 나머지 두 군대는 모두 달아날 것입니다. 어떻게 서로 도울 수 있겠습니까?"

하지만 초나라 장수는 이 말을 듣지 않았다. 영포가 그중 한 군대를 깨뜨리자, 정말로 나머지 두 군대는 흩어져 달아났다.

〔영포는〕 드디어 서쪽으로 가서 고조의 군대와 기(蘄)의 서쪽 회추(會甀)에서 만났다. 영포의 군사는 매우 정예로웠다. 고조가 용성(庸城)에 성벽을 쌓고 영포의 군대를 바라보니 진을 친 것이 항적의 군사 그대로였다. 고조는 영포를 미워하여 그를 마주하고 바라보다가 멀리서 그에게 말했다.

"무엇이 괴로워서 반란을 일으켰소?"

---

13) 병사들은 자신들의 땅에서 싸움을 하게 되면 집이 그리워서 마음이 흩어지게 된다는 뜻이다.

영포가 말했다.

"황제가 되고 싶었을 뿐이오."

고조는 화가 나서 영포를 꾸짖고 드디어 크게 싸웠는데, 영포의 군사가 싸움에서 져 달아났다. 영포는 회수를 건너서 여러 번 멈추어 싸웠으나 불리해지자 100여 명과 함께 강남으로 달아났다. 영포는 본래 파군의 딸과 결혼했다. 이런 까닭으로 〔오예(吳芮)의 아들〕 장사 애왕(哀王)오신(吳臣)이 사람을 시켜 영포를 속여 함께 월나라로 도망치자고 꾀었다. 영포는 이 말을 믿고 따라서 파양으로 갔다. 파양 사람이 영포를 자향(玆鄕)의 농가에서 죽이니, 마침내 영포경포를 멸망시켰다.

황상은 황자 유장을 세워서 회남왕으로 삼고, 비혁을 봉하여 기사후(期思侯)로 삼았다. 여러 장수도 대부분 공적에 따라 봉해졌다.

태사공은 말한다.

"영포의 조상은 『춘추』에 '초나라가 영(英)과 육(六)을 멸망시켰다.'라고 되어 있는 영씨로서, 고요(皐陶)순임금 때 형옥(刑獄)을 맡은 관리의 후예가 아닐까? 몸에 형벌을 받고서도 어떻게 빨리 일어났을까? 항우가 구덩이에 파묻어 죽인 사람은 1000만 명이나 되지만, 영포는 늘 가장 포악한 일을 하는 자의 우두머리였고 공적은 제후들 가운데 으뜸이었다. 그래서 왕이 될 수는 있었지만 자신도 세상의 큰 치욕을 피하지는 못했다. 재앙은 사랑하던 여자에게서 싹텄고, 질투가 우환을 낳아 마침내 나라를 멸망하게 만들었구나!"

32

◎

회음후 열전
淮陰侯列傳

　　이 편은 작위를 편명으로 삼은 것으로, 한나라 초기의 뛰어난 군사가로서 탁월한 업적을 이룬 한신(韓信)의 전기이다. 아울러 괴통(蒯通)과 무섭(武涉) 등 한신과 관련된 인물이 덧붙여졌다.

　　한신은 진나라 말기 농민 전쟁에서 두각을 나타낸 인물로 젊을 때는 굶기를 일삼을 정도로 가난했다. 그는 진나라 말기에 먼저 항우에게 의탁하려 했으나 중용되지 못하고, 유방에게로 달아났으나 여전히 중용되지 못하다가 소하의 추천을 통해 대장으로 임명되었다. 유방은 초나라와 팽성에서 싸웠다가 져서 달아났지만, 뒤에 한신의 공으로 크게 승리를 거둔다. 그 뒤 한신은 군사들을 이끌고 북방 지역에서 두 번째 전쟁을 하여 위, 조, 연, 제나라를 모두 평정함으로써 항우에 대한 전략적 포위망을 구축하고 결국 해하에서 그를 섬멸한다.

　　한신의 공이 지나치게 높아 군주를 위협할 지경에 이르자 고조 유방은 그를 꺼리게 되었다. 그러나 한신은 시대의 흐름을 알지 못하고 유방에게 자신을 제나라 왕으로 책봉해 달라고 요구하여 화를 부른다. 항우가 죽은 뒤 한신은 초나라 왕으로 옮겨 갔다가 죄를 지어 회음후로 강등되고, 결국 반역하려다 멸족의 화를 당하였다.

　　한신은 젊은 시절에 남의 가랑이 밑도 기어가는 수모를 겪어 가며 대장군의 지위에 오르고 왕까지 되었으나, 그 특유의 오만함을 버리지 못한 것이 몰락의 화근이었다. 그가 괴통의 충고를 듣지 않은 것이나, 친구 종리매의 목을

유방에게 바치려 한 점 등 인품 면에서는 상당히 문제가 많은 사람이었던 것
이다.

사마천은 한신이 모반을 꾀하다가 파국으로 치닫게 된 점에 대해 동정과 안
타까움을 나타내면서도 스스로 겸양이 부족해서 자초한 것임을 부각시키는데
한신이 겪는 심리적 갈등을 주변 인물들과 결부시켜 세심하게 묘사하고 있다.
사마천은 이 열전을 쓰기 위해 한신의 고향을 방문하고, 마을 사람들이 제공
한 소재를 토대로 해서 한신의 인물상을 창조했다. 이로써 『사기』 중에서도 문
학적 색채가 잘 드러나는 명편을 탄생시켰다.

저잣거리에서 남의 가랑이 사이로 기어 지나가는 치욕을 겪은 한신.

가랑이 사이로 기어 나가다

회음후(淮陰侯) 한신(韓信)은 회음 사람이다. 처음 벼슬하지 않았을 때에는 가난한 데다 방종했으므로 추천 받아 관리도 될 수 없었고, 또 장사를 해서 살아갈 능력도 없어 늘 남을 따라다니며 먹고 살아 사람들이 대부분 그를 싫어했다. 일찍이 〔회음의 속현(屬縣)인〕 하향(下鄕)의 남창(南昌) 정장의 집에서 여러 번 얻어먹은 일이 있었다. 몇 달이 지나자 정장의 아내는 한신을 귀찮게 여겨, 새벽에 밥을 지어 이불 속에서 먹어 치우고는 식사 시간에 맞춰 한신이 가도 밥을 차려 주지 않았다. 한신도 그 뜻을 알고는 화가 나서 마침내 발길을 끊었다.

한신이 성 아래에서 낚시를 하고 있었는데, 무명 빨래를 하던 아낙네들 가운데 한 아낙이 한신이 굶주린 것을 보고 밥을 주었는데 빨래를 다할 때까지 수십 일 동안을 그렇게 했다. 한신이 기뻐하며 아낙에게 말했다.

"나는 반드시 아낙에게 크게 보답하겠소."

아낙이 화를 내면서 말했다.

"사내대장부가 스스로 먹고살 능력도 없기에 내가 왕손(王孫)당시 혼란기에 일상적으로 높여 부르던 말을 가엾게 여겨 밥을 드렸을 뿐인데 어찌 보답을 바라겠는가?"

회음의 백정 중에서 한신을 업신여기는 한 젊은이가 한신에게 말했다.

"네가 비록 키는 커서 칼을 잘도 차고 다니지만 마음속으로는 겁쟁이일 것이다."

그러고는 사람들 앞에서 한신을 모욕하며 말했다.

"네놈이 죽일 수 있으면 나를 찌르고, 죽일 수 없으면 내 가랑이 사이로 기어 나가라."

이때 한신은 그를 한참 동안 물끄러미 바라보다가 몸을 구부려 가랑이 밑으로 기어 나갔다. 〔이 일로 해서〕 시장 사람들이 모두 한신을 겁쟁이라고 비웃었다.

소하가 달아난 한신을 쫓아간 까닭

항량이 회수를 건널 무렵, 한신은 칼 한 자루에 의지하여 그를 따라가 밑에 있었으나 이름이 알려지지는 않았다. 항량이 패하자 다시 항우 밑으로 들어가 낭중이 되었다. 한신이 항우에게 여러 차례 계책을 올렸지만 항우는 받아들이지 않았다.

한왕이 촉(蜀)으로 들어가자, 한신은 초나라에서 도망쳐 한나라로 귀순했다. 그러나 한신은 이름이 알려지지 않았기 때문에 연오(連敖)곡식 창고를 관리하는 직책라는 〔보잘것없는〕 벼슬을 받았다. 〔어느 날〕 법을 어겨 목을 베이는 형벌을 받게 되었는데, 같이 처형되는 열세 명의 목이 잘리고 한신의 차례가 되었다. 한신이 고개를 들어 하늘을 쳐다보다가 우연히 등공하후영과 눈이 마주쳤다. 한신이 말했다.

"주상께서는 천하를 차지하려고 하시지 않습니까? 어찌 장사를 베려고 하십니까?"

등공은 그의 말이 기특하고 그의 모습이 장하다고 여겨 풀어 주고 베지 않았다. 그리고 한신과 함께 이야기를 나누고는 크게 기뻐하여 한왕에게 그에 대해 말했다. 한왕은 그를 치속도위(治粟都尉)식량과 말먹이를 관리하는 군관로 삼기는 했지만 비범한 인물로 여기지는 않았다.

한신은 소하와 자주 이야기를 나누었는데, 소하는 한신이 뛰어난 인물임을 알아보았다. 한왕이 〔한중 땅을 영토로 받아 수도인〕 남정(南鄭)에 이르렀는데, 그곳으로 가는 도중에 도망친 장수가 수십 명이나 되었다. 한신도 소하 등이 여러 번 추천했지만 주상이 자신을 등용하지 않는다고 생각하고 달아났다. 소하는 한신이 달아났다는 말을 듣자, 한왕에게 말할 겨를도 없이 직접 그를 뒤쫓았다. 어떤 사람이 한왕에게 말했다.

"승상 소하가 달아났습니다."

한왕이 몹시 화를 내며 양손을 잃은 것처럼 실망했다. 며칠 뒤에 소하가 돌아와 한왕을 알현하자, 한왕은 노여움과 기쁨이 뒤섞여 소하를 꾸짖었다.

"그대는 어째서 도망쳤소?"

소하가 대답했다.

"신은 감히 도망친 것이 아니라 도망친 자를 뒤쫓아 갔던 것입니다."

한왕이 물었다.

"그대가 뒤쫓은 자가 누군가?"

"한신입니다."

한왕은 다시 꾸짖었다.

"장수들 가운데 도망친 자가 십수 명이나 되는데도 그대는 쫓아간 적이 없소. 한신을 뒤쫓았다는 것은 거짓말이오."

소하가 말했다.

"모든 장수들은 쉽게 얻을 수 있으나 나라에서 한신에 견줄만한 인물은 둘도 없습니다. 왕께서 영원토록 한중의 왕으로 만족하신다면 한신을 문제삼을 필요는 없습니다만, 반드시 천하를 놓고 다투려 하신다면 한신이 아니고는 함께 일을 꾀할 사람이 없습니다. 왕의 생각이 어느 쪽에 있는가에 달린 문제일 뿐입니다."

한왕이 말했다.

"나도 동쪽으로 나아가 천하를 다투고자 하는데, 어찌 답답하게 이런 곳에 오래 머물겠소?"

소하가 말했다.

"왕의 계책이 반드시 동쪽으로 나아가고자 한다면 한신을 등용하십시오. [그러면] 한신은 머무를 것입니다. 등용하지 않으면 한신은 결국 떠나갈 것입니다."

한왕이 말했다.

"내 그대를 보아 장수로 삼겠소."

소하가 말했다.

"장수로 삼을지라도 한신은 분명 머무르지 않을 것입니다."

한왕이 말했다.

"그러면 대장으로 삼겠소."

소하가 말했다.

"참으로 다행스러운 일입니다."

이에 한왕이 한신을 불러 벼슬을 주려 했다. [그러자] 소하는 이렇게 말했다.

"왕께서는 본래 오만하여 예를 차리지 않으십니다. 지금 대장을 임명하는데 어린아이를 부르는 것처럼 하시니, 이것이 바로 한신을 떠나게 한 까닭입니다. 왕께서 반드시 그를 대장으로 삼고자 하신다면 좋은 날을 택하여 재계하고 단장(壇場)장수를 임명하는 곳을 설치하여 예를 갖추어야 가능합니다."

한왕은 그렇게 하겠다고 했다. 여러 장수는 모두 기뻐하며 저마다 자신이 대장이 될 줄로 생각했다. 그러나 막상 한신이 대장으로 임명되자 온 군대가 모두 놀랐다.

항우보다 못한 몇 가지

한신이 임명식을 마치고 자리에 오르자, 한왕이 말했다.

"승상이 대장에 대해서 자주 말했소. 그대는 어떠한 계책으로 과인을 가르치겠소?"

한신은 감사하다고 인사하고 한왕에게 물었다.

"이제 동쪽으로 나아가 천하의 대권을 다툴 상대는 항왕이 아니겠습니까?"

한왕이 대답했다.

"그렇소."

한신이 물었다.

"대왕께서는 스스로 생각하시기에 용감하고 사납고 어질고 굳센 점에서 항왕과 비교할 때 누가 낫다고 보십니까?"

한왕은 한참을 말없이 있다가 입을 떼었다.

"〔항왕만〕 못하오."

한신은 두 번 절하며 하례하고는 말했다.

"오직 신도 대왕께서 〔항왕만〕 못하다고 생각합니다. 그러나 신이 일찍이 그를 섬긴 적이 있으므로 항왕의 사람됨을 말씀드리겠습니다. 항왕이 큰 소리를 지르면서 화를 내며 꾸짖으면 1000명이 모두 엎드리지만 어진 장수를 믿고 일을 맡기지 못하니 그저 보통 남자의 용기에 지나지 않습니다. 항왕이 사람을 대하는 태도는 공손하고 자애로우며 말씨가 부드럽습니다. 누가 병에 걸리면 눈물을 흘리며 음식을 나누어 주기도 합니다. 그러나 부리는 사람이 공을 세워 벼슬을 주어야 할 경우가 되면 인장(印章)이 닳아 깨질 때까지 만지작거리며 차마 내주지 못합니다. 이것은 이른바 아녀자의 인자함일 뿐입니다.

항왕은 천하의 우두머리가 되어 제후들을 신하로 삼았지만, 관중에 머무르지 않고 팽성에 도읍을 정했습니다. 또 의제와 맺은 약속을 저버리고 자기가 친애하는 정도에 따라 제후들을 왕으로 삼은 것은 공평치 못한 일입니다. 제후들은 항왕이 의제를 옮겨 강남으로 내쫓은 것을 보자, 모두 자기 나라로 돌아가서 그 군주를 쫓아내고 자신들이 좋은 땅의 왕이 되었습니다. 항왕의 군대가 지나간 곳이면 학살과 파괴가 없는 곳이 없습니다. 천하의 많은 사람이 그를 원망하고 백성은 가깝게 따르지 않습니다. 다만 그의 강한 위세에 눌려 있을 뿐입니다. 그러므로 항왕은 우두머리로 불리고 있지만 실제로는 천하 사람들에게 마음을 잃었습니다. 그러므로 그 위세는 약해지기 쉽습니다.

지금 대왕께서 항왕의 정책과는 달리 천하의 용맹한 사람들을 믿고 쓰신다면 멸망시키지 못할 적이 어디 있겠습니까? 천하의 성읍에 공 있는 신하들을 봉한다면 마음으로 따르지 않는 이가 어디 있겠습니까? 정의를 내세워 동쪽으로 돌아가고 싶어 하는 병사를 거느린다면 흩어져 달아나지 않을 적이 어디 있겠습니까?

또 삼진(三秦)의 왕들은 본래 진(秦)나라 장군들로 진나라의 자제를 거느린 지 벌써 여러 해가 되었는데, 그동안 죽고 도망친 사람의 수가 이루 헤아릴 수 없을 정도입니다. 뿐만 아니라 휘하의 병사들을 속여 제후에게 항복하게 하고 신안(新安)으로 왔으나, 항왕은 진나라의 투항병 20여만 명을 속여서 구덩이에 파묻어 죽였습니다. 이때 오직 장한, 사마흔, 동예(董翳)만이 죽음을 모면할 수 있었습니다. 그래서 진나라의 부모 형제들은 이 세 사람을 원망하여 그 원한이 뼛속 깊이 사무쳐 있습니다. 지금 초나라에서는 위력으로 이 세 사람을 (삼진의) 왕으로 삼았지만, 진나라 백성 가운데 그들에게 애정을 느끼는 이는 없습니다. 그러나 대왕께서는 무관(武關)으로 들어가서 털끝만큼도 해를 끼치지 않았고, 진나라의 가혹한 법률을 없앴으며, 진나라의 백성과 삼장(三章)의 법1)만을 두기로 약속하였으니 진나라 백성 가운데 대왕께서 진나라 왕이 되기를 바라지 않는 사람은 없습니다.

제후들끼리 (먼저 관중으로 들어가는 이가 왕이 되기로) 약속하였으므로 왕께서 관중의 왕이 되셔야 합니다. 관중의 백성도 모두 이 사실을 알고 있습니다. 대왕께서 (항왕 때문에) 직

---

1) 삼장의 법이란 유방이 관중으로 들어온 뒤 진나라 부로(父老)들에게 약속한 것으로 사람을 죽인 자는 사형에 처하고, 다른 사람에게 상해를 입힌 자나 도둑질을 한 자에게는 벌을 내린다는 것이다.

책을 잃고 한중으로 들어가자 진나라 백성 가운데 원망하지 않는 이가 없었습니다. 이제 대왕께서 병사를 이끌고 동쪽으로 가시면 저 삼진 땅은 격문을 돌리는 것만으로도 평정할 수 있을 것입니다."

이에 한왕은 몹시 기뻐하며 스스로 한신을 너무 늦게 얻었다고 생각하였다. 마침내 한신의 계책을 듣고 여러 장수에게 공격할 곳을 정하게 했다.

싸움에 진 장수는 무용을 말하지 않는다

〔한나라 원년〕 8월에 한왕은 병사들을 이끌고 동쪽 진창(陳倉)으로 나가 삼진을 평정하였다. 한나라 2년에 함곡관을 나와 위(魏)나라와 하남 땅을 차지했다. 한(韓)나라와 은나라 왕도 모두 항복했다. 제나라, 조나라의 군대와 합쳐 초나라를 쳤는데, 4월에 팽성에 이르렀으나 한나라 군대가 패하여 흩어져 돌아왔다. 한신이 다시 병사를 모아 한왕과 형양에서 만나 경(京)과 색(索) 사이에서 다시금 초나라를 깨뜨렸다. 그래서 초나라 군대는 결국 서쪽으로 나아갈 수 없게 되었다.

한나라 군대가 팽성에서 패하여 물러나자 새왕(塞王) 사마흔과 적왕(翟王) 동예가 한나라에서 도망쳐 나와 초나라에 항복했고, 제나라와 조나라도 한나라를 배반하고 초나라와 화친을 맺었다. 6월에는 위왕(魏王) 표(豹)가 부모의 병을 돌본다는 핑계로 휴가를 얻어 돌아가더니 그 나라에 이르자 곧장 황하의 관문을 폐쇄하고 한나라를 배반하여 초나라와 화친 조약을 맺었다. 한왕이 역생역이기를 보내 위왕 표를 달랬으나 생각을 굽히지 않았다.

그해 8월에 한신을 좌승상으로 삼아 위나라를 치도록 했다. 위왕 표는 포판(蒲坂)의 수비를 강화하고 임진(臨晉)〔으로 통하는 물길〕을 막았다. 한신은 대군을 거느린 것처럼 꾸미고 배를 이어 임진에서 하수를 건너려는 시늉을 하고는 하양(夏陽)에서 목앵부(木罌缻)²⁾로 군대를 건너게 하여 〔위나라 수도〕 안읍(安邑)을 습격했다. 위왕 표는 놀라 병사를 이끌고 한신을 맞아 싸웠으나, 한신은 결국 표를 사로잡아 위나라를 평정하고 하동군(河東郡)으로 만들었다. 한왕은 장이를 보내 한신과 함께 병사를 이끌고 동쪽으로 진격하여 북쪽으로 조나라와 대(代)나라를 치도록 했다. 그 뒤 9월에 그들은 대나라 군대를 깨뜨리고 연여에서 대나라의 재상 하열(夏說)을 사로잡았다. 한신이 위나라를 항복시키고 대나라를 깨뜨리자, 한왕은 사자를 보내 그의 정예 병사를 이끌고 형양으로 가서 초나라 군대를 막도록 했다.

한신은 장이와 함께 병사 수만 명을 이끌고 동쪽으로 가서 정형에서 내려가 조나라를 치려고 했다. 조나라 왕과 성안군(成安君) 진여는 한나라 군대가 곧 쳐들어온다는 말을 듣자

---

2) 나무로 만든 통으로 입구가 좁고 배가 불룩한 모양이다. 이 통에 물을 담아 여러 개를 한 줄로 묶은 뒤 그 위에 판자를 깔아 강을 건널 때 썼다.

병사를 정형 어귀로 모이도록 했는데, 그 수가 20만 명이라고 했다. 그러나 광무군(廣武君) 이좌거(李左車)가 성안군을 설득했다.

"들리는 바에 따르면 한나라 장수 한신은 서하를 건너서 위왕과 하열을 사로잡고 연여를 피로 물들였다고 합니다. 이제 장이의 도움을 받아 우리 조나라를 함락시키려고 논의하고 있다니, 이는 승세를 타고 고국을 떠나 멀리서 싸우는 것으로 그 예봉을 막기 어려울 듯합니다. 제가 듣건대 '1000리 먼 곳에서 군사들의 식량을 보내면 〔수송이 어려워〕 병사들에게 굶주린 빛이 돌고, 땔나무를 하고 풀을 베어야 밥을 지을 수 있으면 군사들은 저녁밥을 배부르게 먹어도 아침까지 가지 못한다.'라고 합니다. 지금 정형으로 가는 길은 〔폭이 좁아〕 수레 두 대가 나란히 갈 수 없고, 기병도 대열을 지어 갈 수 없습니다. 이러한 길이 수백 리나 이어지므로 그 형세로 보아 군량미는 반드시 뒤쪽에 있을 것입니다.

원컨대 제게 기습병 3만 명만 빌려주시면 지름길로 가서 그들의 군량미 수송대를 끊어 놓겠습니다. 장군께서는 도랑을 깊이 파고 성벽을 높이 쌓아 진영을 굳게 지키기만 하고 맞붙어 싸우지 마십시오. 이렇게 하면 적군은 앞으로 나아가 싸울 수 없고 물러가려고 해도 돌아갈 수 없을 것입니다. 이때 우리 기습병이 적의 뒤를 끊고 적이 약탈할 만한 식량을 치워 버리면 열흘도 못 돼서 두 장수한신과 장이의 머리를 휘하에 바칠 수 있습니다. 부디 군께서는 제 계책에 유의해 주십시오. 이렇게 하지 않으면 반드시 적군의 두 장수에게 사로잡히고 말 것입니다."

성안군은 유자(儒者)여서 언제나 정의로운 군대라고 일컬으며 속임수나 기이한 계책을 쓰지 않았다. 그는 이렇게 말했다.

"내가 듣건대 병법에 의하면 '병력이 열 배가 되면 적을 포위하고 두 배가 되면 싸우라.'라고 했소. 지금 한신의 군사는 말로는 수만 명이나 된다고 하지만 실제로는 수천 명에 지나지 않소. 그것도 1000리 먼 길을 와서 우리를 치니 역시 지칠 대로 지쳐 있을 것이오. 지금 이러한 적을 피하고 치지 않는다면 앞으로 큰 적들이 쳐들어올 때는 어떻게 대처하겠소? 그렇게 되면 제후들은 우리를 겁쟁이로 여겨 쉽게 쳐들어올 것이오."

그러고는 광무군의 계책을 쓰지 않았다.

한신이 첩자를 놓아 조나라의 동향을 염탐하게 하였더니 첩자는 광무군의 계책이 채택되지 않은 것을 알고 돌아와 보고했다. 한신은 매우 기뻐하며 과감하게 병사를 이끌고 (정형의 좁은 길로) 내려왔다. 정형 어귀에서 30리 못 미친 곳에 머물러 야영하고, 그날 밤에 군령을 전하여 가볍게 무장한 병사 2000명을 뽑아 저마다 붉은 기를 하나씩 가지고 샛길로 해서 산속에 숨어 조나라 군사를 바라보도록 하고, 다음과 같이 명령했다.

"조나라 군사는 우리 군사가 달아나는 것을 보면 반드시 성벽을 비워 놓고 우리 군사의 뒤를 쫓아올 것이다. 그러면 너희는 재빨리 조나라 성벽으로 들어가 조나라 기를 빼고 한나라의 붉은 기를 세워라."

또 자신의 비장을 시켜 저녁밥을 나누어 주도록 하고 이렇게 말했다.

"오늘 조나라 군사를 무찌른 뒤 다 같이 모여 먹도록 하자!"

장수들은 아무도 그 말을 믿지 않았으나 응하는 척하며 대답했다.

"네. 알았습니다."

그리고 군리(軍吏)에게 말했다.

"조나라 군대는 우리보다 먼저 유리한 곳을 골라 성벽을 만들었다. 또 그들은 우리 대장의 기와 북을 보기 전에는 우리의 선봉을 치지 않을 것이다. 그것은 우리 군대가 좁고 험한 곳에 부딪쳐 돌아가지나 않을까 두려워하기 때문이다."

그래서 한신은 군사 만 명을 먼저 가도록 하고 나가서 물을 등지고 진을 치게 했다. 조나라 군대는 이것을 바라보고는 한껏 비웃었다.

날이 샐 무렵, 한신이 대장의 기와 북을 세우고 북을 치면서 정형 어귀로 나갔다. 조나라 군대는 성벽을 열고 나가 한참 동안 격렬하게 싸웠다. 한신과 장이가 거짓으로 북과 기를 버리고 강기슭의 진지로 달아나니 강기슭의 군사는 진문(陣門)을 열어 맞아들였다. 다시 격렬한 싸움이 벌어졌다. 조나라 군대는 정말로 성벽을 비워 놓고 한나라의 북과 기를 차지하려고 한신과 장이를 뒤쫓아 왔다. 그러나 한신과 장이가 강가의 진지로 들어간 뒤에는 한나라 군대가 죽기를 각오하고 싸우므로 도저히 무찌를 수 없었다.

한편 앞서 한신이 내보낸 기습병 2000명은 조나라 군사들이 성벽을 비워 놓고 전리품을 쫓는 틈을 엿보아 조나라의 성벽 안으로 달려 들어가 조나라 기를 모두 뽑아 버리고 한나라의 붉은 기 2000개를 꽂았다.

조나라 군대는 이기지도 못하고 한신 등을 사로잡을 수도 없으므로 성벽으로 되돌아가려고 했다. 그러나 조나라 성벽에는 온통 한나라의 붉은 기가 꽂혀 있었다. 크게 놀란 조나라 병사들은 한나라 군대가 이미 조나라 왕의 장수들을 다 사로잡았다고 생각하여 어지럽게 달아났다. 조나라 장수들은 달아나는 병사들의 목을 베면서 막으려고 했지만 소용없었다. 한나라 군대는 협공하여 조나라 군대를 크게 깨뜨리고 병사들을 사로잡았으며 성안군을 지수(泜水) 부근에서 베고 조왕 헐을 사로잡았다.

이때 한신이 군중에 명령을 내렸다.

"광무군을 죽이지 말라. 산 채로 잡아 오는 자가 있으면 1000금으로 살 것이다."

그러자 광무군을 묶어 휘하로 끌고 온 자가 있었다. 한신은 그 줄을 풀어 주고 동쪽을 보고 앉도록 하고 자기는 서쪽을 향하여 마주보며 그를 스승으로 모셨다.

장수들이 적의 머리와 포로를 바치고 축하한 뒤, 한신에게 물었다.

"병법에는 '산과 언덕을 오른쪽에 두거나 등지고 물과 못을 앞으로 하거나 왼쪽에 두라.'라고 했는데, 오늘 장군께서는 저희에게 도리어 물을 등지고 진을 치게 하면서 '조나라를 무찌른 뒤 다 같이 모여 먹도록 하자.'라고 하시기에 저희는 마음

속으로 받아들이지 않았습니다. 그러나 마침내 이겼으니 이것
은 무슨 전술입니까?"

한신이 대답했다.

"이것도 병법에 있는데 여러분이 알아차리지 못했을 뿐이
오. 병법에는 '죽을 곳에 빠뜨린 뒤라야 비로소 살릴 수 있고,
망할 곳에 둔 뒤라야 비로소 살 수 있다.'라는 말이 있잖소?
내가 평소부터 사대부를 길들여 따르게 할 수 있었던 것도 아
니고 시장 바닥에 있는 사람들을 몰아다가 싸우게 한 것과 같
으니, 그 형세가 죽을 땅에 두어 저마다 자신을 위하여 싸우
게 하지 않고 살 수 있는 곳을 준다면 모두 달아날 텐데 어떻
게 이들을 쓸 수 있겠소?"

장수들은 모두 탄복해서 말했다.

"훌륭하십니다. 저희는 미칠 수 없는 일입니다."

한신이 광무군에게 물었다.

"저는 북쪽으로 연나라를 치고 동쪽으로 제나라를 치려고
하는데 어떻게 하면 공을 세우겠습니까?"

광무군이 사양하며 말했다.

"제가 듣건대 '싸움에서 진 장수는 무용을 말할 수 없고,
멸망한 나라의 대부는 나라를 보존하는 일을 도모할 수 없
다.'라고 합니다. 지금 저는 싸움에서 지고 멸망한 나라의 포로
인데 어떻게 그러한 큰일을 꾀할 수 있겠습니까?"

그러자 한신이 말했다.

"제가 들은 바로는 〔현인〕백리해가 우(虞)나라에 살 때는
우나라가 망하였으나, 진(秦)나라에 있자 진나라가 제후들의

우두머리가 되었다고 합니다. 백리해가 우나라에 있을 때는 어리석은 사람이다가 진나라에 가니까 지혜로운 사람이 된 것이 아닙니다. 〔군주가〕 그를 등용했는지 등용하지 않았는지, 또 그의 말을 받아들였는지 받아들이지 않았는지에 달렸을 뿐입니다. 만일 성안군이 당신의 계책을 들었더라면 저 같은 사람은 이미 포로가 되었을 것입니다. 성안군이 당신을 쓰지 않았기 때문에 제가 당신을 모실 수 있게 되었을 뿐입니다."

이어 굳게 부탁했다.

"제가 마음을 다하여 당신의 계책을 따르겠으니 부디 그대는 사양하지 마십시오."

광무군이 대답했다.

"제가 듣기로 '지혜로운 사람도 천 번 생각하면 반드시 한 번 실수가 있고, 어리석은 사람도 천 번 생각하면 반드시 한 번은 얻는 경우가 있다.'라고 합니다. 그러므로 '성인은 미친 사람의 말도 가려서 듣는다.'라고 했습니다. 제 계책이 반드시 쓸 만하지는 않을지라도 성의를 다하겠습니다. 저 성안군은 백 번 싸워 백 번 이길 계책이 있었는데, 하루아침에 실수하여 군사가 호(鄗)의 성 밑에서 깨지고 자신은 지수 가에서 죽고 말았습니다.

지금 장군께서는 서하(西河)를 건너 위왕을 사로잡고 하열을 연여에서 사로잡았으며 단번에 정형에서 내려와 하루아침에 조나라의 대군 20만 명을 깨뜨리고 성안군을 죽였습니다. 따라서 그 이름은 나라 안에 알려지고, 그 위세가 천하를 뒤흔들었습니다. 농부들은 한결같이 나라의 앞날이 얼마 남지 않았다고 여겨 농사를 멈추고 쟁기를 내던진 채 아름다운 옷에 맞난 음식을 먹으면서 장군의 명령에 귀를 기울여 기다리는 자입니다. 이와 같으니 장군에게 이롭습니다. 그러나 장군의 사졸들은 지칠 대로 지쳐서 다루기가 어렵습니다.

그런데 지금 장군께서는 지친 사졸을 몰아 갑자기 수비가 튼튼한 연나라 성 밑으로 쳐들어가려고 하십니다. 싸운다 하더라도 아마 싸움이 오랫동안 지속되어 힘으로는 성을 뺏을 수 없고, 이쪽의 지친 실정을 드러내고 기세가 꺾인 채로 시일만 끌다 보면 군량미마저 바닥날 것입니다. 그리고 약한 연나라조차 항복하지 않는다면 제나라는 반드시 국경의 방비를 갖추고 스스로 강화시켜 나가려고 할 것입니다. 연나라와 제나라가 서로 버티며 항복하지 않는다면, 유방과 항우의 싸움은 어느 쪽이 이기고 어느 쪽이 질지 분명해지지 않을 것입니다. 이러한 상태는 장군에게 불리합니다. 제 어리석은 생각으로는 연나라와 제나라를 치는 것은 잘못된 계책입니다. 군사를 잘 쓰는 사람은 이쪽의 단점을 가지고 적의 장점을 치지 않고, 이쪽의 장점을 가지고 적의 단점을 칩니다."

한신이 물었다.

"그러면 어떠한 계책을 써야 하겠습니까?"

광무군이 대답했다.

"지금 장군을 위한 계책으로는 싸움을 멈추어 병사들을 쉬게 하고, 조나라를 어루만져 전쟁으로 부모를 잃은 아이들을 위로하며, 100리 안의 땅에는 쇠고기와 술로 날마다 잔치를 벌여 사대부들을 대접하고, 병사들에게 술을 먹인 뒤에 북쪽 연나라로 향하는 것이 가장 좋은 방법입니다. 그리고 뒤에 변사를 시켜 연나라에 간단한 편지를 가지고 가서 장군의 장점을 알리도록 한다면 연나라는 감히 복종하지 않을 수 없을 것입니다. 연나라가 복종하면 변사에게 동쪽 제나라로 가서 연나라가 복종했다는 사실을 알리도록 하십시오. 그러면 제나라는 바람에 휩쓸리듯 복종할 것입니다. 지혜로운 이가 있다고 하더라도 제나라를 위해 다른 묘책을 세울 수 없을 것입니다. 이렇게만 된다면 천하의 일은 모두 도모할 수 있습니다. 용병에 큰소리를 먼저 치고 진짜 싸움은 나중에 한다는 것은 바로 이런 일을 말합니다."

한신이 대답했다.

"좋은 생각이오."

그리고 그의 계책에 따라 사자를 연나라로 보내자, 연나라는 바람에 따라 휩쓸리듯 복종했다. 한신은 한나라에 사자를 보내 알리고 이 기회에 장이를 조나라 왕으로 세워 조나라를 어루만지게 하도록 청했다. 한왕이 이를 받아들여 장이를 조나라 왕으로 세웠다.

초나라는 여러 차례 기습병을 보내 하수를 건너 조나라를 치게 했다. 조왕 장이와 한신은 여기저기로 쫓아다니며 조나라를 구원하면서 이 기회에 가는 곳마다 조나라의 성읍을 평정하고 병사를 징발해서 한나라로 보냈다.

초나라가 갑자기 한왕을 형양에서 포위하자, 한왕은 남쪽으로 나가 완(宛)과 섭(葉) 사이에서 경포를 자기편으로 만들고 나서 달아나 성고로 들어갔다. 초나라가 또다시 이곳을 급히 에워쌌다. 6월에 한왕이 성고에서 나와 동쪽으로 하수를 건너 등공만을 데리고 수무(脩武)에 있는 장이의 군대에 몸을 맡기려고 했다. 수무에 이르러 역사에서 잠을 자고 새벽에 자신을 한나라 사자라고 하고 말을 달려 조나라 성벽으로 들어 갔다. 장이와 한신이 미처 일어나지 않았는데, 한왕은 그들의 침실로 들어가 인부(印符)를 빼앗고 여러 장수를 불러 모아 다시 배치했다. 한신과 장이는 일어나 보니 한왕이 와 있는 것을 알고는 매우 놀랐다. 한왕은 두 사람의 군대를 빼앗은 뒤 장이에게는 조나라를 지키도록 하고, 한신을 상국(相國)으로 삼아 조나라 병사로서 아직 징발되지 않은 자를 거두어 제나라를 치게 했다.

과욕은 화를 부른다

한신은 병사들을 이끌고 동쪽으로 나아가 아직 평원진(平原津)을 건너기 전에 한왕이 역이기를 시켜 제나라를 설득하고 항복을 받아 냈다는 말을 듣고 제나라를 치는 일을 멈추려고 했다. 이때 범양(范陽)의 변사 괴통(蒯通)[3]이 한신을 설득하여 말했다.

---

3) 진나라가 한나라로 바뀌는 과도기에 활동한 이름 있는 변사 괴철(蒯徹)인데, 사마천이 한 무제 유철(劉徹)의 이름을 쓰지 않기 위해서 괴통이라고 한 것이다.

"장군께서 조서를 받고 제나라를 치려 하는데, 한왕이 독단적으로 밀사를 보내서 제나라를 항복시켰습니다. 그러나 장군에게 치는 것을 멈추라는 조서가 어디 있습니까? 그러니 어찌 가지 않을 수 있겠습니까? 또 역이기는 한낱 변사입니다. 수레의 가로나무에 의지하여 세 치 혀를 놀려 제나라의 70여 성을 항복시켰습니다. 그러나 장군은 대군 수만 명을 이끌고 한 해가 넘도록 조나라의 성 50여 개만 항복시켰습니다. 장군이 된 지 여러 해가 되었지만 보잘것없는 유생의 공만도 못하단 말입니까?"

이에 한신도 이 말이 옳다고 생각하고 그의 계책을 따라 마침내 하수를 건넜다. 제나라는 역이기의 말을 듣고 그를 머물게 하여 크게 술자리를 벌이며 한나라를 방어하지 않고 있었다. 한신은 이 틈을 타 제나라 역성(歷城)의 군대를 습격하고, 드디어 임치에 이르렀다. 제나라 왕 전광(田廣)은 역이기가 자기를 속였다고 여겨 그를 삶아 죽이고 고밀(高密)로 달아나 초나라로 사신을 보내 도움을 요청하였다.

한신은 임치를 평정한 다음 동쪽으로 전광을 뒤쫓아 가 고밀의 서쪽 지역에 이르렀다. 초나라도 용저를 장군으로 삼아 20만 대군을 이끌고 제나라를 구하게 했다.

제나라 왕 전광과 용저가 군사를 합쳐 한신과 싸우려고 하는데, 싸움이 벌어지기 전에 용저에게 이렇게 말하는 사람이 있었다.

"한나라 군대는 먼 곳으로부터 싸우러 왔으니 있는 힘을 다해서 싸울 테니 그 날카로운 기세를 꺾기 어렵습니다. 반면 제나라와 초나라는 자기 나라 땅에서 싸우기 때문에 패하여 흩어지기 쉽습니다. 차라리 성벽을 높이 쌓아 지키면서 제나라 왕이 그가 신임하는 신하를 보내서 제나라가 잃어버린 성을 이쪽으로 돌아오게 하는 편이 낫습니다. 이미 함락된 성에는 그 성의 왕이 있어서 초나라 군대가 도우러 왔다는 말을 들으면 반드시 한나라를 배반할 것입니다. 한나라 군대는 2000리나 떨어진 다른 나라에 와 있습니다. 제나라의 성이 모두 배반하면 그 정세로 보아 식량을 얻을 수 없을 테니 싸우지 않고도 항복받을 수 있을 것입니다."

용저가 말했다.

"나는 평소에 한신이 어떤 사람인지 잘 알고 있는데, 그는 상대하기가 쉽소. 또 제나라를 돕는다고 하면서 싸우지도 않고 한나라 군대를 항복시킨다면 나에게 무슨 공이 있겠소? 지금 싸워서 이기면 제나라의 절반은 내 것이 될 텐데 어찌 그만둘 수 있겠소?"

그래서 싸우기로 하고 유수(濰水)를 사이에 두고 한신과 마주하여 진을 쳤다.

한신은 밤에 사람을 시켜 만여 개의 주머니를 만들어 모래를 가득 채워 유수의 상류를 막게 했다. 그러고는 군사를 이끌고 절반쯤 건너 용저를 공격하다가 지는 척하고 되돌아서서 달아났다. 용저는 정말 기뻐하며 말했다.

"한신이 겁쟁이인 줄은 이미 알고 있었다."

그러고는 마침내 한신을 뒤쫓아 유수를 건너기 시작했다. 이때 한신은 사람을 시켜 모래주머니 제방을 트게 하였다. 갑자기 물살이 거세게 밀어닥치므로 용저의 군사는 절반도 건너지 못했다. 한신은 급히 습격해 용저를 죽였다. 유수 동쪽에 남아 있던 용저의 군사는 흩어져 달아나고 제나라 왕 전광도 도망쳤다. 한신은 달아나는 적을 뒤쫓아 성양에 이르러 초나라 군사를 모두 포로로 잡았다.

한나라 4년, [한신은] 드디어 제나라를 모두 항복시켜 평정하고 한왕에게 사자를 보내 이렇게 말하도록 했다.

"제나라는 거짓과 속임수가 많고 변절을 잘하며 자주 번복하는 나라인 데다가 남쪽으로는 초나라와 국경을 맞대고 있습니다. 가왕(假王)임시로 왕 노릇을 하는 것을 세워서 진정시키지 않으면 정세가 안정되기 어렵습니다. 신을 가왕으로 삼아 주시면 편하겠습니다."

그 무렵 초나라가 갑자기 습격하여 한왕을 형양에서 에워쌌는데, 마침 한신의 사자가 오자 한왕은 그 편지를 펴 보고 매우 화를 내며 꾸짖었다.

"나는 여기서 곤경에 빠져 하루빨리 와서 도와주기를 바라는데 자기는 스스로 왕이 될 생각이나 하고 있다니!"

장량과 진평은 일부러 한왕의 발을 밟고는 사과하는 척하며 왕의 귓가에 입을 대고 속삭였다.

"한나라는 지금 불리한 입장에 놓여 있습니다. 한신이 왕 노릇을 하는 걸 어찌 막을 수 있겠습니까? 차라리 한신을 세워서 왕으로 삼고 잘 대우하여 제나라를 지키게 하는 편이 낫습니다. 그러지 않으면 변이 일어날 것입니다."

한왕도 이를 깨닫고 다시 꾸짖어 말했다.

"대장부가 제후를 평정했으면 진짜 왕이 될 일이지 어찌 가짜 왕 노릇을 한단 말이냐!"

이에 장량을 보내 한신을 세워 제나라 왕으로 삼고 그의 병사를 징발하여 초나라를 쳤다.

전략가 괴통의 조언을 내팽개치다

초나라가 용저를 잃자 겁을 먹은 항왕은 우이(盱眙) 출신의 무섭(武涉)을 보내 제나라 왕 한신을 이렇게 설득하게 했다.

"천하 사람이 모두 진나라에게 괴로움을 당한 지 오래되었습니다. 그래서 서로 힘을 모아 진나라를 공격했습니다. 진나라가 무너지자 각각 공적을 헤아려서 땅을 나누고, 그 땅의 왕이 되어 병사들을 쉬게 했습니다. 그런데 지금 한왕은 다시 병사를 일으켜 동쪽으로 나와 남에게 나누어 준 땅을 침범하고 남의 땅을 빼앗았으며, 삼진을 깨뜨리고 병사를 이끌고 함곡관에서 나와 제후들의 병사를 거둬들여 동쪽으로 (초나라를) 치고 있습니다. 그의 뜻은 온 천하를 삼켜 버리지 않고서는 쉬지 않을 것입니다. 그의 탐욕은 이렇듯 심하여 만족을 모릅니다. 또 한왕은 믿을 수 없는 사람입니다. 그 몸이 항왕의 손아귀에 쥐어진 일이 여러 번 있지만 항왕은 언제나 가엾게 여겨 살려 주었습니다. 그러나 위기를 벗어나기만 하면 곧 약속을 어기고 다시 항왕을 공격합니다. 그를 가까이하고 믿을 수 없음이 이와 같습니다.

지금 당신께서는 한왕과 두텁게 사귀고 있다고 생각하고 한왕을 위하여 힘을 다해 군대를 지휘하고 있지만 결국 그에게 사로잡히고 말 것입니다. 당신이 지금까지 잠시라도 살아남을 수 있었던 것은 항왕이 아직 살아 있는 덕택입니다. 지금 한왕과 항왕 두 사람의 싸움에서 (승리의 저울추는) 당신에게 달려 있습니다. 당신이 오른쪽으로 추를 던지면 한왕이 이기고 왼쪽으로 추를 던지면 항왕이 이길 것입니다. 오늘 항왕이 멸망하면 다음번에는 당신을 멸망시킬 것입니다. 당신은 항왕과 연고가 있는데 어째서 한나라를 배반하고 초나라와 화친을 맺어 천하를 셋으로 나누어 왕이 되지 않습니까? 지금 이 기회를 버리고 스스로 한나라를 믿고 초나라를 치다니, 이것이 어찌 지혜로운 자가 이와 같습니까?”

그러나 한신은 거절하며 말했다.

“내가 일찍이 항왕을 섬긴 적이 있지만 벼슬은 낭중에 지나지 않고 지위는 집극(執戟)에 지나지 않으며, 생각을 말해도 들어주지 않고 계획을 세워도 써 주지 않았소. 그래서 초나라를 저버리고 한나라로 간 것이오. 한왕은 나에게 대장군의 인수를 주고 대군 수만 명을 주었소. 자기 옷을 벗어 나에게 입히고 자기가 먹을 것을 나에게 먹이며, 생각을 말하면 들어주고 계책을 올리면 써 주었소. 그래서 내가 오늘에 이를 수 있었던 것이오. 무릇 남이 나를 친히 여기고 믿는데 내가 그를 배반하는 것은 상서롭지 못한 일이오. 설령 죽는다 하더라도 마음을 바꿀 수 없소. 나를 위하여 항왕에게 거절해 주면 좋겠소."

무섭이 떠나간 뒤 제나라 사람 괴통이 천하 대권의 향방이 한신에게 있음을 알고 기발한 계책으로 한신의 마음을 움직이려고 하였다. 그는 관상을 잘 본다고 하면서 한신을 설득하려고 이렇게 말했다.

"저는 일찍이 관상 보는 법을 배운 적이 있습니다."

한신이 물었다.

"선생께서는 어떤 방법으로 관상을 보시오?"

괴통이 대답했다.

"귀하게 되느냐 천하게 되느냐는 골법(骨法)에 달려 있고, 근심이 생기느냐 기쁨이 생기느냐는 얼굴 모양과 빛깔에 달려 있으며, 성공과 실패는 결단력에 달려 있습니다. 이런 것을 참고하여 판단하면 만의 하나도 어긋남이 없습니다."

한신이 말했다.

"좋소. 그러면 선생이 보기에 과인의 관상은 어떻소?"

괴통이 대답했다.

"잠시 주위 사람들을 물리쳐 주십시오."

한신이 말했다.

"모두 물러가라."

괴통이 말했다.

"주군의 관상을 보니 제후로 봉해지는 데 지나지 않으며, 게다가 위태롭고 불안합니다. 그러나 장군의 등을 보니 귀하기가 이를 데 없습니다."

한신이 물었다.

"그것이 무슨 말이오?"

괴통이 대답했다.

"천하가 처음 어지러워졌을 때, 영웅호걸들이 왕이라고 일
컬으며 한 번 외치자 천하의 인사들이 구름이나 안개처럼 모
여들어 물고기 비늘처럼 겹치고 불똥이나 바람같이 일어났습
니다. 이때는 어떻게 하면 진나라를 멸망시키느냐 하는 근심
뿐이었습니다. 그런데 지금 초나라와 한나라가 서로 다투게
되자 천하의 죄 없는 사람들의 간과 쓸개로 땅을 바르게 하
고, 아버지와 아들의 해골이 들판에 나뒹구는 일이 이루 다
헤아릴 수 없습니다. 초나라 사람 항왕은 팽성에서 일어나 이
곳저곳으로 돌아다니며 달아나는 적을 쫓아 형양에 이르렀으
며, 승세를 타고 자리를 말아 올리듯 여러 곳을 차지하니 그
위세가 천하를 뒤흔들어 놓았습니다. 그러나 그의 군사는 경
(京)과 색(索) 사이에서 곤경에 빠지고 서산(西山)에 가로막혀
앞으로 나아가지 못한 지 이제는 3년이나 됩니다. 한왕은 군
사 수십만 명을 이끌고 공(鞏)과 낙(雒)에서 험준한 산과 하수
를 방패로 삼아 하루에도 몇 차례 싸웠지만 한 자 한 치의 공
도 세우지 못하였습니다. 좌절하고 패배해도 도와주는 사람
이 없어 형양에서 지고 성고에서 상처를 입고 완(宛)과 섭葉
사이로 달아났습니다. 이는 이른바 지혜로운 자와 용감한 자
가 다 함께 괴로움을 당하는 것입니다. 날카로운 기세는 험준
한 요새에서 꺾이고, 양식은 창고에서 바닥나고, 백성은 지칠
대로 지쳐 원망하며 의지할 곳조차 없습니다.

용납하여, 제 생각으로는 이러한 형세로 보아 천하의 성현

이 아니고는 천하의 환란을 도저히 그치게 할 수 없습니다. 그런데 지금 한왕과 항왕의 운명은 당신에게 달렸습니다. 당신께서 한나라를 위하면 한나라가 이기고 초나라 편을 들면 초나라가 이길 것입니다. 그래서 저는 속마음을 터놓고 간과 쓸개를 드러낸 채 어리석은 계책을 말씀드리려 하는데 당신께서 받아들이지 않을까 염려됩니다. 진실로 제 계책을 써 주신다면 한나라와 초나라 양쪽을 모두 이롭게 하고, 두 분을 존속시켜 천하를 셋으로 나누어 솥의 발처럼 서 있게 하겠습니다. 그렇게 되면 그 형세로 보아 어느 누구도 감히 먼저 움직이지 못할 것입니다.

무릇 당신만큼 현명한 분이 수많은 무장 병사를 거느리고 강대한 제나라에 의지하여 연나라와 조나라를 복종시키고, 주인 없는 땅으로 나아가 그 후방을 누르며, 백성이 바라는 대로 서쪽으로 가서 [두 나라한나라와 초나라의 싸움을 끝내게 하여] 백성의 생명을 구해 준다면 천하는 바람처럼 달려오고 메아리처럼 호응할 텐데 누가 감히 [당신의 명령을] 듣지 않겠습니까? 이렇게 되면 큰 나라를 나누고 강한 나라를 약화시켜 제후들을 세우십시오. 일단 제후들이 서게 되면 천하가 복종하며 그 은덕은 제나라에 돌려질 것입니다. 그리고 당신께서는 제나라의 옛 땅임을 생각하여 교(膠)와 사(泗)를 차지하고 덕으로써 제후들을 회유하고, 궁궐 깊숙한 곳에서 두 손 모아 절하면서 겸손한 태도를 보이면 천하의 군주들이 서로 와서 제나라에 입조할 것입니다. 하늘이 주는 것을 받지 않으면 도리어 벌을 받고, 때가 이르렀는데도 과감하게 행동하지 않으면 도리어 재앙을 입는다고 들었습니다. 당신께서는 이 점을 깊이 생각해 보시기 바랍니다."

그러나 한신은 이렇게 말했다.

"한왕은 나를 정성껏 대접해 주었소. 자기 수레로 나를 태워 주고, 자기 옷을 나에게 입혀 주며, 자기 먹을 것을 나에게 먹여 주었소. 내가 듣건대 '남의 수레를 타는 자는 남의 우환을 제 몸에 지고, 남의 옷을 입는 자는 남의 근심을 제 마음에 품으며, 남의 것을 먹으면 그의 일을 위하여 죽는다.'라고 했소. 내가 어떻게 이익을 바라고 의리를 저버릴 수 있겠소?"

괴통이 말했다.

"당신께서는 스스로 한왕과 친한 사이라고 생각하여 영원히 변하지 않는 업적을 세우려고 하십니다만 제가 생각하기에는 잘못된 것입니다. 처음에 상산왕과 성안군은 평민일 때 서로 목을 내놓을 만큼 막역한 사이였지만 나중에 장염과 진택의 사건으로 다투어 두 사람은 서로 원망하게 되었습니다. 상산왕은 항왕을 배반하고 항영(項嬰)의 머리를 베어 들고 달아나 한왕에게 귀순했습니다. 한왕이 장이에게 병사를 빌려주어 동쪽으로 내려가 성안군을 지수 남쪽에서 죽이니 그의 머리와 다리가 떨어져 나가 천하의 웃음거리가 되었습니다. 상산왕과 성안군은 천하에서 둘도 없이 친한 사이였는데 결국서로 잡아먹으려고 한 것은 무엇 때문이겠습니까? 우환이란 욕심이 많은 데서 생기고, 사람의 마음은 헤아릴 수 없기 때문입니다.

지금 당신께서는 충성과 신의를 다하여 한왕과 친하게 사귀려고 하지만, 그 사귐은 상산왕과 성안군의 사귐보다 든든하다고 할 수 없습니다. 당신과 한왕 사이에 가로놓인 일은 장염과 진택의 일보다 많고 큽니다. 그래서 저는 당신께서 한왕이 결코 자신을 위태롭게 하지 않으리라고 믿는 것은 역시 잘못이라고 생각합니다. 옛날 대부 문종과 범려는 멸망해 가는 월나라를 존속시키고 월나라 왕 구천을 제후들의 우두머리로 만들어 공을 세우고 이름을 떨쳤지만 자신은 죽었습니다. 들짐승이 다 없어지면 사냥개는 삶아 먹히게 마련입니다. 〔당신과 한왕의 관계는〕교분으로 보면 장이가 성안군이 친한 것에 미치지 못하며, 충성과 믿음으로 보면 대부 문종과 범려가 구천에게 한 것보다 못합니다. 이 두 가지 일은 거울로 삼을 만합니다. 원컨대 당신께서는 이 점을 깊이 생각하십시오.

또 제가 듣건대 '용기와 지략이 군주를 떨게 만드는 자는 그 자신이 위태롭고, 공로가 천하를 덮는 자는 상을 받지 못한다.'라고 합니다. 대왕의 공로와 지략을 말씀드리자면 당신께서는 서하를 건너가서 위나라 왕과 하열을 사로잡았으며, 병사를 이끌고 정형으로 내려와 성안군을 베어 죽이고 조나라를 항복시켰습니다. 연나라를 위협하고 제나라를 평정했으며, 남쪽으로 초나라 군사 20만 명을 깨뜨리고 용저를 죽이고 〔이런 사실을〕서쪽의 한나라 왕에게 보고했습니다. 이는 이른바 '공로는 천하에 둘도 없고, 지략은 아무 시대나 나타나는 게 아니다.'라는 것입니다. 지금 당신께서는 군주를 떨게 할 만한 위세를 지녔고 상을 받을 수 없을 만큼 큰 공로를 가지고 계시니 초나라로 돌아가더라도 초나라 사람항우이 믿지 않을 테고, 한나라로 돌아가도 한나라 사람_{유방}이 떨며 두려워할 것입니다. 당신께서는 이러한 위력과 공로를 가지고 어디로 돌아가려 하십니까? 무릇 형세가 신하 자리에 있으면서 군주를 떨게 하는 위세를 지니고 명성이 천하에 높으니 제 생각에는 당신께서 위태롭습니다."

한신이 감사의 예를 표하면서 말했다.

"선생은 잠시 쉬시오. 내가 장차 이 문제를 생각해 보겠소."

며칠 뒤에 괴통은 다시 한신을 설득하여 다음과 같이 말했다.

"원래 남의 의견을 듣는 것은 일의 〔성공과 실패의〕 조짐이며, 계획을 세우는 것은 일의 〔성공과 실패의〕 기틀이 됩니다. 진언을 잘못 받아들여 계책에 실패하고도 오래도록 편안한 이는 드뭅니다. 진언을 분별하는 데 한두 가지도 실수하지 않으면 말로도 어지럽힐 수 없고, 계책이 처음과 끝을 잃지 않으면 교묘한 말로 분란을 일으킬 수 없습니다.

대체로 나무를 하고 말을 먹이는 이는 만승의 천자가 될 만한 권위도 잃어버리고, 조그마한 봉록을 지키는 데 급급한 이는 경상 자리를 지키지 못합니다. 그러므로 지식은 일을 결단하는 힘이며, 의심은 일하는 데 방해만 됩니다. 터럭 같은 작은 계획을 자세히 따지고 있으면 천하의 큰 술수를 잊어버리고, 지혜로 그것을 알면서도 과감하게 행동하지 않는 것은 모든 일의 화근이 됩니다. 그래서 '맹호라도 꾸물거리고 있으면 벌이나 전갈만 한 해도 끼치지 못하고, 준마라도 주춤거리면 노둔한 말의 느릿한 걸음만 못하며, 〔진(秦)나라 용사〕 맹분(孟賁)도 여우처럼 의심만 하고 있으면 보통 사람들이 일을 결행하는 것만 못하고, 순임금이나 우임금의 지혜가 있더라도 우물거리고 말하지 않으면 벙어리나 귀머거리가 손짓 발짓을 하는 것만 못하다.'라고 하는 것입니다. 이는 능히 실행하는 것을 귀중하게 여긴다는 뜻입니다. 대체로 공이란 이루기 힘들고 실패하기는 쉬우며, 때란 얻기 어렵고 잃기는 쉽습니다. 때는 기회이니 다시 오지 않습니다. 원컨대 당신께서는 이것을 자세히 살펴보십시오."

〔그러나〕 한신은 망설이면서 차마 한나라를 배반하지 못했다. 또 자신이 공이 많으니 한나라가 끝내 자신의 제나라를 빼앗지는 않을 것이라고 생각하여 괴통의 제안을 거절했다. 괴통은 한신이 자기 말을 들어주지 않자, 얼마 안 가서 거짓으로 미친 척하고 무당이 되었다.

높이 나는 새가 모두 없어지면 훌륭한 활을 치운다

한왕이 고릉(固陵)에서 곤경에 처했을 때, 장량의 계채을 써서 제나라 왕 한신을 불렀다. 한신은 군대를 이끌고 해하(垓下)에서 한왕과 만났다. 항우가 패하자 고조는 제나라 왕의 군사를 습격해서 빼앗았다.

한나라 5년 정월에 제나라 왕 한신을 옮겨서 초나라 왕으로 삼고 하비(下邳)에 도읍을 정하게 했다.

한신은 초나라에 이르자 일찍이 밥을 먹여 주었던 무명 빨래를 하던 아낙을 불러 1000금을 내렸다. 또 하향의 남창 정장에게 100전(錢)을 내리면서 말했다.

"그대는 소인이다. 남에게 은덕을 베풀다가 중도에서 그만뒀기 때문이다."

또 자기를 욕보인 젊은이들 가운데 자기에게 가랑이 밑으로 기어나가게 하여 모욕을 주었던 자를 불러 초나라의 중위(中尉)로 삼고, 여러 장군과 재상에게 알렸다.

"이 사람은 장사일지니, 나에게 모욕을 주었을 때에 내 어찌 이 사람을 죽일 수 없었겠는가? 그를 죽인다 하더라도 이름이 드러날 것이 없기 때문에 참고 오늘의 공을 이룬 것이다."

항왕으로부터 도망친 종리매(鐘離昧)는 이려(伊廬)에 집이 있었다. 종리매는 본래 한신과 사이가 좋았기 때문에 항왕이 죽은 뒤 한신에게로 도망쳐 왔다. 고조는 종리매에게 원한이 있으므로 그가 초나라에 있다는 말을 듣고 초나라에 조서를 내려 종리매를 사로잡으라고 했다. 한신은 초나라에 처음 왔기 때문에 현과 읍을 순행할 때면 경비병을 세우고 드나들었다. 한나라 6년에 어떤 사람이 글을 올려 초나라 왕 한신이 모반했다고 말하였다.

고조는 진평의 계책에 따라 천자가 순행한다고 하면서 제후들을 모두 불러 모으기로 했다. 남쪽에 운몽(雲夢)이라는 큰 호수가 있었다. 고조는 사자를 보내 제후들에게 진(陳)으로 모이게 하고 이렇게 말하게 했다.

"내가 장차 운몽으로 갈 것이오."

사실은 한신을 습격하려고 한 것이지만 한신은 그 사실을 알지 못했다. 고조가 초나라에 이를 무렵, 한신은 병사를 일으켜 모반하려고 했다. [그러나] 스스로 죄가 없다고 여겨 고조를 만나려고 하면서도 사로잡히지 않을까 걱정되었다. 그때 어떤 사람이 한신에게 이렇게 말했다.

"종리매의 목을 잘라 황상을 뵈면 황상께서 반드시 기뻐할 테니 걱정할 필요가 없습니다."

그래서 한신이 종리매를 만나 상의하자, 종리매는 이렇게 말했다.

"한나라가 초나라를 쳐서 빼앗지 않는 까닭은 내가 당신 밑에 있기 때문이오. 만일 당신이 나를 잡아 자진해서 한나라에 잘 보이려고 한다면 나는 오늘이라도 죽겠소. 그러나 당신도 뒤따라 망할 것이오."

그러고는 한신에게 호통을 쳤다.

"당신은 장자(長者)가 아니오!"

그는 스스로 목을 찔러 죽었다. 한신은 그의 목을 가지고 진(陳)으로 가서 고조를 만났다. 그러자 고조는 무사를 시켜 한신을 묶게 하고 뒷수레에 실었다. 한신이 말했다.

"정말 사람들의 말에 '날랜 토끼가 죽으면 훌륭한 사냥개를 삶아 죽이고, 높이 나는 새가 모두 없어지면 좋은 활은 치워 버린다. 적을 깨뜨리고 나면 지모 있는 신하는 죽게 된다.'라고 하더니, 천하가 이미 평정되었으니 내가 삶겨 죽는 것은 당연하구나!"

고조가 말했다.

"그대가 모반했다고 밀고한 사람이 있소."

드디어 한신의 손발에 차꼬와 수갑을 채웠다. 낙양에 이른 뒤에야 한신의 죄를 용서하고 회음후로 삼았다.

아녀자에게 속은 것도 운명이다

한신은 고조가 자기의 재능을 두려워하고 미워하는 것을 알았으므로 언제나 병을 핑계로 조회에 나가지도 않고 수행하지도 않았다. 한신은 이로부터 날마다 고조를 원망하며 불만을 품고 강후(絳侯) 주발(周勃)이나 관영(灌嬰)⁴⁾ 등과 동급의 자리에 있는 것을 부끄럽게 여겼다.

한번은 한신이 장군 번쾌의 집에 들른 적이 있었다. 번쾌가 무릎을 꿇고 절하면서 마중하고 배웅하였고, 또 한신 앞에서 자신을 신(臣)이라고 일컬으면서 말했다.

"왕께서 신의 집까지 왕림해 주셨군요."

한신은 문을 나와 쓴웃음을 지으며 말했다.

"살아생전에 번쾌 등과 같은 반열이 되었다니……."

고조는 일찍이 한신과 함께 여러 장수의 능력을 마음 놓고

---

4) 주발과 관영은 모두 진나라 말 유방을 따라 군사를 일으킨 인물로서 이때 공을 세워 주발은 강후로 봉해졌다가 나중에 태위(太尉)와 승상을 지냈고, 관영은 거기장군(車騎將軍)과 태위와 승상을 지냈다. 공적이나 명성이 한신만 못했다.

말하면서 각각 등급을 매긴 일이 있었다. 고조가 물었다.

"나 같은 사람은 얼마나 되는 군대를 이끌 수 있겠소?"

한신이 대답했다.

"폐하께서는 그저 10만 명을 이끌 수 있을 뿐입니다."

고조가 물었다.

"그대는 어떻소?"

〔한신이〕 대답했다.

"신은 많으면 많을수록 더욱 좋습니다."

고조가 웃으면서 말했다.

"많으면 많을수록 더욱더 좋다면서 어째서 나에게 사로잡혔소?"

한신이 대답했다.

"폐하께서는 군대를 이끌 수는 없습니다만 장수를 거느릴 수 있습니다. 이것이 바로 신이 폐하께 사로잡힌 까닭입니다. 또 폐하는 이른바 하늘이 주신 바이니 사람 힘으로는 어쩔 수 없습니다."

진희가 거록군(鉅鹿郡) 태수로 임명되어 회음후 한신에게 작별 인사를 하러 왔다. 회음후가 그의 손을 잡고 주위 사람들을 물리친 뒤 뜰을 거닐면서 하늘을 우러러보고 탄식하며 말했다.

"그대에게는 말할 수 있겠지? 그대와 상의하고 싶은 것이 있소."

진희가 말했다.

"예. 장군께서는 명령만 내리십시오."

회음후 한신이 말했다.

"그대가 태수로 부임하는 곳은 천하의 정예 부대가 모여 있는 곳이오. 그리고 그대는 폐하께서 믿고 아끼는 신하요. 누군가가 그대가 모반했다고 하더라도 폐하께서는 반드시 믿지 않을 것이오. 그러나 그런 통보가 두 번 온다면 폐하께서는 의심할 테고, 세 번 오면 반드시 화를 내며 직접 칠 것이오. 그때 내가 그대를 위하여 중간에서 일어나면 천하를 도모할 수 있을 것이오."

진희는 전부터 그의 재능을 알고 있었기 때문에 한신을 믿고 말했다.

"삼가 말씀대로 하겠습니다."

한나라 10년에 정말로 진희가 모반하자 고조는 장수가 되어 직접 치러 갔다. 한신은 병을 핑계로 따라가지 않고, 아무도 모르게 진희에게 사람을 보내서 이렇게 말했다.

"군사를 일으키면 내가 여기서 그대를 돕겠소."

한신은 그의 가신들과 짜고 밤에 거짓 조서를 내려 각 관아의 죄인들과 관노를 풀어 주고, 이들을 동원해서 여후와 태자를 습격하려고 했다. 각기 맡을 부서가 정해지고 진희의 회답만을 기다리고 있었다. 이때 한신의 가신 가운데 한신에게 죄를 지은 자가 있어 한신이 잡아 죽이려고 했다. 그러자 그 가신의 아우가 여후에게 변고를 알리고 한신이 모반하려는 상황을 말했다.

여후는 한신을 불러들이려다가 혹시 한신이 응하지 않을까 염려되어, 상국 소하와 상의하여 사람을 시켜 고조가 있는 곳에서 온 것처럼 속여 말했다.

"진희는 벌써 사형에 처했습니다. 여러 제후와 신하들이 모두 축하하고 있습니다."

소 상국이 다시 한신을 속여 말했다.

"병중이라 하더라도 부디 들어와서 축하의 뜻을 표하십시오."

한신이 들어가자 여후는 무사를 시켜 한신을 포박하여 장락궁(長樂宮)의 종실(鍾室)에서 목을 베도록 했다. 한신은 죽으면서 이렇게 말했다.

"괴통의 계책을 쓰지 못한 것이 안타깝다. 아녀자에게 속은 것이 어찌 운명이 아니랴!"

여후는 한신의 삼족을 멸하였다.

고조는 진희를 토벌하고 돌아와 한신이 죽은 것을 알고 한편으로는 기뻐하고 한편으로는 가엾게 여기면서 물었다.

"한신이 죽을 때 무슨 말을 했는가?"

여후가 말했다.

"한신은 괴통의 계책을 쓰지 못한 것이 안타깝다고 했습니다."

고조가 말했다.

"그는 제나라의 변사이다."

이에 제나라에 조서를 내려 괴통을 체포하도록 했다. 괴통이 잡혀 오자 고조가 물었다.

"네가 회음후에게 모반하도록 가르쳤는가?"

괴통이 대답했다.

"그렇습니다. 신이 가르쳤습니다. 그러나 그 못난이가 신의 계책을 쓰지 않았기 때문에 자멸해 버렸습니다. 만약 그가 신의 계책을 썼다면 폐하께서 어떻게 그를 이길 수 있었겠습니까?"

고조가 화를 내며 말했다.

"이놈을 삶아 죽여라."

괴통이 말했다.

"아! 삶겨 죽는 것은 억울합니다."

고조가 말했다.

"네가 한신에게 모반을 가르쳤기 때문에 죽는 것인데 무엇이 억울하다는 말이냐?"

[괴통이] 말했다.

"진나라의 기강이 느슨해지자 산동 땅이 크게 어지러워지고, 진나라와 성(姓)이 다른 사람들이 아울러 일어나 영웅호걸들이 까마귀떼처럼 모여들었습니다. 진나라가 그 사슴황제의 권한을 잃자, 천하는 다 같이 이것사슴을 좇았습니다. 이리하여 키가 크고 발이 빠른 자고조가 먼저 이것을 얻었습니다. 도척이 기르는 개가 요임금을 보고 짖은 것은 요임금이 어질지 못해서가 아닙니다. 개는 본래 자기 주인이 아닌 사람을 보면 짖게 마련입니다. 당시 신은 한신만 알았을 뿐 폐하는 알지 못했습니다. 또 천하에는 칼날을 날카롭게 갈아서 폐하가 하신 일과 똑같이 하려는 사람이 매우 많았습니다. 생각해 보면 그들은 능력이 모자랐을 뿐입니다. 그런데 폐하께서는 그들을 모두 삶아 죽이겠습니까?"

고조가 말했다.

"풀어 주어라."

그리고 괴통의 죄를 용서했다.

태사공은 말한다.

"내가 회음에 갔을 때 회음 사람들이 나에게 하는 말이 한신은 평민일 때에도 그 뜻이 보통 사람과는 달랐다고 한다. 그 어머니가 죽었을 때 가난해서 장례도 치를 수 없었지만〔결국〕 높고 넓은 땅에 무덤을 만들어 그 주위에 집이 일만 호나 들어설 수 있게 했다고 한다. 내가 그 어머니의 무덤을 보니 정말로 그러했다. 만약 한신이 도리를 배워 겸양한 태도로 자기 공로를 뽐내지 않고 자기 능력을 자랑하지 않았다면 한나라에 대한 공훈은 주공(周公), 소공(召公), 태공망(太公望) 등에 비할 수 있고 후세에 사당에서 제사를 받을 수 있었을 것이다. 이렇게 되려고 힘쓰지 않고 천하가 이미 안정된 뒤에 반역을 꾀했으니 온 집안이 멸망한 것은 당연하지 않은가!"

33

◎

한신 노관 열전
韓信盧綰列傳

이 편에 나오는 한신은 회음후 한신과 성과 이름은 물론 살았던 시대까지 일치하는데 역사가들은 이 두 사람을 구별하면서 전자를 한왕(韓王) 신(信)이라 하고, 후자를 회음후 한신으로 일컫는다. 사마천은 한신과 노관의 삶이 비슷한 데 근거하여 이 열전을 만들었다.

이 편은 한신과 노관이 유방을 좇아 싸워 승진하였다가 흉노에 투항하여 죽는 과정, 그들의 후손이 번창하는 모습, 천하의 재능 있는 선비들을 불러 모아 명성을 떨친 진희가 의심을 받고 반란을 일으켰다가 죽게 되는 모습을 그리고 있다. 여기서 우리는 절대 권력의 틈을 비집고 사회의 이목을 끌어 보려 했으나 어쩔 수 없이 희생물이 될 수밖에 없었던 이들의 모습을 보게 된다.

사마천이 보기에 주나라 초기 제후로 봉해진 인물은 대부분 조상의 음덕과 선행의 영향을 받았지만, 한나라 초기 제후들은 민간에서 시대의 흐름을 타고 일어나 자기 역량에 따라 세력을 구축한 차이가 있었다.

유방은 천하를 통일한 뒤 성이 다른 일곱 명을 왕으로 봉하여 봉건 할거 국면을 형성했지만, 나중에는 중앙 집권을 강화하기 위해 유씨가 아닌데 왕이 된 자들을 멸망시키는 정책을 폈다. 그래서 이때 제후들은 조정의 꺼림이나 의심을 많이 받았고 잦은 반란도 필연적인 현상이었다. 한신과 노관도 공을 세워 왕으로 봉해졌고 고조와 친밀한 유대 관계를 유지했음에도, 당시 상황은 그들이 한나라를 떠나 반역의 길로 치닫게 만들었다.

한나라 조정에 반기를 든 한신

　한(韓)나라 왕 신(信)은 원래 한나라 양왕(襄王)의 첩의 손자로서 키가 여덟 자 다섯 치나 되었다.[1] 항량이 초나라의 후손인 회왕을 세웠을 무렵 연나라, 제나라, 조나라, 위나라도 모두 이전의 왕이 다시 왕이 되었다.[2] 그중 한(韓)나라만 아들

---

1) 한 대(漢代)에 여덟 자 다섯 치면 비교적 큰 키라고 할 수 있다. 참고로 항우는 여덟 자가 조금 넘었고, 유방은 일곱 자 여덟 치였다. 요즘의 단위와 달리 한 자가 약 22cm이다.
2) 이때 연나라 왕은 한광(韓廣)이고, 제나라 왕은 전담(田儋), 조나라 왕은 무신(武臣), 위나라 왕은 위구(魏咎)였다.

이 없어 한나라의 여러 공자 가운데서 횡양군(橫陽君) 성(成)을 세워 한나라 왕으로 삼아 한나라의 옛 땅을 평정하려고 하였다. 그런데 항량이 정도(定陶) 싸움에서 져 죽자 성은 회왕에게로 달아났다. 그러자 패공이 군대를 이끌고 와 양성(陽城)을 공격하고, 장량을 한(韓)나라의 사도(司徒)토지나 호적 및 세금 등을 맡은 관리로 삼아 한나라의 옛 땅을 되찾게 하였다. [이때 장량은] 한신을 만나 한나라 장수로 삼았다. 한신은 자기 병사들을 이끌고 패공을 따라 무관(武關)으로 들어갔다.

패공이 한왕(漢王)이 되자, 한신은 한왕을 따라 한중으로 들어가 한왕을 설득했다.

"항왕은 장수들을 가까운 땅의 왕으로 봉하였는데 왕께서만 홀로 멀리 떨어진 이곳에 있으니, 이것은 분명 좌천입니다. 왕의 사졸은 모두 산동 사람이므로 발돋움을 하며 돌아가고 싶어 하니 칼날을 동쪽으로 향하신다면 천하의 패권을 다툴 수 있을 것입니다."

그러자 한왕은 군사를 돌려 삼진(三秦)을 평정하고, 한신에게 한(韓)나라 왕이 되도록 허락하였다. 이보다 앞서 한신을 한(韓)나라의 태위(太尉)군대의 우두머리로 삼아 군대를 이끌고 한(韓)나라 땅을 쳐서 차지하도록 하였다.

항적이 여러 왕을 봉하자 그들은 모두 자기 나라로 갔지만, 한(韓)나라 왕 성(成)은 항적을 따라가지 않아 공을 세우지 못해서 봉국을 받아 나가지 못하고 다시 열후(列侯)[3]가 되었다.

---

3) 진한 때 열두 등급의 작위 가운데 가장 윗자리이다.

한(漢)나라가 한신을 시켜 한(韓)나라의 옛 땅을 쳐서 차지하려 한다는 말을 들은 항적은 자신이 오나라에 있을 때 그곳 현령이던 정창(鄭昌)을 한(韓)나라 왕으로 삼아 한(漢)나라의 공격에 맞서 싸우도록 하였다.

한(漢)나라 2년에 한신은 한(韓)나라의 성 10여 개를 쳐서 평정했다. 한왕이 하남(河南)에 이르자, 한신은 한(韓)나라 왕 정창을 양성(陽城)에서 쳤다. 정창이 항복하자 한왕은 한신을 한(韓)나라 왕으로 봉하였다. 한신은 늘 한(韓)나라 군대를 이끌고 한왕을 따라갔다. 〔한나라〕 3년에 한왕이 형양을 나가자 한나라 왕 한신과 주가(周苛) 등이 함께 대신 형양을 지켰다. 초나라가 형양을 깨뜨리자 한신은 초나라에 항복하였다가 얼마 뒤에 달아나 다시 한(漢)나라로 돌아갔다. 한(漢)나라에서는 그를 다시 한(韓)나라 왕으로 삼았다. 그는 마침내 〔한왕을〕 따라서 항적을 무찌르고 천하를 평정하였다. 〔한나라〕 5년 봄에 드디어 부(符)를 쪼개어 그를 한(韓)나라 왕으로 봉하고 영천(潁川)에 도읍하게 하였다.

이듬해 봄에 고조는 한신처럼 군사적 재능이 있고 용맹스러운 자가 북쪽으로는 공(鞏)과 낙(洛)에 가깝고, 남쪽으로는 완(宛)과 섭(葉)에 가까우며, 동쪽으로는 회양(淮陽)이 있어서 모두 천하에서 사나운 군대만 득실거리는 곳에서 왕 노릇을 한다고 생각하여 조서를 내려 한신을 옮겨 태원(太原)의 왕으로 삼아 북쪽 오랑캐를 막게 하고 진양(晉陽)에 도읍을 정하도록 하였다. 그러자 한(韓)나라 왕 한신이 글을 올려 말했다.

나라가 변방에 치우쳐 있어 흉노가 자주 쳐들어옵니다. 도읍 진양은 변방의 요새와 너무 멀리 떨어져 있으니, 부디 마읍(馬邑)을 도읍으로 정하게 해 주십시오.

고조가 그렇게 하도록 허락하자, 한신은 곧 도읍을 마읍으로 옮겼다. 〔그해〕 가을에 흉노 묵돌(冒頓)[4]이 한신을 대규모로 포위하자, 한신은 흉노에게 여러 차례 사자를 보내 화해를 구했다. 한(漢)나라는 군대를 보내 그를 도왔으나, 한신이 사사로이 흉노에게 여러 차례 사자를 보내자 그가 딴마음을 품지 않았나 의심하여 사람을 보내 한신을 꾸짖었다. 한신은 목이 베일까 두려운 나머지 흉노와 함께 한나라를 치기로 약속하고 한나라에 반기를 들었다. 〔한신은〕 마읍을 흉노에게 내주어 항복하고는 태원을 쳤다.

〔한나라〕 7년 겨울에 고조가 나가 한신의 군대를 동제(銅鞮)에서 깨뜨리고 그 장수 왕희(王喜)의 목을 베니 한신은 흉노로 달아났다. 한신의 장수로 있던 백토(白土) 사람 만구신(曼丘臣)과 왕황(王黃) 등이 조나라의 먼 후예인 조리(趙利)를 세워 왕으로 삼고, 다시 한신의 패잔병을 모아 한신과 묵돌과 모의하여 한나라를 치기로 하였다. 흉노는 좌현왕(左賢王)과 우현왕(右賢王)[5]에게 기병 만여 명을 이끌고 왕황 등과 더불어 광

---

4) 한 대 흉노 선우(單于) 두만(頭曼)의 아들이다. 그는 자기 아버지를 죽이고 스스로 선우가 되어 동호(東胡)와 월지(月氏)를 무찌른 뒤 남쪽으로 내려와 한나라 고조 유방을 백등산(白登山)에서 포위하기도 했지만, 결국에는 한나라와 화친을 맺고 공물을 바쳤다.

무(廣武)에 주둔하도록 한 뒤 남쪽 진양으로 내려와 한나라 군사와 싸우게 하였다. 한나라 군사는 그들을 크게 무찌르고, 이석(離石)까지 뒤쫓아 다시 그들을 쳤다. 흉노가 또다시 누번(樓煩) 서북쪽에 모이자 한나라에서는 전차와 기병으로 흉노를 깨뜨리게 하였다. 흉노가 거듭 싸움에서 지고 달아나자, 한나라 군대는 승세를 타고 북쪽으로 달아나는 적군을 계속 뒤쫓아 갔다. 묵돌이 대곡(代谷)에 있다는 말을 듣고 고조가 진양에 머무르면서 사람을 시켜 묵돌을 살피게 하니 그 첩자가 돌아와 쳐도 되겠다고 보고했다. 고조는 마침내 평성(平城)에 이르렀다. 고조가 백등산(白登山)으로 나가자 흉노의 기병들이 고조를 에워쌌다. 고조가 사람을 시켜 연지(閼氏)선우의 아내에게 많은 선물을 보내니, 연지가 묵돌을 설득했다.

"지금 한나라 땅을 얻더라도 오히려 그곳에서 살 수 없으니 두 임금이 서로 횡액을 당할 필요가 없습니다."

그리하여 이레 만에 오랑캐 병사들이 물러났다. 그때 짙은 안개가 뒤덮이자, 한나라에서는 사람을 시켜 오가게 해 보았지만 오랑캐들은 알지 못하였다. 그러자 호군중위(護軍中尉) 진평이 고조에게 말했다.

"오랑캐는 병사를 온전하게 하려고 합니다. 강한 쇠뇌에 화살을 두 개씩 메긴 뒤에 밖을 향하게 하고 천천히 걸어서 포위를 벗어나십시오."

---

5) 현왕은 흉노족의 우두머리인 선우 바로 아래익 최고 기관으로, 도기왕(屠耆王)이라고도 한다.

〔고조가〕 평성으로 돌아오자 한나라 구원병도 이르렀고, 오랑캐 기병도 마침내 포위를 풀고 물러갔다. 한나라도 싸움을 멈추고 돌아갔다. 한신은 흉노를 위해 군대를 이끌고 오가면서 변경을 공격했다.

한나라 10년에 한신이 왕황 등에게 시켜 진희를 설득하여 잘못을 저지르도록 만들었다. 11년 봄에 예전의 한(韓)나라 왕 한신이 다시 흉노의 기병들과 함께 삼합(參合)으로 들어와서 한나라에 맞섰다. 한나라는 시 장군(柴將軍)시무(柴武)로서 유방의 휘하에 있었음에게 명하여 그를 공격하게 했는데, 시 장군이 한신에게 다음과 같은 글을 보냈다.

폐하께서는 너그러운 분으로 한나라를 배반한 제후도 다시 돌아오면 목을 베지 않고 지위와 칭호를 되돌려 주었습니다. 이런 사실은 왕께서도 잘 알고 계실 것입니다. 지금 왕께서는 싸움에서 져 흉노에게 달아났을 뿐 큰 죄를 지은 것은 아니니 빨리 스스로 돌아오십시오.

한나라 왕 한신이 답장을 보내왔다.

폐하께서 저를 평민들 중에서 뽑아 왕 노릇 하여 고(孤)라고 일컫게 해 주셨으니 이는 행운이었습니다. 그런데 저는 형양 싸움에서 죽지 못하고 항적에게 사로잡혔으니 이는 저의 첫 번째 죄입니다. 흉노가 마읍으로 쳐들어왔을 때 저는 굳게 지키지 못하고 성을 내주고 항복하였으니 이것이 두 번째 죄입니다. 지금은 도리어 오랑캐를 위하여 군대를 이끌고 한나라 장군과 대항하며 한순간의 목숨을 다투게 되었으니 이것이 세 번째 죄입니다. 옛날 대부 문종과 범려는 죄를 하나도 짓지 않았는데 죽었습니다. 그런데 지금 저는 폐하께 죄를 세 가지나 지었으니 세상에 살아남기를 바란다면 오자서가 오나라에서 쓰러져 죽은 것과 다를 바 없습니다. 지금 저는 골짜기로 달아나 숨어 다니며 아침저녁으로 오랑캐들에게 구걸하고 있습니다. 그러니 제가 한나라로 돌아가기를 바라는 것은 앉은뱅이가 일어서기를 잊지 못하고 장님이 보기를 잊지 못하는 것과 같아서 형세로 보면 돌아갈 수 없을 듯합니다.

결국 싸움을 벌여 시 장군이 삼합(參合)을 깨뜨리고 한나라 왕 한신의 목을 베었다.

〔일찍이〕 한신이 흉노로 들어갈 때 태자와 함께 갔다. 그들이 퇴당성(穨當城)에 이르렀을 때 아들을 낳았으므로 이름을 퇴당이라고 하였다. 태자도 아들을 낳아 영(嬰)으로 불렀다. 효문제(孝文帝) 14년에 퇴당과 영이 그 부하들을 이끌고 한나라에 투항하자 한나라는 퇴당을 봉하여 궁고후(弓高侯)로 삼고, 영을 양성후(襄城侯)로 삼았다. 오나라와 초나라 등 일곱 나라가 반란을 일으켰을 때 장군들 가운데 궁고후의 공이 가장 뛰어났다. 궁고후는 그 지위를 아들에게 전하여 손자에까지 이르렀지만 손자에게 아들이 없어 후(侯) 지위를 잃게 되었다. 영의 손자는 불경죄로 후 지위를 잃었다. 퇴당의 첩의 손자 한언(韓嫣)은 황제에게 남다른 사랑을 받아 이름과 부귀가 그

시대에 알려졌다. 그 동생 열(說)이 다시 봉해졌으며, 자주 장군으로 불리다가 마침내 안도후(案道侯)가 되었다. 그 아들이 대를 잇더니 한 해 남짓 지나 법을 어겨 죽었다. 다시 1년쯤 뒤에 열(說)의 손자 증(曾)이 용액후(龍額侯)가 되어 열의 뒤를 이었다.

배반과 투항을 일삼은 노관과 그의 족속들

노관(盧綰)은 풍(豐) 사람으로 고조와 같은 마을에서 살았다. 노관의 아버지는 고조의 아버지 태상황(太上皇)과 서로 친하게 지냈다. 두 사람이 아들을 낳게 되었을 때, 고조와 노관이 같은 날에 태어나자 마을 사람들이 양고기와 술을 가지고 와서 두 집안을 축하하였다. 고조와 노관은 성인이 되어 함께 글을 배우고 서로 친하게 지냈다. 마을 사람들은 두 집안이 서로 친하며 아들도 같은 날에 낳았고 그들도 커서 서로 아끼는 것을 아름답게 여겨, 또다시 두 집에 양고기와 술을 가지고 와서 축하해 주었다.

고조가 평민일 때 죄를 짓고 피해 다니며 숨어 지낸 적이 있는데, 노관은 언제나 그를 따라다녔다. 고조가 처음 패(沛) 땅에서 들고 일어나자, 노관은 그의 빈객으로 한중까지 따라 들어가 장군이 되어 늘 곁에서 모셨다. 동쪽으로 가서 항적을 칠 때에는 태위가 되어 고조를 모셨으며 침실까지도 드나들 정도였다. 고조가 옷이나 먹을 것을 상으로 내릴 때에도 신하들은 감히 노관과 똑같은 총애를 바라지 않았다. 소하와 조참(曹參) 등이 남다른 대우를 받기는 했지만 신임하고 총애하는 정도는 노관을 따를 수 없었다. 노관은 작위에 봉해져 장안후(長安侯)가 되었는데, 장안은 옛날의 함양이다.

한나라 5년 겨울에 고조가 항적을 무찌르고 나서 노관을 별장군(別將軍)으로 삼아 유고(劉賈)와 함께 임강왕(臨江王) 공위(共尉)를 쳐서 무찔렀다. [그해] 7월에 돌아와서 고조를 따라 연나라 왕 장도(臧荼)[6]를 공격하여 장도를 항복시켰다. 고조가 천하를 평정하였을 때 제후들 가운데 유씨(劉氏)가 아니고도 왕이 된 사람이 일곱 명이었다.[7] 고조는 노관도 왕으로 삼고 싶었지만, 신하들이 불만을 가질까 봐 그만두었다. 그런데 연나라 왕 장도를 사로잡게 되자, 장군과 재상과 열후들에게 조서를 내려 신하들 가운데 공이 있는 사람을 연나라 왕으로 삼겠다고 했다. 신하들은 고조가 노관을 왕으로 삼고 싶어 하는 마음을 알았으므로 다 이렇게 말했다.

"태위 장안후 노관은 언제나 황상을 모시며 천하를 평정하여 공이 가장 많으니, 그를 연나라 왕으로 삼으면 좋겠습니다."

고조는 조서를 내려 그렇게 하도록 했다. 한나라 5년 8월에

---

6) 본래는 연나라 장군으로 항우에 의해 연나라 왕이 되었지만, 초나라와 한나라의 싸움에서 한나라 편에 섰다가 뒤에 모반했다.

7) 초왕(楚王) 한신(韓信), 한왕(韓王) 신(信), 장사왕(長沙王) 오예(吳芮), 회남왕(淮南王) 경포(黥布), 양왕(梁王) 팽월(彭越), 조왕(趙王) 장오(張敖), 연왕(燕王) 노관(盧綰)을 말한다.

노관을 세워 연나라 왕으로 삼았다. 제후나 왕들 가운데 연나라 왕만큼 총애를 받은 이가 없었다.

한나라 11년 가을에 진희가 대 땅에서 반기를 들자 고조가 한단으로 가서 진희의 군대를 쳤는데, 연나라 왕 노관도 그 동북쪽을 쳤다. 그러자 진희는 왕황을 시켜 흉노에게 도움을 요청하였다. 연나라 왕 노관도 자기 신하 장승(張勝)을 흉노로 보내 진희 등의 군사는 이미 무너졌다고 말하게 했다. 장승이 오랑캐 땅에 이르러 보니, 전날 연나라 왕 장도의 아들 장연(臧衍)이 오랑캐 땅으로 도망쳐 와 있었다. 그가 장승을 보고 이렇게 말했다.

"당신이 연나라에서 중용된 까닭은 오랑캐 사정에 밝기 때문이고, 연나라가 오래 존속되고 있는 이유는 제후들이 자주 모반을 일으키며 서로 군대를 합쳐 승패가 정해지지 않기 때문입니다. 지금 당신은 연나라를 위하여 진희 등을 빨리 멸망시키려고 하는데, 그들이 모두 멸망하고 난 다음에는 재앙이 연나라에 미치게 되고 당신도 포로가 될 것입니다. 그대는 어찌하여 연나라 왕에게 진희를 치는 일을 잠시 늦추고 오랑캐와 화친하라고 말씀드리지 않습니까? 일이 더뎌지게 되면 연나라 왕은 오랫동안 왕 노릇을 할 수 있습니다. 한나라에 위급한 일이 생기게 되어야 연나라는 편안해질 것입니다."

장승도 그 말이 옳다고 여겨 아무도 몰래 흉노에게 진희를 도와 연나라를 치게 하였다. 연나라 왕 노관은 장승이 오랑캐와 함께 모의하여 반란을 일으킨 것으로 의심하고 글을 올려 장승의 일족을 멸하도록 요청했다. 장승이 돌아와 그렇게 행동한 까닭을 자세히 설명하자, 연나라 왕도 깨달은 바가 있어 거짓으로 다른 사람의 일인 것처럼 꾸며 장승의 일가족들을 탈출시켜 흉노의 첩자가 되게 하였다. 그리고 몰래 범제(范齊)를 진희에게 보내 될 수 있는 한 전쟁을 오래 끌어 승패를 짓지 말도록 했다.

한나라 12년에 고조는 동쪽으로 가서 경포를 쳤는데 진희는 늘 군대를 이끌고 대나라에 머물러 있었다. 한나라에서 번쾌를 시켜 진희를 쳐서 베어 죽이자, 그의 비장이 항복하면서 이렇게 말했다.

"연나라 왕 노관이 범제를 시켜서 진희와 내통하도록 계책을 꾸몄습니다."

고조가 사자를 보내 노관을 불렀으나, 노관은 아프다고 핑계를 대며 가지 않았다. 고조는 또다시 벽양후(辟陽侯) 심이기(審食其)와 어사대부 조요(趙堯)를 보내 연나라 왕을 맞아 오게 하면서, 연나라 왕의 주위 사람들에게 사실 여부를 묻도록 하였다. 노관은 더욱더 두려워져 문을 닫아걸고 숨어 있으면서 자신이 총애하던 신하에게 말했다.

"유씨가 아니면서 왕이 된 사람은 나와 장사왕뿐이다. 지난해 봄에 한나라는 회음후의 일족을 멸하였고, 여름에는 팽월을 베어 죽였는데 이것은 모두 여후의 계책이었다. 지금 황상께서는 병들어 나랏일을 모두 여후에게 맡기고 있다. 여후는 부녀자로서 오로지 성이 다른 왕과 큰 공을 세운 신하들을 죽이는 것을 일삼고 있다."

그러고는 병을 핑계로 끝내 가지 않았다. 그의 곁에 있던 신하도 모두 달아나 숨어 버렸다. 노관의 말이 새어 나가 벽양후가 듣게 되었다. 벽양후가 이를 고조에게 보고하자 고조는 더욱더 화를 냈다. 때마침 흉노에서 투항한 자가 있었는데 이렇게 말했다.

"장승이 도망쳐 흉노에 와 있는데 연나라의 사신입니다."

이 말을 듣고 고조가 말했다.

"노관이 정말 배반했군!"

고조는 번쾌를 시켜 연나라를 쳤다. 연나라 왕 노관은 자기 궁인과 가솔, 기병 수천 명을 이끌고 장성 아래에 머물면서 상황을 살폈다. 다행히 고조의 병이 나으면 직접 들어가 사과할 생각이었다. 그런데 4월에 고조가 세상을 떠났다. 노관은 자기 무리를 이끌고 달아나 흉노 땅으로 들어갔다. 흉노는 그를 동호(東胡)의 노왕(盧王)으로 삼았으나, 노관은 다른 오랑캐들로부터 침략과 약탈을 당하게 되자 늘 다시 한나라로 돌아가고 싶어 했다. 하지만 이렇게 1년쯤 살다가 오랑캐 땅에서 죽고 말았다.

고후 때에 노관의 아내와 자식이 흉노에서 달아나 한나라로 투항해 왔으나 고후가 병중이라 만날 수 없었다. 연나라 왕의 저택에 머물면서 언제든 술자리를 마련하여 고후를 만나려고 하였다. 마침내 고후가 죽자 만나지 못하고, 노관의 아내도 병이 들어 죽었다.

효경제(孝景帝) 6년에 노관의 손자 동호왕(東胡王) 타지(他之)가 투항하자, 한나라는 그를 봉하여 아곡후(亞谷侯)로 삼았다.

빈객이 지나치게 많은 것은 변란의 조짐이다

진희(陳豨)는 완구(宛朐) 사람으로 그가 처음에 왜 고조를 따라다니게 되었는지는 알 수 없다. 고조 7년 겨울에 한나라 왕 한신이 반기를 들고 흉노로 들어갔을 때 고조는 평성까지 갔다가 되돌아와서 진희를 봉하여 열후로 삼고, 그를 조나라 상국으로서 장수로 삼아 조나라와 대나라의 변방 군사를 지휘하게 했다. 그래서 변방의 군사는 모두 진희에게 속하였다.

진희가 한번은 〔고조를〕 만나고 돌아오는 길에 조나라에 들른 적이 있었다. 조나라 재상 주창(周昌)은 진희를 따르는 빈객들의 수레가 1000여 승이나 되어 한단의 관사가 꽉 차는 것을 보았다. 진희가 빈객들을 대하는 태도는 벼슬하지 않은 선비의 사귐과 같아 자기 몸을 낮추어 빈객들을 존경하였다. 진희가 대(代)나라로 돌아가자 주창은 곧 고조께 들어가 만나기를 청하였다. 주창은 고조를 뵙자 이것을 자세하게 말했다.

"진희의 빈객은 지나칠 만큼 많습니다. 밖에서 여러 해 동안 군대를 마음대로 휘둘렀으니 무슨 변란이라도 있을까 두렵습니다."

고조는 그 말을 듣고 사람을 시켜 다시 살펴보니 대나라에 사는 진희의 빈객들의 재물과 법에 어긋나는 일들을 조사하였더니 진희와 관련된 일이 많았다. 진희는 두려워 사람들 몰래 빈객을 시켜 왕황, 만구신과 내통해 두었다. 고조 10년 7월에 태상황이 죽었다. 고조가 사람을 보내 진희를 불렀지만 진희는 병이 깊다는 핑계로 가지 않았다. 마침내 9월에 진희는 왕황 등과 함께 모반하여 스스로 대왕(代王)이라고 일컬으며 조나라와 대나라 땅을 위협하여 빼앗았다.

고조는 이 소식을 듣고 조나라와 대나라의 관리나 백성 가운데 진희에게 속거나 협박을 받아 넘어간 자를 다 용서하고, 몸소 한단까지 가서 〔그 형세를 살펴보고는〕 기뻐하며 말했다.

"진희는 남쪽으로 장수(漳水)에 의존하지 않고 북쪽으로 한단을 지키지도 않으니 어떤 일도 저지를 수 없음을 알겠다."

이때 조나라 재상이 상산의 군수와 군위를 죽이려고 하며 〔고조에게〕 아뢰었다.

"진희의 모반으로 상산의 성 스물다섯 개 가운데 스무 개를 잃었습니다."

고조가 물었다.

"군수와 군위가 모반하였소?"

〔조나라 재상이〕 답했다.

"모반하지 않았습니다."

고조가 말했다.

"그것은 힘이 부족했기 때문이다."

그리고 그들을 용서하고 다시 상산의 군수와 군위로 삼았다. 고조는 주창에게 물었다.

"조나라 장사(壯士)들 가운데 장수로 삼을 만한 이가 있소?"

〔조나라 재상이〕 대답했다.

"네 사람이 있습니다."

그 네 사람이 고조를 뵙자, 고조는 그들을 업신여겨 꾸짖었다.

"너희 같은 자들이 어찌 장수가 될 수 있겠느냐!"

네 사람은 모두 부끄러워하며 땅에 엎드렸다. 고조가 그들을 각각 1000호에 봉하고 장군으로 삼으려고 하니 곁에 있던 신하가 간언했다.

"황상을 따라 촉나라와 한나라에까지 들어가서 초나라를 쳤던 사람들에게도 아직 두루 상을 주지 못하였는데, 지금 이들에게 무슨 공이 있다고 [1000호에] 봉하십니까?"

고조가 말했다.

"그대가 알 바가 아니오. 진희가 모반하여 한단 북쪽 땅은 다 그의 차지가 되었소. 짐이 천하에 격문을 띄워 군사를 불렀지만 달려온 자가 없었고, 지금은 한단의 군사만 있을 뿐이오. 그런데 내 어찌 4000호를 아까워하겠소? 네 사람을 봉하는 것은 조나라의 자제들을 위로하려는 뜻이오."

[그러자] 모두 말했다.

"좋습니다."

이에 고조가 물었다.

"진희의 장수는 누구요?"

"왕황과 만구신인데 모두 장사치들입니다"

고조가 말했다.

"나도 그들을 알지."

그러고는 왕황과 만구신의 목에 각각 1000금의 상을 걸었다.

11년 겨울에 한나라 군대는 공격하기 시작하여 곡역(曲逆)

밑에서 진희의 장수 후창(侯敞)과 왕황 등을 베고, 진희의 장수 장춘(張春)을 요성(聊城)에서 깨뜨렸으니 이때 머리를 벤 것이 만 명을 넘었다. 태위 주발(周勃)이 쳐들어가 태원과 대나라 땅을 평정하였다. 12월에 고조가 직접 동원(東垣)을 쳤지만 동원의 병사들은 항복하지 않고 고조에게 욕을 하였다. 나중에 동원이 항복하자 고조에게 욕한 병사들은 목을 베고, 욕하지 않은 병사들은 이마에 먹물을 넣는 형벌에 처하였다. 그리고 동원을 진정(眞定)으로 바꿔 불렀다. 왕황과 만구신의 부하들이 한나라의 상금을 받기 위해 그들을 사로잡아 왔다. 이리하여 진희의 군대는 마침내 싸움에서 지고 말았다.

고조는 낙양에서 돌아와 말했다.

"대나라는 상산 북쪽에 있어서 조나라가 상산 남쪽에 있으면서 그곳을 다스리기는 너무 멀다."

그러고는 아들 항(恒)을 세워 대나라 왕으로 삼고 중도(中都)에 도읍을 정하게 하였다. 이로써 대(代)와 안문(雁門) 땅이 모두 대나라에 속하게 되었다.

고조 12년 겨울에 번쾌의 군대가 진희를 뒤쫓아 영구(靈丘)에서 베어 죽였다.

태사공은 말한다.

"한신과 노관은 본래 덕을 쌓고 착한 일로 처세한 것이 아니라 한순간의 권모술수와 임기응변으로 벼슬을 얻고 간사함으로 공을 이루었다. 한나라가 천하를 막 평정했을 때 만났으므로 땅을 갈라 받고 왕 노릇 하며 고(孤)라고 일컬을 수 있었던 것이다. 나라 안으로는 지나치게 강해지고 커졌다는 의심을 받았고, 나라 밖으로는 만맥(蠻貊)오랑캐을 원조자로 믿고 기댔으므로 시간이 흐를수록 조정과 멀어지고 자신들까지 위태로움을 느끼게 되었다. 일이 막다른 골목에 이르고 지혜가 다하자 흉노로 달아났으니 이 어찌 애처롭지 않으랴! 진희는 양(梁)나라 사람으로 젊을 때는 위(魏)나라 공자 무기를 자주 칭찬하고 흠모했으므로 군대를 이끌고 변방을 지킬 때도 빈객들을 불러 모으고 선비들에게 몸을 굽혀 겸손하게 행동했는데, 그의 명성이 실제보다 과장되었다. 주창이 그를 의심하여 〔심문까지 하게 되었고〕 잘못이 자못 많이 드러났다. 진희는 그 재앙이 자신에게 미칠까 봐 두려웠는데 간사한 자가 진언하자, 마침내 무도한 짓에 빠져들었다. 아, 슬프도다! 대체로 계책의 설익음과 무르익음이 사람에게 성공과 실패로 끼치는 영향은 또한 깊구나!"

34

◎

전담 열전
田儋列傳

이 편은 제나라 후예 전담과 그의 사촌 동생 전영(田榮) 및 전횡(田橫)이 진나라 말기에 번갈아 왕이 되었다가 패망하는 과정, 즉 유방이 제나라를 평정하는 과정을 주로 언급하고 있다. 전담이 제나라를 세우는 데 가장 어려움을 겪었기 때문에 그의 이름으로 표제를 삼았지만 내용은 전횡의 전기에도 상당한 비중을 두어 묘사하고 있다.

전횡의 호걸다운 면모는 유방에게 천하를 얻을 수 있는 길을 열어 주는 역할에서 드러난다. 말하자면 비동맹의 동맹군 역할을 수행했다는 것인데 유방이 천하를 얻게 된 과정에서의 외부 요소를 거론하여 다루었다는 점에서 특기할 만하다. 이 때문에 전횡이 천하를 통일하지는 못했지만 그 공만은 간과할 수 없다는 것이 사마천의 생각이다. 사마천은 전횡이 싸움에서 져 한왕의 부름을 받고 치욕을 느껴 자살하자, 그를 따르던 빈객 수백 명도 절개를 지켜 따라 죽은 이야기를 덧붙여 흥미 있는 읽을거리로 만들었다.

왕의 피를 물려받은 이가 왕이 되어야 한다

전담(田儋)은 적현(狄縣) 사람으로 옛날 제나라 왕 전씨(田氏)의 후예이다. 전담의 사촌 동생 전영(田榮)과 전영의 동생 전횡(田橫)은 모두 호걸이고, 집안이 강성하여 인심을 얻을 수 있었다.

진섭이 처음 군사를 일으켜 초나라 왕이 되었을 때 주불(周市)을 보내 위(魏)나라 땅을 침략하여 평정하고, 북쪽으로 적현에 이르렀으나 적현의 성문은 굳게 수비되고 있었다. 전담은 거짓으로 자기 종을 묶고, 젊은이들을 데리고 관아로 가서 종을 죽이는 시늉을 하였다.[1] 그는 적현 현령이 나오자마자 현령을 쳐 죽인 뒤 세력 있는 관리의 자제들을 불러 놓고 말했다.

"제후들은 모두 진(秦)나라에 반기를 들고 스스로 일어서고 있다. 제나라는 옛날에 세워진 나라로서, 내가 그 전씨의 후예이니 마땅히 왕이 되어야 한다."

그러고는 마침내 스스로 제나라의 왕이 되어 군사를 일으켜 주불을 쳤다. 주불의 군사가 돌아가자 전담은 군사를 이끌고 동쪽으로 가서 제나라 땅을 점령했다.

진나라 장수 장한(章邯)이 임제(臨濟)에서 위(魏)나라 왕 구(咎)를 에워싸자 사태가 급박해졌다. 위나라 왕이 제나라에 도움을 요청하자 제나라 왕 전담은 군사를 이끌고 위나라를 도우러 갔다. 그러나 장한의 군대는 나뭇가지를 입에 물고 한밤중에 재빨리 공격하여 제나라와 위나라 군사를 크게 무찌르고 전담을 임제 아래에서 죽였다. 전담의 사촌 동생 전영이 전담의 남은 병사를 거두어 동아(東阿)로 달아났다.

독사에게 물린 손은 잘라야 한다

제나라 사람들은 왕 전담이 죽었다는 소식을 듣자 옛날 제나라 왕이던 전건(田建)의 동생 전가(田假)를 제나라 왕으로

---

1) 고대에 노비는 권력자의 개인 소유물에 불과하여 주인이 그의 생사를 결정지었다. 다만 노비를 죽일 경우 반드시 먼저 관아에 보고하도록 되어 있었다.

세우고, 전각(田角)을 재상으로, 전간(田閒)을 장군으로 세워 제후들의 침입에 맞서도록 하였다.

전영이 동아로 달아나자 장한이 그를 뒤쫓아 가 에워쌌다. 항량은 전영이 위급하다는 소식을 듣자마자 바로 군대를 이끌고 와서 장한의 군대를 동아 아래에서 무찔렀다. 장한이 서쪽으로 달아나자 항량은 승리의 기세를 타고 그의 뒤를 쫓았다. 한편 전영은 제나라 사람들이 전가를 왕으로 세운 것에 화가 나서 병사들을 이끌고 〔제나라로〕 돌아가 제나라 왕 전가를 쳐서 몰아냈다. 전가는 초나라로 달아나고 제나라 재상 전각은 조나라로 달아났으며, 전각의 동생 전간은 앞서 조나라에 도움을 요청하러 갔기 때문에 그곳에 그대로 머무른 채 돌아오지 않았다. 전영은 전담의 아들 전불(田巿)을 제나라 왕으로 세우고 자신은 재상이 되었으며, 전횡은 장군이 되어 제나라 땅을 평정하였다.

항량은 장한을 뒤쫓았지만 장한의 군대가 더욱더 강성해졌으므로, 조나라와 제나라에 사신을 보내 이 사실을 알리고 군대를 출동시켜 다 함께 장한을 치자고 하였다. 이에 전영이 이렇게 말했다.

"초나라가 전가를 죽이고 조나라가 전각과 전간을 죽이면 지금 바로 군대를 출동시키겠소."

초나라 회왕이 말했다.

"전가는 동맹국의 왕으로서 곤궁한 처지가 되어 우리에게 왔으니 그를 죽이는 것은 의로운 일이 아니오."

조나라도 전각과 전간을 죽이면서까지 제나라의 환심을 사려고 하지는 않았다. 그러자 제나라 사신이 이렇게 말했다.

"독사에게 손을 물리면 손을 자르고 발을 물리면 발을 자릅니다. 왜 그러겠습니까? 자르지 않으면 몸뚱이마저 해치기 때문입니다. 지금 전가, 전각, 전간은 초나라와 조나라에게 손이나 발 같은 친분이 있는 것도 아닌데 왜 죽이지 않습니까? 또 진나라가 다시 천하 사람들의 마음을 얻게 된다면 군사를 일으켜 정권을 잡았던 자들은 당연히 죽일 테고, 게다가 그 무덤까지 파헤칠 것입니다."

그러나 초나라와 조나라가 사자의 말을 듣지 않자, 제나라도 화가 나서 끝내 군사를 보내 주지 않았다. 예상한 대로 장한은 항량의 군대를 쳐서 항량을 죽이고 초나라 병사를 깨뜨렸다. 초나라 병사가 동쪽으로 달아나자 장한은 하수를 건너 거록에서 조나라를 에워쌌다. 항우가 급히 달려와 조나라를 구해 주었으나, 항우는 이 일로 전영을 원망하게 되었다.

원망하는 마음은 반란의 불씨가 된다

항우는 조나라를 구원하고 장한 등의 항복을 받은 뒤, 서쪽으로 가서 함양을 무찔러 진나라를 멸망시키고 제후들을 왕으로 세웠다. 이때 제나라 왕 전불을 보내 교동왕(膠東王)으로 삼고, 즉묵에 도읍을 정하도록 했다.

제나라 장군 전도(田都)는 (항우를) 따라와 조나라를 구해 준 뒤 그길로 함곡관으로 들어갔으므로, 그를 제나라 왕으로 세우고 임치에 도읍을 정하도록 했다. 옛날 제나라 왕이던 전건의 손자 전안(田安)은 항우가 하수를 건너 조나라를 구해 줄 때 제수 북쪽의 성 여러 개를 함락시킨 뒤 군사를 이끌고 항우에게 투항했다. 항우는 전안을 제북왕(濟北王)으로 세우고 박양(博陽)에 도읍을 정하도록 했다. 전영은 항량의 뜻을 저버리고 군대를 출동시켜 초나라와 조나라를 도와 진나라를 치려고 하지 않았기 때문에 왕이 되지 못하였다. 조나라 장수 진여도 직책을 잃고 왕이 되지 못했다. 이리하여 두 사람은 모두 항왕을 원망하게 되었다.

항왕이 자기 나라로 돌아가자 제후들도 각자 자기 나라로 돌아갔다. 그러자 전영은 사람을 시켜 군사를 이끌고 가서 진여를 도와 조나라에서 반란을 일으키게 하고는, 그 자신도 군대를 동원하여 전도를 치자 전도는 초나라로 달아났다. 전영이 제나라 왕 전불을 붙잡고 교동으로 가지 못하게 하자, 전불의 곁에 있던 신하들이 이렇게 말했다.

"항왕은 포악한 사람이므로 왕께서는 교동으로 가셔야 합니다. 만일 가시지 않으면 틀림없이 위태로워질 것입니다."

전불은 두려워 몰래 도망쳐 자기 나라로 갔다. 전영은 화가 나서 제나라 왕 전불을 뒤쫓아 가 즉묵에서 죽인 뒤, 돌아와서 제북왕 전안을 쳐 죽였다. 이렇게 하여 전영은 스스로 제나라 왕이 되어 삼제(三齊)[2]의 땅을 모두 병합하였다.

---

2) 항우는 제나라 땅을 셋으로 나누어 전불을 교동왕에, 전도를 제왕에, 전

이 소식을 들은 항왕은 매우 화가 나서 곧바로 북쪽으로
와서 제나라를 쳤다. 제나라 왕 전영의 군사들이 싸움에서 지
고 평원(平原)으로 달아나자 평원 사람들이 전영을 죽였다. 항
왕은 마침내 제나라 성곽을 모조리 불살라 버리고 지나가는
곳마다 사람들을 다 죽였다. 이에 제나라 사람들은 서로 힘을
합쳐 항우에게 맞섰다. 전영의 동생 전횡은 뿔뿔이 흩어졌던
병사 수만 명를 다시 불러 모아 성양에서 항우를 맞아 싸웠
다. 한편 한(漢)나라 왕은 제후들을 이끌고 와서 초나라를 무
찌른 뒤 팽성으로 들어갔다. 항우는 이 소식을 듣자 제나라를
버리고 돌아가 팽성에서 한나라를 쳤다. 이로 인하여 한나라
군대와 잇달아 싸우면서 형양에서 대치하였다. 그래서 전횡은
다시 제나라의 성읍들을 차지하고, 전영의 아들 전광(田廣)을
제나라 왕으로 세우고 전횡 자신은 재상이 되어 나라의 정치
를 도맡았다. 나라의 정치적인 일은 크든 작든 모두 재상이 결
정했다.

평민에서 일어나 번갈아 왕이 된 세 형제

전횡이 제나라를 평정한 지 3년이 지났을 때, 한왕은 역생
을 보내 제나라 왕 전광과 재상 전횡을 설득하여 한나라에 항

안을 제북왕에 봉했기 때문에 삼제라고 하였다.

복하도록 하였다. 전횡은 역이기의 말이 옳다고 여기고 역하(歷下)에 있던 군대를 해산시켰다. 그런데 한나라 장수 한신은 병사를 이끌고 동쪽으로 제나라를 쳤다.

이보다 앞서 제나라는 화무상(華毋傷)과 전해(田解)를 시켜 역하에서 진을 치고 한나라와 대치하도록 했는데, 한나라 사신이 이르자 수비를 풀고 마음 놓고 술자리를 벌이며 사신을 보내 한나라와 화친을 맺으려고 했다. 이때 한나라 장군 한신은 조나라와 연나라를 평정하고, 괴통의 계책을 받아들여 평원 나루를 건너와 역하에 있던 제나라 군대를 기습하여 깨뜨리고 그길로 임치로 들어갔다. 제나라 왕 전광과 재상 전횡은 역생이 자신들을 속였다며 화가 나서 그를 삶아 죽였다. 제나라 왕 전광은 동쪽에 있는 고밀로 달아나고 재상 전횡은 박(博)으로 달아났으며, 임시 재상 전광(田光)은 성양으로 달아나고 장군 전기(田旣)는 교동에 진을 쳤다. 초나라가 용저(龍且)를 보내 제나라를 돕게 하자 제나라 왕과 고밀에서 만나 진을 쳤다. 한나라 장군 한신과 조참은 용저를 무찔러 죽이고 제나라 왕 전광을 사로잡았다. 한나라 장군 관영(灌嬰)은 제나라 임시 재상 전광을 뒤쫓아 사로잡고 박으로 진격했다.

전횡은 제나라 왕이 죽었다는 말을 듣고 스스로 제나라 왕이 되어 되돌아가서 관영을 쳤다. 관영이 전횡의 군사를 영(嬴) 아래에서 무찌르자 전횡은 양나라로 달아나 팽월에게로 귀순했다. 이 무렵 팽월은 양 땅에 있으면서 중립을 지키며 한나라를 위하기도 하고 초나라를 위하기도 했다. 한신은 용저를 죽인 뒤 이어서 조참에게 군대를 이끌고 앞으로 나아가 교동에서 전기를 무찔러 죽이도록 하고, 관영에게는 제나라 장군 전흡(田吸)을 천승(千乘) 땅에서 깨뜨려 죽이게 하였다. 한신은 마침내 제나라를 평정하고 자신이 제나라의 임시 왕이 되고 싶다고 요청하였다. 그러자 한나라에서는 그를 진짜 왕으로 세웠다.

치욕스러운 삶을 사느니 차라리 죽음을 택한다

그로부터 1년쯤 지나자 한왕은 항적을 멸망시키고 황제가 되어 팽월을 양나라 왕으로 삼았다. 전횡은 죽음을 당할까 두려워 자기의 무리 500여 명과 함께 바다로 들어가 섬에서 살았다. 고제는 이 소식을 듣고, 전횡 형제는 본래 제나라를 평정한 데다가 제나라의 어진 사람들이 많이 따르니 지금 그들을 그대로 바다 가운데 두면 나중에 반란을 일으킬지도 모른다는 생각이 들었다. 그래서 사신을 보내 전횡의 죄를 용서하고 불러오게 하였다. 전횡은 다음과 같이 말하며 사양하였다.

"신은 폐하의 사신 역생을 삶아 죽였습니다. 듣건대 지금 그의 동생 역상(酈商)은 한나라 장군이 되었고 어진 인물이라고 하니, 신은 두려워 감히 조서를 받들지 못하겠습니다. 바라건대 평민이 되어 바다의 섬이나 지키며 살게 해 주십시오."

사신이 돌아와 보고하자, 고제는 곧바로 위위(衛尉) 역상에게 조서를 내렸다.

〔만일〕 제나라 왕 전횡이 놀아왔을 때, 감히 그를 따르는 사람과 여론을 불안하게 만드는 자가 있으면 그 일족을 멸하겠다.

그러고는 다시 사신에게 부절을 들고 〔전횡에게 가서〕 역상에게 조서를 내린 상황을 자세히 설명하고 이렇게 말하라고 했다.

"전횡이 오면 크게는 왕으로 삼고, 작게는 후로 삼겠다. 그러나 오지 않으면 군사를 보내 죽이겠다."

전횡은 자신의 빈객 두 사람과 함께 역마를 타고 낙양으로 향했다. 낙양에서 30리쯤 떨어진 시향(尸鄕) 역에 이르렀을 때 전횡은 사신에게 말했다.

"남의 신하 된 자가 천자를 만나는데 마땅히 몸을 씻고 머리를 감아야 합니다."

전횡은 그곳에 머물러 빈객들에게 말했다.

"나는 처음에 한왕과 함께 왕 노릇을 하며 고(孤)라고 일컬었는데, 지금 한왕은 천자가 되었고 나는 도망친 포로의 몸으로 북쪽을 향하여 그를 섬겨야 하오. 이 치욕스러운 마음은 정말로 참을 수 없소. 나는 남의 형을 삶아 죽였는데 앞으로 그 동생과 어깨를 나란히 하여 같은 군주를 섬겨야 하오. 비록 그가 천자의 조서를 두려워하여 나를 괴롭히지는 못한다고 하더라도 내 어찌 스스로 마음속으로 부끄러운 생각이 없겠소? 또한 폐하께서 나를 보고자 하시는 까닭은 내 얼굴을 한번 보려는 것에 지나지 않소. 폐하께서는 낙양에 계시니 지금 내 목을 베어 30리를 말로 달려가면 모습이 썩지 않아 알아볼 수 있을 것이오."

그러고는 마침내 자기 목을 찌르며 빈객에게 자신의 목을 받들고 사신을 따라 말을 달려가 고제에게 아뢰도록 하였다. 고제가 말했다.

"아, 역시 까닭이 있었구나! 한낱 평민에서 몸을 일으켜 세 형제가 번갈아 왕이 되었으니 어찌 어질지 않겠는가!"

그를 위해 눈물을 흘리고는 두 빈객을 도위(都尉)로 삼고 군졸 2000명을 뽑아 왕의 예를 갖추어 전횡을 장사하였다.

그러나 장례가 끝나자마자, 두 빈객은 무덤 곁에 구덩이를 파고 모두 스스로 목을 베고 거꾸로 처박혀 전횡을 따라 죽었다. 고제는 이 소식을 듣고 몹시 놀라며 전횡의 빈객이 모두 어진 사람들이라고 생각하였다. 또 그 나머지 500명이 여전히 바다 가운데에 있다고 들었으므로 사신을 시켜 불러오게 했다. 사신이 그곳에 이르러 전횡의 죽음을 알리자 모두 스스로 목숨을 끊었다. 이로써 전횡 형제가 선비들의 마음을 얻고 있었음을 알 수 있다.

태사공은 말한다.

"심하구나! 괴통의 계책이 제나라의 전횡을 혼란스럽게 하고 회음후를 교만에 빠지게 하여 이 두 사람을 망쳤구나! 괴통은 책사로서 종횡술에 뛰어나 전국 시대의 권모술수를 논한 글 여든한 편을 지었다. 그는 제나라 사람 안기생(安期生)과 친하였다. 안기생은 일찍이 항우에게 벼슬을 구했지만 항우는 그의 계책을 쓰지 않았다. 얼마 뒤에 항우가 이 두 사람을 봉

하려고 했으나 이들은 끝까지 받으려 하지 않고 도망쳐 버렸
다. 전횡의 절개는 고상하여 빈객들마저 그 의리를 사모하여
따라 죽었으니 어찌 이보다 더한 현명함이 있겠는가! 그래서
나는 그의 사적을 열전 속에 넣었다. 제나라에 계책을 잘 세
우는 사람이 없지 않았을 텐데 〔전횡을 보좌하여〕 나라를 지키
지 못했으니 이것은 어찌 된 일인가?"

35

◎

번 역 등 관 열전
樊酈滕灌列傳

　이 편은 한나라 초기 개국 공신이며 유방의 충성스러운 장수였던 번쾌(樊噲), 역상(酈商), 하후영(夏侯嬰), 관영(灌嬰)의 행적을 서술하고 있다. 이들은 한나라와 초나라의 싸움과 한나라 초기 정권을 굳건히 하는 과정에서 큰 공을 세운 인물들로서, 모두 미천한 출신으로 시대 변화에 순응하여 영웅이 되었다.

　이 편은 다른 열전의 구성과는 달리 전투와 전공 등의 사실을 반복하여 나열하고 있다. 특히 번쾌에 대해서는 적지 않은 분량으로 그가 늘 군주를 따라 전쟁터로 뛰어다니며 본능적인 충성심과 용맹성으로 성공하는 면모를 묘사함으로써 전형적인 무사의 모습을 부각시켰다. 이러한 기법은 사마천이 짧고 간결한 문체의 반복적인 구사를 통하여 서술의 주체를 보다 뚜렷하게 드러내려는 의도를 담고 있다.

　특히 사마천은 여기서 번쾌의 손자 번타광의 전언을 근거로 하여 서술함으로써 역사를 기록뿐 아니라 현장 체험을 통한 살아 있는 서술 기법으로써 그 묘미를 전해 주고자 했다.

용맹스럽고 기개가 넘치는 번쾌

무양후(舞陽侯) 번쾌(樊噲)는 패현(沛縣) 사람이다. 그는 개 잡는 일을 생업으로 하면서 고조와 함께 숨어 살기도 했다.[1]

처음에 〔번쾌는〕 고조를 따라 풍읍(豐邑)에서 군사를 일으 켜 패현을 쳐서 무너뜨렸다. 고조는 패공(沛公)이 되자 번쾌를 사인으로 삼았다. 번쾌는 〔고조를〕 따라 호릉현(胡陵縣)과 방여 현(方與縣)을 치고 돌아와 풍읍을 지키면서 사수군(泗水郡) 군

---

1) 번쾌는 진 이세황제 원년에 유방과 함께 재앙을 피하기 위해 망산(芒山) 과 탕산(碭山) 일대에서 숨어 지냈다.

감(郡監)을 풍읍 근처에서 쳐 무찔렀다. 그리고 다시 동쪽으로 가서 패현을 평정하고, 서쪽 설현(薛縣)에서 사수군 군수를 깨뜨렸다. 사마이(司馬尼)를 탕현(碭縣) 동쪽에서 싸워 물리치고 적군 열다섯 명의 머리를 베었으며, 〔그 공로로〕 국대부(國大夫)²⁾ 작위를 받았다.

그는 늘 패공을 모시며 따라다녔는데, 패공이 복양현(濮陽縣)에서 장한의 군대를 칠 때도 제일 먼저 성 위로 올라가 적군 스물세 명의 목을 베어 열대부(列大夫)³⁾ 작위를 받았다. 또 패공을 따라가 성양현(城陽縣)을 칠 때도 제일 먼저 성 위로 올라가 호유향(戶牖鄕)을 함락시키고, 이유(李由)이사의 아들의 군사를 깨뜨려 적군 열여섯 명의 목을 베었으며 〔그 공으로〕 상간작(上閒爵)⁴⁾ 벼슬을 받았다. 패공을 곁에서 모시고 성무현(成武縣)에서 동군(東郡)의 수위(守尉)를 치고 포위하여 적을 물리쳤으며, 적군 열네 명의 머리를 베고 열한 명을 포로로 잡아 오대부(五大夫)⁵⁾ 작위를 받았다. 패공을 따라 진나라 군사를 치기 위해 박(亳) 남쪽으로 나아가 강리현(杠里縣)에 진을 치고 있던 하간군(河閒郡) 군수가 이끄는 군대를 깨뜨리고, 개봉현(開封縣) 북쪽에 진을 치고 있던 조분(趙賁)의 군대

---

2) 진(秦)나라 작위 스무 등급 중 여섯 번째 등급으로 관대부(官大夫)를 말한다.
3) 진나라 일곱 번째 등급의 작위로서 공대부(公大夫)를 말한다.
4) 스무 등급의 작위 안에 없는 특별한 작위 이름으로 상문작(上聞爵)이라고도 한다.
5) 진나라 아홉 번째 등급의 작위이다.

를 깨뜨림으로써 적군을 물리치고 척후병 한 명과 적군 예순 여덟 명의 목을 베었으며 스물일곱 명을 포로로 잡아 경(卿) 작위를 받았다. 또 패공을 따라가 곡우(曲遇)에 진을 치고 있던 양웅(楊熊)의 군사를 쳐 깨뜨렸고, 완릉성(宛陵城)을 공략할 때는 가장 먼저 성 위로 올라가 적군 여덟 명의 목을 베고 마흔 네 명을 포로로 잡아 현성군(賢成君)이라는 봉호를 받았다.

패공을 따라가 장사읍(長社邑)과 환원산(轘轅山)을 쳤고, 하진(河津)을 건너 동쪽으로 가서 시향에 진을 치고 있던 진나라 군대를 쳤으며, 남쪽으로 주읍(犨邑)에 진을 치고 있던 진나라 군대를 공격하였다. 양성현(陽城縣)에 있던 남양군(南陽郡) 군수 여의(呂齮)도 깨뜨렸다. 동쪽으로 완현성(宛縣城)을 칠 때는 가장 먼저 성 위로 올라갔고, 서쪽으로 역현(酈縣)에 이르러 적을 물리칠 때는 적군 스물네 명의 목을 베고 마흔 명을 포로로 잡았으므로 봉록을 더 받게 되었다. 무관(武關) 땅을 공격하고, 패상(霸上)에 이르러 도위 한 명과 적군 열 명의 목을 베었으며 146명을 포로로 사로잡고 병졸 2900명을 항복시켰다.

죽음도 사양하지 않는데
어찌 술 한잔을 사양하리

항우가 희하(戱下)에서 진을 치고 패공을 치려고 하니, 패공은 기마병 100여 명을 거느리고 항백(項伯)항우의 숙부을 통해 항우를 만나 함곡관을 막을 일이 없다고 해명했다. 항우는 병사들에게 술자리를 열어 주었다. 아보(亞父)범증는 〔술자리가 한창 무르익자〕 패공을 죽이기 위해 항장(項莊)항우의 동족 사람으로 그 무렵 부장이었음에게 연회석에서 칼춤을 추다가 패공을 찌르라고 명령했지만, 〔위급한 순간마다〕 항백이 자기 어깨로 패공을 가려 주었다. 그때 패공과 장량만 군영 안으로 들어와 연회에 참석했고 번쾌는 군영 밖에 있었다. 번쾌는 상황이 긴급하다는 소식을 듣자 곧바로 철 방패를 들고 군영 문 앞으로 가서 안으로 뛰어들려 했지만 군영의 보초가 번쾌를 가로막았다. 그러나 번쾌는 〔방패로〕 그를 밀어젖히고 들어가 장막 아래에 섰다. 항우가 그를 보고 물었다.

"이자는 누군가?"

장량이 대답했다.

"패공의 참승(參乘)6) 번쾌입니다."

항우는 말했다.

"장사로구나."

그러고는 큰 술잔에 술을 따라 주고 돼지 어깻죽지 하나를 내려 주었다. 번쾌는 술을 마신 뒤 칼을 뽑아 고기를 잘라서 먹어 치웠다. 항우가 물었다.

---

6) 고대에는 수레를 탈 때 말을 모는 사람이 수레 가운데에 앉고 임금은 그 왼쪽에 앉았으며, 오른쪽에 또 한 사람을 태워 수레의 균형을 잡아 주었다. 이때 수레 오른쪽에 타는 사람은 임금에게 남다른 신뢰를 받는 신하인데, 그를 참승이라고 했다.

"더 마실 수 있겠소?"

번쾌가 말했다.

"신은 죽음도 사양하지 않는데 어찌 술 한잔을 사양하겠습니까? 패공께서는 먼저 관중으로 들어와 함양을 평정한 뒤 패상(覇上)에서 병사들을 노숙시키며 대왕을 기다리고 계셨습니다. 그런데 대왕께서는 오늘에 이르러 소인배의 말만 듣고 패공과 틈을 만드셨습니다. 신은 이 일로 천하가 분열되고 사람들이 대왕을 의심하지 않을까 걱정됩니다."

항우는 아무런 말이 없었다. 패공은 변소에 가는 척하면서 번쾌를 손짓으로 불러내어 그 자리를 떠났다. 군영을 벗어나자 패공은 수레를 그대로 남겨 둔 채 혼자 말에 올라타고 번쾌 등 네 사람[7]은 걸어서 그 뒤를 따랐다. 패공은 산 아래 샛길을 따라 군영으로 달아나 장량을 시켜 항우에게 사과하도록 하였다. 항우도 이것으로 마음이 흡족하여 패공을 죽이려 하지 않았다. 이날 번쾌가 군영으로 달려 들어가 항우를 꾸짖지 않았다면 패공은 위험에 처했을 것이다.

이튿날 항우는 함양으로 들어가 성안 사람을 모두 죽이고 패공을 한(漢)왕으로 세웠다. 한왕은 번쾌에게 열후 작위를 내리고 임무후(臨武侯)로 불렀다. 번쾌는 낭중으로 승진하여 한왕을 따라 한중으로 들어갔다.

---

7) 「항우 본기」에 따르면 네 사람은 번쾌, 하후영, 근강(靳强), 기신(紀信)이다.

반역으로 몰려 위기에 처한 번쾌

한왕은 돌아와서 삼진(三秦)을 평정하였다. 번쾌는 따로 백수(白水) 북쪽에서 서현(西縣)의 승(丞)현령의 부관을 공격하고, 옹현(雍縣) 남쪽에서 옹왕(雍王)의 날쌘 기마병을 깨뜨렸다. 한왕을 따라가 옹현과 태성(斄城)을 쳤을 때는 제일 먼저 성 위로 올라갔다. 호치현(好畤縣)에서 장평(章平)의 군대를 칠 때도 가장 먼저 올라가 적진을 함락시키고 현령과 현승 각각 한 명과 적군 열한 명의 목을 베고 스무 명을 포로로 잡았다. 그 공으로 낭중기장(郎中騎將)이 되었다. 또 번쾌는 한왕을 따라가 양향(壤鄕) 동쪽에서 진나라의 기병 부대를 물리치고 장군이 되었다. 조분(趙賁)을 쳐서 미(郿), 괴리(槐里), 유중(柳中), 함양을 함락시켰으며 폐구(廢丘)를 수몰시킬 때는 번쾌의 공이 가장 컸다. 그래서 역양현(櫟陽縣)에 이르러 식읍으로 두릉현(杜陵縣)의 번향(樊鄕)을 받았다. 한왕을 따라가 항우를 쳐서 자조(煮棗)에서 무찔렀고, 외황현(外黃縣)에서 왕무(王武)와 정처(程處)의 군대를 무찔렀으며, 추현(鄒縣)과 노성(魯城)과 하구(瑕丘)와 설현(薛縣)을 공략하였다. 항우는 팽성에서 한왕의 군대를 무찌르고 노(魯)와 양(梁) 땅을 도로 다 빼앗았다. 번쾌는 형양으로 돌아와 식읍으로 평음(平陰)의 2000호를 더 받았고 장군으로서 광무산(廣武山)을 지켰다. 그로부터 1년 뒤 항우가 군대를 이끌고 동쪽으로 가자, 고조를 따라 항우를 쳐서 양하현(陽夏縣)을 함락시키고 초나라 주 장군(周將軍)의 병사 4000명을 사로잡았다. 또 진현(陳縣)에서 항우를 에워싸 크게 깨뜨리고 호릉(胡陵)을 몰살하였다.

항우가 죽고 한왕이 황제가 되자 번쾌는 성을 든든하게 지키고 싸울 때마다 공을 세웠으므로 식읍 800호를 더 받았다. 번쾌는 고조를 따라가 반란을 일으킨 연나라 왕 장도를 쳐서 사로잡고 연나라 땅을 평정하였다. 초나라 왕 한신이 반란을 일으키려고 했을 때도 번쾌는 고조를 따라가 진현에 이르러 한신을 사로잡고 초나라를 평정하였다. 그래서 또다시 그에게 열후 작위를 내리고, 다른 제후들과 부절을 쪼개 나누어 갖고[8] 대대로 세습하게 하였다. 무양을 식읍으로 주고 무양후라고 불렀으며 앞서 받은 식읍은 해제하였다.

번쾌는 장군으로서 고조를 따라가 대(代)에서 반란을 일으킨 한(韓)나라 왕 한신을 치고, 강후(絳侯) 등과 함께 곽인읍(霍人邑)에서 운중군(雲中郡)에 이르는 땅을 평정하여 식읍 1500호를 더 받았다. 이어 진희를 치고 만구신의 군대와 양국성(襄國城)에서 싸운 뒤, 박인(柏人)에서 깨뜨릴 때에는 가장 먼저 성에 올라가 청하군(淸河郡)과 상산(常山) 등 모두 스물일곱 현에게 항복을 받아 평정하고 동원현(東垣縣)을 쑥밭으로 만들었다. 벼슬은 좌승상으로 승진하였다. 무종현(無終縣)과 광창현(廣昌縣)에서 기무앙(綦毋卬)과 윤반(尹潘)의 군대를 깨뜨리고, 진희의 부대장인 흉노족 왕황의 군대를 대(代) 남쪽에

---

8) 부절을 둘로 나누어 조정과 봉읍을 받는 사람이 각기 하나씩 가져 신용을 나타냈다.

서 무찔렀다. 이어 삼합현(參合縣)에서 한신의 군대를 칠 때는 번쾌가 거느리고 있던 병사가 한나라 왕 한신의 목을 베었다.

또 진희가 이끄는 오랑캐 기마병을 횡곡현(橫谷縣)에서 깨뜨리고 장군 조기(趙旣)의 목을 베었으며, 대나라의 승상 풍량(馮梁), 군수 손분(孫奮), 대장 왕황, 태복(太僕) 해복(解福) 등 열 명을 사로잡고 여러 장수와 함께 대의 향읍(鄕邑) 일흔세 개를 평정하였다. 그 뒤 연나라 왕 노관이 반란을 일으키자 번쾌는 재상으로서 노관을 쳐 계현(薊縣) 남쪽에서 그의 승상 저(抵)를 깨뜨리고 연나라 땅의 현 열여덟 개와 향읍 쉰한 개를 평정하였다. 이 공로로 식읍 1300호를 더 받았으므로 무양현의 식읍은 모두 5400호가 되었다. 번쾌는 고조를 따라 적군 176명의 목을 베고 288명을 사로잡았다. 따로 군대 일곱을 깨뜨리고 성 다섯 개를 함락시켰으며, 군 여섯 개와 현 쉰두 개를 평정하고 승상 한 명, 장군 열두 명, 2000석 이하 300석에 이르는 사람 열한 명을 사로잡았다.[9]

번쾌는 여후의 동생 여수(呂須)를 아내로 맞이하여 아들 항(伉)을 낳았기 때문에 다른 장수들에 비하여 고조와 가장 가까웠다.

앞서 경포가 반란을 일으켰을 때, 고조는 병이 깊어 사람을 만나기조차 싫어 궁궐 깊숙이 드러누워 있으면서 호위병에

---

9) 한 대 관리의 봉급은 100석(石)에서 1만 석까지 모두 열다섯 등급으로 나누어졌다. 여기서 2000석이라는 것은 수도와 각 지방의 정치를 담당하는 3등급 관리의 봉급이고, 300석은 작은 현을 관리하는 11등급 관리의 봉급이다.

게 신하들을 들어오지 못하게 하라고 명령했다. 신하 강후와 관영 등은 열흘 넘게 감히 들어가지 못하였다. 이때 번쾌가 궁중의 작은 문을 밀치고 바로 들어가니 대신들도 그 뒤를 따라 들어갔다. 고조는 혼자 한 환관의 무릎을 베고 누워 있었다. 번쾌 등은 고조를 보자 눈물을 흘리며 말했다.

"전날 폐하께서 저희와 함께 풍현과 패현에서 군사를 일으켜 천하를 평정하실 때만 해도 얼마나 혈기가 왕성하셨습니까! 이제 천하가 평정되었는데 어찌 이토록 지쳐 보이십니까! 폐하의 병이 깊어져 대신들은 몹시 놀라고 두려워하고 있습니다. 그런데 신등을 불러 나랏일을 의논하지 않고 도리어 일개 환관만 상대하고 세상일을 멀리하십니까? 폐하께서는 조고의 일을 알지 못하십니까?"

그러자 고조는 웃으면서 일어났다.

그 뒤 노관이 반란을 일으키자 고조는 번쾌에게 재상으로서 연나라를 치도록 하였다. 이때는 고조의 병이 깊었는데 어떤 사람이 번쾌를 헐뜯어 말했다.

"번쾌는 여씨 일족이니, 만일 황제가 하루아침에 세상을 뜨시는 날이면 곧바로 군대를 이끌고 와서 척씨(戚氏)[10]와 조나라 왕 여의(如意)의 일족을 죽일 것입니다."

---

10) 척씨, 즉 척 부인은 고조 만년에 가장 총애를 받은 데다 고조가 척 부인과의 사이에서 낳은 조왕 유여의를 태자로 삼으려는 생각까지 하자 여 태후는 척 부인을 눈엣가시로 여겼다. 여 태후는 고조가 죽자마자 척 부인의 손과 발을 지르고 눈을 파내고 돼지우리에 살게 하며 '사람 돼지(人彘)'리고 부르게 했고 아들 유여의도 독살했다. 「여 태후 본기」 참조.

고조는 이 말을 듣고 몹시 화가 나서 곧장 진평(陳平)을 시켜 강후에게 수레를 타고 가서 〔번쾌〕 대신 군대를 지휘하게 하고, 군대 안에서 번쾌의 목을 베라고 명령하였다. 진평은 여후를 두려워하여 번쾌를 〔죽이지 않고〕 체포하여 장안으로 데려왔다. 고조가 죽자 여후는 번쾌를 풀어 주고 작위와 식읍을 되돌려 주도록 하였다.

효혜제(孝惠帝) 6년에 번쾌가 죽자 무후(武侯)라는 시호를 내렸다. 아들 번항(樊伉)이 대신 후(侯)가 되고, 그 어머니 여수는 임광후(臨光侯)가 되었다. 고후(高后)가 정권을 쥐고 마음대로 휘두르므로 대신은 모두 두려워하였다. 번항이 번쾌 대신 후가 된 지 9년 만에 고후가 죽었다. 대신들은 여씨 일족과 여수의 가솔을 모두 죽이고 번항도 죽였다. 이로써 무양후의 가통은 몇 달 동안 끊어졌다. 그러나 효문제(孝文帝)가 즉위하자 곧바로 번쾌의 서자 번불인(樊市人)을 무양후로 봉하고 예전의 작위와 식읍을 되돌려 주었다. 번불인이 무양후가 된 지 29년 만에 죽으니 시호를 황후(荒侯)라고 했다. 그 아들 번타광(樊他廣)이 대를 이어 후(侯)가 되었다. 6년 뒤에 무양후 집안의 한 사인이 번타광에게 죄를 지어 벌을 받자 원한을 품고 글을 올렸다.

황후 번불인은 병이 있어 아들을 낳을 수 없자 자기 부인을 동생과 간통하게 하여 타광을 낳았습니다. 타광은 실제로 황후의 아들이 아니니 황후 대신 후가 될 수 없습니다.

그래서 황제는 조서를 내려 관리에게 조사하도록 했다. 효경제(孝景帝) 중원(中元) 6년에 번타광은 후 작위를 빼앗기고 평민이 되었으며 봉국도 없어졌다.

노략질을 일삼던 역상

곡주후(曲周侯) 역상(酈商)은 고양(高陽) 사람이다. 진승이 반란을 일으켰을 때 역상은 젊은이들을 모으고 사방으로 다니면서 사람들을 강제로 끌어 모아 수천 명이 되었다. 패공이 여러 곳을 공략하며 진류현(陳留縣)에 이른 지 여섯 달 남짓 되었을 무렵, 역상은 병졸 4000명을 이끌고 기현(岐縣)에서 패공에게 귀속하였다. 역상은 패공을 따라가 장사(長社)를 칠 때 성에 가장 먼저 오른 공으로 신성군(信成君)에 봉해졌다. 그는 패공을 따라가 구지현(緱氏縣)을 치고, 하진(河津)평음진을 차단하고 낙양 동쪽에서 진나라 군대를 깨뜨렸다. 또 패공을 따라가 완(宛)과 양(穰)을 쳐서 함락시키고 열일곱 현을 평정하였다. 역상은 따로 군대를 이끌고 슌관(旬關)을 치고 한중을 평정하였다.

항우는 진나라를 멸망시키고 패공을 세워 한왕으로 삼았다. 한왕이 역상에게 신성군 작위를 내리자 역상은 장군 자격으로 농서도위(隴西都尉)를 맡게 되었다. 역상은 따로 북지(北地)와 상군(上郡)을 평정하였다. 언지현(焉氏縣)에서 옹왕(雍

王)의 장군을 쳐부수고, 순읍(枸邑)에서 장군 주류(周類)를 무찔렀으며, 이양(泥陽)에서 소장(蘇駔)을 깨뜨렸으므로 그 공으로 무성현(武成縣)의 6000호를 식읍으로 받았다. 또 역상은 농서도위로 패공을 따라가 다섯 달 동안 항우의 군대를 쳤으며, 거야현(鉅野縣)으로 나가서 종리매와 싸웠는데 아주 치열했다. 역상은 한왕에게 양나라 재상의 인수를 받고 식읍 4000호를 더 받았다. 역상은 양나라 재상이면서 장수가 되어 한나라 왕을 따라 2년 3개월 동안 항우를 쳐서 호릉(胡陵)을 공략했다.

항우가 죽자 한왕이 황제가 되었다. 그해 가을 연나라 왕 장도가 반란을 일으키자 역상은 장군 신분으로 한왕을 따라가 장도를 쳤다. 용탈현(龍脫縣)에서 싸울 때는 성에 먼저 올라가 진지를 함락시켰고, 역현(易縣) 아래에서 장도의 군대를 무찔렀다. 이 공로로 우승상이 되었으며 열후 작위를 받았고, 다른 제후들과 부절을 나누어 갖고 대대로 계승했으며, 식읍으로 탁현(涿縣)의 5000호를 받았고 호를 탁후(涿侯)라고 하였다. 역상은 우승상으로서 따로 군사들을 이끌고 상곡(上谷)을 평정하였고, 이어 대(代)를 쳐서 조나라 재상의 인수를 받았다. 역상은 우승상이자 조나라의 재상으로서 따로 강후 등과 함께 대나라와 안문(雁門)을 평정하고 대나라의 승상 정종(程縱), 임시 재상 곽동(郭同), 장군 이하 600석에 이르는 자 열아홉 명을 사로잡았다. 역상은 돌아와 장군으로서 태상황을 1년 7개월 동안 호위하였고, 우승상으로서 진희를 쳐서 동원현을 쑥밭으로 만들었다. 또 역상은 우승상으로서 고조를 따라가 경포를 치고 그의 선두 부대를 공격하여 진지 두 개를 함락시켜 경포의 군대를 깨뜨렸다. 그래서 그는 다시 곡주(曲周)의 5100호를 식읍으로 받자 앞서 받은 식읍은 돌려주었다. 따로 군대를 이끌고 가서 적군을 물리친 것이 세 번이고, 항복받은 것이 여섯 군 일흔세 현이며, 적의 승상과 임시 재상과 대장 각 한 사람과 소장 두 사람 그리고 2000석 이하 600석에 이르는 관원 열아홉 명을 사로잡았다.

역상은 효혜제를 섬겼는데, 고후 때에는 병으로 일을 맡을 수 없었다. 그 아들 역기(酈寄)는 자가 황(況)이고 여록(呂祿)[11]과 친하게 지냈다. 여후가 죽자 대신들이 여씨 일족을 죽이려고 하였으나, 여록이 장군이 되어 북군(北軍)[12]에 진을 치고 있었기 때문에 태위 주발(周勃)은 북군으로 들어갈 수 없었다. 그래서 주발은 사람을 시켜 역상을 위협하여 그 아들 역황이 여록을 꾀어내도록 하였다. 여록이 역황을 믿으므로 함께 밖으로 나오자 태위 주발이 곧장 북군으로 들어가 장악하고 여씨 일족을 죽였다. 이해에 역상이 죽자 경후(景侯)라는 시호를 내렸다. 아들 역기가 대신 후가 되었다. 세상 사람들은 역기가 친구를 팔았다고 말했다.

효경제 전원(前元) 3년에 오, 초, 제, 조나라가 반란을 일으키자[13] 경제는 역기를 장군으로 임명하여 조나라 성을 에워쌌

---

11) 여후의 조카. 조나라 왕으로 봉해졌다가 뒤에 주발에게 피살되었다.
12) 서한(西漢) 금군(禁軍)에는 남군(南軍)과 북군(北軍)이 있어 장안의 남쪽 성과 북쪽 성을 나누어 지켰다.
13) 오나라 왕 유비(劉濞), 초나라 왕 유무(劉戊), 조나라 왕 유수(劉遂), 교

지만 열 달이 지나도록 함락시키지 못했다. 그러다가 제나라를 평정하고 돌아온 유후(兪侯) 난포(欒布)의 도움을 받아 조나라 성을 함락시키고 조나라를 멸망시켰으며, 조나라 왕이 스스로 목숨을 끊자 봉국도 없어졌다. 효경제 중원(中元) 2년에 역기가 평원군(平原君)왕황후의 어머니로 이름은 장아(臧兒)이며, 무제 때 평원군이라고 존칭함. 평원군 조승이 아님을 부인으로 삼으려다 경제의 노여움을 사서 형리에게 넘겨졌는데 죄가 드러나 후를 박탈당했다. 경제는 역상의 다른 아들 역견(酈堅)을 목후(繆侯)로 봉하여 역씨의 뒤를 잇게 하였다. 목정후(繆靖侯)가 죽자 그 아들 강후(康侯) 수성(遂成)이 뒤를 이었고, 수성이 죽자 그 아들 회후(懷侯) 세종(世宗)이 뒤를 이었다. 세종이 죽고 그 아들 종근(終根)이 후로 세워졌다. 그는 태상(太常)이 되었다가 죄를 지어 봉국도 없어지고 말았다.

위증죄에 연루되어 옥살이한 하후영

여음후(汝陰侯) 하후영(夏侯嬰)은 패현 사람으로 패현의 마구간 사어(司御)말을 기르고 수레를 모는 사람를 지냈다. 그는 사신과 빈객을 배웅하고 돌아올 때마다 패현의 사상정(泗上亭)[14]

서왕(膠西王) 유앙(劉卬), 교동왕(膠東王) 유웅거(劉雄渠), 치천왕(菑川王) 유현(劉賢), 제남왕(濟南王) 유벽광(劉辟光) 등이 일으킨 반란을 말한다.
14) 즉 사수정(泗水亭). 패현에서 동쪽으로 1리 떨어진 곳에 있다. 유방은

에 들러 고조와 이야기를 나누었는데, 하루도 달리한 적이 없었다. 얼마 되지 않아 하후영은 현의 관리가 되었지만 여전히 고조와 사이가 좋았다. 하루는 고조가 장난을 치다가 하후영에게 상처를 입혔는데 어떤 사람이 고조를 고발하였다. 고조는 그때 정장(亭長)이므로 상처를 입히면 다른 사람들보다 무거운 형벌을 받아야 했다. 고조는 하후영에게 상처를 입힌 일이 없다고 진술하였고 하후영도 이를 증언하였다. 그렇지만 이 사건은 나중에 다시 심의를 받게 되었고, 하후영은 [고조의 죄에 대한 위증죄로] 연루되어 1년 남짓 옥살이를 하고 매를 수백 대나 맞았다. 그러나 끝내 진술을 번복하지 않아 고조를 사건에서 벗어나게 했다.

처음에 고조가 자기 부하들과 함께 패현을 치려 하자, 하후영은 패현의 영사(令史)문서를 관장하는 관리로서 고조를 위해 심부름을 했다. 고조는 하루 만에 패현의 항복을 받아 냈다. 고조는 패공이 되자 하후영에게 칠대부(七大夫) 작위를 내리고 태복(太僕)으로 삼았다. 하후영은 패공을 따라 호릉을 쳐서 소하와 함께 사수군의 군감(郡監) 평(平)을 항복시켰다. 평이 호릉을 들어 투항하니, 하후영은 이 공로로 오대부(五大夫) 작위를 받았다.

하후영은 또 패공을 따라가 탕현 동쪽에서 진나라 군대를 쳤고, 제양현(濟陽縣)을 쳐서 호유향(戶牖鄉)을 항복시켰으며, 옹구현(雍丘縣) 아래에서 이유(李由)의 군대를 무찔렀다. 전차

사수 정장이었는데 하후영은 그와 교분을 가져 늘 찾아갔다.

로 질주하면서 맹렬한 기세로 싸운 공로로 집백(執帛)집규(執珪) 다음가는 지위 작위를 받았다. 하후영은 늘 태복 자격으로 패공의 수레를 몰고 패공을 따라가 동아현(東阿縣)과 복양현 아래에서 장한의 군대를 쳤는데, 전차로 신속하게 달려가 치열하게 싸워 무찌른 공로로 집규 작위를 받았다.

또한 일찍이 패공을 모시고 개봉(開封)에서 조분의 군대를 치고, 곡우(曲遇)에서 양웅의 군대를 쳤다. 하후영은 예순여덟 명을 포로로 잡고 군졸 850명의 투항을 받았으며 인장 한 상자를 얻었다. 이어서 수레를 몰아 패공을 따라가 낙양 동쪽에서 진나라 군대를 칠 때, 수레를 내달리며 격렬하게 싸워 공을 세웠으므로 봉읍을 받고 등공(滕公)이 되었다. 또다시 패공의 수레를 몰고 따라가 남양(南陽)을 쳤고, 남전현(藍田縣)과 지양현(芷陽縣)에서 싸울 때 전차로 빨리 달리면서 치열하게 싸워 패상에 이르렀다. 항우가 와서 진나라를 섬멸하고 패공을 세워 한(漢)나라 왕으로 봉하였다. 한왕은 하후영에게 열후 작위를 내리고 소평후(昭平侯)라고 불렀다. 그는 다시 태복이 되어 촉과 한으로 들어갔다.

하후영은 나라로 돌아와서 삼진(三秦)을 평정하고, 한왕을 따라가 항우를 쳤는데 팽성에 이르러서 그에게 크게 패했다. 한왕은 형세가 불리해지자 달아나다가 〔두 자식〕 효혜(孝惠)와 노원(魯元)을 발견하고 수레에 태웠다. 그러나 한왕은 말이 지치고 적이 뒤쫓아 와 사태가 급해지자 두 아이를 발로 차서 수레 밖으로 떨어뜨리려 하였다. 하지만 하후영은 그때마다 그들을 수레 아래에서 끌어올리고 천천히 가면서 두 아이가 자기 목을 끌어안게 했다. 한왕은 몹시 화가 나 도중에 하후영의 목을 10여 차례나 베려고 했으나, 마침내 탈출하여 효혜와 노원을 풍(豐)으로 데려다주었다.

한왕은 형양에 이르자 흩어진 병사를 모아 다시 세력을 되찾고 하후영에게 기양(祈陽)을 식읍으로 내려 주었다. 그는 다시 한왕을 수레에 모시고 항우를 쳤는데 진현까지 뒤쫓아 가 마침내 초 땅을 평정하였다. 하후영은 노성(魯城)으로 돌아갔고, 식읍으로 자지현(茲氏縣)을 더 받았다.

한왕이 황제가 되었다. 그해 가을에 연나라 왕 장도가 반란을 일으키자 하후영은 태복으로서 고조를 따라가 장도를 쳤다. 그다음 해에 고조를 따라 진(陳)에 이르러 초나라 왕 한신을 사로잡았다. 고조는 〔하후영에게〕 다시 여음현(汝陰縣)을 식읍으로 내리고 부절을 나누어 주어 대대로 세습하도록 하였다. 하후영은 태복으로서 고조를 따라 대(代)를 쳐서 무천(武泉)과 운중(雲中)에까지 이르렀고, 그 공로로 식읍 1000호를 더 받았다.

또 고조를 따라 진양현(晉陽縣) 부근에 있던 한신 군대의 흉노 기마병을 쳐서 크게 깨뜨렸다. 계속 달아나는 적을 뒤쫓아 평성현(平城縣)에 이르렀다가 흉노에게 에워싸여 이레 동안이나 연락이 끊겼다. 고조가 연지에게 사신을 보내 많은 예물을 주자 묵돌이 한쪽 포위망을 풀었다. 고조는 포위망을 벗어나 급히 달아나려고 하였지만, 하후영은 일부러 천천히 걸으면서 쇠뇌를 당겨 밖으로 향하게 하여 마침내 탈출할 수 있었다. 그 공로로 세양현(細陽縣)의 1000호를 식읍으로 더 받았다. 다시 태복 신분으로 고조를 따라 구주산(句注山) 북쪽에서 흉노 기마병을 쳐서 크게 무찔렀다. 그는 태복 신분으로 평성현 남쪽에서 흉노 기마병을 쳐서 진지를 세 차례나 함락시켜 공이 많았으므로 빼앗은 읍 500호를 받았다. 태복으로서 진희와 경포의 군대를 쳐서 진지를 함락시키고 적을 물리쳤으므로 식읍 1000호를 더 받았으며, 여음현의 6900호를 식읍으로 하고 앞서 받은 식읍은 돌려주었다.

하후영은 고조가 처음 패현에서 일어날 때부터 죽을 때까지 언제나 태복으로 있었고, 태복으로서 효혜제까지 섬겼다. 효혜제와 고후는 하후영이 하읍현(下邑縣) 부근에서 효혜제와 노원 공주를 구해 준 은혜에 감사하여 하후영에게 현의 북쪽 궁궐에서 제일 좋은 집을 내려 주고 가깝게 지내며 각별히 존중하였다. 효혜제가 죽자 하후영은 태복으로 있으면서 고후를 섬겼다. 고후가 죽고 대왕(代王)이 들어오자 하후영은 태복 신분으로 동모후(東牟侯)와 함께 궁중으로 들어가 잔당을 말끔히 정리하고 소제(少帝)를 폐위시켰다. 천자의 어가를 준비하여 대왕을 관저로 맞아들여 대신들과 함께 세우니 그가 효문제(孝文帝)이다. 하후영은 다시 태복이 되었다가 8년 만에 죽었으며, 시호는 문후(文侯)라고 하였다. 그 아들 이후(夷侯) 조(竈)가 뒤를 이었는데 7년 뒤에 죽었다. 조의 아들 공후(共侯) 사(賜)가 대를 이었는데 31년 뒤에 죽었다. 사의 아들 파(頗)는 평양 공주(平陽公主)와 결혼했다. 그는 대를 이은 지 19년 뒤인 원정(元鼎)한 무제의 다섯 번째 연호 2년에 아버지가 황제로부터 물려받은 하녀와 간통한 죄로 스스로 목숨을 끊어 봉국이 없어졌다.

비단을 팔던 관영

영음후(潁陰侯) 관영(灌嬰)은 수양현(睢陽縣)에서 비단을 팔던 사람이다. 고조가 패공이 되어 여러 곳을 공략하면서 옹구(雍丘) 일대에 이르렀을 때 장한이 항량의 군대를 무찌르고 죽이자 패공은 탕현으로 돌아가 진을 쳤다. 관영은 처음에 중연(中涓)으로서 패공을 따라가 성무(成武)에서 동군(東郡)의 군위를 무찌르고, 강리(杠里)에서 진나라 군대를 깨뜨렸다. 그는 힘껏 싸운 공으로 칠대부 작위를 받았다. 관영은 패공을 따라가 박(亳)의 남쪽과 개봉과 곡우에서 진나라 군대를 쳐 치열하게 싸워 집백 작위를 받고, 선릉군(宣陵君)이라는 칭호를 얻었다. 또 패공을 따라가 양무(陽武) 서쪽에서 낙양에 이르는 지역을 공략하여 진나라 군대를 시(尸) 북쪽에서 깨뜨리고, 북쪽으로는 하진(河津)을 끊었으며, 남쪽으로는 남양 군수 여의를 양성 동쪽에서 깨뜨려 마침내 남양군을 평정하였다. 또한 서쪽 무관으로 들어가 남전에서 격렬하게 싸워 패상에 이르렀다. 이 공으로 집규 작위를 받고 창문군(昌文君)이 되었다.

패공은 한왕이 되자 관영을 낭중으로 삼았다. 관영은 한왕을 따라 한중으로 들어가 10월에 중알자(中謁者)황제 곁에서 접견을 연락하는 관리로 임명되었다. 그는 한왕을 따라갔다가 되돌아와 삼진을 평정하고 역양을 함락시켰으며 새왕(塞王)사마흔의 항복을 받았다. 관영은 돌아와 폐구에서 장한을 에워쌌으나 함락시키지는 못하였다. 다시 한왕을 따라 동쪽으로 임진관(臨晉關)을 나와 은(殷)나라 왕을 쳐서 항복을 받고 그 땅을 평정하였다. 정도(定陶) 남쪽에서 항우의 장군 용저와 위나라 재상 항타의 군대를 쳐 치열하게 싸운 끝에 무찔렀다. 관영은 그 공으로 열후로 봉해져 창문후(昌文侯)로 불렸으며, 두현(杜縣)의 평향(平鄕)을 식읍으로 받았다.

관영은 다시 중알자로서 한왕을 따라가 탕현을 함락시키고 팽성에 이르렀다. 항우가 한왕을 쳐서 크게 무찔렀다. 한나라 왕이 서쪽으로 달아나자 관영은 한왕을 따라 돌아와 옹구에 진을 쳤다. 왕무(王武)와 위공(魏公) 신도(申徒)가 반란을 일으키자 관영은 한왕을 따라가 그들을 무찔렀으며, 하황현(下黃縣)을 치고 서쪽으로 병사들을 수습하여 형양에 주둔하였다. 초나라 기병대가 대규모로 쳐들어오자 한왕은 군대 안에서 기병대 장수가 될 만한 이를 뽑게 하였다. 그러자 모두 다음과 같이 추천하는 말을 했다.

"본래 진나라의 기마병 출신인 중천(重泉) 사람 이필(李必)과 낙갑(駱甲)이 기병에 익숙합니다. 지금은 교위(校尉)로 있지만 기병 장수로 삼을 만합니다."

한왕이 그들을 임명하려고 하자 이필과 낙갑이 말했다.

"신들은 본래 진나라 백성이므로 군사들이 저희를 믿지 않을 것입니다. 대왕 곁에 있는 이 중에서 기마를 잘 아는 사람을 뽑아 임명하시고, 신들이 그분을 돕도록 해 주십시오."

한왕은 관영이 젊기는 하지만 여러 차례 치열한 전쟁을 한 경험이 있으므로 중대부(中大夫)어사대부의 고문관로 삼고 이필과 낙갑을 좌우 교위로 삼았다.

관영은 낭중의 군대를 이끌고 형양 동쪽에서 초나라 기병대를 쳐서 크게 깨뜨렸다. 그는 조서를 받고 따로 초나라 군대의 뒤쪽을 쳐서 양무에서 양읍(襄邑)에 이르는 그들의 식량 보급로를 끊었다. 노현(魯縣) 일대에서 항우의 장군 항관(項冠)을 쳐서 무찔렀고, 그 부하가 우사마(右司馬)와 기병 대장 각각 한 사람씩을 베었다. 또한 자공(柘公) 왕무의 군대를 치고 연나라 서쪽에 진을 쳤는데, 그 부하가 누번(樓煩)[15]의 장수 다섯 명과 연윤(連尹)[16] 한 명을 베었다. 백마현(白馬縣) 일대에서 왕무의 별동대장 환영(桓嬰)을 쳐서 무찔렀는데 부하가 도위 한 명의 목을 베었다. 관영은 기마병을 이끌고 하수를 건너 남쪽으로 와서 한왕을 낙양으로 전송하고, 사신으로 북쪽 한단에 이르러 재상 한신의 군대를 맞아들였다. 관영은 오창(敖倉)으로 돌아와 어사대부로 승진하였다.

3년 뒤에 관영은 열후로서 두현의 평향을 식읍으로 받았다. 그는 어사대부로서 조서를 받고 낭중의 기마병을 이끌고 동쪽으로 재상 한신에게 귀속되어 역성 일대에서 제나라 군대를 무찔렀으며, 부하들이 거기장군(車騎將軍) 화무상(華毋傷)과 장리(將吏) 마흔여섯 명을 포로로 잡았다. 임치를 함락

---

15) 춘추 시대 말기 북방의 부족 이름으로 말타기와 활쏘기에 뛰어났다.

16) 초나라 관직 이름인데 구체적인 직무는 알려져 있지 않다.

시키고 제나라 임시 재상 전광(田光)을 사로잡았으며, 제나라 재상 전횡(田橫)을 뒤쫓아 영(嬴)과 박(博)까지 이르러 기마 부대를 깨뜨리고, 그 부하가 기마 대장 중 한 명의 목을 베고 네 명을 사로잡았다. 관영은 영과 박을 쳐서 천승현에서 제나라 장군 전흡을 깨뜨리고, 그 부하가 전흡을 베어 죽였다. 동쪽으로 한신을 따라 고밀현에서 용저와 유공(留公) 선(旋)을 쳤는데 거느린 병사가 용저의 목을 베어 죽이고 우사마와 연윤 각각 한 명과 누번의 장수 열 명을 사로잡고, 그 자신은 아장(亞將) 주란(周蘭)을 사로잡았다.

제나라 땅이 평정되자 한신은 스스로 제나라 왕이 되어 관영을 별동대장으로 삼고 초나라 장군 공고(公杲)를 노(魯) 북쪽에서 쳐 무찌르게 하였다. 관영은 이를 깨뜨리고 남쪽으로 방향을 바꾸어 설군(薛郡)의 군장(郡長)을 깨뜨렸으며 직접 적군의 기병 대장 한 명을 포로로 잡았다. 관영은 부양(傅陽)을 치고 더 나아가 하상(下相)과 그 동남쪽으로 동(僮), 취려(取慮), 서(徐)에 이르렀다. 관영은 회수를 건너 그 성읍을 모두 항복시키고 광릉(廣陵)에 이르렀다. 항우가 항성(項聲), 설공(薛公), 담공(郯公)을 시켜 다시 회수 북쪽을 평정하도록 하였다. 관영은 회수 북쪽을 건너 하비에서 항성과 담공을 깨뜨리고 설공의 목을 베어 항복을 받았으며, 평양에서 초나라 기마병을 깨뜨리고 마침내 팽성을 함락시켰다. 주국(柱國)초나라 관직으로 태위와 같음 항타를 포로로 잡고 유(留), 설(薛), 패(沛), 찬(鄼), 소(蕭), 상(相) 등의 현을 항복시켰다. 또 고(苦)와 초(譙)를 쳐서 다시 적의 차장 주란을 사로잡았다. 관영은 이향

(頤鄕)에서 한나라 왕을 만나 그를 따라 진성(陳城) 아래에서 항우의 군대를 쳐 무찔렀는데, 부하가 누번의 장수 두 명의 목을 베어 죽이고 기병 대장 여덟 명을 포로로 잡았다. 이 공으로 식읍 2500호를 더 받았다.

항우가 해하 싸움에서 져 달아나자, 관영은 어사대부로서 조서를 받아 따로 기마병을 이끌고 그를 동성(東城)까지 뒤쫓아 가 무찔렀다. 부하 다섯 명이 힘을 합쳐 항우를 베어 죽이자 모두에게 열후 작위가 내려졌다. 관영은 적의 좌우 사마 각각 한 명과 병졸 1만 2000명의 항복을 받고 그 장리(將吏)를 모두 사로잡았으며, 동성(東城)과 역양(歷陽)을 함락시켰다. 강수를 건너 오군(吳郡)의 군장(郡長)을 오나라의 성 아래에서 무찌르고 오군의 군수를 사로잡아 마침내 오군, 예장군(豫章郡), 회계군(會稽郡)을 평정하였다. 관영은 돌아와 회북 지역의 쉰두 현을 평정하였다.

한왕은 황제가 되자 관영에게 식읍 3000호를 더 내려 주었다. 그해 가을에 관영은 거기장군으로서 고조를 따라가 연나라 왕 장도를 쳤다. 그 이듬해에는 고조를 따라가 진(陳)에 이르러 초나라 왕 한신을 사로잡았다. 나라로 돌아오자 고조는 부절을 쪼개 주어 대대로 세습시켰으며, 영음 땅 2500호의 식읍을 내리고 영음후로 불렀다.

관영은 거기장군으로서 고조를 따라가 한(韓)나라 왕 한신을 대에서 치고, 마읍(馬邑)에 이르러 조서를 받고 따로 누번 북쪽에 있는 여섯 현의 항복을 받고 대나라 좌상(左相)의 목을 베었으며, 무천(武泉) 북쪽에서 흉노 기마병을 깨뜨렸다. 다시 고조를 따라가 한나라 왕 한신의 흉노 기마병을 진양 일대에서 쳤을 때 부하가 흉노족의 백제(白題) 장수 한 명의 목을 베었다. 관영은 다시 조서를 받고 연, 조, 제, 양, 초나라의 기마 전차 부대를 아울러 이끌고 사석(硰石)에서 흉노 기마병을 깨뜨렸다. 평성에 이르렀을 때 흉노에게 에워싸였다가 고조를 따라 되돌아와서는 동원에 진을 쳤다.

고조를 따라가 진희를 쳤는데 조서를 받고 따로 곡역(曲逆) 아래에서 진희의 승상 후창(侯敞)의 군대를 쳐 물리쳤으며, 부하가 후창과 특장(特將)[17] 다섯 명을 죽였다. 곡역, 노노(盧奴), 상곡양(上曲陽), 안국(安國), 안평(安平)을 항복시키고 동원을 쳐서 함락시켰다.

경포가 반란을 일으키자 관영은 거기장군으로서 먼저 나가 공격하여 상(相)에서 경포의 별동대장을 쳐서 무찌르고 부대장과 누번의 장군 세 명을 죽였다. 또한 진격하여 경포의 상주국(上柱國)의 군대와 대사마(大司馬)의 군대를 깨뜨렸다. 경포의 별동대장 비주(肥誅)를 깨뜨려 관영 자신은 적의 좌사마 한 명을 사로잡았고, 부하가 소대장 열 명의 목을 베고 북쪽으로 회수까지 뒤쫓아 갔다. 그 공으로 식읍 2500호를 더 받았다. 경포를 무찌른 뒤 고조는 돌아와 관영에게 영음 땅 5000호를 식읍으로 정해 주고 전에 내렸던 식읍을 반환하도록 했다. 대체로 관영은 고조를 따라가 2000석 관원 두 명을

---

17) 한 대에 군대를 인솔하거나 작전을 시행할 때 군대의 일부분을 책임지던 장수를 말한다.

사로잡고 따로 열여섯 군대를 무찔렀으며 성 마흔여섯 개를 함락시키고 국(國) 하나, 군 두 개, 현 쉰두 개를 평정하였으며 장군 두 명, 주국과 재상 각 한 명, 2000석 관원 열 명을 사로잡았다.

관영이 경포를 무찌르고 돌아왔을 때 고조가 죽었으므로 관영은 열후로서 효혜제와 여 태후를 섬겼다. 태후가 죽자 [여후의 조카] 여록(呂祿) 등은 조나라 왕으로서 스스로 장군이 되어 장안에 군대를 주둔시키고 반란을 일으켰다. 제나라 애왕(哀王)이 이 소식을 듣고 군대를 동원하여 서쪽으로 와서 앞으로 왕이 될 수 없는 자[18]를 죽이려고 하였다. 상장군(上將軍) 여록 등은 이 소문을 듣고 관영을 대장으로 삼아 군대를 이끌고 나가서 그들을 치도록 하였다. 그러나 관영은 출정하기는 했지만 형양에 이르러 강후 등과 모의하여 병사를 형양에 주둔시키고, 제나라 왕에게 여씨를 죽이려고 한다는 소문을 퍼뜨리니 제나라 군대도 더 이상 나아오지 않았다. 강후 등이 여씨 일족을 죽이자 제나라 왕은 군대를 거두어 돌아갔다. 관영도 철수하여 형양에서 돌아온 뒤 강후, 진평과 함께 대왕(代王)을 효문제로 세웠다. 효문제는 관영에게 식읍 3000호를 더 늘려서 봉하고 황금 1000근을 내려 주었으며 태위(太尉)로 삼았다.

3년 뒤에 강후 주발이 승상을 그만두고 봉국으로 돌아가자, 관영이 승상이 되고 태위 벼슬에서 물러났다. 이해에 흉노

---

18) 고조의 제서(制書)에 유씨(劉氏)가 아닌 자는 왕이 될 수 없다고 하였다.

가 대대적으로 북지(北地)와 상군(上郡)으로 쳐들어오자 황제
는 승상 관영에게 기마병 8만 5000명을 이끌고 가서 흉노를
치도록 명령했다. 흉노는 물러갔지만 제북왕(濟北王) 유비(劉肥)
의 아들 유흥군(劉興君)이 반란을 일으켰으므로 조서를 내려 관
영의 흉노 정벌을 멈추게 했다. 1년쯤 뒤에 관영이 승상으로
있다가 죽자 의후(懿侯)라는 시호를 내렸다. 그 아들 평후(平
侯) 관아(灌阿)가 후 작위를 이었다. 관아가 28년 뒤에 죽자 그
아들 관강(灌强)이 후 작위를 이었다. 13년 뒤에 관강이 죄를
지어 2년 동안 후 작위가 이어지지 못했다. 원광(元光)한 무제의
두 번째 연호 3년에 천자가 관영의 손자 관현(灌賢)을 임여후(臨
汝侯)에 봉하고 관씨(灌氏)의 뒤를 잇게 했다. 8년 뒤에 관현이
뇌물을 준 죄로 처벌되어 봉국은 없어지고 말았다.

　　태사공은 말한다.
　　"내가 풍현과 패현으로 가서 진(秦)나라 때부터 살아온 그
곳 노인들을 찾아 소하, 조참, 번쾌, 등공의 옛집과 그들의 평
소 사람됨을 물어보았는데 세상에 전해지는 것과는 달랐다.
그들이 칼을 휘두르고 개를 잡고 비단을 팔 때, 어찌 스스로
천리마의 꼬리에 붙어 1000리를 가듯이 〔한나라 고조를 만나〕
한나라 조정에 이름을 날리고 자손들에게까지 은덕을 내리게
될 줄 알았겠는가? 나는 번타광과 교분이 있었는데, 그는 나
에게 고조의 공신들이 처음 일어날 때 상황을 이와 같이 들려
주었다."

36

◎

장 승상 열전
張丞相列傳

이 편은 한(漢)나라 초기 고조 유방 곁에서 보좌하면서 제국의 기틀을 유지하는 데 이바지한 승상과 어사대부 등에 관한 열전이다. 소하(蕭何)와 조참(曹參)과 진평(陳平) 등은 『사기』의 세가(世家)에 편입시켰는데, 장창(張蒼)과 주창(周昌)과 신도가(申屠嘉)를 하나의 열전으로 편입하면서 장창을 첫머리에 내세우고 있다. 이들 이외에 도청(陶靑), 유사(劉舍), 허창(許昌), 설택(薛澤), 장청적(莊靑翟), 조주(趙周) 등을 함께 다루고 있어 한나라 문제(文帝)와 경제(景帝), 무제(武帝) 시대의 승상들에 대한 이야기를 두루 볼 수 있다. 또한 어사대부인 조요(趙堯), 임오(任敖) 등도 다루고 있는데 이들이 살던 시대는 태평성대라 이렇다 할 사건은 없었다.

한나라 때는 아버지의 공덕이나 황제의 사사로운 감정에 의해 승상이나 왕후를 책봉했지 결코 재능에 따라 적재적소에 임명한 것이 아니다. 여기에 수록된 장창, 주창, 신도가 등은 당시 대부분의 사람이 아부로 일관했던 것과는 달리 직간으로 의(義)를 지킨 인물들이다. 고조가 태자 효혜(孝惠)를 폐위시키고 조나라 왕 여의(如意)를 태자로 삼으려 하자, 주창이 직언을 하고 고조도 흔쾌히 받아들인 것은 이들 사이의 보이지 않는 믿음을 나타낸 것이다. 특히 고조를 폭군이라고 말하여 소하와 조참도 두렵게 할 만큼 주창의 직언이 주위의 시선에 아랑곳하지 않고 거침없었다는 것을 흥미진진한 대화체 문장으로 풀어낸 사마천의 필력이 놀랍다.

像矣宅黄

예를 근본에 두고 정치를 편 효선제 때 승상 황패.

관리는 회계 관리에 뛰어나야 한다

승상 장창(張蒼)은 양무현(陽武縣) 사람으로 독서와 음률과 역법(曆法)[1]을 즐겼다. 진(秦)나라 때 어사로 임명되어 주하 (柱下)궁전에 머무르며 문서와 책을 관리하는 일을 하다가 죄 를 짓고 고향으로 도망쳐 왔다.

패공(沛公)한고조 유방이 각지를 쳐 함락시키면서 양무를 지 나게 되었을 때, 장창은 빈객으로 따라가 남양군(南陽郡)을 공

---

1) 고내 세왕들은 전하를 다스리면시 율럭(律曆)을 우선으로 했다. 여법이 란 천체의 주기적인 운행을 날짜와 시각의 단위로 계산하는 방법을 말한다.

격하였다. 그 뒤 장창은 죄를 지어 목이 베이는 형벌을 받게 되었다. 옷을 벗겨 처형대에 엎어 놓았는데 몸집이 크고 살이 쪄 박속같이 희었다. 이때 왕릉(王陵)이 장창의 모습을 보고 보통 사람과는 다른 아름다운 풍채를 지니고 있다는 생각이 들어 패공에게 풀어 주도록 부탁해 목이 베이지 않게 했다. 그래서 장창은 패공을 따라 서쪽으로 무관(武關)을 지나 함양(咸陽)에 이르렀다. 패공이 한왕(漢王)에 오르자 한중(漢中)으로 들어갔다가 되돌아 나와서 삼진(三秦)을 평정하였다. 그 무렵 진여(陳餘)가 상산왕(常山王) 장이(張耳)를 공격하자 장이는 한나라로 귀순했다.

한나라에서는 장창을 상산군의 태수로 삼았다. 장창은 조나라를 치는 회음후(淮陰侯)한신(韓信)를 따라가 진여를 사로잡았다. 조나라 땅이 평정되자, 한왕은 장창을 대(代)나라의 재상으로 삼아 변방의 외적흉노을 막게 했다. 얼마 뒤에 그는 자리를 옮겨 조나라 재상으로 임명되어 조나라 왕 장이를 도왔고, 장이가 세상을 떠난 뒤에는 조나라 왕 장오(張敖)장이의 아들를 돕다가 다시 벼슬을 옮겨 대나라 왕을 도왔다.

연나라 왕 장도가 반란을 일으키자 고조가 직접 치러 나갔다. 장창은 대나라 재상 신분으로 한나라 왕을 따라가 장도를 무찔러 큰 공을 세웠다. 〔한나라〕 6년에 북평후(北平侯)로 봉해졌고 식읍 1200호를 받았다.

〔장창은〕 벼슬을 옮겨 계상(計相)조정의 재정을 담당함이 된 지 한 달 만에 다시 열후(列侯)가 되어 4년 동안 주계(主計)계상의 다른 이름의 일을 맡았다. 이때 상국(相國)으로 있던 소하(蕭何)

는 장창이 진나라 때부터 주하사(柱下史)로 있어 전국의 도서, 재정, 호적에 밝고 또한 산학, 음률, 역법에도 두루 통달하였으므로 장창에게 명하여 열후로서 상부(相府)에 있으면서 각 군과 제후국의 상계자(上計者)회계 보고 관리자를 감독하게 하였다. 경포가 반란을 일으켰다가 멸망하자 한나라에서는 황자막내아들 유장(劉長)을 회남왕(淮南王)으로 세우고, 장창을 그 재상으로 임명했다. 〔장창은〕 14년 뒤에 어사대부로 자리를 옮겼다.

직언을 두려워하지 않는 주창

주창(周昌)은 패현(沛縣) 사람이다. 그의 사촌 형은 주가(周苛)인데 진나라 때 함께 사수군(泗水郡)의 졸사(卒史)가 되었다. 고조가 패현에서 일어나 사수군 태수와 군감(郡監)군에 상주하는 감찰관으로 뒤에 자사(刺史) 및 주목(州牧)으로 바뀜을 공격할 때 주창과 주가는 군의 하급 관리로서 패공을 따라갔다. 패공은 주창을 직지(職志)휘장이나 깃발을 관리하는 자로 삼고 주가를 빈객으로 삼았다. 〔그들은 패공을〕 따라 관중으로 들어가 진나라 군대를 이겼다. 패공은 한왕이 되자 주가를 어사대부로 삼고, 주창을 중위(中尉)수도의 치안을 담당로 삼았다.

한나라 고조 4년에 초나라가 한왕을 형양현(滎陽縣)에서 포위하자, 〔상황이〕 급박해져 한왕은 포위망을 뚫고 달아나면서 주가에게 형양성을 지키도록 했다. [그러나] 초나라가 형양성을 깨뜨리고 주가를 초나라 장수로 삼으려고 했다. 주가는 [항우를] 꾸짖어 말했다.

"당신은 빨리 한왕에게 항복하시오. 그러지 않으면 곧 사로잡힐 것이오."

항우는 격노하여 주가를 삶아 죽였다. 그 뒤 한왕은 주창을 어사대부로 삼았으며, 주창은 언제나 한왕을 따라다니며 항우를 쳐부쉈다. [한나라] 6년에 주창은 소하, 조참(曹參) 등과 함께 후로 봉해져 분음후(汾陰侯)가 되었고, 주가의 아들 주성(周成)은 그 아버지가 나라를 위해 죽었다고 하여 고경후(高景侯)에 봉해졌다.

주창은 강직한 성격으로 거침없이 바른말을 했기 때문에 소하와 조참을 비롯하여 모든 신하가 그에게 몸을 굽히고 낮췄다. 주창은 일찍이 [고조가] 한가롭게 쉬고 있을 때 어떤 일을 말씀드리려고 한 적이 있었다. 그때 마침 고조가 척희(戚姬)를 끌어안고 있어서 주창은 뒤돌아 달아났다. 고조가 뒤쫓아 와 붙잡더니 주창의 목을 타고 올라앉아 물었다.

"나는 어떤 임금이냐?"

주창이 고개를 곧추세우고 말했다.

"폐하께서는 걸왕과 주왕 같은 임금이십니다."

이에 고조는 웃음을 터뜨렸지만 이 일로 해서 주창을 더욱 꺼리게 되었다.

고조가 태자를 폐위시키고 척희의 아들 여의(如意)를 태자로 세우려고 하자, 신하들이 강력히 반대했지만 아무도 고조의 마음을 되돌릴 수 없었다. 하지만 고조는 유후(留侯)장량의 계책으로 이러한 계획을 이루지 못했다. 이때 주창은 조정에서 이 문제에 관하여 강경하게 간언한 적이 있으므로 고조는 그에게 생각을 물었다. 주창은 말더듬이인 데다 격앙돼 있었기 때문에 이렇게 말했다.

"신은 입으로는 잘 말씀드릴 수 없습니다만 분명 그것이 옳지 않다는 것은 알고 있습니다. 폐하께서는 태자를 폐위시키려고 하시지만 〔단연코〕 신은 폐하의 명령을 받들지 않겠습니다."

고조는 흔연히 웃었다. 조회가 끝나자 동상(東箱)편전의 동쪽 측실에서 귀를 쫑긋하여 엿듣고 있던 여후는 주창이 나오는 것을 보고 그 앞으로 가서 무릎을 굽히고 앉아 감사의 뜻을 표하였다.

"만일 그대가 아니었다면 태자는 자리에서 물러나게 되었을 것이오."

그 뒤 척희의 아들 여의가 조나라 왕이 되었는데 당시 열 살이었다. 고조는 자신이 죽고 나면 여의의 목숨이 위태로워질까 염려되었다. 그 무렵 조요(趙堯)라는 사람이 젊은 나이로 부새어사(符璽御史)황제의 부신(符信)과 옥새를 관리함가 되었다. 조나라 사람 방여공(方與公)방여현의 현령이 어사대부 주창에게 이런 말을 했다.

"어사 조요는 나이가 비록 적지만 재능이 뛰어나니 당신은 반드시 그를 우대하셔야 됩니다. 그가 앞으로 당신 자리를 대신할 것입니다."

주창은 웃으면서 말했다.

"조요는 젊은 도필리(刀筆吏)문자를 베껴 쓰는 관리에 불과한데 어찌 이 자리에 이를 수 있겠소?"

그로부터 얼마 지나지 않아 조요는 고조를 모시게 되었다. 하루는 고조가 마음이 울적해져 혼자 구슬프게 노래를 불렀지만 신하들은 황제가 무엇 때문에 슬퍼하는지를 몰랐다. 그런데 조요가 나아가 공손히 물었다.

"폐하께서 울적해하시는 까닭은 조나라 왕이 어리고 척 부인과 여후의 사이가 좋지 않아, 폐하께서 돌아가신 뒤에 조나라 왕이 스스로를 지킬 수 없을 것이라고 여기시기 때문이 아닙니까?"

고조가 말했다.

"그렇소. 나는 마음속으로 그 일을 염려하고 있지만 어떻게 해야 할지 모르겠소."

조요가 말했다.

"폐하께서는 다만 조나라 왕을 위하여 지위가 높고 성품이 강직하고 세력 있는 신하이면서도 여후와 태자와 신하들이 평소 존경하고 두려워하는 인물을 재상으로 두시면 될 것입니다."

고조가 말했다.

"옳소. 나도 그렇게 하려고 생각하오. 그런데 신하들 중에서 누가 좋겠소?"

조요가 말했다.

"어사대부 주창은 사람됨이 강직하고 참을성이 있으며 정직

합니다. 따라서 여후와 태자 및 대신들이 평소 존경하고 두려워하니 그가 적임자입니다."

고조가 말했다.

"옳은 말이오."

주창을 불러 말했다.

"짐이 그대를 수고롭게 하려 하오. 그대는 나를 위하여 내키지 않더라도 조나라 재상이 되어 주시오."

주창이 눈물을 흘리며 말했다.

"신은 폐하께서 처음 군사를 일으켰을 때부터 모셔 왔는데, 폐하께서는 어찌 중도에 저를 제후에게 내팽개치려 하십니까?"

고조가 말했다.

"그것이 좌천이라는 것은 나도 아오. 하지만 조나라 왕의 앞날을 혼자 걱정하다 보니 공이 아니면 적임자가 없소. 어쩔 수 없으니 내키지 않더라도 그대가 가 주어야겠소!"

고조는 어사대부 주창을 옮겨서 조나라 재상으로 삼았다.

주창이 부임하여 떠난 지 한참 뒤에, 고조는 어사대부의 관인을 손에 쥐고 어루만지면서 말했다.

"어사대부로 삼을 만한 사람이 누굴까?"

그러고는 조요를 한참 동안 뜯어보며 말했다.

"조요만 한 사람이 없지."

마침내 조요를 어사대부에 임명하였다. 조요는 또 전에 군공(軍功)을 세워서 식읍을 받았고, 어사대부가 된 뒤에도 고조를 따라 진희를 치는 데 공을 세웠으므로 강읍후(江邑侯)에 봉해졌다.

고조가 죽자 여 태후는 사자를 보내 조나라 왕을 불러들였다. 그러나 조나라 왕의 재상인 주창은 왕이 병석에 있다는 핑계로 가지 못하게 했다. 사자가 세 차례나 거듭 오갔지만 주창은 끝까지 조나라 왕을 보내지 않았다. 이때 고후여 태후가 이를 염려하여 사자를 보내 주창을 불렀다. 주창이 (장안으로) 와서 고후를 뵈니, 고후는 화를 내며 주창을 몹시 꾸짖었다.

"그대는 내가 척씨를 원망하는 것을 모르시오? 그런데도 조나라 왕을 보내지 않는 까닭이 무엇이오?"

고후는 주창을 불러온 뒤 사자를 보내 조나라 왕을 불러들였다. 조나라 왕은 결국 장안으로 왔다가 한 달쯤 지난 뒤에 독약을 마시고 죽었다. 주창은 이 일로 인하여 병을 핑계로 조정에 나오지 않다가 3년 만에 세상을 떠났다.

(주창이 죽은 지) 5년 뒤에 고후는 어사대부 강읍후 조요가 고조가 살아 있을 때 조나라 왕 여의를 보호하기 위하여 계책을 썼음을 알고 조요에게 죄를 뒤집어씌우고, 광아후(廣阿侯) 임오(任敖)를 어사대부에 임명하였다.

임오는 본래 패현의 옥리였다. 일찍이 고조가 죄를 짓고 옥리들을 피해 다닐 때, 옥리는 여후를 옥에 가두고 거칠게 대했다. 임오는 평소 고조와 좋은 친분을 맺고 있었으므로 이를 보고 화가 나서 여후의 옥살이를 맡고 있던 옥리를 때려 상처를 입혔다.

고조가 처음 군사를 일으켰을 때 임오는 빈객 신분으로 고조를 따라 어사가 되어 2년 동안 풍읍(豐邑)을 지켰다. 고조가 한왕이 된 뒤 동쪽으로 항우를 칠 때, 임오는 벼슬을 옮겨 상당군(上黨郡)의 군수가 되었다. 진희가 반란을 일으켰을 때 임오는 상당을 굳게 지킨 공로로 광아후에 봉해지고 식읍 1800호를 받았다. 그는 고후 때 어사대부가 되었다가 3년 만에 물러났고, 평양후(平陽侯) 조줄(曹窋)조참의 아들이 어사대부가 되었다. 고후가 죽었을 때 조줄은 대신들과 함께 여록(呂祿)의 무리를 없애는 일에 동조하지 않았다 하여 파면되었고, 회남의 재상 장창이 어사대부가 되었다.

정상에 오른 자에게는 내리막길만이 있을 뿐이다

장창은 강후(絳侯) 등과 함께 대왕(代王)을 모셔다가 효문황제(孝文皇帝)로 추대했다. [효문제] 4년에 승상 관영(灌嬰)이 죽자 장창이 승상이 되었다.

한나라가 일어난 이래 효문제에 이르기까지 20년 남짓한 동안에 천하가 비로소 안정되기 시작했으나 장수, 재상, 공경(公卿)이 모두 군대의 벼슬아치 출신이었다. 장창은 계상으로 있을 때 음률과 역법을 정리하고 바로잡았다. 고조가 패상(霸上)에 처음 온 때가 10월이므로 원래 진나라 때 10월을 한 해의 시작으로 삼던 것을 그대로 따르고 고치지 않았다. 오덕(五德)의 운행을 미루어 헤아려 보면 한나라는 수덕(水德)의 시대에 해당한다고 하여 예전처럼 검정색을 숭상하였고, 음율(音

律)²'을 불어 음악을 조화롭게 하고 5음에 들어맞게 하였다. 이를 근거로 〔경중(輕重)과 대소(大小)의 비율에 따라〕율령(律令)을 정하였다. 모든 장인의 편의를 도와 천하의 물건에 일정한 기준을 정해 규격품을 만들도록 하였다. 이러한 것들은 〔장창이〕 승상이 되면서 마침내 이루어졌다. 그러므로 한 대에 음악과 역법을 말하는 자는 장창의 견해를 근거로 삼았다. 장창은 본래 책을 좋아하여 읽지 않은 것이 없고 정통하지 않는 것이 없었는데, 특히 음율과 역법에 뛰어났다.

장창은 안국후(安國侯) 왕릉(王陵)의 은덕을 잊지 않았다. 장창은 귀한 신분이 된 뒤에도 언제나 왕릉을 아버지처럼 섬겼다. 장창은 왕릉이 죽은 뒤에 승상이 되었지만, 쉬는 날이 되면 제일 먼저 왕릉의 부인을 찾아가 음식을 올린 뒤에야 집으로 돌아가곤 했다.

장창이 승상이 된 지 10년이 지났을 때, 노나라 사람 공손신(公孫臣)이 글을 올려 한나라는 토덕(土德)의 시대이니 그 상서로운 징조로 분명히 황룡(黃龍)이 나타날 것이라고 했다. 황제는 조서를 내려 장창에게 그의 주장을 살펴보도록 하였는데, 장창은 그 주장이 옳지 않다며 없던 일로 하였다. 그런데 그 뒤에 성기현(成紀縣)에 황룡이 나타났으므로 문제는 공손신을 박사(博士)로 임명하여 토덕의 시대에 맞는 역법을 기초하게 하고, 이해를 원년(元年)으로 바꾸었다. 장 승상은 이

---

2) 육률(六律)과 육려(六呂) 즉 황종(黃鐘), 대려(大呂), 태족(太簇), 협종(夾鐘), 고세(姑洗), 중려(仲呂), 유빈(蕤賓), 임종(林鐘), 이칙(夷則), 남려(南呂), 무사(無射), 응종(應鐘) 등 12율을 말한다.

일로 스스로 늙어 병들었다는 핑계를 대고 집에 머물렀다. 장창의 추천으로 중후(中候)궁실 건축을 맡은 소부(少府)의 속관가 된 사람이 매우 올바르지 못한 이득을 취하였으므로 황제가 장창을 꾸짖으니, 장창은 드디어 병을 핑계로 벼슬에서 물러났다. 이로써 장창은 승상이 된 지 15년 만에 벼슬을 그만두었다. 효경제 전원(前元) 5년에 장창이 죽자 시호를 문후(文侯)라고 하였다. 아들 장봉(張奉)이 후강후(康侯) 지위를 이었다가 8년 만에 죽었다. 그 아들 장류(張類)가 이어서 후가 되었는데, 후가 된 지 8년째 되던 해에 제후의 장례식에 참석했다가 어전에 나간 것이 불경죄에 해당되어 봉국을 빼앗기고 말았다.

본래 장창의 아버지는 키가 다섯 자도 채 안 되었지만 슬하의 장창은 키가 여덟 자가 넘었으며 후가 되고 승상이 되었다. 장창의 아들도 키가 컸다. 그러나 손자 장류는 키가 여섯 자 남짓하였는데 법을 어겨 후 벼슬과 지위를 잃었다. 장창은 승상을 그만둔 뒤 늙어서 이가 다 빠져 젖을 먹고 살았는데, (반드시 나이 어린) 여자를 유모로 삼았다. 장창은 처와 첩이 수백 명이나 되었는데 아기를 가진 적이 있는 여자에게는 두 번 다시 애정을 주지 않았다. 그는 백 살 남짓까지 살다가 죽었다.

총애하는 신하이니 풀어 주시오

승상 신도가(申屠嘉)는 양(梁)나라 사람인데, 말을 타고 활

을 쏘며 쇠뇌를 발사하는 용감한 무사로서 고조를 따라가 항
우를 공격하여 대수(隊率)부대를 이끄는 장수로 벼슬을 옮겼다.
그는 다시 고조를 따라 경포의 군대를 치고 도위가 되었다. 효
혜제(孝惠帝) 때는 회양군(淮陽郡) 군수가 되었다. 효문제 원년
에 옛날 식읍 2000석을 받은 관리들 가운데 고조를 따라 싸
운 자들을 모두 관내후(關內侯)로 하고, 그 가운데 스물네 명
에게는 식읍을 주었는데 신도가는 식읍 500호를 받았다. 장
창이 승상이 된 뒤 신도가는 벼슬을 옮겨 어사대부가 되었다.
장창이 승상직을 그만두자, 효문제는 황후의 동생 두광국(竇
廣國)을 승상으로 삼고 싶어 하면서 이렇게 말했다.

"〔두광국을 승상으로 삼는다면〕 천하 사람들은 내가 광국을
편애한다고 할까 두렵다."

효문제는 광국이 어질고 덕행이 있으므로 승상으로 삼으려
한 것이지만 한참 동안 생각해 보아도 옳지 않다고 판단하였
다. 더구나 고조 때의 대신들은 거의 죽었고, 지금 살아 있는
이로서 적임자가 없었다. 그래서 어사대부 신도가를 승상으
로 하고 종래의 식읍을 그대로 봉하여 고안후(故安侯)라고 하
였다.

신도가는 사람됨이 청렴하고 강직하여 집에서는 사사로운
방문을 받지 않았다. 이 무렵 태중대부(太中大夫)황제 곁에서 의
논을 관장함 등통(鄧通)이 한창 총애를 받아 거만금의 재물을
쌓아 두고 있었다. 문제는 등통의 집에서 연회를 즐길 만큼 그
를 몹시 총애하였다.

하루는 승상이 조회에 들어갔는데, 등통이 황제 곁에 붙어

서 승상을 대하는 예절이 느슨하였다. 승상은 일을 다 보고하고 나서 말했다.

"폐하께서 신하를 총애하여 그를 부귀하게 하는 것은 좋습니다만 조정에서의 예절에 이르러서는 엄격하지 않으면 안 됩니다."

문제가 말했다.

"그대는 아무 말 마시오. 내가 그를 총애할 뿐이오."

신도가는 조회를 마치고 승상부로 돌아와 앉아 등통을 승상부로 소환하는 격서(檄書)를 작성해, 오지 않으면 장차 등통의 목을 베겠다고 했다. 등통이 겁이 나서 궁궐로 들어가 문제에게 이 사실을 아뢰자 문제가 말했다.

"너는 먼저 가거라. 내가 바로 사람을 보내 너를 부르겠다."

등통은 승상부에 이르자 관을 벗고 맨발로 머리를 조아리며 사죄하였다. 신도가는 태연하게 앉은 채 짐짓 예의를 차리지 않고 꾸짖었다.

"조정은 고황제의 조정이거늘 등통 너는 하찮은 신하 신분으로 어전을 희롱하였으니 불경죄로 참형을 받아 마땅하다. 형리는 지금 당장 그를 참형에 처하라!"

등통이 머리를 땅에 찧으며 빌어 피범벅이 되었지만 신도가는 그를 풀어 주지 않았다. 문제는 승상이 등통을 충분히 욕보였을 것으로 생각하고 사자에게 부절을 들려 보내 등통을 부르게 하고, 승상에게 이렇게 말하도록 했다.

"그는 내가 총애하는 신하이니 그대는 그를 풀어 주시오."

등통은 풀려나자 돌아와 문제에게 울면서 말했다.

"승상이 신을 죽일 뻔하였습니다."

절차보다 행동이 앞서야 할 때가 있다

신도가가 승상이 된 지 5년째 되던 해에 효문제가 죽고 효경제(孝景帝)가 자리에 올랐다. 〔효경제〕 2년에 조조(鼂錯)가 내사(內史)수도의 행정 장관가 되어 총애를 받게 되자 정권을 마음대로 휘둘렀다. 법령 제도를 많이 고치고, 잘못을 찾아내어 처벌 방법으로 제후들의 영지를 깎도록 건의했다. 승상 신도가는 자신의 의견이 받아들여지지 않은 것이 굴욕스러워 조조를 미워하였다. 〔그러던 차에〕 조조는 내사가 되어 문이 동쪽으로 나 있어서 오가기에 불편하다는 이유로 남쪽 담을 뚫어 문을 다시 만들었다. 그런데 남쪽으로 나오면 태상황(太上皇) 사당의 바깥 담장에 이르게 되었다. 신도가는 이 사실을 알고 종묘의 담을 멋대로 뚫어서 문을 만든 죄목으로 조조의 목을 베도록 주청하려고 하였다. 조조의 빈객 중에서 이 이야기를 조조에게 전해 준 사람이 있었다. 조조는 두려워서 한밤중에 궁궐로 들어가 경제를 뵙고 자신의 죄를 시인하였다. 날이 밝아 승상이 내사 조조의 목을 베도록 주청하자 경제가 말했다.

"조조가 문을 낸 곳은 진짜 종묘의 담이 아니고 바깥 담으로 다른 관리들이 그 안에서 살았소. 또 내가 그렇게 하라고 시켰으니 조조에게는 죄가 없소."

조회를 마치고 신도가는 장사(長史)삼공의 보좌역에게 말했다.

"조조를 미리 죽이지 않아 그가 먼저 주청하여 매도당한 것이 후회스러울 뿐이오."

집으로 돌아와서 이 일로 인하여 피를 토하고 죽자, 그의 시호를 절후(節侯)라고 하였다. 아들 공후(共侯) 멸(蔑)이 후를 대신했지만 3년 만에 죽었다. 신도멸의 아들 거병(去病)이 작위를 이어받았다가 31년 뒤에 죽었다. 신도거병의 아들 유(臾)가 후 작위를 이어받았는데, 6년 만에 구강(九江) 태수가 되었다가 전임 태수로부터 선물을 받은 것이 법에 저촉되어 (후 작위가 박탈되고) 봉국도 없어지게 되었다.

신도가가 죽은 뒤 경제 때에는 개봉후(開封侯) 도청(陶靑)과 도후(桃侯) 유사(劉舍)가 승상이 되었으며, 지금의 황제효무제(孝武帝)에 이르러서는 백지후(柏至侯) 허창(許昌)과 평극후(平棘侯) 설택(薛澤)과 무강후(武彊侯) 장청적(莊靑翟)과 고릉후(高陵侯) 조주(趙周) 등이 승상이 되었다. 이들은 모두 열후로서 아버지의 뒤를 이어받은 사람으로 삼가고 청렴하고 조심하여 승상이 되기는 하였으나, 인원수만 채웠을 뿐 그 시대에 공적과 이름을 드러내지는 못했다.

태사공은 말한다.

"장창은 문학과 음률과 역법에 밝은 한나라의 뛰어난 승상이었다. 그러나 가생과 공손신 등이 올린 역법, 거마(車馬), 복색(服色)의 개혁안을 배척하여 받아들이지 않고 진(秦)나라 때 쓰던 『전욱력(顓頊曆)』을 사용하도록 고집한 것은 무슨 까닭인가? 주창은 [질박한] 나무처럼 강직한 사람이었다. 임오는 옛날에 [옥살이한 여후를 보호한] 은덕으로 인해 여후에게 쓰였다. 신도가는 강직하여 지조를 굳게 지켰다고 말할 수 있으나 술수(術數)를 배우지 않았으니 소하, 조참, 진평과는 다른 부류의 사람이다."

한 대 승상 차천추, 위현, 위상, 병길, 황패, 위현성, 광형[3]

효무제 때는 승상이 자못 많았으나 기록하지는 않고, 또 그들의 행적과 살았던 모습의 개략적인 부분도 기록하지 않는다. 여기서는 우선 정화(征和)무제의 열 번째 연호 이후의 일을 기록하고자 한다.

차(車) 승상차천추(車千秋)은 장릉(長陵) 사람이다. 그가 죽자 위(韋) 승상이 그 자리를 이어받았다. 승상 위현(韋賢)은 노나라 사람으로 경서와 역법으로 관리가 되어 대홍려(大鴻臚)외국 빈객을 접대하는 직책에 이르렀다. 어떤 관상쟁이가 그를 보고는 틀림없이 승상까지 이를 것이라고 했다. 그는 네 아들을 두었는데, 관상쟁이에게 그들의 관상도 보게 했다. 관상쟁이는 둘째 아들 현성(玄成)을 보더니 말했다.

---

3) 이 이하의 기록은 한나라 저소손이 추가하여 보완한 것이다.

"이 아들은 귀한 상으로 틀림없이 열후에 봉해질 것입니다."

위 승상이 말했다.

"내가 만일 승상이 된다면 큰아들이 있는데 어떻게 이 아이가 나를 따라 열후에 봉해질 수 있겠소?"

훗날 그는 결국 승상이 되었다가 병들어 죽었다. 그러나 맏아들은 죄를 지어 아버지의 작위를 물려받을 수 없어 현성을 세우게 되었다. 현성은 〔후가 되고 싶지 않아〕미친 척하였으나 결국에는 작위를 이어받고, 나라를 양보하려 했다는 명성을 얻게 되었다. 나중에 그는 말을 타고 종묘로 들어간 것이 불경하다고 하여 천자의 명으로 한 등급이 깎여 관내후가 되고 열후 직위를 잃었으나 본래의 국읍(國邑)을 식읍으로 받았다. 위(韋) 승상이 죽자 위(魏) 승상이 그 자리를 대신했다.

승상 위상(魏相)은 제음(濟陰) 사람으로 문서를 관리하는 벼슬아치 자격에서 승상까지 올랐다. 그는 사람됨이 무(武)를 좋아하여 모든 관리에게 칼을 차고 다니게 하였고, 칼을 찬 채로 자기 앞에 나와 일을 보고하도록 하였다. 간혹 칼을 차지 않은 자가 반드시 들어가 아뢸 일이 있을 때에는 〔다른 사람의〕칼을 빌려서라도 차야 들어가 일을 아뢸 수 있을 정도였다. 그때 경조윤(京兆尹) 조군(趙君)조광한(趙廣漢)이 죄를 지었으므로 위 승상은 황제에게 그의 직위를 박탈해야 한다고 아뢰었다. 조군은 사람을 보내 위 승상을 붙잡고 죄에서 벗어날 수 있게 해 달라고 요구하였으나 받아들여지지 않았다. 한편으로 그는 다시 사람을 보내서 위 승상의 부인이 질투가 심

해 하녀를 찔러 죽였다는 일을 들어 위 승상을 협박하게 하
고, 다른 한편으로는 사람들 몰래 따로 이 일을 조사하여 나
라에 보고하고, 이졸(吏卒)을 풀어 위 승상 집으로 가서 하인
들을 잡아다 매를 쳐서 심문하게 하였다. 그러나 실제로는 위
승상의 부인이 칼로 찔러 죽인 것이 아님이 밝혀지자, 위 승상
의 사직(司直)승상부의 관원으로 승상이 관리들의 불법을 조사할 때 돕
는다 파군(繁君)이 황제에게 말했다.

"경조윤 조군이 위 승상을 위협하고 위 승상의 부인이 하녀
를 찔러 죽였다고 무고한 뒤 이졸을 풀어 위 승상 관저를 에
워싸고 하인들을 잡아간 것은 도리에 어긋나는 큰 죄입니다."

또 조경조(趙京兆)는 제 마음대로 기사(騎士)를 파면시킨
사실이 밝혀져서 허리가 베이는 형벌을 받았다. 또 위 승상이
사연(使掾)승상부의 속관 진평(陳平) 등을 시켜서 중상서(中尙書)
천자 곁에서 문서를 처리하는 관직를 탄핵한 사건이 있었는데 이 사
건을 승상 마음대로 협박하여 처리했다는 의심을 받게 되었
고, 이것이 매우 불경스러운 죄에 해당한다고 하여 장사(長史)
이하 관련자는 모두 사형에 처해지거나 잠실(蠶室)[4]에 갇혀
궁형(宮刑)을 받았다. 그러나 위 승상만은 끝까지 승상 직분을
유지하다가 병들어 죽었다. 그의 아들이 작위를 이었으나 훗
날 말을 타고 종묘에 들어가는 불경죄를 지어 황제의 명령에
따라 작위를 한 등급 낮추어 관내후가 되었다. 열후 지위는 잃

---

4) 궁형을 집행하던 곳을 말한다. 이곳은 궁형을 집행할 때 불을 피워 놓아
누에를 기르는 온실처럼 따뜻하기 때문에 잠실이라고도 했다.

었으나 본래의 국읍을 식읍으로 가질 수 있었다. 위 승상이
죽자 어사대부 병길(邴吉)이 대신 승상을 이어받았다.

승상 병길은 노나라 사람으로 글 읽기와 법령을 좋아하여
벼슬이 어사대부까지 이르렀다. 효선제(孝宣帝) 때, 옛날에 인
연[5]을 맺은 적이 있다 하여 열후에 봉해지고 계속 승진하여
승상까지 되었다. 후세 사람들은 병길이 사리에 밝고 지혜로
웠다고 칭찬하였다. 승상으로 있다가 병들어 죽고 아들 현(顯)
이 뒤를 이었으나, 뒤에 말을 타고 종묘에 들어가는 불경죄를
지어 황제의 명에 의해서 작위가 한 등급 떨어졌다. 열후 지위
는 잃었으나 본래의 국읍을 그대로 식읍으로 가질 수 있었다.
병현은 아전에서 관리 생활을 시작하여 태복까지 이르렀으나
직권 남용으로 문란시킨 데다가 그 자신과 아들 남(男)이 뇌
물을 받은 죄로 벼슬에서 쫓겨나 평민이 되었다.

병 승상이 죽자 황 승상(黃丞相)이 대신했다. 장안 사람들
가운데 관상을 잘 보는 전문(田文)이라는 자가 위(韋) 승상, 위
(魏) 승상, 병 승상이 미천한 신분일 때 어떤 빈객의 집에서
만난 적이 있었다. 그때 전문이 이런 말을 했다.

"앞으로 이 세 분은 모두 승상이 될 것입니다."

그 후 세 사람은 결국 번갈아 가며 승상이 되었으니 얼마나
정확히 본 것인가!

---

5) 한나라 선제 유순(劉詢)은 어렸을 때 1차 궁정 전쟁에 연루되어 감옥에
산힌 적이 있다. 이때 병길이 죽음을 무릅쓰고 유순을 지켜 죽음을 면할 수
있었다.

승상 황패(黃覇)는 회양(淮陽) 사람으로 글을 읽어서 관리가 되어 영천(潁川) 태수까지 이르렀다. 그는 영천을 다스릴 때 예의를 근본으로 하고, 정책과 법령으로 가르치고 타일러서 백성을 교화시켜 풍속을 바로잡았다. 법을 어기는 자가 있으면 스스로 그 잘못을 바로잡도록 하였다. 이렇게 하여 교화가 크게 이루어지고 그의 이름은 세상에 널리 떨쳐졌다. 효선제가 조서를 내렸다.

영천 태수 황패는 조정의 법령을 널리 알려 백성을 다스렸기 때문에 사람들은 길에 떨어져 있는 물건을 줍지 않고, 남자와 여자는 서로 다른 길로 다니며, 감옥에는 큰 죄를 지은 죄수가 없다. 따라서 관내후 작위와 황금 100근을 내리노라.

그 뒤 그를 불러 경조윤으로 삼았다가 승상에 임명했다. 그는 이때도 예의에 입각한 정치를 하였다. 그가 병들어 죽자 아들이 그 뒤를 이어서 열후에 올랐다. 황 승상이 죽자 어사대부 우정국(于定國)이 대신 승상이 되었다. 우 승상에 관해서는 「정위전(廷尉傳)」에 이미 있으며, 「장 정위전(張廷尉傳)」의 이야기 속에도 〔그에 관한 사적이〕 들어 있다. 우 승상이 죽자 어사대부 위현성(韋玄成)이 대신 승상이 되었다.

승상 위현성은 앞에서 말한 위(韋) 승상의 아들이다. 위현성은 아버지의 뒤를 이었으나 뒤에 열후 작위를 잃었다. 그는 젊을 때 책 읽기를 좋아하여 『시(詩)』와 『논어』에 밝았다. 아전으로 시작하여 위위(衛尉)로 승진하였다가 자리를 옮겨 태자태부(太子太傅)가 되었다. 어사대부 설군(薛君)설광덕(薛廣德)이 파면되자 위현성이 어사대부가 되었다. 우 승상이 스스로 그 직책을 그만두고 싶다고 하여 물러나니 위현성이 승상이 되었다. 곧이어 본래의 식읍에 봉해져서 부양후(扶陽侯)가 되었다. 그는 몇 년 뒤에 병으로 죽었는데, 효원제(孝元帝)가 직접 문상하고 많은 상을 내렸다. 그의 아들이 작위를 이어받았다. 그는 무리를 좇아 영합하고 세속적인 것을 따라 부침했으므로 아첨하고 간교한 인물로 평가되었다. 일찍이 관상쟁이가 그는 열후가 되어 아버지 뒤를 잇기는 하지만 나중에 그것을 잃을 것이라고 했다. 떠돌아다니는 벼슬아치로 시작하여 승상까지 오르고 아버지와 아들이 함께 승상이 되었다고 세상이 부러워했으나 이 어찌 운명이 아니겠는가! 관상쟁이가 그것을 먼저 알았으니. 위 승상이 죽자 어사대부 광형(匡衡)이 그 자리를 대신했다.

승상 광형은 동해군(東海郡) 사람으로 책 읽기를 좋아했으며 박사로부터 『시』를 전수받았다. 그는 집이 가난하여 남의 머슴살이로 생계를 이어 갔으며, 재주가 변변치 못하여 여러 차례 관리 시험을 보았지만 합격하지 못하다가 아홉 번 만에 겨우 병과(丙科)에 급제했다. 그러나 경서 실력이 부족하여 중과(中科)갑과(甲科), 을과(乙科) 시험에는 합격하지 못하였으므로 열심히 공부했다. 그는 평원군(平原郡)의 문학 졸사(卒史)로 보직을 받았으나 몇 년 동안은 군(郡)에서 존경을 받지 못했다.

어사가 그를 수도로 불러들여 봉록 100석의 관리로 삼았고, 뒤에 추천하여 낭중(郞中)이 되게 하였으며, 이어서 박사라는 보직을 받게 되었고, 태자 소부(太子少傅)가 되어 효원제를 섬겼다. 효원제는 『시』를 좋아하였으므로 광형을 광록훈(光祿勳)으로 삼아 궁궐 안에 머물면서 스승이 되어 황제 주위 사람들을 가르치도록 하였다. 천자는 그 옆에 앉아 강의를 듣고 매우 흡족해하였다. 그래서 그는 날이 갈수록 존경을 받는 귀한 신분이 되었다. 어사대부 정홍(鄭弘)이 사건에 연루되어 파면되자 광형이 어사대부가 되었다. 1년 남짓하여 위 승상이 죽자 광형이 이어 승상이 되었고, 낙안후(樂安侯)에 봉해졌다. 그는 10년 동안 장안의 성문을 나가 지방관이 되는 일 없이 승상 벼슬까지 올랐다. 이 어찌 때를 만난 운명이 아니겠는가!

태사공은 말한다.[6]

"곰곰이 생각해 보니 선비들 가운데 일반 관리에서 벼슬을 시작하여 열후에 오른 자는 매우 적다. 대부분 어사대부까지 승진한 뒤 벼슬을 그만두었다. 모두 어사대부가 되면 다음은 승상이 될 차례이므로 마음속으로 승상이 죽기만을 바라게 된다. 그래서 암암리에 승상을 헐뜯고 해를 끼쳐 그 자리를 대신하려고 하였다. 그러나 어떤 사람은 오랫동안 어사대부 자리를 지켰어도 승상이 되지 못하고, 어떤 이는 어사대부로

---

6) 여기는 사마천 자신이 아니라 저소손이 본떠 서술한 위작이다. 이미 신도가의 사적 뒤에 사마천의 총평이 있으며, 그 이후의 내용은 저소손이 지은 것이다. 이 부분은 저소손이 덧붙여 서술한 내용에 대한 총평인 셈이다.

있은 지 얼마 안 되어 승상이 되고 후에 봉해지기도 하니 정녕 운명인가! 어사대부 정군(鄭君)정홍은 몇 년 동안 그 자리를 지켰으나 승상이 되지 못하였고, 광형은 어사대부로 있은 지 1년도 채 못 되어 위(韋) 승상이 죽어 그 뒤를 이어서 승상이 될 수 있었다. 이것이 어찌 지모와 계책으로 얻을 수 있는 것이겠는가? 대체로 성현의 재능을 가지고도 곤궁한 삶을 살며 재앙을 당하여 뜻을 얻지 못한 사람은 수없이 많다."

세계문학전집 408

사기 열전 2

1판 1쇄 펴냄 2022년 6월 10일
1판 2쇄 펴냄 2024년 9월 26일

지은이 사마천
옮긴이 김원중
발행인 박근섭, 박상준
펴낸곳 ㈜민음사

출판등록 1966. 5. 19. (제 16-490호)
서울특별시 강남구 도산대로1길 62(신사동) 강남출판문화센터 5층 (우편번호 06027)
대표전화 02-515-2000 팩시밀리 02-515-2007
www.minumsa.com

© 김원중, 2022. Printed in Seoul, Korea.

ISBN 978-89-374-6408-9 04800
ISBN 978-89-374-6000-5 (세트)

세계문학전집 목록

1·2 변신 이야기 오비디우스 · 이윤기 옮김 서울대 권장도서 100선

3 햄릿 셰익스피어 · 최종철 옮김 서울대 권장도서 100선 | 미국대학위원회 선정 SAT 추천도서

4 변신 · 시골의사 카프카 · 전영애 옮김 서울대 권장도서 100선

5 동물농장 오웰 · 도정일 옮김 미국대학위원회 선정 SAT 추천도서 | 《타임》 선정 현대 100대 영문소설

6 허클베리 핀의 모험 트웨인 · 김욱동 옮김 《뉴스위크》 선정 100대 명저

7 암흑의 핵심 콘래드 · 이상옥 옮김 미국대학위원회 선정 SAT 추천도서 | 《뉴스위크》 선정 10대 명저

8 토니오 크뢰거 · 트리스탄 · 베네치아에서의 죽음 토마스 만 · 안삼환 외 옮김 노벨 문학상 수상 작가

9 문학이란 무엇인가 사르트르 · 정명환 옮김

10 한국단편문학선 1 김동인 외 · 이남호 엮음 국립중앙도서관 선정 청소년 권장도서

11·12 인간의 굴레에서 서머싯 몸 · 송무 옮김

13 이반 데니소비치, 수용소의 하루 솔제니친 · 이영의 옮김 노벨 문학상 수상 작가

14 너새니얼 호손 단편선 호손 · 천승걸 옮김

15 나의 미카엘 오즈 · 최창모 옮김

16·17 중국신화전설 위앤커 · 전인초, 김선자 옮김

18 고리오 영감 발자크 · 박영근 옮김

19 파리대왕 골딩 · 유종호 옮김 노벨 문학상 수상 작가 | 《타임》 선정 현대 100대 영문소설

20 한국단편문학선 2 김동리 외 · 이남호 엮음

21·22 파우스트 괴테 · 정서웅 옮김 서울대 권장도서 100선 | 미국대학위원회 선정 SAT 추천도서

23·24 빌헬름 마이스터의 수업시대 괴테 · 안삼환 옮김

25 젊은 베르테르의 슬픔 괴테 · 박찬기 옮김 논술 및 수능에 출제된 책(1998~2005)

26 이피게니에 · 스텔라 괴테 · 박찬기 외 옮김

27 다섯째 아이 레싱 · 정덕애 옮김 노벨 문학상 수상 작가

28 삶의 한가운데 린저 · 박찬일 옮김

29 농담 쿤데라 · 방미경 옮김

30 야성의 부름 런던 · 권택영 옮김

31 아메리칸 제임스 · 최경도 옮김

32·33 양철북 그라스 · 장희창 옮김 노벨 문학상 수상 작가 | 서울대 권장도서 100선

34·35 백년의 고독 마르케스 · 조구호 옮김 노벨 문학상 수상 작가 | 서울대 권장도서 100선

36 마담 보바리 플로베르 · 김화영 옮김 서울대 권장도서 100선

37 거미여인의 키스 푸익 · 송병선 옮김

38 달과 6펜스 서머싯 몸 · 송무 옮김

39 폴란드의 풍차 지오노 · 박인철 옮김

40·41 독일어 시간 렌츠 · 정서웅 옮김

42 말테의 수기 릴케 · 문현미 옮김

43 고도를 기다리며 베케트 · 오증자 옮김 노벨 문학상 수상 작가 | 서울대 권장도서 100선

44 데미안 헤세 · 전영애 옮김 노벨 문학상 수상 작가

45 젊은 예술가의 초상 조이스 · 이상옥 옮김 서울대 권장도서 100선

46 카탈로니아 찬가 오웰 · 정영목 옮김

47 호밀밭의 파수꾼 샐린저 · 정영목 옮김 《타임》 선정 현대 100대 영문소설 | 미국대학위원회 선정 SAT 추천도서 | 《뉴스위크》 선정 100대 명저 | BBC 선정 꼭 읽어야 할 책

48·49 파르마의 수도원 스탕달 · 원윤수, 임미경 옮김

50 수레바퀴 아래서 헤세 · 김이섭 옮김 노벨 문학상 수상 작가 | 국립중앙도서관 선정 청소년 권장도서

51·52 내 이름은 빨강 파묵·이난아 옮김 노벨 문학상 수상 작가

53 오셀로 셰익스피어·최종철 옮김 서울대 권장도서 100선

54 조서 르 클레지오·김윤진 옮김 노벨 문학상 수상 작가

55 모래의 여자 아베 코보·김난주 옮김

56·57 부덴브로크 가의 사람들 토마스 만·홍성광 옮김 노벨 문학상 수상 작가

58 싯다르타 헤세·박병덕 옮김 노벨 문학상 수상 작가

59·60 아들과 연인 로렌스·정상준 옮김 《뉴스위크》 선정 100대 명저

61 설국 가와바타 야스나리·유숙자 옮김 노벨 문학상 수상 작가 | 서울대 권장도서 100선

62 벨킨 이야기·스페이드 여왕 푸슈킨·최선 옮김

63·64 넙치 그라스·김재혁 옮김 노벨 문학상 수상 작가

65 소망 없는 불행 한트케·윤용호 옮김 노벨 문학상 수상 작가

66 나르치스와 골드문트 헤세·임홍배 옮김 노벨 문학상 수상 작가

67 황야의 이리 헤세·김누리 옮김 노벨 문학상 수상 작가

68 페테르부르크 이야기 고골·조주관 옮김

69 밤으로의 긴 여로 오닐·민승남 옮김 노벨 문학상 수상 작가 | 미국대학위원회 선정 SAT 추천도서

70 체호프 단편선 체호프·박현섭 옮김

71 버스 정류장 가오싱젠·오수경 옮김 노벨 문학상 수상 작가

72 구운몽 김만중·송성욱 옮김 서울대 권장도서 100선 | 국립중앙도서관 선정 청소년 권장도서

73 대머리 여가수 이오네스코·오세곤 옮김

74 이솝 우화집 이솝·유종호 옮김 논술 및 수능에 출제된 책(1998∼2005)

75 위대한 개츠비 피츠제럴드·김욱동 옮김 《타임》 선정 현대 100대 영문소설

76 푸른 꽃 노발리스·김재혁 옮김

77 1984 오웰·정회성 옮김 《타임》 선정 현대 100대 영문소설 | 《뉴스위크》 선정 100대 명저

78·79 영혼의 집 아옌데·권미선 옮김

80 첫사랑 투르게네프·이항재 옮김

81 내가 죽어 누워 있을 때 포크너·김명주 옮김 노벨 문학상 수상 작가

82 런던 스케치 레싱·서숙 옮김 노벨 문학상 수상 작가

83 팡세 파스칼·이환 옮김

84 질투 로브그리예·박이문, 박희원 옮김

85·86 채털리 부인의 연인 로렌스·이인규 옮김

87 그 후 나쓰메 소세키·윤상인 옮김

88 오만과 편견 오스틴·윤지관, 전승희 옮김 미국대학위원회 선정 SAT 추천도서

89·90 부활 톨스토이·연진희 옮김 논술 및 수능에 출제된 책(1998∼2005)

91 방드르디, 태평양의 끝 투르니에·김화영 옮김

92 미겔 스트리트 나이폴·이상옥 옮김 노벨 문학상 수상 작가

93 페드로 파라모 룰포·정창 옮김

94 차라투스트라는 이렇게 말했다 니체·장희창 옮김 국립중앙도서관 선정 청소년 권장도서

95·96 적과 흑 스탕달·이동렬 옮김 국립중앙도서관 선정 청소년 권장도서

97·98 콜레라 시대의 사랑 마르케스·송병선 옮김 노벨 문학상 수상 작가 | BBC 선정 꼭 읽어야 할 책

99 맥베스 셰익스피어·최종철 옮김 서울대 권장도서 100선 | 미국대학위원회 선정 SAT 추천도서

100 춘향전 작자 미상·송성욱 풀어 옮김 서울대 권장도서 100선

101 페르디두르케 곰브로비치·윤진 옮김

102 포르노그라피아 곰브로비치·임미경 옮김

103 인간 실격 다자이 오사무·김춘미 옮김

104 네루다의 우편배달부 스카르메타·우석균 옮김

105·106 이탈리아 기행 괴테·박찬기 외 옮김

107 나무 위의 남작 칼비노·이현경 옮김

108 달콤 쌉싸름한 초콜릿 에스키벨·권미선 옮김

109·110 제인 에어 C. 브론테·유종호 옮김 BBC 선정 꼭 읽어야 할 책

111 크눌프 헤세·이노은 옮김 노벨 문학상 수상 작가

112 시계태엽 오렌지 버지스·박시영 옮김 《타임》 선정 현대 100대 영문소설 | 《뉴스위크》 선정 100대 명저

113·114 파리의 노트르담 위고·정기수 옮김 미국대학위원회 선정 SAT 추천도서

115 새로운 인생 단테·박우수 옮김

116·117 로드 짐 콘래드·이상옥 옮김 《뉴스위크》 선정 100대 명저

118 폭풍의 언덕 E. 브론테·김종길 옮김 미국대학위원회 선정 SAT 추천도서

119 텔크테에서의 만남 그라스·안삼환 옮김 노벨 문학상 수상 작가

120 검찰관 고골·조주관 옮김

121 안개 우나무노·조민현 옮김

122 나사의 회전 제임스·최경도 옮김 미국대학위원회 선정 SAT 추천도서

123 피츠제럴드 단편선 1 피츠제럴드·김욱동 옮김

124 목화밭의 고독 속에서 콜테스·임수현 옮김

125 돼지꿈 황석영

126 라셀라스 존슨·이인규 옮김

127 리어 왕 셰익스피어·최종철 옮김 서울대 권장도서 100선 | 《뉴스위크》 선정 100대 명저

128·129 쿠오 바디스 시엔키에비츠·최성은 옮김 노벨 문학상 수상 작가

130 자기만의 방·3기니 울프·이미애 옮김

131 시르트의 바닷가 그라크·송진석 옮김

132 이성과 감성 오스틴·윤지관 옮김

133 바덴바덴에서의 여름 치프킨·이장욱 옮김

134 새로운 인생 파묵·이난아 옮김 노벨 문학상 수상 작가

135·136 무지개 로렌스·김정매 옮김

137 인생의 베일 서머싯 몸·황소연 옮김

138 보이지 않는 도시들 칼비노·이현경 옮김

139·140·141 연초 도매상 바스·이운경 옮김 《타임》 선정 현대 100대 영문소설

142·143 플로스 강의 물방앗간 엘리엇·한애경, 이봉지 옮김 미국대학위원회 선정 SAT 추천도서

144 연인 뒤라스·김인환 옮김

145·146 이름 없는 주드 하디·정종화 옮김

147 제49호 품목의 경매 핀천·김성곤 옮김 《타임》 선정 현대 100대 영문소설

148 성역 포크너·이진준 옮김 노벨 문학상 수상 작가 | 퓰리처상 수상 작가

149 무진기행 김승옥

150·151·152 신곡(지옥편·연옥편·천국편) 단테·박상진 옮김 《뉴스위크》 선정 100대 명저

153 구덩이 플라토노프·정보라 옮김

154·155·156 카라마조프가의 형제들 도스토옙스키·김연경 옮김

157 지상의 양식 지드·김화영 옮김 노벨 문학상 수상 작가

158 밤의 군대들 메일러·권택영 옮김 퓰리처상 수상 작가

159 주홍 글자 호손·김욱동 옮김 서울대 권장도서 100선 | 미국대학위원회 선정 SAT 추천도서

160 깊은 강 엔도 슈사쿠·유숙자 옮김

161 욕망이라는 이름의 전차 윌리엄스·김소임 옮김

162 마사 퀘스트 레싱·나영균 옮김 노벨 문학상 수상 작가

163·164 운명의 딸 아옌데·권미선 옮김

165 모렐의 발명 비오이 카사레스 · 송병선 옮김

166 삼국유사 일연 · 김원중 옮김 서울대 권장도서 100선

167 풀잎은 노래한다 레싱 · 이태동 옮김 노벨 문학상 수상 작가

168 파리의 우울 보들레르 · 윤영애 옮김

169 포스트맨은 벨을 두 번 울린다 케인 · 이만식 옮김

170 썩은 잎 마르케스 · 송병선 옮김 노벨 문학상 수상 작가

171 모든 것이 산산이 부서지다 아체베 · 조규형 옮김 《타임》 선정 현대 100대 영문소설

172 한여름 밤의 꿈 셰익스피어 · 최종철 옮김 미국대학위원회 선정 SAT 추천도서

173 로미오와 줄리엣 셰익스피어 · 최종철 옮김 미국대학위원회 선정 SAT 추천도서

174·175 분노의 포도 스타인벡 · 김승욱 옮김 노벨 문학상 수상 작가 | 《타임》 선정 현대 100대 영문소설

176·177 괴테와의 대화 에커만 · 장희창 옮김

178 그물을 헤치고 머독 · 유종호 옮김 《타임》 선정 현대 100대 영문소설

179 브람스를 좋아하세요... 사강 · 김남주 옮김

180 카타리나 블룸의 잃어버린 명예 하인리히 뵐 · 김연수 옮김 노벨 문학상 수상 작가

181·182 에덴의 동쪽 스타인벡 · 정회성 옮김 노벨 문학상 수상 작가

183 순수의 시대 워튼 · 송은주 옮김 《뉴스위크》 선정 100대 명저 | 퓰리처상 수상작

184 도둑 일기 주네 · 박형섭 옮김

185 나자 브르통 · 오생근 옮김

186·187 캐치-22 헬러 · 안정효 옮김 《타임》 선정 현대 100대 영문소설

188 솔로호프 단편선 솔로호프 · 이항재 옮김 노벨 문학상 수상 작가

189 말 사르트르 · 정명환 옮김

190·191 보이지 않는 인간 엘리슨 · 조영환 옮김 《타임》 선정 현대 100대 영문소설

192 왑샷 가문 연대기 치버 · 김승욱 옮김 퓰리처상 수상 작가

193 왑샷 가문 몰락기 치버 · 김승욱 옮김 퓰리처상 수상 작가

194 필립과 다른 사람들 노터봄 · 지명숙 옮김

195·196 하드리아누스 황제의 회상록 유르스나르 · 곽광수 옮김

197·198 소피의 선택 스타이런 · 한정아 옮김 퓰리처상 수상 작가

199 피츠제럴드 단편선 2 피츠제럴드 · 한은경 옮김

200 홍길동전 허균 · 김탁환 옮김

201 요술 부지깽이 쿠버 · 양윤희 옮김

202 북호텔 다비 · 원윤수 옮김

203 톰 소여의 모험 트웨인 · 김욱동 옮김

204 금오신화 김시습 · 이지하 옮김

205·206 테스 하디 · 정종화 옮김 미국대학위원회 선정 SAT 추천도서 | BBC 선정 꼭 읽어야 할 책

207 브루스터플레이스의 여자들 네일러 · 이소영 옮김

208 더 이상 평안은 없다 아체베 · 이소영 옮김

209 그레인지 코플랜드의 세 번째 인생 워커 · 김시현 옮김 퓰리처상 수상 작가

210 어느 시골 신부의 일기 베르나노스 · 정영란 옮김

211 타라스 불바 고골 · 조주관 옮김

212·213 위대한 유산 디킨스 · 이인규 옮김 서울대 권장도서 100선 | BBC 선정 꼭 읽어야 할 책

214 면도날 서머싯 몸 · 안진환 옮김

215·216 성채 크로닌 · 이은정 옮김

217 오이디푸스 왕 소포클레스 · 강대진 옮김 서울대 권장도서 100선

218 세일즈맨의 죽음 밀러 · 강유나 옮김

219·220·221 안나 카레니나 톨스토이 · 연진희 옮김 서울대 권장도서 100선

222 오스카 와일드 작품선 와일드·정영목 옮김

223 벨아미 모파상·송덕호 옮김

224 파스쿠알 두아르테 가족 호세 셀라·정동섭 옮김 노벨 문학상 수상 작가

225 시칠리아에서의 대화 비토리니·김운찬 옮김

226·227 길 위에서 케루악·이만식 옮김 《타임》 선정 현대 100대 영문소설 | 《뉴스위크》 선정 100대 명저

228 우리 시대의 영웅 레르몬토프·오정미 옮김

229 아우라 푸엔테스·송상기 옮김

230 클링조어의 마지막 여름 헤세·황승환 옮김 노벨 문학상 수상 작가

231 리스본의 겨울 무뇨스 몰리나·나송주 옮김

232 뻐꾸기 둥지 위로 날아간 새 키지·정회성 옮김 《타임》 선정 현대 100대 영문소설

233 페널티킥 앞에 선 골키퍼의 불안 한트케·윤용호 옮김 노벨 문학상 수상 작가

234 참을 수 없는 존재의 가벼움 쿤데라·이재룡 옮김

235·236 바다여, 바다여 머독·최옥영 옮김

237 한 줌의 먼지 에벌린 워·안진환 옮김 《타임》 선정 현대 100대 영문소설

238 뜨거운 양철 지붕 위의 고양이·유리 동물원 윌리엄스·김소임 옮김 퓰리처상 수상작

239 지하로부터의 수기 도스토옙스키·김연경 옮김

240 키메라 바스·이운경 옮김

241 반쪼가리 자작 칼비노·이현경 옮김

242 벌집 호세 셀라·남진희 옮김 노벨 문학상 수상 작가

243 불멸 쿤데라·김병욱 옮김

244·245 파우스트 박사 토마스 만·임홍배, 박병덕 옮김 노벨 문학상 수상 작가

246 사랑할 때와 죽을 때 레마르크·장희창 옮김

247 누가 버지니아 울프를 두려워하랴? 올비·강유나 옮김

248 인형의 집 입센·안미란 옮김

249 위폐범들 지드·원윤수 옮김 노벨 문학상 수상 작가

250 무정 이광수·정영훈 책임 편집 서울대 권장도서 100선

251·252 의지와 운명 푸엔테스·김현철 옮김

253 폭력적인 삶 파솔리니·이승수 옮김

254 거장과 마르가리타 불가코프·정보라 옮김

255·256 경이로운 도시 멘도사·김현철 옮김

257 야콥을 둘러싼 추측들 욘존·손대영 옮김

258 왕자와 거지 트웨인·김욱동 옮김

259 존재하지 않는 기사 칼비노·이현경 옮김

260·261 눈먼 암살자 애트우드·차은정 옮김 《타임》 선정 현대 100대 영문소설

262 베니스의 상인 셰익스피어·최종철 옮김

263 말리나 바흐만·남정애 옮김

264 사볼타 사건의 진실 멘도사·권미선 옮김

265 뒤렌마트 희곡선 뒤렌마트·김혜숙 옮김

266 이방인 카뮈·김화영 옮김 노벨 문학상 수상 작가 | 미국대학위원회 선정 SAT 추천도서

267 페스트 카뮈·김화영 옮김 노벨 문학상 수상 작가 | 국립중앙도서관 선정 청소년 권장도서

268 검은 튤립 뒤마·송진석 옮김

269·270 베를린 알렉산더 광장 되블린·김재혁 옮김

271 하얀 성 파묵·이난아 옮김 노벨 문학상 수상 작가

272 푸슈킨 선집 푸슈킨·최선 옮김

273·274 유리알 유희 헤세·이영임 옮김 노벨 문학상 수상 작가

275 픽션들 보르헤스 · 송병선 옮김 서울대 권장도서 100선

276 신의 화살 아체베 · 이소영 옮김

277 빌헬름 텔 · 간계와 사랑 실러 · 홍성광 옮김

278 노인과 바다 헤밍웨이 · 김욱동 옮김 노벨 문학상 수상 작가 | 퓰리처상 수상작

279 무기여 잘 있어라 헤밍웨이 · 김욱동 옮김 미국대학위원회 선정 SAT 추천도서

280 태양은 다시 떠오른다 헤밍웨이 · 김욱동 옮김 《타임》 선정 현대 100대 영문 소설

281 알레프 보르헤스 · 송병선 옮김

282 일곱 박공의 집 호손 · 정소영 옮김

283 에마 오스틴 · 윤지관, 김영희 옮김

284·285 죄와 벌 도스토옙스키 · 김연경 옮김 미국대학위원회 선정 SAT 추천도서

286 시련 밀러 · 최영 옮김

287 모두가 나의 아들 밀러 · 최영 옮김

288·289 누구를 위하여 종은 울리나 헤밍웨이 · 김욱동 옮김 노벨 문학상 수상 작가

290 구브르 연락 없다 멘도사 · 정창 옮김

291·292·293 데카메론 보카치오 · 박상진 옮김

294 나누어진 하늘 볼프 · 전영애 옮김

295·296 제브데트 씨와 아들들 파묵 · 이난아 옮김 노벨 문학상 수상 작가

297·298 여인의 초상 제임스 · 최경도 옮김 미국대학위원회 선정 SAT 추천도서

299 압살롬, 압살롬! 포크너 · 이태동 옮김 노벨 문학상 수상 작가

300 이상 소설 전집 이상 · 권영민 책임 편집

301·302·303·304·305 레 미제라블 위고 · 정기수 옮김

306 관객모독 한트케 · 윤용호 옮김 노벨 문학상 수상 작가

307 더블린 사람들 조이스 · 이종일 옮김

308 에드거 앨런 포 단편선 앨런 포 · 전승희 옮김 미국대학위원회 선정 SAT 추천도서

309 보이체크 · 당통의 죽음 뷔히너 · 홍성광 옮김

310 노르웨이의 숲 무라카미 하루키 · 양억관 옮김

311 운명론자 자크와 그의 주인 디드로 · 김희영 옮김

312·313 헤밍웨이 단편선 헤밍웨이 · 김욱동 옮김 노벨 문학상 수상 작가

314 피라미드 골딩 · 안지현 옮김 노벨 문학상 수상 작가

315 닫힌 방 · 악마와 선한 신 사르트르 · 지영래 옮김

316 등대로 울프 · 이미애 옮김 《타임》 선정 현대 100대 영문소설 | 《뉴스위크》 선정 100대 명저

317·318 한국 희곡선 송영 외 · 양승국 엮음

319 여자의 일생 모파상 · 이동렬 옮김

320 의식 노터봄 · 김영중 옮김

321 육체의 악마 라디게 · 원윤수 옮김

322·323 감정 교육 플로베르 · 지영화 옮김

324 불타는 평원 룰포 · 정창 옮김

325 위대한 몬느 알랭푸르니에 · 박영근 옮김

326 라쇼몬 아쿠타가와 류노스케 · 서은혜 옮김

327 반바지 당나귀 보스코 · 정영란 옮김

328 정복자들 말로 · 최윤주 옮김

329·330 우리 동네 아이들 마흐푸즈 · 배혜경 옮김 노벨 문학상 수상 작가

331·332 개선문 레마르크 · 장희창 옮김

333 사바나의 개미 언덕 아체베 · 이소영 옮김

334 게걸음으로 그라스 · 장희창 옮김 노벨 문학상 수상 작가

335 코스모스 곰브로비치·최성은 옮김

336 좁은 문·전원교향곡·배덕자 지드·동성식 옮김 노벨 문학상 수상 작가

337·338 암 병동 솔제니친·이영의 옮김 노벨 문학상 수상 작가

339 피의 꽃잎들 응구기 와 시옹오·왕은철 옮김

340 운명 케르테스·유진일 옮김 노벨 문학상 수상 작가

341·342 벌거벗은 자와 죽은 자 메일러·이운경 옮김 퓰리처상 수상 작가

343 시지프 신화 카뮈·김화영 옮김 노벨 문학상 수상 작가

344 뇌우 차오위·오수경 옮김

345 모옌 중단편선 모옌·심규호, 유소영 옮김 노벨 문학상 수상 작가

346 일야서 한사오궁·심규호, 유소영 옮김

347 상속자들 골딩·안지현 옮김 노벨 문학상 수상 작가

348 설득 오스틴·전승희 옮김

349 히로시마 내 사랑 뒤라스·방미경 옮김

350 오 헨리 단편선 오 헨리·김희용 옮김

351·352 올리버 트위스트 디킨스·이인규 옮김

353·354·355·356 전쟁과 평화 톨스토이·연진희 옮김

357 다시 찾은 브라이즈헤드 에벌린 워·백지민 옮김

358 아무도 대령에게 편지하지 않다 마르케스·송병선 옮김

359 사양 다자이 오사무·유숙자 옮김

360 좌절 케르테스·한경민 옮김 노벨 문학상 수상 작가

361·362 닥터 지바고 파스테르나크·김연경 옮김 노벨 문학상 수상 작가

363 노생거 사원 오스틴·윤지관 옮김

364 개구리 모옌·심규호, 유소영 옮김 노벨 문학상 수상 작가

365 마왕 투르니에·이원복 옮김 공쿠르상 수상 작가

366 맨스필드 파크 오스틴·김영희 옮김

367 이선 프롬 이디스 워튼·김욱동 옮김 퓰리처상 수상 작가

368 여름 이디스 워튼·김욱동 옮김 퓰리처상 수상 작가

369·370·371 나는 고백한다 자우메 카브레·권가람 옮김

372·373·374 태엽 감는 새 연대기 무라카미 하루키·김난주 옮김

375·376 대사들 제임스·정소영 옮김

377 족장의 가을 마르케스·송병선 옮김 노벨 문학상 수상 작가

378 핏빛 자오선 매카시·김시현 옮김

379 모두 다 예쁜 말들 매카시·김시현 옮김

380 국경을 넘어 매카시·김시현 옮김

381 평원의 도시들 매카시·김시현 옮김

382 만년 다자이 오사무·유숙자 옮김

383 반항하는 인간 카뮈·김화영 옮김 노벨 문학상 수상 작가

384·385·386 악령 도스토옙스키·김연경 옮김

387 태평양을 막는 제방 뒤라스·윤진 옮김

388 남아 있는 나날 가즈오 이시구로·송은경 옮김

389 앙리 브륄라르의 생애 스탕달·원윤수 옮김

390 찻집 라오서·오수경 옮김

391 태어나지 않은 아이를 위한 기도 케르테스·이상동 옮김 노벨 문학상 수상 작가

392·393 서머싯 몸 단편선 서머싯 몸·황소연 옮김

394 케이크와 맥주 서머싯 몸·황소연 옮김

395 월든 소로·정회성 옮김

396 모래 사나이 E. T. A. 호프만·신동화 옮김

397·398 검은 책 오르한 파묵·이난아 옮김 노벨 문학상 수상 작가

399 방랑자들 올가 토카르추크·최성은 옮김 노벨 문학상 수상 작가

400 시여, 침을 뱉어라 김수영·이영준 엮음

401·402 환락의 집 이디스 워튼·전승희 옮김

403 달려라 메로스 다자이 오사무·유숙자 옮김

404 아버지와 자식 투르게네프·연진희 옮김

405 청부 살인자의 성모 바예호·송병선 옮김

406 세피아빛 초상 아옌데·조영실 옮김

407·408·409·410 사기 열전 사마천·김원중 옮김 서울대 권장도서 100선

411 이상 시 전집 이상·권영민 책임 편집

412 어둠 속의 사건 발자크·이동렬 옮김

413 태평천하 채만식·권영민 책임 편집

414·415 노스트로모 콘래드·이미애 옮김

416·417 제르미날 졸라·강충권 옮김

418 명인 가와바타 야스나리·유숙자 옮김 노벨 문학상 수상 작가

419 핀처 마틴 골딩·백지민 옮김 노벨 문학상 수상 작가

420 사라진·샤베르 대령 발자크·선영아 옮김

421 빅 서 케루악·김재성 옮김

422 코뿔소 이오네스코·박형섭 옮김

423 블랙박스 오즈·윤성덕, 김영화 옮김

424·425 고양이 눈 애트우드·차은정 옮김

426·427 도둑 신부 애트우드·이은선 옮김

428 슈니츨러 작품선 슈니츨러·신동화 옮김

429·430 세계의 끝과 하드보일드 원더랜드 무라카미 하루키·김난주 옮김

431 멜랑콜리아 I—II 욘 포세·손화수 옮김 노벨 문학상 수상 작가

432 도적들 실러·홍성광 옮김

433 예브게니 오네긴·대위의 딸 푸시킨·최선 옮김

434·435 초대받은 여자 보부아르·강초롱 옮김

436·437 미들마치 엘리엇·이미애 옮김

438 이반 일리치의 죽음 톨스토이·김연경 옮김

439·440 캔터베리 이야기 초서·이동일, 이동춘 옮김

441·442 아소무아르 졸라·윤진 옮김

443 가난한 사람들 도스토옙스키·이항재 옮김

444·445 마차오 사전 한사오궁·심규호, 유소영 옮김

446 집으로 날아가다 랠프 앨리슨·왕은철 옮김

447 집으로부터 멀리 피터 케리·황가한 옮김

448 바스커빌가의 사냥개 코넌 도일·박산호 옮김

449 사냥꾼의 수기 투르게네프·연진희 옮김

450 필경사 바틀비·선원 빌리 버드 멜빌·이삼출 옮김

세계문학전집은 계속 간행됩니다.